폭군을 길들이는 방법

강하다 장편소설

달

폭군을 길들이는 방법 2

초판 1쇄 인쇄 2016년 3월 24일
초판 2쇄 발행 2017년 2월 20일

지은이 강하다
발행인 오영배
기획 박성인
책임편집 김보나
표지 · 본문 디자인 권지연
일러스트 웃는해
제작 조하늬

펴낸곳 (주)삼양출판사 · 단글
주소 서울시 강북구 도봉로 173
대표 전화 02-980-2112 **팩스** / 02-983-0660
편집부 전화 02-980-2116 **팩스** / 02-983-8201
블로그 blog.naver.com/dan_gul
출판등록 1999년 3월 11일 제9-00046호

ISBN 979-11-313-0538-6 (04810) / 979-11-313-0536-2 (세트)

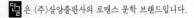은 (주)삼양출판사의 로맨스 문학 브랜드입니다.

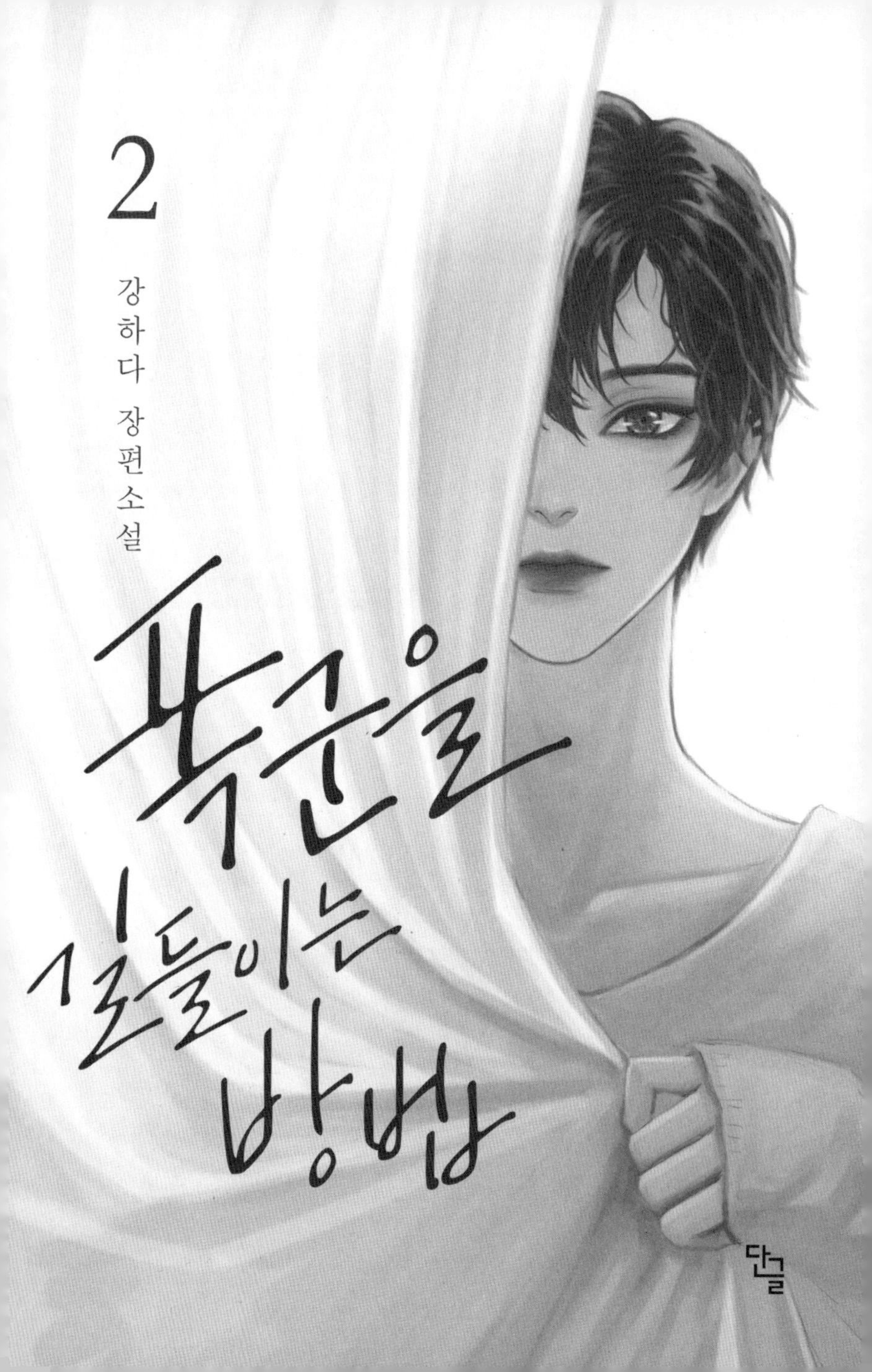
2
강하다 장편소설
폭군을 길들이는 방법
단글

| 차 례 |

7장
다함께 돌직구를 날려봅시다

딸랑─

모니카의 카페에 손님의 등장을 알리는 반가운 종소리가 울렸다.

"어서 오세요!"

점원들은 일제히 카페 유리문 쪽으로 시선을 돌려 인사했지만, 모니카는 묵묵히 계산대 앞에 서 있을 뿐이었다.

백화와 이안이 다녀간 이후부터 계속, 그녀는 모든 의욕을 잃어 버린 저기압 상태였으니까.

덕분에 전보다 분주해진 건 직원들이었다. 그들은 모니카의 날 선 심기를 건드리지 않기 위해 서둘러 테이블을 정돈했고 방금 들어 온 손님을 가장 볕이 잘 드는 자리로 안내했다.

"이쪽 자리 어떠세요? 메뉴판은 제가 곧 가져다 드리겠습니다."

하지만 손님으로 찾아온 남자는 순순히 자리에 앉는 대신 카운터에 서 있는 모니카를 똑바로 바라보며 물었다.

"이곳에 모니카 사장님 계십니까?"

시종일관 아무것에도 흥미 없던 모니카의 눈동자가 남자를 향해 옮겨갔다.

그녀는 뻐딱하게 서 있던 몸을 똑바로 곧추세웠고, 그리 달갑지 않은 목소리로 되물었다.

"제가 모니카인데, 누구시죠?"

"아, 거기 계셨군요. 이렇게 뵙게 되어 영광입니다."

앳된 남자는 드디어 찾아낸 모니카에게 단조로운 인사를 건네며 성큼성큼 다가섰다.

모니카는 지나치게 숙이는 태도의 그가 분명 광고 회사에서 찾아온 영업사원일 거라 짐작했다.

그래서 흥미 없는 눈빛을 유지한 채 어떤 대꾸도 하지 않고 그의 눈을 응시하고 있었으나.

"혹시 '강이안' 님을 잘 알고 계신가요?"

머지않아 터져 나온 익숙한 그 이름에, 그녀의 시선에는 별안간 날이 서버렸다.

강이안 앞에서 개쪽 당한 지 며칠 안 됐는데, 왜 하필 나한테서 강이안을 찾는 거야? 정말 상대해 주기 짜증 나네.

"이안 씨는 왜요?"

모니카는 적대감 어린 목소리로 까칠하게 되물었다. 그러자 그는 정장 안주머니를 뒤적여 명함 하나를 내밀었다.

"저는 제이그룹 비서실장 이영수라고 합니다."

"제이……그룹? 광고기획사로 유명한 거기 말씀이신가요?"

"네. 표면적으로는 그렇지만, 사실은 이안 님의 본가이지요."

강이안의 본가가 제이그룹?

모니카는 젊은 나이에 비해 지나치게 재산이 많은 이안을 항상 신기하게 여겨 왔다. 아무리 부모님께 손을 벌렸다고 해도, 강남에 높은 건물 한 채를 사 줄 수 있는 집안은 얼마 되지 않았다.

혹시 유명한 대기업 회장의 아들이 아닐까 지레짐작은 했었지만, 막상 그게 사실로 드러나니 맞췄다는 희열감보단 당황스러움이 그녀를 먼저 덮쳤다.

"……정말 그 사람이 말로만 듣던 재벌 2세?"

믿기지 않는 듯한 모니카의 혼잣말에 영수는 넉살좋은 척 목소리를 꾸미며 설명을 이어 나갔다.

"정확히 말하면 그냥 재벌입니다. 1세대는 이미 끝났거든요. 이제 중요한 사업을 이어받으셔야 하는데, 요즘 쓸데없는 일에 온 신경을 빼앗기셔서……."

"쓸데없는 일이라뇨?"

"웬 근본 없는 여자에게 푹 빠졌다고 들었습니다. 그래서 본가의 사업에 대해 신경조차 쓰지 않으신다고 하더군요."

영수의 '근본 없는 여자' 발언은 모니카의 시기 질투를 이미 완벽하게 파악하고 있기에 튀어나온 미끼였다.

아니나 다를까. 시종일관 영수를 경계하던 모니카의 눈빛은 그 순간을 기점으로 빛을 되찾았고, 머릿속에 누군가를 선명하게 떠올리며 적극적으로 물었다.

"그래서 저한테 그 근본 없는 애 이야기를 꺼내는 이유가 뭔가요?"

"이안 님을 붙잡고 있는 그 여자의 정보를 알려주시지 않겠습니까?"

"정보?"

"네. 거주지든, 인간관계든, 성격이든, 과거든, 공략할 수 있는 건 전부 다 제공해 주세요."

"그 말은…… 절 이용해서 백화를 떼어놓겠다는 뜻인가요?"

"이용이라기보다는 협조요청이라고 해두죠. 물론 도와주신 은혜는 잊지 않고 보답하겠습니다."

영수의 고개가 모니카의 눈앞에서 공손하게 숙여졌다. 그건 분명 실례를 무릅쓰고 부탁하는 태도였지만, 모니카는 오히려 그에게 감사를 표하고 싶은 지경이었다.

아직 며칠 전의 치욕을 잊지 못한 모니카는 백화에게 다가올 시련이 그저 반갑기만 했다.

"뭐, 사실 아는 사람 파는 게 썩 내키지는 않지만…… 이안 씨한테 도움이 되는 거라면 얼마든지 협조해드릴게요!"

"이렇게 이안 님을 걱정해 주시는 분이 또 계시다니, 이것 참 다행이네요."

"그럼요. 저는 제 욕심보다 어느 쪽이 이안 씨에게 더 도움이 되는 지를 먼저 생각하거든요."

모니카의 낭랑한 대답을 들은 C7은 아무도 눈치채지 못할 비웃음을 흘렸다.

질투와 시기에 사로잡힌 여자를 설득하는 방법은 가소로울 정도로 쉬워서, C7은 원에게 받은 임무 수준이 하찮게 느껴질 지경이었다.

*　　*　　*

똑똑똑.

아주 오랜만에 태양의 방문이 기척을 냈다.

침대에 누워 신간 만화책을 읽고 있던 태양은 시선을 움직였고, 문밖에 서 있을 사람을 향해 나직한 목소리를 흘렸다.

"들어와."

그제야 조심스럽게 문을 열고 들어오는 이는, 확인할 필요도 없이 백화였다.

평소보다 상기된 얼굴의 그녀는 들어오자마자 태양의 눈치를 보며 문을 닫더니 태양이 누워 있는 침대 밑으로 와 살포시 주저앉았다.

태양은 자신을 바라보는 그녀의 빛나는 눈동자를 물끄러미 마주하다가 다시 만화책으로 눈길을 돌리며 물었다.

"어쩐 일이냐? 노크를 다 하고?"

"저, 그게…… 하하."

"할 말 있냐?"

"응. 있긴 한데, 막상 말하려니까 좀 부끄러워서……."

그녀답지 않게 망설이고 있다는 건 그녀가 태양에게 늘어놓을 말이 그리 좋은 내용은 아니라는 뜻.

태양은 까만 눈동자에 날을 세운 채로 그녀에게 떠 물었다.

"너 혹시 내 요구르트 마셨냐?"

"응. 그건 예전에 다 마셨지."

"훔쳐 먹은 주제에 당당하다?"

"지금은 그게 중요한 게 아니야. 할 말이 있는데 니가 꼭 들어줬으면 좋겠어."

백화는 손을 뻗어 태양이 들고 있던 만화책을 빼앗아 들었다.

그제야 태양의 주의는 온전히 백화에게 향했고 그녀가 이어낼 말을 차분히 기다렸다.

평소 할 말은 머뭇거리지 않고 하는 그녀이지만, 지금 쉽사리 말문을 트지 못하는 걸 보면 어느 정도 예상되는 할 말의 내용.

"악! 남한테 처음 털어놓는 거라서 부끄러워!"

백화는 태양의 짐작에 확신이라도 주듯 수줍은 얼굴을 만화책으로 폭 가리며 발을 동동 굴렀다.

그 수선스러운 모습에 태양은 짐짓 아무것도 모르는 척 시큰둥한 반응만 내비쳤다.

"별것도 아니면서 수선 떨지 마."

"응? 아냐! 굉장히 빅뉴스야!"

"만화책 구겨지잖아. 만화방 주인이 신경질 내면 니가 가서 사과할래?"

그렇게 쏘아붙이는 그는 백화가 꺼낼 말을 절대 자신의 입으로 알아맞히지 않을 생각이었다.

아무리 백화의 뺨이 붉게 달아올라 있어도, 아무리 백화의 눈동자에 설레는 감정이 가득해도, 아무것도 못 본 척, 모르는 척 그렇게 버틸 참이었다.

조금이라도 더 괜찮다가 아주 느지막이 아프게.

"나 강이안이랑 사귄다!"

"아……."

"뭐야? 그 반응?"

"넌 자비가 없냐?"

태양의 얼굴에 진심을 담은 원망이 얹혔다. 그는 지금 이 순간, 외면하고 싶은 진실을 지체 없이 터트려버린 백화가 참 야속했다.

그날의 고백 이후 다시는 펼 수 없게 접어놓은 마음이지만, 그래도 아직 설렘조차 그대로인데.

그 사실을 전혀 모르는 백화는 아물지 않은 감정을 자극해 그의 마음을 쓰리게 만들었다. 덕분에 태양은 벌어진 상처에 재라도 뿌려진 것처럼 욱신욱신 아파하는 중이었다.

"할 말 다 했으면 나가."

하지만 고통을 표현할 수 있는 방법은 유치한 무시가 전부였다.

태양은 낮은 목소리로 짧게 대꾸하며 백화의 손에서 만화책을 낚아챘고, 시선을 만화책에 도로 집중시켰다.

백화는 태양의 탐탁지 않은 반응에 섭섭한 듯 미간을 구겼지만, 그는 그것조차 신경 쓰지 않는 것처럼 보이기 위해 무리해서 애를 썼다.

"아! 뭐야! 너는 내가 드디어 연애를 시작했는데 축하해 주지도 않아?"

"……."

"이제 주말마다 너 귀찮게 할 일도 없을 텐데?"

"……."

"치, 저번에는 남이라고 하질 않나, 며칠 동안 뭔 말을 해도 시큰둥하질 않나. 요즘 이상해. 너."

한동안 태양의 몸을 흔들며 반응을 보채던 백화는 결국 단단히 토라졌는지 자리에서 일어나 버렸다.

그녀는 방 문고리를 잡으며 태양 쪽을 흘끗 돌아보았고, 태양이 보는 만화책 권수를 확인하더니 볼멘 목소리로 말했다.

"그거 보고 반납하지 마라. 나도 볼 거니까."

"……."

"어휴, 대답 안 하는 거 봐. 누가 보면 사춘기인 줄 알겠네."

그와의 대화를 포기한 백화의 발걸음이 한 걸음 한 걸음 태양에게서 멀어졌다. 태양은 그녀를 온 정신으로 의식하고 있으면서도 눈길 한 번 주지 않았다.

치기어린 오기라는 건 알고 있었지만 어쩔 수는 없었다. 지금 태양은 무심한 그녀의 손을 붙잡고는 언성을 높여 화내고 싶은 걸 꾹꾹 참기에도 벅찼다.

그냥 앞으로 다른 사람과 사랑을 시작한 그녀의 이야기는 아무것도 안 듣고 안 봐야겠다. 조금 사이가 멀어지는 한이 있더라도 한동안은 내가 피해야겠다.

그렇게 마음은 다잡고 있지만.

"야. 백화."

"응?"

그래도 그 전에 딱 하나 물어보고 싶은 게 있다면.

"……이제 주말에 진짜 귀찮게 안 할 거냐?"

"그게 무슨 소리야?"

"이제 강이안 그 새끼 있으니까, 나한테 어디 가달라는 말 안 하겠네."

질문의 끝이 이상해져 버린 건 '제발 내 자리는 남겨 줘'라는 그의 이기적인 부탁을 숨겨두기 위해서였다.

백화는 만화책 너머로 마주친 태양의 까만 눈동자를 잠시 동안 가만히 들여다보더니, 하필 태양이 제일 좋아하는 미소를 띠며 대답했다.

"아! 그렇겠네!"

"……."

"이제 넌 나랑 보기 싫은 영화 억지로 안 봐도 되고, 하기 싫은 쇼핑 억지로 안 해도 되겠다!"

"그러냐……."

"그래. 좋으냐. 이것아."

"어. 좋아죽겠다."

……진짜 죽겠다.

"어쨌든 그거 다 읽고 내 방으로 갖다 줘!"

백화는 가벼운 한 마디로 대화를 마무리한 후 거실로 빠져나갔다.

문이 닫히는 소리가 들리자마자, 그는 손에 들린 만화책을 떨어 트리듯 내려놓았고 침대에서 천천히 몸을 일으켜 앉았다.

연필로 그려진 흑백 초상화처럼 생기라고는 찾아볼 수 없는 얼굴에선 길고 흐린 한숨이 샜다.

그는 마른침을 삼켰고 또 한 번 숨을 깊게 들이쉬었다가 필사적인 한숨으로 뱉어 냈다. 그러나 아무리 그 부질없는 짓을 반복해 봐도 좀처럼 뚫리지 않는 왼쪽 가슴.

"와…… 아프네."

고통을 감탄사처럼 흘리는 태양은, 지금 울고 싶어 하는 중이다.

"후우……."

한편, 태양의 방을 빠져나온 백화 역시 좋지 않은 표정으로 한숨부터 내쉬었다.

바보가 아닌 이상 쉽게 눈치챌 수 있는 태양의 지나친 외면.

태양이 이안을 탐탁지 않게 여긴다는 건 이미 알고 있었다. 하지만 백화는 혹시라도 그에게 다른 마음이 있을까 봐 겁이 났다.

물론 무슨 마음을 담고 있다고 해서 그녀가 해결해 줄 수는 없겠지만. 그러니 의심되는 그의 마음이 자신의 오해이기만을 바라고 있지만.

"오늘도 역시 잘 모르겠네……."

백화는 사뭇 진지한 태도로 확실한 그의 마음을 알아내는 중이었다. 태양이 그녀에게 가족처럼 소중한 만큼, 최대한 아픔이 덜할 수 있게 배려해 줄 생각이었다.

"아냐. 아까 분명 요구르트 좀 훔쳐 먹었다고 정색했잖아. 좋아하는 사람한테는 그렇게 못하지."

백화는 그와의 짧은 대화를 곱씹으며 중얼거렸다.

일단 오늘 태양은 이안과의 연애 소식을 달가워하는 것처럼 보이
진 않았으나, 질투하는 것처럼 느껴지지도 않았었다.

조금 삐딱하게 군 이유는 그저 솔로였던 동지가 먼저 짝을 찾아
떠나 버렸다는 서러움쯤 되려나.

확실한 판단을 내리기엔 평소보다 가라앉은 태양의 목소리가 마
음에 걸렸다.

그러나 백화는 이쯤에서 생각을 멈추기로 했다. 애초부터 혼자
고민한다고 해결될 일이 아니었고, 자신 역시 그의 마음이 진실일
경우 어떻게 대처해야 할지 정리 못한 상황이었다.

"그래. 아무래도 아닌 거 같아. 카페에서도 확실히 고백한 게 아
니라고 했었잖아!"

오늘도 백화는 억지 희망을 붙잡고 무거운 마음을 달랬다.

머릿속이 한결 편안해지자 백화는 다시 태양의 방을 습격해서 만
화책이라도 한 권 얻어올까 생각했지만, 그럴 분위기는 아니었던 것
같아 이내 충동을 접어 두었다.

하는 수 없지, 조금 이따가 야식 먹을 때쯤 장난이라도 쳐봐야지.
그런 단순한 생각과 함께 자신의 방으로 돌아가려 몸을 틀었을 때.

띵동— 띵동—

별안간 대문 밖 초인종 소리가 집안을 가득 메웠다.

백화는 이 시간에 집을 방문할 사람이 있나 곰곰이 생각해 봤지
만, 딱히 떠오르지 않아 인터폰부터 들었다.

"누구세요?"

"혹시 백화 님 계십니까?"

그녀의 목소리가 밖으로 터지기 무섭게. 자신을 찾는 한 남자의 목소리가 고스란히 되돌아왔다. 백화는 경계심에 곧바로 미간을 좁혔고, 살짝 열린 창문 틈으로 마당을 확인하며 까칠하게 대꾸했다.

"전데요. 왜요?"

"아, 백화 님이셨군요. 저는 제이그룹 비서실장 이영수라고 합니다."

"제이그룹?"

"혹시 강이안 님의 연인 되시는 분이 그쪽인가요?"

백화의 이성이 이안의 이름 석 자에 바짝 날카로워졌다.

이안과 관련된 일이라면, 그녀에게도 밀접한 관련이 있는 일.

백화는 본능적으로 그다지 좋지 않을 용건일 것이라 직감했다.

인터폰을 내려놓은 그녀는 슬리퍼 대신 운동화를 야무지게 신고는 여전히 곱지 않은 표정으로 현관을 나섰다.

"백화 님!"

그녀의 모습이 마당에 드러나자, 낮은 대문으로 목소리의 주인공이 반갑게 아는 체를 했다. 백화는 고개를 돌려 그의 정체를 확인했지만, 앳되어 보이는 남자의 얼굴은 무척 낯설었다.

비서실장이라기엔 너무 어리지 않나. 끽해야 태양이 또래일 것 같은데.

"네. 내가 바로 백화인데 그쪽은 누구신가?"

"말씀 드렸다시피 제이그룹 비서실장 이영수입니다. 강이안 님 문제로 상의할 게 있어서 찾아왔습니다."

"나를 대체 어떻게 알고요?"

"백화 님의 친구분이 적극적으로 협조해 주셨답니다."

딱 들어 보니 정준하 그 계집애의 짓이로구나. 친구는 개뿔. 일 잘 못되기만 해 봐. 진짜 쫓아가서 그 입부터 부르트도록 꼬집어줘야지.

백화는 마당을 가로질러, 거침없이 대문을 열었다. C7은 드디어 마주친 그녀의 이목구비와 체형, 전체적인 분위기들을 꼼꼼히 체크했다.

이 여자가 바로 강이안의 폭주를 막을 수 있는 유일한 수갑인가. 키가 제법 큰 편이긴 해도 체형이 여리여리하니 쉽게 다룰 수는 있겠네.

"이안 씨가 아니라 준하한테 물어물어 찾아왔다면, 딱히 떳떳한 일은 아닐 테고."

"네?"

"왜요? 나한테 이안 씨 험담이라도 늘어놓으러 오셨나?"

결코 호락호락해 보이지 않는 성격이긴 하지만.

"전혀 아닙니다. 제가 왜 이안 님 험담을 하겠습니까?"

C7은 최대한 적의 없는 표정으로 백화의 경계심을 달래려 애썼다. 물론 원래 계획은 이안의 위험성을 알려주며 그녀를 혼란시킬 예정이었지만, 지금 보니 눈앞의 백화는 그 정도로 동요할 인물이 아니었다.

그렇다면 계획을 바꿔 호의적으로 나가는 수밖에.

"이안 님께 말씀 많이 들었습니다. 정말 매력적이고 아름다우신 분이라고."

"거짓말쟁이네! 이 사람?!"

"예……예?"

"그 사람 '매력적이다', '아름답다'라는 젠틀한 단어 못 써요! 얼마나 표현이 서툰데!"

아, 정말 까다로운 여자구만. 강이안에 대해 예상보다 너무 잘 알고 있어.

"솔직해지세요. 이안 씨랑 딱히 친해 보이지도 않는데."

"아…… 그게 아니라……."

"날 왜 찾아왔어요?"

직관적인 백화의 질문을 받은 C7은 눈빛이 예리해졌다. 그는 자신의 계획대로 따라주지 않는 백화가 슬슬 거슬리기 시작했다.

"폭주 문제 때문에 찾아왔습니다."

"폭주 문제?"

"네. 제가 모시는 분이 이안 님의 폭주 상태를 확인하고 싶어 하셔서요."

그래서 가식은 포기하고 완전한 진실을 그녀의 앞에 꺼내놓으니, 뜻밖에도 백화의 시선은 그제야 차분해졌다.

"모시는 분이 누군데요?"

"그건……."

"그분도 이안 씨를 걱정하고 있어요?"

예상치 못한 포인트에서 백화의 경계심이 허물어졌다. C7은 '걱정'이라는 말처럼 태도변화가 의아했지만, 다시 정신을 차리고 뒷말을 자연스레 이어 나갔다.

"네. 걱정하십니다. 제이그룹 계열사 제이기획 대표님이, 바로 이안 님의 형님분이시거든요."

"예?! 강이안이 그 집안이에요?!"

"모르셨습니까? 이안 님이 아무 말씀 안 하시던가요?"

"네. 전혀요. 그런 티도 안 내던데?"

당연히 그러시겠지. 강이안은 원 님의 21세기 신분에 대해 하나도 모를 테니까.

"많은 이야기를 해야 할 것 같은데…… 여기보다 조용한 곳으로 가는 게 어떻습니까?"

C7은 이제야 대화가 통하기 시작한 그녀에게 젠틀한 손길을 건넸다. 잠시 망설이던 백화는 잠깐의 고민 끝에 긍정의 대답을 내뱉으려 숨을 들이마셨다.

그 순간.

'쾅—!' 하는 굉음과 함께 어마어마한 기세로 현관문이 열렸다. 놀란 백화와 C7의 눈에 비친 건 단단한 죽도를 겨누고 선 최태양.

"누가 자꾸 개소리를 짖어대냐."

"……"

"……뒤질라고."

좀처럼 화를 내지 않는 태양의 입에서 사나운 말들이 흘렀다.

그의 손에 들린 죽도는 금방이라도 휘둘릴 것처럼 공격적이었다. C7은 저도 모르게 미간을 구길 뻔했지만, 지금 이 순간 경계심만큼은 피해야 했기에 애써 순진한 표정을 유지했다.

"무슨…… 말씀이신지……."

하지만 태양은 C7의 꾸며진 어수룩함을 비웃기라도 하듯 한쪽 입꼬리를 들어 올렸고, 한 걸음 더 그에게 다가가 사나운 목소리를 이어 나갔다.

"무슨 말이냐고? 그건 내가 물어야 할 질문 같은데."

"네?"

"제이기획 대표 이름은 '최원'. 니가 그 사람 동생이라고 지껄이는 건 '강이안'. 앞 글자가 왠지 형제 느낌은 아니지 않냐? 차라리 내가 숨겨진 동생이라는 쪽이 더 설득력 있겠다."

태양의 말을 가만히 듣고 있던 백화의 머릿속에 그제야 인터넷 기사 하나가 스쳐 지나갔다. 분명 예전 제이기획 주가 상승 기사에서 대표라는 직책으로 소개된 사람은 '최원'.

한 번도 얼굴을 드러내지 않은 사람이긴 하지만, 이름과 나이만큼은 또렷하게 기억하고 있던 중이었다.

"맞아! 성이 다르잖아! 세상에! 내가 뉴스도 안 보고 사는 줄 아나!"

태양은 한 발 늦게 정상적인 의구심을 품는 백화를 한심하다는 눈빛으로 내려다보았다. 그러고는 C7을 향해 물러서라는 손짓을 하며 다가섰다.

"귀찮다. 수작 부리지 말고 꺼져라. 좀."

이대로 C7의 임무가 수포로 돌아가나 싶었던 그 순간.

"아직······ 할 말 다 안 끝났습니다만."

조금의 동요한 기색도 없는 C7의 목소리가 흘러나왔다. 방금 전까지만 해도 그저 우습기만 했던 앳된 얼굴엔 불안한 한기가 서려 있었다.

"아직 구라칠 게 더 남았냐?"

태양은 태연한 그를 노려보며 매섭게 쏘아붙였다. 그러자 C7은 느리게 고개를 저으며 대답했다.

"성이 다른 거야, 여러 가지로 해석될 수 있지 않나요? 태어난 자궁만 같은 형제라든가……."

"드라마를 써라. 당장 여기로 강이안 불러서 이산가족 상봉이라도 시켜주랴?"

"괜찮습니다. 뭐, 어차피 제 용건은 따로 있으니까 그 얘긴 그만하죠."

"다른 용건? 날 찾아온 다른 용건이 뭔데요?"

백화는 의심스러운 눈빛으로 C7이 기다리고 있던 질문을 타이밍 좋게 던졌다. C7은 미소를 유지한 채로 정장 안주머니를 뒤졌고, 이내 백화와 태양의 시선 앞으로 사진 한 장을 꺼내놓았다.

"원 님이 이안 님께 전달하라고 부탁하신 물건입니다."

"부탁이라고?"

"이안 님한테 문제가 있는 건 아시죠?"

"……."

"그 때문에 본인의 가족관계를 전혀 인정하지 않고 계십니다. 그러니, 백화 님께서 이 사진을 전달해 주시지 않겠습니까?"

태양은 그의 부탁이 심상치 않다고 생각했다. 가족관계를 강이안의 문제로 돌리는 것부터 심히 수상쩍기 그지없었다.

망설이던 백화는 천천히 C7의 앞으로 발걸음을 움직였다.

그녀 역시 탐탁지 않은 부분을 눈치채지 못한 건 아니었다. 하지만 그럼에도 불구하고 사진을 받아 든 건, 그 안에 찍힌 하얀 공간이 지금 이안을 가둬 놓는 방과 소름 끼치도록 똑같았기 때문이다.

벽에 늘어진 수갑, 아무것도 없는 텅 빈 공간의 외로움마저 고스란히 닮아 있는 하얀 방.

멍하니 사진을 바라보던 백화는 떨리는 목소리로 물었다.

"혹시…… 이거 이안 씨가 지내던 예전 방인가요?"

C7은 부드럽게 고개를 끄덕였고 기다렸다는 듯 대답했다.

"네. 아직도 그대로랍니다."

"아무것도 없는 방이 그대로라고 해 봤자 무슨 소용이야……."

"그래도 나름 좋아하셨어요. 사진을 보여드리면 추억에 잠겨 기뻐하실 겁니다."

백화는 아무런 대답도 하지 않았다. 이안을 향한 동정의 말이 입술 끝에 매달려 있었지만, 이 남자 앞에서는 하면 안 될 것 같아 참아내는 중이었다. 가만히 두 사람을 바라보던 태양은 C7을 위협적인 손길로 밀어냈다.

"꺼져라. 또 찾아오면 그땐 진짜 얻어맞는 수가 있다."

그리 말하는 태양의 목소리엔 서늘한 협박이 서려있었다.

"아아, 알겠습니다. 어차피 용건도 끝났는걸요."

하지만 C7은 끝까지 단조로운 반응만 내비칠 뿐이었다. 여러 가지로 기분 나쁘고 불길한 인간이었다.

태양은 그가 준 재수 없는 사진을 다시 되돌려주기 위해 백화에게 손을 뻗었다. 하지만 백화는 사진을 품에 안고 고개를 저었다.

"아니야. 이건 내가 갖고 있을래."

"그걸 뭐 하러 갖고 있어."

"그냥 내가 갖고 있어야 할 것 같아서 그래."

한 번도 실감해본 적 없던 이안의 외로움은 사진 속에 그대로 녹아 있었다. 백화는 그동안 서틀기만 했던 이안의 모습이 참 가여워졌고, 그런 사람이 용기 내어 다가와 준 모든 순간이 진심으로 고마워졌다.

그러니까 이 사진은 내가 가지고 싶어. 이해하지 못할 순간마다 꺼내서 아픔에 다시 공감하고, 그 사람에게 필요한 위로를 해 주고 싶어.

"넌 진짜 무슨 생각을 하는지 모르겠다."

"……."

"마음대로 해."

태양은 싸늘한 대꾸와 함께 파란 대문을 거칠게 닫아버렸다. 일방적으로 내쫓긴 C7은 머지않아 골목 끝으로 느린 걸음을 이끌었다.

태양은 그의 기척이 사라지고 나서야 간절한 시선을 백화에게 두었다. 그는 잠시 망설이다가 흐린 목소리로 그녀에게 말했다.

"그거 아냐? 난 강이안 편 들어줄 생각 없어. 그러니까 니가 위험해지면, 나는 그 새끼한테 많이 화날 것 같아."

백화는 고개를 들어 태양의 눈을 마주했다. 그녀는 그의 걱정을 조금이라도 덜어주기 위해 무슨 설명이라도 해 주고 싶었지만, 그럴 새도 없이 태양은 곧바로 뒷말을 이어 붙였다.

"그러니까 정신 똑바로 차리라고. 도시락 싸들고 다니면서 사귀는 거 뜯어 말리기 전에."

장난스러운 그의 말투는 그녀에게 부담을 주지 않으려는 남모를 노력이었다. 태양은 커다란 손으로 그녀의 어깨를 두어 번 토닥였고, 이내 그녀의 곁을 지나 현관 쪽으로 멀어졌다.

"최태양."

백화는 나직하게 태양을 불러 세웠다. 태양의 느린 걸음이 집 안으로 들어가려다 말고 잠시 멈추었다.

"왜."

"아니…… 아까 멋도 모르고 따라갈 뻔했는데 잡아줘서 고맙다고."

태양은 그녀가 건네는 작은 감사에 잠시 눈길을 고정시키는가 싶더니, 가볍게 웃어보였다. 그러고는 평소의 까칠한 목소리가 아닌 한 없이 다정한 목소리로 대꾸했다.

"알면 나 좀 그만 괴롭혀라. 인마."

그가 내뱉은 말엔 분명 다른 의미가 있을 것 같았지만 백화는 일부러 깊게 들여다보지 않았다. 힘없이 내려앉은 어깨와 사그라든 숨결이 띤 감정은 알아챘다고 해도 반응해줄 수 있는 것이 아니었으니까.

* * *

이튿날 오전. 제이기획 로비 엘리베이터 앞.

한가로운 공휴일을 충분히 즐긴 지성의 컨디션은 평소보다 좋았다. 평소에는 로비에 들어서는 순간부터 하루 종일 몰아닥칠 성가신 일들을 걱정했지만, 오늘은 머릿속이 반짝반짝 깨끗한 것이 마치 좋은 일이 생길 것 같은 기분이었다. 그 예상에 맞장구라도 쳐주듯 지성의 바로 뒤에서 반가운 목소리가 터져 나왔다.

"지성 씨, 좋은 아침이에요!"

놀란 눈으로 고개를 돌리니 시선 밑에서 방실방실 웃고 있는 건 오늘도 어김없이 밝은 해실.

"아, 해실 씨. 어제는 잘 쉬었어요?"

"네! 시간이 남아서 오랜만에 영화도 한 편 보고 왔어요."

"그럼 저도 불러 주지. 어제 하루 종일 집에 있었는데."

"아…… 그게 집에서 DVD 빌려본 거라……."

"하하. 그러니까."

……그러니까?

해실은 지성이 내뱉은 뜻밖의 대답에 눈동자를 동그랗게 치켜떴다. 그녀는 그가 이렇게 능글맞은 사람이었던가, 진지하게 생각해 보았으나 머지않아 떠오르는 건 지난번 자신을 챙겨 준 지성의 모습이었다.

"저…… 지성 씨. 지난번엔 정말 고마웠어요."

"어떤 지난번?"

"노 대리님 앞에서 챙겨주셨던 거…… 아! 그것 때문에 난처한 일이 생기면 제가 해명……!"

"괜찮아요. 어차피 진심이었는데, 뭐."

"네?"

해실은 잠깐 스친 '진심'이라는 단어를 놓치지 않고 들었다. 하지만 그 단어의 뜻을 충분히 알고 있음에도 불구하고 선뜻 이해가 되지는 않았다.

'네, 대리님. 제가 오늘 해실 씨한테 고백했다가 차였네요.'

'회사에선 사적인 감정을 내세우지 않으려 했는데, 고백도 안 한 짝사랑보다는 고백이라도 해본 짝사랑이 더 쉬울 것 같아서요.'

'웃는 게 예쁘잖아요.'

그날의 고백들은 분명 눈물 날 만큼 고마웠지만 섣불리 진심으로 받아들이기는 어렵다. 가장 빛나는 사람이 건넨 마음은 그녀의 것이라 여기기에 과분하게만 느껴질 뿐이다.

"아, 엘리베이터 도착했네요. 먼저 타요."

드디어 모습을 드러낸 엘리베이터 내부로 지성이 손짓을 하며 해실을 이끌었다. 문이 닫힌 엘리베이터 안, 괜스레 긴장이 돼 지성의 뒷모습만 물끄러미 바라보던 해실은 우연히 엘리베이터 문에 비친 지성이 웃고 있다는 걸 알아차렸다.

"지성 씨, 좋은 일 있어요?"

해실이 그를 따라 웃으며 묻자 지성은 그녀 쪽으로 천천히 몸을 틀었다. 그러고는 한동안 아무 말 없이 그저 웃음만 머금고 해실을 가만히 내려다보았다.

"왜요? 제 얼굴에 뭐 묻었어요?"

평소에는 잘만 마주했던 그의 눈빛은 오늘따라 볼이 뜨거워질 만큼 부끄러웠다. 이상하게 자꾸 그날 해실의 앞을 가려주던 넓은 등이 떠올랐고, 그녀를 차분히 엘리베이터 안으로 밀어주던 따뜻한 손길이 떠올랐다.

이리저리 흔들리던 해실의 눈동자는 결국 더 이상 그를 마주하지 못하고 발끝으로 툭 떨어지고 말았다. 그녀의 정수리 위에서 지성의 숨결 같은 웃음소리가 따듯하게 샜다.

"해실 씨가 자꾸 웃어서 그렇잖아요."

"네, 네?"

"그 표정 좋아한다니까. 예뻐서."

또 한 번의 간지러운 말이 그의 나긋한 목소리로 흘렀다. 해실은 어떤 대답을 해야 할지 모를 만큼 당황했고, 그래서 살짝 시선을 들어 올렸다. 곧바로 마주쳐버린 지성의 갈색 눈동자에 그녀의 고개가 다시 애먼 곳으로 비켜갔다.

"아하하. 고……고맙습니다."

가만히 있을 순 없어 반응을 보여주긴 했지만 스스로 생각해 봐도 그녀의 반응은 심히 어색하기만 했다. 머지않아 수줍은 공기가 맴돌던 엘리베이터가 미래홍보부서가 있는 6층에 멈춰 섰다.

문이 열리자 그녀는 최대한 붉어진 얼굴을 들키지 않기 위해 지성보다 먼저 밖으로 나왔다.

그러나 지성의 구두소리는 뒤따라오지 않았다. 해실은 뒤를 돌아보았고, 아직 엘리베이터 안에 머물러 있는 지성에게 물었다.

"안 내려요? 지성 씨?"

"아, 저는 잠시 어디 들렀다가 갈게요."

"어디요?"

"뭐…… 그냥. 하하."

지성이 두루뭉술하게 대답을 때우는 동안 엘리베이터 문은 다시 두 사람을 갈라놓았다. 곧바로 들어가지 않고 잠시 동안 지켜본 엘리베이터 층수는 위를 향해 사정없이 치솟고 있었다.

위로 가면 갈수록 볼일을 볼 만한 부서는 없을 텐데…… 혹시 같이 들어가면 내가 난처해질까 봐 피해 주는 건가?

곧이어 엘리베이터 층수가 멈춘 곳은 흡연자들이 주로 찾는 옥상. 담배를 피우지 않는 지성이 품은 배려의 의도가 확실해지는 순간이었다.

"아…… 일부러 그러실 필요는 없는데……."

해실은 미안함 어린 혼잣말과 함께 한동안 엘리베이터를 물끄러미 바라보았다. 그의 마음이 어렴풋이 전해져오자 겨우 정돈해놓았던 그녀의 얼굴은 또다시 붉어지고 말았다.

그 시각. 옥상 문을 열고 구름 낀 하늘 밑으로 걸어 나온 지성은 햇빛 아래 아이스크림처럼 흐물흐물하게 녹아버렸다.

"아…… 잘한 건가. 나 지금 잘하고 있는 건가."

지성은 머리를 싸맨 채 스스로에게 되물었지만 확신을 가질 수는 없었다. 백화의 조언을 따라 자신의 마음을 내비치긴 했으나, 사실 수줍음이 많은 건 그 역시 마찬가지였다.

유독 들떠 있던 컨디션 덕분에 로비에서 마주했을 때만해도 자신감이 넘치는 상태였는데, 막상 저지르고 나서 보니 귀가 달아오를 만큼 부끄럽기 그지없었다.

백화는 적극적인 표현 때문에 이안을 좋아하게 되었다고 했지만, 생각해 보면 소극적인 해실은 백화와 전혀 다른 성격이었다. 백화에게 먹힌 방법이 해실에게도 먹힐 거라는 보장은 어디에도 없었다.

좋아하는 마음이 커질수록 더욱 거세지는 불안감.

"아, 나는 잘했어. 그동안 숨겨서 잘 된 일이 하나도 없었잖아."

지성은 두 귀를 만지작거리며 긍정의 말을 주문처럼 외웠다. 그러고는 흐트러진 정신을 바로잡기 위해 넥타이를 정리하고 뒤집힌 사원증을 똑바로 돌려놓았다.

마무리를 위해 고른 숨을 내쉬고 있자니, 때마침 안주머니 속 휴대폰이 요란하게 흔들렸다. 지성은 지체 없이 휴대폰을 들어 수신인을 확인했다. 이안일까 싶었지만 의외로 전화를 건 사람은 백화였다.

"아, 백화 님. 안녕하세요?"

당혹감을 감춘 그의 태연한 목소리 끝에.

─아! 진짜! 한지성! 미쳤어요?!

분노를 가득 품은 백화의 말이 폭발하듯 크게 터졌다. 평소 화를 잘 내는 성격이긴 하지만 그 대상이 지성이었던 적은 없었던 그녀.

"무슨…… 일이십니까?"

백화의 분노가 의아해진 지성이 영문을 묻자.

─강이안한테 야동 보여 줬다며! 그 아무것도 모르는 순진한 애한테 그걸 틀어줘?! 제정신이에요?!

이미 어제 지성을 당황하게 만들었던 그 사건이 백화의 입에서 불쑥 튀어나왔다.

"그게…… 야동이 아니라……."

애써 정리되었던 그의 멘탈에 무시무시한 금이 가기 시작했다. 오늘은 아무래도 마음 편히 보내기엔 글러 먹은 것 같다.

"왜 이렇게 답장을 안 해."

거실 소파에 앉아 휴대폰만 바라보고 있던 이안은 괜히 불안해졌다. 아침에 걸려온 백화의 전화를 가볍게 받은 건 오늘 오전 일곱 시 오십분 경. 출근하는 중이었는지 다소 숨차보이던 그녀의 목소리는 지금 생각해 봐도 처음엔 괜찮았다.

　—이안 씨, 어젯밤에도 방에서 혼자 잤어요?

　'어.'

　—수갑 차고?

　'어.'

　—아…… 그랬구나.

물론 중간에 살짝 어두워지긴 했지만 그건 어디까지나 이안을 걱정하는 말투였다. 백화는 원래 수갑을 차고 빈 방에서 잠에 드는 이안을 내심 신경 써왔으니까. 그 뒤로는 그저 그런 하루 일과를 묻고, 혹시 집에 누구 온 적 없냐며 알 수 없는 질문을 던지고, 우리 언제 만나냐는 애교 섞인 말을 중얼거리다가.

　—나 학교 도착했다! 이안 씨, 이제 끊어요! 이따 전화할게!

　'기다려.'

이안이 백화를 붙잡았다. 아쉬운 마음도 있었지만 그에게 꼭 물어보고 싶은 게 있었다.

　'너에 대해 알고 싶은 게 있어.'

　—알고 싶은 거? 뭐?

　'너 침대 위에서 좋아하는 스킨십 있나?'

　—뭐, 뭐?! 뭐라고?!

그 타이밍. 이안이 혼자 고민하던 궁금증을 입 밖에 꺼내놓은 그 타이밍부터 그녀는 화를 내기 시작했다.

　—아, 아아…… 야! 강이안!

그녀는 한동안 말도 잇지 못할 정도로 당황하더니, 이내 이안의 이름을 소리치듯 불렀고.

　—너만은 머릿속이 깨끗할 줄 알았는데! 어떻게 그걸 대놓
　고 물어봐?!

　'아니, 난…….'

　—나 너랑 사귀는 사이라는 거 안 지 며칠밖에 안 됐다! 내
　가 그렇게 쉬워 보이냐?!

　'충분히 어려워하고 있어.'

　—닥쳐! 어렵기는 개뿔! 무례해도 정도가 있지! 진짜 이렇게
　실망스러울 수가!

제대로 알아듣지 못할 속도로 이안을 다다다다 쏘아붙였다. 해명하려고 해도 그녀의 분노에는 틈이 없어서, 이안은 아무 말 없이 온갖 험한 말들을 듣기만 했다.

　—후우…… 됐다. 이제 화내는 시간 끝.

　'……어?'

　—들어줄게요. 평소엔 하지도 않던 질문을 왜 갑자기 물어
　봤는지, 어서 해명이든 변명이든 해 봐요.

그리고 드디어 찾아온 이안의 발언 시간. 그는 조금이라도 실수를 용납하지 않을 것 같은 백화를 위해 머릿속으로 할 말을 정리했고 완벽하게 준비가 되고나서야 입술을 떼어 냈다.

'한지성이 무슨 영화를 틀어줬는데, 거기서 남자 주인공이
랑 여자 주인공이 침대에 누워 있었어. 처음에는 옷을 빼앗겨
서 벗은 줄 알았는데 그게 아니라 애정 표현이라고 해서 찾아
봤더니 이상한 거였어. 그런데 아직도 사랑하는데 왜 저러는
건지 이해가 잘 안 돼서 너한테 물어보면 될 줄 알았어.'

　—…….

'그래서…… 그랬어.'

이안이 지금껏 살면서 해 왔던 말 중에 가장 길고 절박한 말이었
다. 자신도 놀랄 만큼 끊어지는 게 없었고 한마디 한마디가 외운 대
본처럼 기계적이었다.

하지만 다행히도 방금 전 쏟아낸 그 대사는 투명하리만큼 진실
됐었기에 이안은 백화의 오해가 풀리기를 내심 기대했다.

그러나 꽤 오랜 침묵 끝에 백화가 뱉어낸 첫 대사는.

　—한지성…….

'한지성?'

　—한지성! 내가 이놈을 확 그냥!

뜬금없게도 한지성에 대한 어마어마한 원망이었다.

백화와의 통화는 그렇게 뚝 끊어져 버렸다. 이안은 자신에 대한
오해가 풀린 건지 풀리지 않은 건지 혼란스러워졌다.

다시 전화를 걸어봤지만 그녀는 곧바로 누군가와 통화 중이었다.
이안은 불안한 손끝으로 휴대폰을 만지작거리다가, 괜히 창밖을 바
라보다가, 다시 눈동자를 휴대폰 쪽으로 고정시켰다.

[이제 안 실망이야?]

조심히 토닥토닥 쳐서 보낸 짧은 문자와 그 후로 몇 시간이 지난 지금까지 이어지는 묵묵부답.

나는 대체 어디서부터 잘못한 걸까. 뭐가 잘못됐던 걸까. 아니, 그 전에. 나는 왜 계속 '잘못'이라는 걸 하는 걸까.

이안은 떨리는 시선을 어디에도 맺지 못하고 가만히 앉아 있다가 결국 소파에서 일어섰다.

지성이 점심으로 차려준 샌드위치를 다시 냉장고에 넣어 두고 깔끔한 외출복으로 갈아입으니 현재 시간은 백화가 퇴근하기 네 시간 전.

지금 출발하기엔 너무 이른 감이 있지만 나 때문에 너무 화가 나서 일찍 퇴근할 수도 있으니까.

이안은 망설임 없이 신발을 신고 뚜벅뚜벅 현관문을 나섰다. 누군가가 실망했다는 소리에 긴 변명을 늘어놓은 것도, 누군가의 화를 풀어주기 위해 이리도 급히 나서본 것도 처음 있는 일이었다.

그것도 일름보 강이안의 28년 인생을 통틀어서.

'너 침대 위에서 좋아하는 스킨십 있나?'

아, 또 떠올려버리고 말았다. 지성에게서 해명을 듣고 납득까지 했던 그의 야한 질문을.

나른한 5교시 수업을 겨우 마치고 교실을 나선 그녀는 하루 종일 머릿속을 맴도는 이안의 질문과 고군분투하는 중이었다. 특유의 분위기 때문에 시답잖은 말을 해도 자극적으로 들리는 사람인데, 진짜 야한 말을 해버리니까 신경 쓰여 미칠 노릇이었다.

혹시 내가 너무 쉬워보였나. 아니면 음흉한 생각으로 날 만나는 건 아닌가. 이런 저런 걱정이 스멀스멀 올라왔지만 딱히 이렇다 할 정답은 찾지 못했다. 평범한 사람의 머리로 강이안의 획기적인 의도를 파악하기란 여긴 어려운 일이 아니었다.

"아냐, 별 생각 없이 한 질문일 거야."

백화는 여기서 더 심란해지기 전에 애써 질문의 내용을 무시하며 교무실을 향해 빠르게 움직였다.

그때.

"꺄아아악! 빨리! 빨리 보러 가자! 빨리!"

모든 반에서 아이들이 거친 함성을 지르며 우르르 몰려나왔다.

"위험해! 복도에서 뛰지 마!"

깜짝 놀란 백화는 전쟁 같은 복도를 진정시키기 위해 교재를 둥그렇게 말아 휘두르며 소리쳤지만, 무조건 앞으로 돌진하는 그녀들은 통제가 불가능한 흥분상태였다.

여고를 이토록 떠들썩하게 만들 수 있는 건 단 하나, '남자'라는 생물뿐. 이 정도의 열화와 같은 성화라면 분명 젊고 훈훈한 그런 남자이려나.

"야! 교무실에 어떤 오빠가 애인 찾아 왔대!"

"진짜?! 대박! 몇층 교무실?!"

"3층! 2학년 교무실! 운동장 한가운데 서 있다가 학주한테 포획 당함!"

아니나 다를까. 지나치는 아이들 무리 중 하나가 예상 가능했던 상황설명을 조잘거렸다.

엿들어버린 흥미로운 내용전개에 백화 역시 여고로 애인을 찾아온 용맹한 남자가 궁금해졌다. 하지만 교사로서의 체통을 지키기 위해 그녀는 짐짓 동요하지 않은 척 언성을 높였다.

"야! 그 남자가 니들 남자냐! 뛰지 마!"

"쌤! 그 오빠 진짜 잘생겼대요! 뛰어가지 않으면 사람 많아서 못 봐요!"

"나는 어차피 2학년 교무실이 내 자리라서 상관없는데?"

"그러네?! 그럼 사진이라도 찍어줘요! 제발!"

"너네 반 수업 내일 1교시지? 찍어놨다가 내일 안 졸면 보여 줄게."

좋아. 방금 나는 지금 꽤 시니컬한 교사였어. 궁금해죽겠는 티가 전혀 나지 않았어.

백화가 교무실 앞에 도착했을 때 이미 그곳은 많은 아이들로 북적이는 상태였다. 백화는 아이들의 빼곡한 틈 사이로 억지로 몸을 구겨 넣었고, 머리가 잔뜩 흐트러지고 나서야 겨우 교무실 안으로 몸을 들일 수 있었다.

"너 어느 남고야! 저번에도 온 적 있지?! 혹시 대학생인가?!"

"……."

"대답 안 하는 거 봐라! 빨리 어느 학교에서 왔는지 말 안 해?! 반성문 쓰고 싶어?!"

용맹한 사랑꾼이 이 안에 있다는 확실한 증거가 학생 주임 선생님의 입을 통해 쏟아져 나왔다. 백화는 당장이라도 고개를 돌려 보고 그를 확인하고 싶었지만, 아이들의 시선을 의식해서 우선 제자리에 앉기부터 했다.

이미자 선생님에게 상황설명이라도 들으면 참 좋을 텐데 아직 안

돌아오셨네.

　잠시 아쉬움을 느끼며 뒤돌아 볼 타이밍만 확인하고 있던 그때.

　"반성문 안 쓰고 싶어."

　"뭐……뭐?!"

　"글씨를 예쁘게 못 써."

　익숙한, 너무 많이 익숙해서 등줄기에 식은땀이 날 정도인 낮고 도도한 목소리가 백화의 귀에 선명하게 꽂혀 들어왔다.

　뒤를 돌아보려던 백화의 몸이 메두사의 시선이라도 닿은 것처럼 딱딱하게 굳었다.

　"이거 참…… 우리 학교 학생한테 피해가 갈까 봐 이것까진 안 물어보려 했는데……."

　"……물어?"

　"그래. 니 정체를 밝히지 않겠다면 역시 물어야겠구만."

　"이빨로 무는 건 사양이야."

　"지금 반성할 정신은 없고, 나랑 장난칠 정신은 있나? 자네?"

　잡혀온 그이의 정신 나간 대꾸 덕분에 학생 주임 선생님의 호흡이 전보다 더 거세졌다. 백화는 그가 물을 질문이 무엇인지 듣지 않아도 알 수 있었고, 그래서 본능적으로 몸을 숨길 장소를 찾았다.

　일단 문은 가로막혀 있어서 탈출이 불가능하고, 커튼 뒤로 달려갈까? 아니야. 그것도 너무 눈에 띄어. 도대체 어떻게 해야 하지?

　"너! 애인 이름이 뭐야!"

　드디어 백화가 그토록 외면하고 싶었던 질문이 바깥으로 꺼내졌다. 순간 복도의 아이들은 물론 교무실의 선생님들까지 소란스러웠던 목소리 톤을 낮추며 일제히 사건 현장 쪽을 바라보았다.

이 공간에 있는 모두가, 저 남자의 섹시한 입술 사이로 새는 이름 두 글자를 놓치지 않고 듣겠다는 의지에 불타올랐다.

백화는 한 마리의 뱀처럼 몸을 흐느적거리며 책상 밑으로 기어들어갔다. 수능 일주일 전 장염에 걸렸을 때도, 임용고시 당일 삼촌의 차가 멈춰버렸을 때도, 이렇게 미래가 두렵지는 않았는데.

그녀는 지금 자신에게 닥쳐올 미래가 심히 걱정되어서 말 그대로 머리가 돌아버릴 지경이었다.

"애인 이름이 뭐냐고! 말 안 해?!"

"……."

"뭐야! 왜 눈을 그렇게 떠! 무슨 불만 있어?!"

"……윽박지르니까 말 못 하겠어."

"후우…… 알았어. 조곤조곤 물어보마. 그대가 찾고 있는 그 애인이라는 학생, 혹시 존함이 어떻게 되십니까?"

사랑하는 이안 씨. 저 당신의 애인, 백화예요. 우린 오늘 아침 참 다정한 대화를 나누었지요.

이안 씨, 사실 저에게는 작은 소원이 있답니다. 이안 씨의 그 따듯한 입술이 저의 초라한 이름 두 글자를 담아내지 않는 것이어요.

당신이 제 이름을 부를 때면, 저는 숨이 멎을 만큼 가슴이 철렁 내려앉으니까요. 그러니까 이안 씨. 부디 그 예쁜 입술로 저의 이름을 부르지…….

"백화."

야, 강이안. 죽고 싶냐?

"꺄아아악! 백화 쌤이래!"

"꺄아아아아악!"

백화는 쏟아지는 환호를 들으며 책상 밑에 구겨진 몸을 더욱 움츠렸다. 그녀는 베테랑 닌자처럼 이 공간 안에서 자신의 숨소리는 물론 존재감까지 지워 버릴 생각이었다.

지금 이 상황에 묘하게 들어맞는 명언. '이 또한 지나가리라.'

"……백화 쌤?"

그러나 그녀의 간절한 바람을 깨고 나긋해서 더욱 서늘한 학생 주임의 목소리가 가까운 거리에서 터져 나왔다. 소리의 근원지는 불행히도 책상 바로 옆 부근이었다.

"책상 밑에서 뭐하십니까?"

"그게…… 형광등이 너무 밝아서……."

"혹시 그대가 저 말 안 통하는 남자 애인 되시는 분입니까?"

"아……."

울고 싶다. 진짜.

오후 다섯 시 반. 한빛 여고 바로 앞에 위치한 작은 카페의 문이 열렸다. 어린이집에 맡겨 둔 아이를 찾아온 워킹맘처럼 다소 지친 얼굴로 들어온 그녀는 백화. 오늘 학교를 뜨겁게 달구었던 주인공의 애인되는 사람이었다.

"아, 여기."

몇 시간 동안 그녀를 잠자코 기다리고 있던 이안은 고개를 들어 올리며 아는 체를 했다. 학생 주임 선생님한테 눈치 받고, 교감 선생님에게 꾸중 듣고, 그것도 모자라 아이들에게 영혼까지 탈탈 털린 백화는 분명 화를 낼 생각이었지만.

"……혼났어?"

불안하게 흔들리는 이안의 눈동자를 마주하니 바보같이 들끓던 울화통이 식어버렸다. 학생 주임 선생님이 백화에게 한 소리 할 때부터 불안해하던 이안은 아직까지 그녀를 걱정하고 있었던 모양이었다.

저런 사람한테 화를 내서 뭐해. 아무것도 모르는 꼬마 울리는 거랑 뭐가 다르겠어. 결국 오늘의 사건을 따져 묻기 포기한 백화는 그의 맞은편 자리에 가방을 내려놓으며 부드러운 목소리로 말했다.

"생각보다는 덜 혼났어요. 이안 씨 동생이 크게 다쳤는데 너무 당황해서 날 찾아왔다고 둘러댔지."

"거짓말 잘하네."

"그럼. 내가 제일 자신있어하는 분야가 거짓말인데."

이안은 생각보다 부드러운 그녀의 반응에 이제야 마음을 놓았다. 실망한 마음을 풀어주러 왔다가 더 곤란하게 만드는 바람에 미움 받을 줄 알았는데, 막상 나타난 그녀는 이안의 생각보다 기분이 좋아보였다.

"그럼 이제 안 실망인가보네."

"안 실망?"

"아침에는 나한테 실망이라고 했잖아."

이안은 지금까지 냈던 목소리 중 가장 조심스러운 목소리로 말했다. 처음에는 도통 무슨 생각을 하는지 알 수 없었던 그의 보랏빛 눈동자. 하지만 지금은 미움 받을까 봐 노심초사하는 귀여운 마음까지 투명하게 드러나는 중이었다.

이안에게 적응한 백화가 이제 그의 사소한 감정까지 발견할 수 있게 된 걸까. 아니면 백화에게 마음을 연 이안이 사소한 감정까지 내비치게 된 걸까.

어쨌든 미우니 고우니 해도 이젠 내 사람 다 됐네, 강이안.

"왜요? 내가 이안 씨 뻥 차기라도 할까 봐 걱정했어요?"

"아니. 찰 거라는 생각은 안 했어."

"무슨 자신감으로?"

"넌 오늘 치마 입었으니까 발은 못 쓸 거라는 자신감으로."

"푸핫!"

이안의 농담 같은 진담에 백화는 이미 화가 다 풀려버린 표정으로 웃음을 터트렸다. 이안은 갑자기 즐거워하는 그녀가 얼떨떨했지만 좋은 반응이었기에 굳이 이유를 묻진 않았다.

"아침엔 진짜 실망보다는 당황을 했지."

"당황을 왜 해."

"나는 이안 씨가 아무것도 모르는 순진한 남자인 줄 알았거든요. 공식적인 첫 키스도 내가 먼저 했잖아."

"그래서."

"그런 순진한 사람이 다짜고짜 침대 위 스킨십 얘길 꺼내면 안 놀라겠어요? 깜짝 놀라지."

백화는 이안에게 장난기 어린 목소리로 아침에 쏟아 냈던 분노를 해명했다. 그건 이안이 그토록 고대하던 대답이었지만 그는 이 순간 두 번이나 섞인 '순진'이라는 단어가 영 마음에 들지 않았다.

침대 위 스킨십을 가르쳐 주던 블로그는 '순진한 남자는 매력이 없다'라는 주제로 어마어마한 포스팅을 올렸었으니까.

"나 안 순진해."

그래서 미간을 좁힌 채 고집스럽게 대꾸하니 백화는 싱글싱글 웃으며 이안을 놀리듯 물었다.

"그럼? 우리 이안 씨는 섹시한 늑대였나?"

"늑대는 아니지. 그건 종이 다르잖아."

"에이, 괜히 할 말 없으니까 이상한 걸로 트집 잡는 거 봐."

"트집이 아니라, 난 그거야. 그……."

"그?"

잠시 말을 멈춘 이안의 머리가 재빠르게 돌아갔다.

그는 블로그에서 읽었던 '여자들의 침대 위 이상형'을 뜻하는 단어를 기억하려 애쓰는 중이었다.

"저……."

"저?"

"아, 세 글자인데."

"저팔계!"

"앞 글자 '저' 아니야. '정'이야."

"정글북?"

"아니."

이안은 답답한지 입술을 살짝 깨물었다.

백화는 골똘히 생각의 잠긴 그의 얼굴을 귀엽다는 듯 바라보았고.

"아, 기억났다."

"뭔데? 뭔데?"

"난 정력남이야."

이어진 그의 파격적인 대답에 할 말을 잃었다.

정력남이라는 단어는 또 어디서 배워 온 거야. 아니, 그전에.

"푸핫! 이안 씨가 정력남이라는 건 대체 어떻게 아는데요?"

이안은 노골적인 비웃음을 던지는 백화를 불만스러운 눈빛으로 마주했다. 그는 이 단어가 자신의 매력을 충분히 표현해 줄 거라 생각했는데 그녀에게는 전혀 통하지 않은 모양이었다.

"뜻은 모르지만 정력남이야."

"아하하하! 정력남이래!"

"왜 웃어?"

"아하하하! 아하하하!"

이안은 목젖이 드러나도록 크게 웃는 백화의 입을 막아버릴까 잠시 고민했지만 흥분한 모습은 보이지 않기로 했다. 오늘은 본인이 잘못한 게 있으니 어지간한 건 그냥 참고 넘어갈 생각이었다.

"아하하! 정력남! 아하하!"

"그만 웃어."

"알았어! 알았어! 풉! 정력남……! 아하하하!"

"그만 웃으라고."

"으크크큭!"

백화는 박장대소하느라 흘린 눈물을 이안의 앞에서 대놓고 문질러 닦았다. 이안은 탐탁지 않은 눈빛으로 그녀를 바라보다가 민망하리만큼 예상과 다른 반응을 외면하기라도 하듯 고개를 돌렸다.

그리고 아직도 터지고 있는 그녀의 웃음소리 사이로 중얼거리듯 말했다.

"……나 정력남 안 해."

그 짧은 한 마디에 백화의 광대는 하늘로 승천할 듯 둥글게 올라갔다.

역시 첫인상과 맞지 않게 어린아이 같은 점이 강이안 매력인데, 정력남은 무슨 정력남.

"하아…… 잘 웃었다. 그래, 이안 씨는 그런 이미지 아니야. 그런데 갑자기 이런 얘기는 왜 자꾸 꺼내는 거예요?"

백화는 겨우 웃음기를 지우고 사뭇 진지한 말투로 이안에게 물었다. 이안은 시선을 다시 백화에게 돌려놓는가 싶더니 나직한 목소리로 조심스레 대답했다.

"영화를 봤는데 다음 단계가 침대였어."

"아, 그래서 호기심이 생겼어요?"

"호기심이라기 보단…… 다음 단계로 가고 싶어."

다음 단계? 이 남자, 지금 얼마나 수위 높은 걸 원하는 거지?

"다음 단계가…… 뭔데?"

괜히 긴장해 버린 백화는 의아한 눈빛으로 물으며 이안의 앞에 있는 물 한 모금을 머금었다.

"영화의 엔딩."

이안은 가볍게 대꾸하며 도도한 고개를 그녀에게로 다시 돌려놓았다. 백화에게 닿은 그의 시선은 여전히 아이처럼 순수했고, 백화를 향한 그의 입술은 굳이 섹시하려 노력하지 않아도 충분히 설레었다.

그래서 더욱 사랑해 주고 싶은 이안은 한동안 달콤한 시선으로 그녀를 바라보다가 이내 짧은 숨을 들이마시고는.

"나 너랑 결혼할래."

파격적인 한 마디를 내던졌다. 사귄지 딱 사흘 된 남자의 갑작스러운 프러포즈.

"풉!"

백화의 입에 머금어져 있었던 물이 그의 얼굴을 향해 뿜어졌다.

퇴근시간 30분 전.

"그 중요한 파일이 어디 있는지 모른다는 게 말이 돼?!"

노 대리의 찢어질 듯한 고함이 사무실 안을 쟁쟁하게 울렸다. 지성을 포함한 모두의 시선이 소란의 현장으로 옮겨갔다.

성난 노 대리 앞에서 분노를 받아 내고 있는 건 역시나 어김없이 해실이었다. 그녀는 작은 어깨를 움츠리며 겨우 들릴 법한 목소리를 꺼내놓았다.

"정말 제가 맡은 적이 없습니다. 대리님……."

"나는 기억한다니까?! 분명 너한테 줬어!"

"검은색…… 파일을요? 그건 분명 노 대리님께서……."

검은색 파일. 지성은 점심시간에 그 파일을 옆구리에 낀 상태로 밖에 나갔다가, 빈손으로 돌아왔던 노정화대리를 기억해냈다.

분명 그 파일은 점심을 먹었던 식당이나 길바닥에 떨어져 있을 텐데 노 대리는 그 사실을 모르는 모양이었다.

"뭐? 그, 그럼 지금 내가 잃어버렸다는 거야?!"

"예? 아, 그런 뜻은……."

아닌가. 이미 깨달았으면서도 무작정 고집을 부리고 있는 건가.

노 대리를 향한 지성의 시선이 차디차게 가라앉았다. 지성은 죄 없이 고갤 숙인 해실에게 다가가려 몸을 일으켰다. 그때였다.

"한지성."

지성과 같이 자리에서 일어난 희운이 서늘한 음성으로 그를 불렀다. 걸음을 옮기려던 지성은 긴장된 시선으로 그를 내려다보았고.

"나는 잠시 일이 있어서 나갔다와야 하니까, 시간 되면 알아서 퇴근해."

생각보다 별것 아닌 용건에 안도의 한숨을 짧게 내쉬며 대답했다.

"네. 대리님. 그렇게 하겠습니다."

조금의 미련도 없이 걸음을 옮기는 희운을 가만히 바라보던 지성은 천천히 눈동자를 돌려 해실을 바라보았다. 머릿속이 온통 그녀를 구해야겠다는 생각으로 가득 찬 지성은 무작정 그녀의 앞을 막아설 예정이었다.

당황한 노 대리가 더욱 화를 낸다면 그건 가식적인 웃음으로 대충 때우고, 해실에게 꽂힌 주변사람들의 시선은 대책 없이 가려두고. 그러면 억울하게 비난을 받고 있던 해실 씨는…….

"죄송합니다. 대리님. 제가 찾아보겠……."

"아깐 받은 적도 없다며! 나한테 다 뒤집어씌워놓더니 이제 찾아보겠다고? 너 지금 나 엿 먹이니?!"

하지만 지성의 걸음은 해실에게 닿지 못하고 멈추었다. 마음 같아서야 당장이라도 뛰어들고 싶은 마음이 굴뚝같았지만, 아무 증거도 없이 노 대리에게 반발하는 건 해실에 대한 악감정만 키울 뿐이었다.

확실한 증거가 될 수 있는 검은색 파일이 필요해. 무턱대고 해실을 감싸려는 것처럼 보이지 않으려면, 해실이 그저 내 뒤에 숨는 나약한 사람처럼 보이지 않으려면, 노 대리가 두고 온 파일을 찾아 직접 눈앞에 내밀어줘야 해. 지성은 노 대리와 함께 점심을 먹었던 박 팀장의 책상 앞에 멈춰 섰다.

"박 팀장님."

"아, 지성 씨. 왜?"

"오늘 점심 식사, 어디서 드셨는지 여쭤 봐도 되겠습니까?"

그는 최대한 상냥한 미소를 머금은 채 물었고, 박 팀장은 잠깐의 고민 끝에 순순히 대답했다.

"구내식당에서 먹었지. 다들 어디 나가기 귀찮아했거든."

"그렇군요. 알려주셔서 감사합니다."

지성은 고마움을 표한 후 그 길로 등을 돌렸다. 다행히도 식사장소가 구내식당이라 상황이 흐지부지 끝나버리기 전에 돌아올 수 있을 듯 했다. 엘리베이터에 몸을 실은 지성은 주저 없이 구내식당이 있는 층을 눌렀다. 엘리베이터는 오늘따라 유독 더딘 속도로 움직였고, 지성은 그 안에서 초조한 숨을 내쉬며 계획을 정리했다.

구내식당에 도착하면 가장 먼저 카운터로 가서 분실물을 알아보고, 그곳에 없다면 노 대리가 갔을 법한 카페나 복도 쪽을…….

─지하 2층입니다.

머지않아 짧은 안내음성과 함께 엘리베이터 문이 열렸다. 지성은 성급한 발길을 앞으로 움직였다. 그러고는 곧바로 구내식당 카운터로 직행하기 위해 몸을 틀었는데.

"이 파일 맞나요? 분실물로 들어온 까만 파일은 이게 전부인데."

"아…… 네. 맞습니다."

"그렇게 중요한 거면 잘 챙기시지……."

"도와 주셔서 감사합니다."

지성의 시선 끝에 가장 먼저 맺혀 들어온 건 놀랍게도 희운이었다. 그것도 해실을 괴롭히고 있는 검정색 파일을 손수 찾아든, 다소 부드러운 표정의 김희운.

"김 대리…… 님?"

지성은 자신도 모르게 당혹감을 가득 담아 희운을 불렀다.

귓가에 닿는 익숙한 목소리에 희운은 시선을 옆으로 틀었고, 머지않아 자신을 바라보고 있는 지성을 발견해냈다. 그의 손에 들린 검정색 파일이 가만히 머물러있지 못하고 위태롭게 흔들거렸다.

"……그 파일 찾으러 내려오신 겁니까?"

지성이 경계어린 목소리로 딱딱하게 묻자 언제나 서늘하기만 했던 희운의 눈빛이 눈에 띄게 동요했다.

늘 있는 듯 없는 듯 아무런 온기도, 체취도, 기운도 담아내지 않았던 그는 처음으로 선명하게 자신의 감정을 드러내는 중이었다.

"아직…… 퇴근 시간 안 됐어. 자리로 돌아 가."

희운은 지성의 질문을 회피하며 지성이 서 있는 엘리베이터 쪽으로 다가왔다. 지성은 그의 손에 들려 있는 검은색 파일을 가만히 내려다보았고 그가 스쳐 지나가자 입술을 꽉 깨물었다.

그는 지금 검은색 파일을 찾았다는 안도감보다, 희운이 먼저 그 파일을 손에 넣었다는 아쉬움을 더욱 크게 느끼고 있었다. 이기적인 자신에게 한없이 실망할 정도로. 나는 그녀를 도와주고 싶었던 게 아니라, 그저 잘 보이고 싶었던 것뿐이었을까.

"한지성."

지하 2층에 머물러있던 엘리베이터 문이 열리기 직전, 등 뒤의 희운이 지성의 이름을 불렀다. 지성은 가라앉았던 표정을 애써 정리했고 몸을 돌려 나직이 대답했다.

"네, 김 대리님."

차마 눈은 마주하지 못했다. 자신이 바라는 걸 모두 가지고 있는 그가 이성을 잃어버릴 만큼 부러워질 것 같아서.

그런 지성에게 희운은 짧은 한숨을 내쉬었다. 그러고는 평소의 한기를 사그라트린 목소리로 의미심장한 질문을 던졌다.

"너도 이 파일 찾으러 온 건가."

어떻게든 그를 피하려 했던 지성의 눈동자가 그 말 한 마디에 희운을 향했다. 지성은 요동치는 마음을 참기 위해 마른침을 삼켰고, 겨우 입꼬리를 올려놓은 채 대답했다.

"네. 노정화 대리님께서 점심시간에 들고 나가셨던 게 기억나서요. 대리님께서 찾아주셔서…… 정말 다행입니다."

마지막 말은 정말 하고 싶지 않았다. 지금껏 가식적인 말만 해 왔던 지성이지만, 이 말 만큼은 고통스러울 정도로 까끌하게 목구멍을 괴롭혔다.

하지만 문이 열린 엘리베이터에 오르지 않고 자신을 물끄러미 바라보는 희운 때문에 그는 어떤 대꾸든 토해 낼 수밖에 없었다.

사랑을 받지 못하는 사람은 사랑을 받고 있는 사람 앞에서 이렇게나 약자가 되어 버린다.

그건 무척이나 처참한 일이지만 애초부터 그를 이길 수 있는 방법은 없기에, 결국 지성은 도망치는 사람처럼 희운에게서 시선을 떨어트린다. 그렇게 얼어붙은 눈동자로 구두 끝만 주시하던 그때.

"이거 니가 전달해."

희운이 챙겨들었던 검은색 파일이 지성의 눈앞으로 조심스레 건네졌다. 지성은 다시 고개를 들어 올렸고, 이해하지 못할 눈빛을 희운에게 고정시켰다.

"예……?"

"이해실한테 내 이야기는 하지 마."

"……."

"절대로."

희운의 목소리는 한없이 차가웠다. 평소의 그 사람처럼.

그는 지금 해실과 엮이지 않기 위해 사리는 중이었고, 해실에게 존재감을 드러내지 않기 위해 피하려는 중이었다.

그건 늘 그래왔듯 매정하고 잔인한 모습이었지만, 지성의 마음은 혼란으로 어지러워졌다.

그녀의 사랑을 받고 있는 희운의 눈빛이 그녀의 사랑을 갈구하는 지성의 눈빛과 비슷해서. 어쩌면 사랑을 받지 못하는 약자 특유의 애절함이 지성보다 더 많이 묻어 나오는 듯해서. 지성은 고개도 끄덕거리지 못할 만큼 당황해 버렸다.

"그냥…… 니가 찾아준 거라고 말해."

이어지는 그의 의미심장한 말을 감히 되묻지도 못할 만큼.

"아……."

"이안 씨! 미안! 일부러 뱉은 건 아니에요!"

이안과 마주 앉아 있는 카페 테이블.

자신도 모르게 이안의 얼굴에 물을 뿜어버린 백화는 서둘러 티슈를 대령했다.

이안은 미간을 좁힌 채로 그걸 받아 들었고, 차분하게 얼굴을 닦았다. 원래 같았으면 아무리 상대가 백화라도 한 소리는 꼭 하고 넘어갔을 테지만 오늘은 그러지 않기로 했다.

"나는 물 준다고 해서 쑥쑥 자라지 않아."

"으……응?"

"그냥 사랑해 줘."

이안은 한 마디 한 마디 힘주어 말했지만 백화는 알아듣지 못했다. 물론 '사랑해 줘' 부분에서 심장이 쿵 떨어질 만큼 동요하긴 했으나 지금은 그걸 붙잡고 되물을 상황이 아니었다.

혼란에 빠진 그녀의 머리를 복잡하게 만들어놓는 건 바로 사귄지 사흘밖에 되지 않은 그가 되는 대로 날렸던 프러포즈뿐이었다.

"그러는 이안 씨는 왜 갑자기 결혼하자는 말을 꺼내는 건데요?"

"왜. 안 돼?"

"아직은 안 되지! 사람 참 성급하네!"

"그럼 뭐라고 해."

"예……예?"

"너랑 결혼하고 싶다는 생각이 들면, 그땐 뭐라고 말하냐고."

보랏빛 눈동자를 빛내며 이안이 하는 말은 오늘도 어김없이 일방적이었다.

늘 마음의 준비를 해 둘 새도 없이 훅 치고 들어오는 통에, 그녀는 항상 정신을 차릴 수 없었고 그에게 휘말려 얼굴만 붉히기 일쑤였다.

물론 그가 말귀를 못 알아듣는 남자는 아니니, 붙잡고 '너무 앞서가지 마'라고 하면 될 일이지만. 그 말조차 쉽게 나오지 않는 이유는.

"결혼하고 싶다는 생각이 들어도…… 겨우 사귄지 사흘밖에 안 됐으니까……."

"그래도 너랑 결혼하고 싶어."

"그 말이 그렇게 쉽게 나와요?"

"쉽게 하는 말 아니야. 진심이야."

강이안이 던지는 돌직구들은 전부 진심이라는 걸 알고 있기 때문이었다. 예전부터 그는 좋은 감정이든 싫은 감정이든, 분위기나 상황 따위 가리지 않고 마구잡이로 내뱉곤 했었지.

"진심으로 나랑 결혼하겠다고?"

"어."

"진짜?"

"자꾸 확인하지 마. 나는 거짓말 안 해."

지금도 저 눈빛 봐. 유치원생처럼 결혼하자고 조르는 주제에 어느 때보다 진지하고 당당하잖아.

그의 장단에 맞춰 생글생글 웃으며 장난스레 결혼을 약속하는 건 어렵지 않았다. 좋아하는 감정에 휩쓸려 먼 미래를 계획하는 남자들은 기억도 잘 안 나는 중고등학교 시절 몇 번 만나 봤으니까.

하지만 쉽게 받아들이기에는 영 석연치 않던 부분이 있었다.

'침대 위 스킨십'도 며칠 전에 알았다던 이 순진무구한 남자. 과연 '결혼'의 의미나 제대로 알고 있긴 한 걸까. 영화에 비춰진 모습이 전부라고 생각하는 건 아닐까.

"이안 씨. 결혼이 뭐하는 건지는 알아요?"

백화는 이안의 자존심을 건드리지 않으려 조심스레 떠보았다. 이안은 그녀의 질문에 가소롭다는 듯 픽 웃음을 얹었고, 당당하게 대답했다.

"알고 있어."

"결혼이 뭔데?"

"니가 이불보 허리에 두르고, 방충망 뒤집어쓰고 나한테로 걸어오는 거야."

"이불보? 방충망?"

"어. 쓸데없이 반짝거리는 하얀 거."

너 지금 혹시 신부의 상징, 웨딩드레스와 면사포를 한낱 이불보와 방충망에 비교한 거니? 아주 잔인하리만큼 로망이 없구나?

"그다음엔 뭐하는데요?"

"차에 쓰레기를 잔뜩 붙이고 고속도로를 달리면서 소리를 질러."

"와, 웨딩카 데커레이션을 쓰레기라고 표현하는 것도 재주다."

"그다음은 추측인데, 그렇게 계속 차를 타고 죽을 때까지 달리……."

"아니거든! 역시 결혼이 뭔지 잘 모르지?!"

백화는 결혼을 영화 장면에서조차 이해하지 못한 이안에게 저도 모르게 언성을 높였다. 이럴 줄은 예상 했었지만 느닷없는 프러포즈에 대책 없이 설레었던 그녀는 어쩐지 당한 느낌이 들어 억울해하는 중이었다.

역시 소갈머리 없이 '오케이'부터 외쳤다면, 혼자 김칫국 한 사발 원샷해버리는 꼴이 될 뻔한 상황.

백화는 몰라도 너무 몰라서 답답한 이안을 보며 푹 한숨을 내쉬었다. 그걸 놓치지 않고 들은 이안은 그 즉시 찡긋 미간을 구겼다.

"왜 나랑 결혼하는 거 싫어해?"

"이안 씨랑 결혼하기 싫은 게 아니라, 이안 씨가 결혼의 의미도 모르고 달려드니까 그렇지!"

"알아."

"아는 사람이 로맨틱한 결혼식 장면을 그렇게 욕보이나?!"

"그게…… 결혼식이었어?"

"봐! 모르잖아!"

그런 식으로 따지자면 이안은 결혼에 대해서 모르는 게 분명했다.

그는 그저 영화 말미에 나왔던 그 우스꽝스러운 장면들이 일종의 통과의례 같은 거라고 생각했으니까. 하지만 그럼에도 불구하고, 그녀 앞에서 당당하게 말할 수 있는 건.

"……의미는 정확하게 알고 있어."

"의미? 결혼의 의미요?"

"난 의미 없이 결혼하자고 할 만큼 쉬운 남자 아니야."

백화는 어느 때보다 진지한 이안의 눈빛에 미심쩍었던 눈빛을 풀었다. 이안에 대한 기대감은 사라진 지 오래였지만, 그에게는 자꾸 다음에 이어질 말과 행동을 궁금하게 만드는 요상한 매력이 있었다.

"이안 씨가 생각하는 결혼의 의미가 뭔데?"

백화는 이안의 눈동자를 물끄러미 마주하며 물었다. 이안은 잠시 머뭇거리나 싶더니 낮은 목소리로 무게감 있게 대답했다.

"너의 마지막 순간은 내가 지켜주겠다는 약속."

준비되지 않은 그녀의 마음에 이안의 목소리가 스며들었다. 이안이 생각하는 결혼의 의미는 오히려 그녀가 생각했던 의미보다 깊은 뜻을 담고 있어서, 백화는 잠시 할 말을 잊어버리고 말았다.

시작이 아닌 끝을 바라보고 하는 결혼. 분명 영화처럼 달콤하진 않지만 확실히 마음의 깊이는 느껴졌다.

그는 아이처럼 순수한 사람이라서 지니고 있는 마음을 저리도 예쁘게 표현할 수 있는 걸까.

"그럼…… 내 마지막 순간까지 지켜 주려고 결혼하자 그랬어요?"

"응."

순순히 끄덕이는 그의 고개. 쓰다듬어주고 싶을 만큼 사랑스러워 죽겠다. 그에게는 확실히 서툰 모습까지 보듬어주게 되는 마성의 매력이 존재한다.

"와아, 정말 든든하네……."

나는 지금 설레는 것보다, 당신이 좋아서 떨려오는 것보다, 아직 멀리 남은 마지막 순간이 벌써부터 당신으로 인해 행복하고 든든해. 당신과 함께라면 내 인생은 분명 해피엔딩일 거야.

그의 진심을 고이 넘겨받은 백화는 이안을 향해 부드러운 미소를 지어 보였다. 이안은 그녀를 따라 웃어 보려 했지만 아직까진 미소를 짓는 일이 어색해서 그만 관두어버렸다.

그러면서도 내심 딱딱하게 굳은 자신의 얼굴이 그녀의 기분을 상하게 하진 않을까 걱정하고 있는데.

"나랑 결혼하면…… 이안 씨는 꼭 나보다 1분이라도 늦게 가요. 알았어요?"

향긋한 목소리와 함께 그녀의 간지러운 손길이 그의 뺨에 와 닿았다. 그 손길은 마치 소중한 사람을 만지는 듯 조심스럽고 부드러워서, 이안의 온몸은 따끈한 열로 달구어지는 듯했다.

이안은 그제야 자신이 꽤 낯부끄러운 말을 했다는 사실을 깨달았다. 하지만 부끄러운 마음을 추스르는 대신 그는 다시 한 번 그녀를 향해 수줍은 목소리를 흘려보냈다.

"1분은 짧아. 널 따라가기 전에 해야 할 일이 많아서."

이안은 설렘이 어린 자신의 손을 뺨에 닿아 있던 백화의 손길 쪽으로 천천히 가져갔다. 그러고는 그 손을 감싸 쥐고 자신의 붉은 입술 앞으로 서서히 끌어당겼다.

"다른 사람들한테 나대신 널 기억해 달라고 부탁해야하거든……."

그가 입술을 움직일 때마다 따뜻한 그의 숨결이 그녀의 손끝을 간질였다. 그 보드라운 움직임에 태연하려 애쓰고 있던 그녀의 눈동자가 동요하듯 떨려 왔다. 그건 심술궂은 이안이 가장 좋아하는 그녀의 얼굴이라서 그의 기분이 내심 좋아졌다. 이안은 마지막으로 입술을 조곤조곤 움직이며 다시 한 번 고집스러운 말을 건넸다.

"그러니까 대답해. 결혼은 나랑 하겠다고."

그리고 이내, 사랑스러운 말이 아직 가시지 않은 따듯한 입술을 느리게 옮겨, 뜨거워진 그녀의 네 번째 손가락에 지그시 맞추었다.

반지 대신 나누어준 그 남자의 자상한 키스. 지금 이 순간 백화는, 좋아서 미칠 것 같은 기분을 실감하는 중이다.

8 장
그 밤, 마음이 젖는다

'대리님. 찾고 계신 파일이 혹시 이 파일입니까?'

지성이 희운에게서 받은 검은색 파일을 노정화의 눈앞에 건넸을 때. 겨우 억울한 상황에서 벗어나게 된 해실은 자리로 돌아와 말했다.

'고마워요. 지성 씨.'

여린 목소리이긴 했지만 그녀의 눈빛은 진심을 담고 있어서, 지성은 다행이라고 생각했다. 어쨌든 그녀를 구해 준 사람은 나였으니까.

그러나 까만 세단을 몰고 집으로 향하는 고속도로를 질주하는 지금. 지성의 표정은 그리 편안하지 못하다.

현재 그의 마음에 남겨져 있는 건 해실이 건넨 감사가 아닌, 희운의 알 수 없는 눈빛.

　'이해실한테 내 이야기는 하지 마.'

　'그냥…… 니가 찾아준 거라고 말해.'

모래알처럼 까끌하게 남겨진 희운의 말들은 지성의 머릿속에 박혀 빠질 기미조차 보이지 않았다.

혹시 그 사람은 그녀를 좋아했던 걸까. 아직 그 마음을 접지 못한 걸까. 그녀가 그를 잊지 못한 것처럼 그 역시 그녀를 잊지 못한 걸까.

"하아……."

지성의 입술 사이로 긴 한숨이 흘러나왔다. 고속도로를 빠져나와 시내로 접어든 그의 차가 빨갛게 변한 신호등 아래 멈추어 섰다.

직진만을 고집하던 그는 가만히 멈춘 채로 생각했다. 달리고 싶은 마음을 이렇게 멈춰버려야 하는 건지를. 이윽고 주황빛 신호가 켜진다.

　'안녕하세요. 오늘부터 출근이세요?'

　'이해실이라고 해요. 정직원은 아니지만 그래도 잘 부탁해요!'

문득 머릿속을 스쳐 간 해실의 얼굴이 보기 좋은 미소를 지었다.

그리고 다시금 그를 반기는 초록빛 신호등. 브레이크에서 발을 떼어 내며 그는 속도를 높였다. 그건 이성이 아닌 본능이었고, 선택이 아닌 필연이었다.

언제부터 마음이 이리도 깊어진 건지는 잘 모르겠다. 이렇게 하다 보면 언젠가는 그녀에게 닿을 수 있는 건지도 잘 모르겠다.

하지만 한 가지 확신할 수 있는 것은, 그의 마음은 더 이상 스스로 제어할 수 있는 정도가 아니라는 것.

지이이잉— 지이이잉—

거치대에 놓여 있던 그의 휴대폰이 전화 수신을 알렸다. 생각에 잠겨 있던 다갈색 눈동자를 옆으로 돌리자, 선명하게 보이는 이름은 이안이었다.

그는 한없이 가라앉던 마음을 추스르고 통화버튼을 눌렀다.

"네, 이안 님."

—못된 것만 가르쳐 주는 나쁜 형은 지금 어디 계시나?

인사 대신 그의 이름을 기계적으로 부르니, 스피커폰을 통해 뜻밖에도 백화의 목소리가 터져 나왔다.

"백화 님? 지금 이안 님이랑 같이 계십니까?"

—네! 이안 씨가 놀러왔는데 저녁이나 먹이고 보낼까 해서.

"아…… 그러시구나."

—지성 씨도 올래요? 내가 고기 쏠 건데!

끼어들면 안 되는 자리라는 건 알고 있었다. 아무리 장난스럽게 보여도 이것은 엄연한 주인님의 데이트이니, 비켜드리는 게 도리라는 생각은 들었다.

하지만 혼자 있을수록 복잡해지기만 하는 감정이 부담스러웠던 지성은 잠깐의 침묵 끝에 되물었다.

"술도…… 사주시는 겁니까?"

분명 평소에는 극도로 싫어하던 알코올인데 어쩐지 오늘은 심히 땡기는 기분. 스피커폰 너머에서 백화의 시원한 웃음소리가 흘러나왔다.

―아하하! 왜요? 여자한테 차이기라도 했어요?

"네? 아…… 그건 아니고……."

―아니긴! 평소에 찾지도 않던 술을 찾는 이유가 실연 밖에 더 있나!

재빠른 백화의 눈치에 새삼 놀란 지성은 당황스러운 마음에 잠시 입술을 닫았다. 하지만 백화는 그의 반응 따윈 필요 없다는 듯 웃음기 어린 목소리로 뒷말을 이었다.

―얼른 달려와요! 오늘은 우울한 지성 씨도 내가 책임져줄 테니!

"여기예요! 여기!"

월계동의 허름한 삼겹살 집. 지성이 낡은 문을 밀며 들어서자, 정중앙 테이블에 앉아 있던 백화가 손을 휘저으며 아는 체를 했다.

하지만 그녀보다 더욱 그의 눈에 들어오는 건 제법 자연스럽게 사람들 사이에 섞여 있는 이안의 모습.

지성은 쇼핑하러 가는 것조차 어려워하던 이안을 회상하며 대견한 미소를 지어 보였다.

"이안 님, 이젠 밖에서 외식도 하시네요?"

"얼른 앉기나 해."

부끄러워하긴. 지성은 둥그런 테이블 한쪽에 자리를 잡고 앉았다.

워낙 넓은 등짝과 긴 다리를 가진 탓에 의자는 다소 불편했지만, 굳이 내색은 하지 않았다.

지성에게는 이곳에 온 확실한 이유가 따로 있었으니까.

"그럼 술 한 잔 따라주시죠."

지성이 비장한 목소리로 얘기하자, 백화가 의미심장한 미소를 띠며 술병을 들었다.

"그럼 잔을 이리 내밀어주시죠."

"백화 님은 술 잘 하시나요?"

"말해서 뭐해요. 지성 씨는?"

"좋아하진 않습니다. 그래도 금방 취하지는 않아요."

"어머! 딱 내 스타일이네."

백화는 술병을 기울여 지성의 잔을 채워주며 별 뜻 없는 칭찬을 내뱉었다. 순간 술 대신 물을 들이키던 이안의 미간이 살짝 구겨졌지만, 그들은 딱히 신경 쓰지 않고 첫 잔을 비워냈다.

"아⋯⋯."

쓴 맛에 미간을 구긴 지성을 향해 백화가 키득키득 웃어 보였다.

"진짜 싫어하나보네! 하핫!"

그러면서 장난처럼 지성의 어깨를 툭 치니, 이안의 시선이 날카롭게 따라붙었다. 예전에 태양과 함께 식사를 할 때 한 번 겪어봤던 거슬림.

하지만 이안은 의식적으로 무시하려 애쓰는 중이었다. 상대는 가족과 다름없는 지성이니, 딱히 견제할 생각은 없다.

"자, 고기도 좀 먹어요. 잘 구웠으니까."

백화는 지성에게 고기 한 점을 접시에 올려 주었다. 그걸 물끄러미 보던 지성은 입가를 닦아 내고, 다시 그녀의 앞에 소주잔을 내밀었다.

"한 잔 더 부탁드립니다."

"엥? 곧바로?"

"아직도 머리가 정리되지 않아서요."

지성이 원하는 건 모든 감정이 몽롱하게 느껴지는 정도의 취기. 백화는 잔을 채워주면서도 걱정스러운 표정으로 중얼거렸다.

"그러다 혹 갈 텐데……."

그러나 지성은 잠깐의 망설임도 없이 두 번째 잔을 입 안에 털어 넣었다. 백화는 무슨 일이 있었는지 모를 지성이 염려스러워, 이번에는 찌개가 담긴 뚝배기를 그의 앞쪽으로 건넸다.

"세 번째 잔은 바로 안 줄 거예요."

"이것까지만 바로……."

"안 돼요. 어서 찌개 한 술 들어요."

서둘러 혼란스러움을 떨쳐 버리고 싶은 지성이었지만, 이번에 그는 백화의 성화에 못 이겨 찌개 한 숟가락을 입에 넣었다. 입 안에 남아 있던 알싸함은 구수한 냄새와 섞여 사라졌고, 덕분에 술은 먹은 지도 모르게 깨어버렸다.

"자, 이제 따라주세요. 술."

지성은 전투적인 태세로 또 한 번 술을 부탁했다. 백화는 평소와 달리 태연함을 잃어버린 지성이 우습기도 하고 귀엽기도 해서 그의 등을 차분히 쓸어주며 잔을 채웠다.

"옳지, 잘 마신다. 어이구, 착해."

지성이 그녀의 손길을 받으며 술을 넘길 때, 이안은 그녀의 손길을 주시하며 물을 삼켰다. 저 말투는 나한테만 쓰던 건데. 그때마다 싫은 척했지만 사실은 내가 좋아하는 말투인데.

"그건 안 썼으면 좋겠는데."

잠자코 있던 이안이 결국 백화에게 한 소리를 냈다.

이안에게 별 신경을 쓰지 않고 있던 백화는 한쪽 눈썹을 찡그리며 무슨 말이냐는 표정을 지어 보였다. 그러나 이안을 머리부터 발끝까지 전부 꿰고 있는 지성은 픽, 웃음을 흘리며 말했다.

"이안 님도 한 잔 따라드릴까요?"

"예?! 안 돼요! 이안 씨는 주량이 한 잔이란 말이에요!"

"이안 님이 취하면 울거나, 소리를 지르거나, 사람을 때리던가요?"

"그건 아니지만…… 그냥 정신 나간 짓을 해요."

"그런 거라면 상관없겠네요. 이안 님은 평소에도 제정신이라고 보기 힘든 일을 많이 벌려놓으시니까."

지성은 극구 반대하는 백화의 말을 가볍게 받아치며 이안에게 소주병을 내밀었다. 순간 이안의 머릿속에 왜 마시는지 이해할 수 없었던 소주의 첫 맛이 스쳐 지나갔다.

굳이 그 괴상한 맛을 느끼고 싶지 않았던 이안은 고개를 가로저으며 말했다.

"싫어. 안 마셔."

"아, 그러시구나. 그럼 앞으로도 백화님 술 파트너는 제가 도맡아야겠네요."

"뭐?"

"질투하지 마세요. 아셨죠?"

그러나 이어지는 지성의 말은 은근히 속을 끓어오르게 하는 것이, 어쩐지 그에게 지는 듯한 기분을 불러일으켰다.

"아, 그냥 줘."

"하하. 역시, 그러실 거면서."

이안은 결국 지성의 꼬임에 휘말려, 잔을 내밀고 지성의 술을 받아 들었다.

"뭘 그냥 줘! 술도 못 마시잖아!"

백화는 한 잔에 정신줄을 놓았던 이안을 떠올리며 잔을 뺏으려 했지만, 이안은 제법 단호한 말투로 백화에게 대꾸했다.

"아까 쟤가 마실 땐 옳지, 착하네 해 줬잖아."

"네?!"

"어깨도 쓰다듬어 줬잖아."

"아, 그건……!"

"나도 그거 해 줘. 지금 마실 테니까."

할 말을 마친 이안은 백화가 말릴 새도 없이 곧바로 한 잔을 비워냈다. 백화는 결국 벌어져 버린 사태에 한탄 어린 한숨을 뱉었고, 지성은 그런 두 사람의 모습을 보며 즐거운 듯 웃었다.

역시 기분이 우울할 땐 이안님을 놀리는 게 최고야.

"아, 써……."

"봐 봐. 쓰잖아. 그러니까 왜 마시지도 못하는 걸……."

"시끄러워. 빨리 내 어깨나 만져."

"어깨는 왜요?"

"한지성한테 해 줬던 것처럼 쓰다듬으라고."

"아, 싫어요! 내가 마시지 말라는 거 고집스럽게 마셔놓고, 무슨!"

백화는 질투하는 이안의 장단에 맞춰 줄 생각이 없다는 듯 완강하게 거절의 의사를 표시했다. 그러자 이안은 씁쓸함 때문에 찡그려진 인상을 풀지 않고, 그대로 백화에게 눈길을 돌려 말했다.

"그럼 옳지, 착하다, 이 말이라도 해."

"이안 씨 지금 안 착한데?"

"한지성이랑 똑같은 거 했잖아. 왜 나만 싫어해?"

"이안 씨만 싫어하는 게 아니라……."

"바람둥이."

"그 단어 쓰지 말라니까 또 쓰네! 참!"

별안간 두 사람이 싸우기 시작했다. 원인은 지성이 이안을 놀리기 위해 건넨 술 때문이었고 지성 역시 그 사실을 알고 있었다.

하지만 죄송한 마음보다 먼저 차오르는 건 흥미진진한 이 상황에 대한 만족스러움이었다. 지성이 아무리 놀려도 툴툴거리는 정도였던 이안은 현재 입술까지 지그시 깨물며 삐지려하는 상태였다.

아, 역시 우리 주인님은 너무 재미있어.

"하하하. 그만 싸우세요. 하하하."

"지성 씨는 대체 왜 웃고 있어요?!"

"아하하하."

그래서 백화야 신경질을 내든 말든 즐거운 웃음을 터트리니, 그걸 가만히 바라보고 있던 이안이 알 수 없는 혼잣말을 내뱉었다.

"아, 그거 어디 있지."

"네? 이안 님 찾으시는 물건이라도 있습니까?"

"어. 두 개. 내가 좋아하는 건데."

"어떤 거요?"

"움직이는 젤리야."

움직이는 젤리. 지성이 한 평생 듣도 보도 못했던 물건.

아직 웃음기를 정리하지 못한 지성이 의아한 표정을 짓자 백화는 한숨을 내쉬며 고갯짓으로 이안을 가리켰다.

"자, 이게 바로 강이안의 술버릇입니다."

"네?"

"본인도 알아듣지 못할 말을 하곤 하죠. 저번에는 불판 위에서 타오르는 대창을 머리끈이랍시고 주워주려 했다니까요?"

"아하……."

"이제 만족해요? 지성 씨?"

백화는 흥미로운 눈으로 이안을 구경하는 지성에게 비꼬듯 물었다. 허나 그건 물으나 마나한 질문이었기에 지성은 빙그레 미소를 지으며 곧바로 대답했다.

"네. 오길 잘했어요. 구경할 게 많아서 좋네요."

하여간 저 능글능글한 사람.

백화는 이안을 챙겨야 한다는 생각에 의자를 옮겨 이안에게 바짝 몸을 붙였다.

"이안 씨, 여기 물 마셔요."

백화가 다정한 손길로 이안의 컵에 물을 따라 건네주자, 무언가를 찾고 있던 그의 눈동자가 그녀의 얼굴에 가만히 고정되었다. 정확히 말하자면 백화의 얼굴 중에서도 가장 탐스러운 그녀의 입술 쪽으로.

"뭐……뭘 그렇게 봐요?"

마주친 시선이 주는 긴장감에 백화가 떨리는 목소리로 묻자.

"찾았다."

알 수 없는 이안의 대답이 낮게 흘렀다.

지성도, 백화도 이해하지 못한 말이었지만 되물을 필요는 없었다. 이안은 조금의 망설임도 없이 고개를 숙였고, 자신이 그토록 찾아 헤매던 백화의 입술에 자신의 입술을 지그시 눌러 박았으니까.

무심하게 와 닿은 그의 입술에 백화는 아무생각도 하지 못하고 멈추어버렸다. 여기는 삼겹살 집 한복판이었고 이 테이블에는 지성까지 있었지만 그건 의식되지도 않을 만큼 갑작스러운 설렘이 그녀를 감쌌다.

특히 그의 목덜미 부근에서 느껴지는 이 아기 냄새. 난 이 냄새가 너무 좋아서 미칠 것 같아!

그렇게 몇 초간 머물러있던 이안의 입술은 처음에 다가왔을 때처럼 무심하게 떨어졌다.

"그거 가만히 놔둬."

"……예?"

"내 거니까."

이안은 짧은 말로 백화의 마음을 뒤흔들어놓더니, 곧 정면으로 몸을 돌리며 윗입술을 혀끝으로 훑어냈다. 결국 순식간에 붉어져버린 백화의 두 뺨.

"지……지성 씨 때문에 술 취해서 저러잖아요."

백화는 애꿎은 지성에게 핀잔을 주었지만 그건 싫은 내색이라기보다는 염장지르기에 가까웠다. 적어도 짝사랑 때문에 애 닳고 있는 지성의 입장에서는.

지성은 방금 전까지만 해도 흥미롭게 빛나던 눈동자를 가라앉힌 채로 탐탁지 않게 대답했다.

"예. 그러네요. 제가 왜 그랬을까 굉장히 후회되네요."

그러자 백화의 얼굴이 별안간 반짝반짝.

"근데 우리 이안 씨 정말 귀엽지 않아요?"

"……."

"아, 너무 좋아. 이제는 조는 것 봐."

아, 애초부터 이 커플 사이에 끼어드는 게 아니었어.

"머리 아파……."

원의 음성이 특유의 한기를 머금은 채 공기 중으로 흘러나왔다.

그는 붉은 머리를 붙잡고 고통을 호소했지만, 정작 얼굴에 선명한 구둣발 자국을 새긴 쪽은 바닥에 널브러진 C7이었다. C7은 쓰러졌던 몸을 똑바로 일으켜 다시 원의 발밑에 무릎을 꿇었다.

"원 님. 당장 놈을 폭주시키는 것은 애초부터 불가능한 일이었습니다."

"불가능이라…… 그래서 사진 하나만 대충 던져 주고 돌아온 거야?"

"하지만 그 사진은 강이안의 잠재의식을 자극할 수 있는……."

그의 변명이 끝나기도 전에 원의 다리는 한 번 더 공중에서 호를 그었다.

"으…… 으윽!"

덕분에 C7의 몸은 또다시 바닥을 나뒹굴었고 이번엔 쉬이 일어나지 못하고 흐린 신음을 토해 냈다.

"크흐, 남아 있는 새끼들 중에서 가장 쓸 만한 새끼가 이따위라니……."

"원…… 님……."

C7은 차가운 시선으로 자신을 내려다보는 원의 이름을 애원하듯 불렀다. 그러나 원은 대꾸조차 하지 않았고, 한동안 거친 숨만 신경질적으로 내쉬더니.

"나한테는 역시…… 그 애가 더 잘 어울려."

"……."

"그 애를 빼앗긴 그 순간부터 모든 게 뒤틀린 거야."

감정을 얼어붙게 만드는 말들을 차갑게 중얼거렸다. '널 버리겠다'는 협박이 이어지지 않은 게 다행일 정도로 매정한 목소리였다.

그가 누굴 탐하고 있는지는 묻지 않아도 알 수 있었다. 한 사람을 또렷이 회상하고 있는 원의 눈빛은.

'니가 내 시중을 들겠다고?'

'네, C7이라고 합니다. B1님.'

'Z999 대체품이라더니…… 장난이 심하네.'

'…….'

'……그냥 확 죽여 버릴까?'

그와 전혀 다른 자신을 불만스럽게 내려다보던 첫 날의 눈빛과 비슷했으니까.

C7은 지친 몸을 도로 일으켜 세우며 가라앉은 목소리를 꺼냈다.

"다시…… 명령을 받들겠습니다."

"아깐 기다리라며?"

"강이안의 고삐를 어떻게든 끊어놓겠습니다."

그건 충분히 결의에 찬 모습이었지만 원은 그저 웃음만 흘릴 뿐 진지하게 받아들이지 않았다.

"크흐흐, 니가 어떻게?"

"그건……."

"그 새끼는 폭주하자마자 널 죽일 텐데, 니가 무슨 수로?"

노골적인 냉대 속에서 C7은 고개를 들어 원의 광기 어린 눈동자를 마주했다. 그의 시선에선 의례적인 기대감조차 찾아볼 수 없어서 C7은 자신의 미약한 힘이 더욱 원망스러워졌다.

결국 어떤 대답도 하지 못하고 고갤 숙이니 원은 짧은 코웃음과 함께 뒷말을 이었다.

"지금 당장 시공간 이동장치를 돌려."

"네?"

"크흐, 아무래도 마냥 기다리는 건 질색이라서 말이야."

C7은 그 명령의 의도를 정확히 알아듣고는 염려 섞인 되물음을 건넸다.

"원 님. 지금 혹시…… 준비도 없이 21세기로 가시려는 겁니까?"

"준비 없이 만나는 쪽이 더 흥분되지 않겠어? 폭주도 흥분되어야 하는 거잖아."

"그래도 상대는 강이안입니다. 원 님."

"강이안이 뭐."

"위험한 인물이라는 건 원 님도 충분히 아시고 계시지 않습니까."

"그래서 뭐."

원이 알고 있는 사항에 대해 의미 없는 되물음을 던진다는 건, 자신이 하는 일에 신경을 끄고 입을 닫으라는 뜻이었다.

하지만 C7은 이안은 물론 지성의 위험성까지 정확히 알고 있었기에, 단호한 표정으로 다시 한 번 그를 저지하려 했다. 그러나 C7이 입술을 마저 움직이기도 전에 원은 서늘한 음성을 내뱉었다.

"어차피 그 새끼는 나한테 아무 짓도 못 해."

"원 님……."

"그러니까 당장, 날 21세기로 안내해."

다시 생각해 봐도 지성에게 어젯밤은 최악이었다. 술 취한 이안은 시도 때도 없이 백화에게 입을 맞춰댔고, 백화는 잔소리를 가장한 자랑을 해댔으며, 그 사이에서 지성은 고기만 구워야했다.

부러워서 서러운 술자리가 끝난 건 새벽 두 시.

지성은 대리기사를 불렀지만 불행히도 그는 길을 잘 찾지 못하는 사람이었다. 한참을 헤매다보니 집에 도착했을 때는 이미 세 시 반이었고, 지성은 네 시에 겨우 취침을 한 뒤 딱 두 시간 후에 다시 일어나 출근을 했다.

그리하여 지금 그의 지친 몸뚱이는 회사.

"아……."

평소에는 잘 새어 나오지도 않았던 한숨이 흘러나오자 옆자리의 해실이 다정하게 물어 왔다.

"지성 씨 피곤하면 커피라도 한 잔 타드릴까요?"

"아니요. 괜찮아요. 믹스는 취향이 아니라서."

"아, 그렇구나."

"이따 카페 같이 가줄래요? 해실 씨랑 커피 마시고 싶은데."

"예?"

정신이 쏙 빠질 만큼 피곤해진 지성의 감정표현에는 평소에 의식적으로 작동되던 필터링 기능이 없었다. 해실은 느닷없는 그의 제안에 갈색 눈동자를 동그랗게 떴고 하하 웃으며 고개를 돌렸다.

그녀는 지금 날 밀어내는 걸까, 아니면 정말 내 맘조차 모르는 걸까.

"이해실."

때마침 뒤편에서 희운의 차가운 목소리가 해실을 호명했다. 그녀는 평소보다 빠르게 고개를 돌려 즉시 반응했고, 희운은 서류 하나를 건네며 말을 이었다.

"정리가 엉망이야. 수정할 부분 표시해 뒀으니까 다시 제출해."

"아, 네. 죄송합니다."

두 사람이 나눈 건 일상적이고 사무적인 대화일 뿐이었지만 지성의 신경이 순간 날카롭게 긁혔다.

해실은 저 서류를 받으며 무슨 생각을 하고 있을까, 희운은 그녀의 눈을 마주하며 무슨 감정을 느끼고 있을까.

피곤함에 잊고 있었던 희운의 존재감이 스멀스멀 지성을 조여오기 시작했다.

"이 부분은 노 대리님께서 꼭 넣어달라고 요청하신 사항인데 삭제해 버려도 되나요?"

"쓸모없는 부분이야. 판단은 내가 해."

"네, 알겠습니다. 또 질문드릴 사항이 있는데……."

"어디."

아무래도 두 사람은 계속 내 옆에서 이야기를 주고받을 것 같은데…… 그냥 잠시 피해 있어야겠다. 요동치는 감정을 감당하기엔 지금 내가 너무 지쳐 있으니까.

지성은 자리에서 몸을 일으켜 휴게실 쪽으로 걸음을 옮겼다.

그때, 희운의 나지막한 목소리가 그를 붙잡았다.

"한지성, 잠깐 나 좀 보지."

그의 부름에 지성은 차오르는 한숨을 삼키고는 고개를 돌렸다.

"제게 하실 말이 혹시 사무적인 이야기입니까?"

싸늘한 회사 옥상. 희운에게 불려나온 지성은 거짓 미소를 띤 채 물었다.

"사적인 잡담이야."

담배에 불을 붙이는 희운은 차분히 대답했지만 그의 눈동자는 어제처럼 불안하게 흔들리고 있었다. 그것만으로도 그의 용건은 충분히 알아챌 수 있었으나 지성은 짐짓 모르는 척 대꾸했다.

"기쁘네요. 대리님께서 제게 사적인 얘기도 하시고."

묘하게 날이 선 지성의 말. 알면서도 모르는 척하는 건 희운 역시 마찬가지였다.

"어제 그 파일. 아무 말 안 했나."

"아무 말도 안 하진 않았습니다. 몇 마디는 하면서 전달했어요."

"그런 거 말고."

"……"

"내 이름. 언급 안 했냐고."

희운의 질문은 꽤나 필사적이었지만 지성은 한동안 답하지 않았다. 그는 희운에게서 느껴지는 감정들 중 일말의 미련을 찾고 있었고, 혹시 모를 사랑의 흔적을 발견하려 애쓰는 중이었다.

그러나 단단하게 굳은 희운의 시선은 미련도, 사랑의 흔적도 없는 빈껍데기. 지성은 미소를 누그러트리며 낮게 대답했다.

"네. 아무 말도."

그리고 물었다.

"……내심 해 주길 바라셨던 겁니까?"

빈껍데기가 지성의 눈동자를 마주한다. 그리고 억지로 반응한다.

"아니. 그걸 바랐다면 직접 했겠지."

그렇게 흘러나온 목소리는 꼭 마음이 넘칠 새라 꾹 잠가둔 것 같아서 지성의 머리는 다시금 복잡해졌다.

이제는 질투보다, 원망보다, 속을 알 수 없는 그에 대한 답답함이 먼저 북받쳐 오른다. 피곤한데 복잡하기까지 하니, 평소처럼 차분하게 대처할 수가 없었다.

"파일 건네는 게 그리 대단한 일은 아닌데……"

"……"

"굳이 그 사소한 친절조차 숨기시려는 이유를 여쭤 봐도 되겠습니까?"

　결국 지성은 피곤하다는 핑계를 방패삼아, 차마 물어보지 못했던 질문을 꺼내놓았다. 당황하거나 불쾌해할 줄 알았던 희운은 의외로 별 반응이 없었다. 그저 흰 연기를 뱉어내며 애먼 곳으로 시선을 돌려버릴 뿐.

　"아, 너 이해실을 맘에 두었다고 그랬나."

　그 말에 대답하는 것도 이상할 것 같아서 지성은 침묵을 지켰다. 희운은 잠시 그를 물끄러미 바라보다가, 옅은 한숨과 함께 말을 이었다.

　"걱정 마. 나는 이미 정리된 관계야. 다시 무언가를 원하지도, 바라지도 않아."

　"……."

　"그저 나는…… 무언가를 결정해야 했고, 선택을 했고, 지금은 그 선택에 대한 책임을 지고 있는 중이야."

　결정의 순간과 선택, 그리고 책임. 의미는 그럴싸하지만, 문제는 그 선택의 피해자가 그녀라는 것이겠지.

　"궁금해지네요. 사랑까지 버리면서 지키고자 했던 게 대체 무엇인지."

　지성은 가시 돋친 목소리로 비꼬듯 말했다. 하지만 희운은 자칫 무례해 보일 수 있는 그의 태도에도 낯빛 하나 붉히지 않았다.

　그건 참는 게 아니라 감정 자체를 느끼지 못하는 것처럼 보여서, 지성은 희운의 마음이 더욱 심상치 않게 느껴졌다.

　"사랑을 '버렸다'라……."

"……."

"정말 그렇게 생각해?"

희운이 차가운 목소리로 되물었다. 지성은 가차 없이 고개를 끄덕이고 싶었지만, 그럴수록 해실의 존재만 비참해질 것 같아 그러지 못했다.

희운은 대화를 마무리하려는 듯 무표정한 얼굴을 지성에게서 거두어냈다.

"내가 너라면, 끝난 인연에는 신경 끄고 내 선택에나 집중하겠어."

그가 마지막으로 내뱉은 담배 냄새보다 매캐한 한 마디.

장초를 지져 끄는 그의 손끝은 끝난 인연을 말하는 사람치고는 짙은 감정이 실려 있어서, 지성은 결국 참아내지 못하고 먼저 발길을 떼어냈다.

지금까지 그와 나눈 대화가 무색할 정도로, '그 남자는 그녀를 버렸던 사람이다, 그 남자는 진심이라곤 없는 사람이다.' 스스로를 세뇌하고 또 세뇌하며.

＊　　　＊　　　＊

지이이잉―

거실 탁자에 놓여 있던 이안의 휴대폰이 램프를 깜빡이며 떨려왔다. 소파에 길게 누워 숙취를 달래고 있던 이안은 긴 팔을 쭉 뻗었고, 수신인도 확인하지 않고 통화버튼을 눌렀다.

어차피 전화 올 사람은 지성이나 백화 둘 중에 하나. 그래도 백화였으면 좋겠다. 오늘 나를 만나고 싶어 했으면 좋겠다. 이런 생각들을 하며.

"어."

이안은 마치 그녀의 호출을 대기하고 있었던 사람처럼 곧바로 대답했다. 비록 반응은 단조로웠지만 이안은 그녀의 데이트 신청을 내심 기대하는 중이었다.

—아, 내 전화 기다렸나 봐?

하지만 마음의 준비가 된 이안의 귀에 스며든 건, 백화의 밝은 목소리가 아닌 남자의 서늘한 음성이었다.

누구의 것인지는 심장을 자극하는 불안감만으로도 알 수 있었다. 그러나 이안은 애써 외면하는 중이었다. 목소리의 주인은 언제나 이안을 아프게 만드는 사람이었으니.

하지만 원은 별다른 반응이 돌아오지 않아도 상관없다는 듯 특유의 비웃음을 흘려보냈다.

—크흐흐. 혹시 나 보고 싶었어?

"……."

—나는 줄곧 보고 싶었어. 백성을 버린 통치자의 얼굴가죽.

"……."

—혹시라도 양심의 가책 없이 행복해 보이면…… 갈기갈기 찢어버리려고 했거든.

원이 내뱉는 말들은 화살처럼 날카롭고 독처럼 해로웠다.

그러나 이안은 아무 대답 없이 그가 늘어놓는 말들을 들어주기만 할 뿐이었다. 무례한 아랫사람을 나무랄 권한은 있었지만, 그럴 만한 자격은 없었다.

백성을 버렸다는 말도, 행복해선 안 된다는 말도. 이안이 생각하기에는 틀린 부분 하나 없는 진실이었으니까.

"그래서."

―그래서 뭐?

"내 얼굴가죽이라도 찢으러 올 생각인가."

이안은 동요하지 않은 척 차분히 대답하며 불안정한 마음을 정리했다. 그러자 원은 보다 큰 웃음을 터트렸고, 한층 더 흥분된 목소리로 대꾸했다.

―내가 미쳤어?! 크흐흐흐! 괴물새끼는 피하라고 있는 거잖아!

괴물새끼. 맞아, 너는 나를 그렇게 부르곤 했었지.

수갑에 가두어진 나를 똑바로 직시하며 살기와 원망이 어린 눈으로.

'A존에서 혼자 살아남으셔서 좋으시겠습니다. 통치자 님.'

'같은 혈통을 싹 다 죽여 놓고 이제 와서 가엾은 척이라......'

'......인간이 아니라 괴물새끼네? 크흐흐.'

너의 말은 항상 지독했지만 그중에 틀린 말은 없어서, 나는 늘 아무 대답도 하지 못했어.

"시끄러워. 원하는 게 있으면 와서 얘기해."

―오, 꼴에 욕 처먹긴 싫은가보네.

원은 이안이 보여 주는 차가운 반응에도 비웃음을 멈추지 않았다.

—크흐흐, 안 그래도 지금 가고 있어. A존 대량학살자 면상때기 보러.

　그저 점점 더 노골적으로 이안을 자극하며, 불안하게 만들 뿐.

　"……이미 출발한 걸 보니, 주소는 알려 줄 필요도 없겠네."

　—크흐, 내 몸종은 그 집에 직접 방문도 했는데. 나의 지성이가 말 안 했나?

　……21세기에서 한지성을 만났다고?

　원이 터트린 폭로는 이안이 처음 듣는 말이었다. 하지만 그는 별다른 동요를 하지 않았고 지성이 만남을 숨겼다는 사실 역시 크게 문제 삼지 않았다. 어차피 지성은 자신의 선에서 해결할 수 있는 하찮은 일에 대해선 보고조차 하지 않는 스타일이었으니까.

　"그럼 와. 기다릴 테니."

　이안이 딱딱한 대답을 꺼내놓자 원은 웃음기를 즉시 지워냈다. 그리고 대답했다.

　—수갑 차고 기다려. 괴물새끼야.

　이제까지와는 전혀 다른 느낌의 잔혹한 한기. 예전과 하나도 변하지 않은 원을 고스란히 느끼며 이안은 조용히 대답했다.

　"원한다면. 얼마든지."

*　　*　　*

　적막한 제이기획 건물 옥상.

　"하아……."

홀로 난간에 기대선 희운은 담배 연기를 가장한 한숨을 길게 뱉어 냈다. 시선은 어딘가를 향해 있었지만 딱히 무언가를 보는 건 아니었고, 낯빛은 어둡기 그지없었지만 컨디션이 나쁜 것도 아니었다.

그저 희운은 지금 혼자뿐인 공간에서조차 모든 감정을 숨겨 둔 상태.

희운은 숨만 겨우 붙어 있는 몸뚱이처럼 생기 없이 담배만 태웠다. 매캐한 냄새를 싫어하는 그였지만, 끊을 생각은 없었다. 그에게 흡연은 감정이 극단적으로 북받쳐 오를 때마다, 숨도 못 쉴 만큼 가슴이 답답해질 때마다, 어두운 구석으로 숨어버리고 싶을 때마다 꺼내 쓰는 좋은 핑계거리였으니까.

띠링—

때마침 난간 위에 아슬아슬하게 올려 두었던 휴대폰이 문자 도착을 알렸다. 희운은 손끝에 들려 있던 담배를 입술에 물었고, 달갑지 않은 시선으로 휴대폰을 확인했다.

[김희운 씨. 아버지가 우리 결혼 이야기하자고 하시는데 좀 뵙죠?]

'결혼'을 이야기하는 사람치고는 지나치게 딱딱하고 형식적인 말투. 그러나 희운은 그녀의 문자처럼 감흥 없이 손가락을 움직였다.

[네. 알겠습니다.]

[정 없는 건 알지만 이번엔 그걸 굳이 티내지 않으셨으면 좋겠어요.]

[네. 알겠습니다.]

[아, 그리고 예단 목록 보내놓았습니다. 알아서 준비해 주세요. 그럼 이만.]

네. 알겠습니다.

기계적으로 같은 문장만 입력하던 희운은 문득 전송 버튼을 누르려던 손끝을 멈추었다.

줄곧 알았다고 대답했지만 사실 전혀 납득하지 못한 자신의 삶은 감히 직시하기에도 두려울 만큼 맹렬하게 추락하는 중이었다.

희운은 답신을 보내는 대신 하얀 담배 연기를 필사적으로 뱉어 냈다.

지금 이 순간, 그가 억지로 가라앉히려는 감정은 숨통이 조일 정도의 격렬한 혐오감이었다.

나는 사실 이 자리에 있는 내가 혐오스러워서 미쳐버릴 것 같아.

결국 참지 못하고 고개를 떨궈버린 희운은 아주 오랜만에 그날의 선택을 곱씹었다.

그날, 내가 했던 선택은 정말 옳은 것이었을까. 혹시라도 다른 선택을 했더라면 지금의 가혹한 책임을 피해 갈 수 있었을까. 나 혼자 남겨지지 않아도 되었을까.

어렴풋이 후회가 밀려올 때쯤 잔혹했던 그들의 시선이 떠올랐다.

'병원장 딸이야! 병원장 딸! 니가 뭐라고 그 선 자리를 거절해!'

'의사가문에 먹칠을 해 놓고도 아직 정신을 못 차렸구나.'

'……쓸모없는 새끼.'

그의 숨통을 정확하게 노린 날카로운 말들.

희운은 공허한 하늘로 고개를 치켜들고 다시 눈을 감아버렸다. 다시 빈껍데기가 되어 버린 그는, 아무 생각도 어떤 감정도 자각하지 않을 생각이었다.

까만 어둠이 내려앉은 이안의 펜트하우스. 천천히 열리는 엘리베이터 문 사이로 원의 매서운 얼굴이 모습을 드러냈다.

원은 화려한 색감의 와이셔츠 카라를 매만졌고, 뒤따라 나오는 C7에게 싸한 목소리로 물었다.

"강이안이 여기 숨어 산다고?"

"네. 그렇습니다. 지난번 방문 때 만나지는 못했지만요."

"의외로 사람이 많은 곳에 붙어 있었네."

원의 입꼬리에 비웃음이 맺혔다.

"크흐흐, 하긴. 그 새끼는 사람을 좋아하니까."

C7은 혼잣말을 중얼거리는 원의 앞에 정장 안주머니에 들어 있던 스턴 건을 내밀었다. 그러자 원의 눈동자에 어린 것은 가소로움을 가장한 분노.

"뭐야?"

"혹시 모를 상황을 대비해야 하니 소지하고 계시는 게 좋을 것 같습니다."

"아, 폭주라도 하면 이걸로 지져놓으라고?"

원은 손을 뻗어 스턴 건을 받아 들었다. 그는 나른한 시선으로 총구를 바라보았고, 곧 장난스럽게 웃으며 그것을 C7의 이마 정중앙에 고정시켰다.

"내가 했던 말은 잊었나 보네. 강이안은 나한테 감히 덤벼들지 못한다고 누누이 말했던 것 같은데."

"그런 뜻이 아닙니다. 원 님."

"의도는 물어본 적 없어. 재가 될 때까지 쏴버리기 전에 닥쳐."

C7은 더 이상 대꾸를 하지 않았다. 딱히 원의 위협에 겁을 먹은 건 아니었다. 그저 이안의 앞에 설 때마다 평소보다 극도로 예민해지는 주인을 달랠 방도를 찾고 있을 뿐.

곧 C7의 시야 안에 열려 있는 펜트하우스 현관문이 들어왔다. 그는 침착한 태도로 스턴 건을 겨눈 원의 손을 가볍게 잡아 내린 후, 열린 문을 향해 먼저 발걸음을 옮기기 시작했다.

"제가 먼저 들어가서 상태를 확인하겠습니다."

그건 분명 원을 위한 배려였지만, 원은 타오르는 눈빛으로 C7을 붙잡아 벽 쪽으로 밀쳐버렸다.

"꺼져. 내가 먼저야."

"……."

"그 새끼는 나한테…… 아무것도 아니야."

줄곧 조용하던 집안 내부에 누군가의 기척이 들려왔다.

고개를 늘어트린 채로 침대에 걸터앉아 있던 이안은 곧바로 손목에 힘을 주며 수갑의 강도부터 확인했다.

무슨 일이 벌어진다고 해도 쉽게 끊어질 것 같지 않은 강한 압박감. 그걸 느끼고 나서야 이안은 불안함을 멈추고, 방문 밖으로 시선을 돌렸다.

머지않아 긴 그림자가 먼저 모습을 드러냈고, 뒤이어 그리웠다면 그리웠을 얼굴이 그의 눈앞에 나타났다.

"크흐흐, 집 안이 으리으리해서 놀랐는데…… 막상 감옥은 따로 있었네?"

"통치자님. 그간 안녕하셨는지요."

붉은 머리카락을 습관처럼 매만지며, 원은 이안을 향해 인사를 올렸다. 하지만 그 안엔 비꼬는 기색이 역력했기에 이안은 별다른 화답을 건네지 않았다.

"저 아이는…… 너의 보좌관인가."

그저 원의 뒤에 서 있는 앳된 C7에게 흥미로운 시선을 둘 뿐.

"왜, 관심 있어? 한지성이랑 바꿀래?"

"그냥. 어려 보여서."

"크흐흐, 하찮은 미물 나이 걱정하지 말고 통치자님 안위부터 챙기시죠."

"……"

"오늘 난, 널 미치게 만들러 온 건데."

원은 서늘한 말과 함께 포박된 이안에게로 발길을 움직였다. 침대에 앉아 있는 이안과 가까워질수록 그의 시선 위에 있는 자신의 위치가 실감 나서, 원은 희열감에 달아오를 지경이었다.

"오랜만이야. 널 내려다보는 기분."

"용건이나 말해. 찾아온 이유가 뭐야."

"크흐, 글쎄…… 굳이 말하자면 추억 얘기를 좀 하고 싶어서?"

이안은 기분 나쁘게 올라가는 원의 입꼬리를 보며 그가 할 말을 예상했다. 그 안엔 분명 이안을 아프게 만들 지독한 독기가 서려 있을 것이 분명했지만 언제나 그래 왔듯 피할 방법은 없었다.

수갑을 찬 이안의 두 손은 힘없이 늘어져 있기만 할 뿐, 귀를 막거나 눈을 가리거나 원을 밀어낼 수 없었으니까.

"니가 A존 인원 전부를 학살했던 날 말이야……."

피하고 싶었던 이야기의 첫 마디를 기어이 내뱉으며 원은 흐트러졌던 눈빛에 날을 세웠다.

"넌 피범벅이 된 시체무덤 사이에 혼자 우뚝 서 있었어."

그가 낮은 목소리로 과거를 더듬으면 이안은 손가락 끝을 불안하게 떨었다.

"니가 저지른 짓에 니가 놀라서 울기 직전이었지. 아마."

"……."

"크흐흐, 그때 그 광경…… 아직도 기억하고 있어?"

이안은 기억하고 있다. 비릿한 냄새가 진동을 하는 온통 새빨간 공간과 그리운 얼굴들의 뒤틀린 몸뚱이들을. 겁에 질린 채로 숨을 멎은 그들의 표정 역시 한시도 잊은 적이 없었다.

"겨우 폭주를 멈추고 니가 꺼낸 첫마디가 뭐였더라……."

"……그만."

"미안합니다."

"……."

"크흐흐, 분명 '미안합니다.'라고 말했어. 넌."

맞아. 나는 미안하다고 말했어. 나의 죄는 내가 기억하지 못하는 시간 동안 일어나버렸기에, 염치도 없이 그렇게 말했어.

"사람을 그렇게나 찢어 죽여 놓고 미안하다니."

"그만……."

"크흐흐, 염치도 정도껏 없어야지."

"그만해……."

이안은 원을 마주했던 시선을 아래로 떨어트리며 중얼거렸다.

심장을 꿰뚫는 듯한 마음의 고통을 참기 위해 꾹 깨문 입술에선 비릿한 맛이 났다.

이안은 흐린 숨을 겨우 내뱉다가 이내 다시 고개를 들어 원의 얼굴을 마주했다. 그리고 여전히 미소 짓고 있는 원에게 짙게 가라앉은 목소리를 흘려보냈다.

"……수갑을 풀어 줘."

"……."

"원하는 걸 줄 테니."

이안은 원의 눈앞에 수갑에 갇힌 손목을 내밀었다. 순간 원의 눈빛이 아까와는 달리 불안한 기색을 띠었지만 그는 자신을 바라보고 있는 이안의 시선을 의식하며 애써 태연한 반응을 보였다.

"크흐흐, 싫어. 난 니가 묶여 있는 꼴을 보는 게 더 좋거든."

그러나 이안은 원의 대답을 들었으면서도 동요하지 않았고, 오히려 더 차분해진 눈빛을 원에게 건넸다.

"겁내지 마."

"……뭐?"

"폭주하지 않아. 지금은."

겁에 질린 아이를 달래는 것처럼 나긋하고 선한 목소리. 그건 마치 겁에 질린 원의 마음을 꿰뚫어 보는 것 같아 불쾌함이 밀려왔다.

"폭주해도 상관없어. 괴물새끼야."

그래서 원은 시비조로 그의 말을 되받아쳤으나 공격적인 태도와는 달리 차마 움직이지 않는 손끝은 여전히 나약했다.

그 모습을 가만히 지켜보고 있던 이안이 결국 자신의 손목을 다시 거두어갔다. 그리고 서러운 목소리를 흘렸다.

"나는…… 평범한 사람이 되고 싶어."

"아, 평범?"

"아무도 다치게 하고 싶지 않아. 내 여자를 두렵게 만들고 싶지도 않아. 그러니……."

"……."

"내 자리를 원한다면 얼마든지 가져가."

너의 자리. 너는 쉽게 포기하고 싶어 하지만 나는 아무리 집착하고 탐욕해도 가질 수 없는 그 자리.

"……내 여자 곁에 머물 수 있다면, 난 전부 포기할 수 있어."

그걸 넌 하찮은 여자 하나랑 맞바꾸네. 니가 그렇게 쓰레기 취급하는 자리에 나는 내 모든 삶을 팔았는데.

"닥쳐!"

원은 갑작스레 터지는 분노를 이기지 못하고 이안의 어깨를 양손으로 힘주어 붙들었다.

"평범?! 지랄하고 있네."

짐승이 으르렁거림처럼 살기에 물든 원의 목소리. 그 끝에 이안의 이성을 갈기갈기 찢어놓는 잔인한 말이 따라붙었다.

"너는 절대 평범해질 수 없어. 누군가를 곁에 둘 수도 없어. 더 솔직하게 말해 줘?"

아니, 말하지 마. 제발 그 말만은 하지 마.

"아무리 발버둥 쳐도 넌 이미 실패작이야."

대부분의 사람이 퇴근한 밤, 기획 B팀. 하루 종일 제정신이 아니었던 지성은 근무시간 동안 제대로 처리하지 못한 일을 붙잡고 있었다.

평소의 그였다면 있을 수 없는 일이었지만 오늘은 머리에 총이라도 맞은 것처럼 두뇌 회전이 더디기만 했다.

"지성 씨, 힘들면 쉬었다가 해요."

"그러고는 싶지만 그랬다가는 계속 쉬어버릴 것 같아서요."

"그럼 사탕이라도 드릴까요?"

"하하. 고마워요."

그래도 이 와중에 다행인 사실은 해실도 옆자리에 남아 야근 중이라는 것. 그리고 지나치게 불행한 사실은.

"이해실. 기존 통계자료 최신 버전으로 변경해 둬."

"아, 네. 알겠습니다! 대리님!"

희운 역시 그들의 뒷자리를 지키고 앉아 있다는 것.

해실과 희운이 업무적인 대화를 나누며 서로를 마주 보는 동안, 지성의 마음에선 온갖 감정들이 쏟아져 나오기 시작했다. 그건 대부분 달갑지 않은 것들이었기에 지성은 애써 모니터에만 시선을 고정시켰다. 물론 키보드 위에 올린 손가락은 움직일 기미조차 보이지 않았지만.

"그럼 말씀하신 부분 수정해서 다시 드릴게요. 대리님."

해실은 희운과의 짧은 회의를 마무리하고 다시 책상 쪽으로 의자를 돌렸다. 굳이 고갤 움직이지 않아도 곁눈질로 보이는 해실의 손은 지성의 손과는 달리 마냥 분주하기만 했다.

아무래도 이 공간에선 나 혼자만 불안한가 보다. 그 사실이 무척이나 우습게 느껴진다.

따르르르─ 따르르르─

별안간 희운의 자리에서 단조로운 휴대폰 벨소리가 울렸다. 해실은 아무런 반응이 없었지만, 지성은 다시금 들려오는 그의 기척에 온 신경을 집중시켰다.

"네. 말씀하세요."

전화를 받은 희운의 목소리는 다소 사무적이었다.

"약속을 잊은 건 아니지만, 마무리할 업무가 남았습니다. ……아닙니다. 이번에도 취소했다가는 저도 집안에서 난감해지는 상황이라서."

"……."

"네. 그럼 제가 지금 자택으로 가겠습니다."

희운은 통화를 끊자마자 표정 없이 자리에서 일어났고, 정장 재킷을 챙겨 들었다.

"대리님, 퇴근하세요?"

갑작스러운 기척에 해실이 묻자, 그는 이전보다 더욱 싸늘한 안색으로 불친절한 목소리를 꺼냈다.

"그거 완성되면 내 메일로 보내."

심지어 질문과 상관도 없는 대답은 그녀를 무시하겠다는 뜻이 가득했다. 다시 그의 존재가 껄끄러워진 지성은 눈빛을 미세하게 가라앉혔다.

차라리 내가 당신이 되었으면 좋겠어. 그랬다면 당신의 마음이 다치지 않게 내가 잘 지켜 줬을 테니까.

희운의 규칙적인 구두 소리가 멀어지고, 부서실 자동문이 열렸다가 닫혔다. 그제야 가슴을 옥죄이던 불안감에서 조금 해방된 지성은 모니터에서 눈길을 떼고 해실 쪽으로 고개를 돌렸다.

"지성 씨, 왜요?"

그녀는 지성이 가장 동경하는 다갈색 눈동자를 반짝 빛내며 물었다.

'왜 당신은 단 한 번도 뒤를 돌아보지 않나요.'

하고 싶은 말은 분명히 있었지만 지성에게는 아직 해실의 대답을 들을 용기가 나지 않아서.

"그냥, 해실 씨 눈 밑에 속눈썹이 묻어서요."

그냥 되는 대로 얼버무렸다. 차라리 그게 편했다.

"어디요? 떼어 줄래요?"

상황을 때워버리기 위한 지성의 변명을 곧이곧대로 믿은 해실이 지성에게 얼굴을 더 가까이 가져왔다. 애초부터 묻어 있지도 않았던 속눈썹이었기에 지성은 잠시 당황했지만, 이내 자신의 시선 앞에서 무방비하게 감겨오는 해실의 눈꺼풀을 바라보니 참을 수 없는 욕심이 일었다.

"아, 그게……."

지금 그녀가 기다리고 있는 건 단지 눈가를 털어 줄 손끝일 뿐인데, 지성이 건네기를 망설이고 있는 건 누군가와 닿아본 적 없던 부드러운 입술이다.

둘만 남은 사무실, 그리고 둘만 남은 이 자리. 이렇게 입을 맞춘다 해도 이건 우리끼리의 비밀이 될 테니 한 번쯤은 괜찮지 않을까.

"지성 씨. 저, 눈 떠도 되나요?"

그러나 지성은 머릿속에 가득 번지는 나쁜 생각을 차마 실천에 옮기지 못했다. 단순히 지켜 줘야겠다는 착해빠진 감정 때문은 아니다.

그저 지성은 짧은 키스가 끝난 후 마주할 그녀의 눈빛과 말들을 감당할 자신이 없었다. 끝까지 내 감정만 생각하는 나도, 어쩌면 김희운과 다를 바 없을 지도.

"잠시만요."

지성은 모든 사심을 고이 접어 두고 손을 뻗어 그녀의 볼을 감싸 쥐었다. 그의 엄지손가락이 그녀의 눈가를 조심스레 문질러 주었다.

"이제 됐어요."

"아, 고마워요!"

그건 단지 떼어 내는 시늉일 뿐이었지만, 해실은 반짝이는 눈동자로 진심 어린 감사를 표했다. 그거면 되었다. 오늘의 나는 당신에게 고마운 사람, 친절한 사람 정도의 의미라도 지니고 있으면 되었다.

넘치려는 마음을 위로하던 그때.

─문이 열립니다.

자동 유리 문밖에서 엘리베이터의 도착을 알리는 안내 목소리가 들려왔다. 갑작스러운 기척에 지성은 고개를 들었다.

그런 그의 시야에 들어온 것은, 막 도착한 엘리베이터에 몸을 싣지도 못하고 멈춰있는 희운이었다.

지성의 눈이 잘못된 게 아니라면, 지금 희운에게서 선명하게 드러나는 감정들은 두려움, 서러움, 질투와 원망. 그리고 자괴감. 그동안 지성이 희운을 볼 때마다 느껴야 했던 지독하게 외로운 감정들.

설마 그에게는 우리의 모습이 키스를 앞둔 것처럼 보이는 걸까. 예기치 못한 상황에 당황한 나머지 숨겨두었던 감정들을 전부 쏟아내 버린 걸까.

한 가지 안타까운 사실은, 희운의 불안한 시선이 고정된 이 순간, 지성은 해실에게서 한 발자국 물러나야 한다는 것이었다.

애초부터 그가 하려던 건 키스가 아니었으니까.

"해실 씨."

하지만.

"다시 눈 감아볼래요?"

그래도.

이번만큼은 당신이 나에게 가려졌으면 좋겠어. 좋은 쪽이든 싫은 쪽이든 내 생각으로 그녀의 머리가 가득 차서, 당신은 더 이상 그녀를 흔들 수 없었으면 좋겠어.

"미안."

지성은 짧은 사과와 함께 숨을 들이마실 새도 없이 그녀의 입술을 집어삼켰다.

순간 움츠러든 해실의 어깨는 분명 놀란 기색을 띠고 있었지만, 그는 그녀의 뒷목을 더욱 세게 끌어당길뿐 결코 놓아주지 않았다.

지성은 끈질기게 그녀를 탐했고, 해실은 팔을 들어 그를 밀어내려 했다.

잠깐 두 사람의 사이에 좁은 틈이 생겨났을 때.

"지성 씨…… 왜, 왜 그래요?"

떨리는 목소리로 물어 오는 해실에게 지성은 받아들여지지 않을 사과를 했다.

"미안해요……."

"네?"

"좋아해서, 미안해."

가장 비참해진 순간 털어놓은 그의 고백은 애절한 숨결과 함께 또 한 번 그녀의 입술에 맞닿았다.

지성은 파르르 떨리는 해실의 손을 따뜻하게 감싸 쥐었고, 아까 전과는 사뭇 다른 부드러움으로 해실의 입술 새로 혀를 밀어넣었다. 지금 그녀는 무슨 생각을 하고 있을까. 대체 어떤 기분으로 나를 받아 내고 있을까.

분명 그 답은 인정하기에도 공포스러울 만큼 부정적이었지만, 지성은 꼭 쥔 그 손을 놓아주지 못했다.

슬픈데 미치도록 좋아서 혼란스러워지는 감정.

우연히 눈을 뜨고 바라본 자동문밖에는 여전히 희운이 서 있었다. 한 손에는 담뱃갑을 꼭 쥐어든 채, 다른 한 손으로는 얼굴을 감싸 쥐며 서럽게 서 있는 뒷모습이 지성의 눈에 적나라하게 보였다.

그 가엾은 등을 바라보던 지성은 해실에게 닿았던 입술을 떼어 냈다. 드디어 똑바로 마주하게 된 해실의 눈동자가 일렁이며 지성을 마주했다.

"지성 씨……."

그녀가 신음처럼 흘린 그의 이름. 돌아온 지성의 이성이 아찔하게 떨려 왔다.

동네 영화관.

"하여간 삼촌은 약속을 아주 우습게 알아!"

오늘은 오랜만에 하숙집 식구들끼리 영화를 보기로 한 날이건만, 삼촌은 방금 친구가 급히 부른다는 핑계로 멋대로 약속을 파투냈다. 덕분에 태양과 단 둘이 영화를 보게 생긴 백화는 난처한 표정으로 삼촌에게 분노의 답장을 보냈다.

"됐어. 우리 둘이 보면 되잖아. 팝콘 사? 말아?"

태양은 심드렁한 반응을 보이며 매점의 메뉴판을 살폈다.

"당연히 사야지. 화장실 좀 다녀올 테니까 사 놔. 난 콜라 큰 거."

백화는 들고 있던 영화표 석 장을 태양에게 넘겨주며 황급히 몸을 돌렸다.

"입구 앞으로 와. 거기 있을게."

태양의 목소리는 마지막까지 차분했지만 사실 그는 지금 누구보다 들뜬 마음을 억누르기 위해 애쓰는 중이었다.

일일이 의미를 부여하면 안 된다는 건 알고 있다. 하지만 아무리 마음을 비워보아도 둘만의 시간은 그를 하염없이 기쁘게 만든다.

태양은 종종걸음으로 화장실을 향해 멀어지는 백화를 보며 입가에 미소를 얹었다. 언제나 바라보는 것만으로도 기분 좋았던 그녀이지만 오늘따라 더욱 설레는 기분이다. 너무 떠올라서 감히 아래를 내려다보기에도 무서워질 정도로.

한편 조급한 시간에 쫓기며 화장실로 향하던 백화는, 영화관 안 둥그런 의자 앞에서 잠시 걸음을 멈추었다. 이곳은 첫 데이트 때 예매전쟁에 실패했던 이안이 한없이 풀이 죽은 상태로 앉아 있었던 장소.

백화는 그때 이안이 지어 보였던 귀여운 울상을 떠올리며 키득키득 웃었다. 생각해 보면 첫 데이트에서 그 사람은 참 서툴렀지. 마냥 아이 같고. 아, 물론 귀는 자꾸 응큼하게 깨물어댔지만.

지이이잉— 지이이잉—

그때 백화가 쥐고 있던 휴대폰에서 전화를 알리는 진동이 울렸다.

호랑이도 제 말 하면 온다고 했던가. 휴대폰 액정에 반짝반짝 떠오르는 그 이름은, 글자만 봐도 두근대는 강이안이었다.

백화는 서둘러 통화버튼을 눌렀고 명랑한 인사를 건넸다.

"이안 씨! 어쩐 일로 전화했어요? 나 지금 태양이랑 영화 보러 왔는데!"

—…….

"여보세요? 이안 씨?"

—……있잖아.

느리게 흘러나온 이안의 목소리는 유독 작고 흐렸다.

본능적으로 불안한 낌새를 알아차린 백화는 조금 더 조용한 구석으로 걸음을 옮기며 차분히 되물었다.

"응. 무슨 일 있어?"

하지만 곧바로 이어지지 않는 그의 대답.

"이안 씨, 말해 봐요. 지금 무슨 일 생겼어요? 어디 아파?"

걱정스럽게 재촉하는 백화의 말끝에 이안의 고른 숨소리가 따라 붙었다. 울음을 참는 듯한 그의 호흡에는 그녀가 그간 느껴 본 적 없었던 이안의 애달픔이 깊게 배어 있었다.

그가 목소리를 낼 때까지 기다려 주는 동안, 백화는 머릿속으로 많은 위로를 떠올렸다. 그녀는 불안해하는 이안이 괜찮아지도록 행복한 말들을 많이 건네줄 생각이었다. 그러나…….

—제발…….

애절한 첫 마디로 조심스럽게 말문을 연 이안이 그녀에게 원하는 단 한 가지는.

—안아 줘…….

"네?"

—너한테…… 안겨 있고 싶어…….

누군가를 추락시키고도 남을 바람이다.

"대체 무슨 일…… 일단 기다려. 내가 바로 갈게."

그의 울음기에 이성을 잃어버린 그녀는 미처 의식하지 못한 사실이지만.

멀리서부터 한눈에 그녀가 들어온다. 상영관 입구 앞에 서 있던 태양은 짧은 기다림을 마치고 기대어 있던 벽에서 몸을 떼어 냈다.

"뭐하느라 이렇게 늦게 오냐. 벌써 시작했겠다."

커다란 팝콘과 콜라 두 잔을 가까스로 들고 있는 태양은 상영관 쪽으로 고갯짓을 하며 백화를 재촉했다.

그러나 서두르기는커녕 가까워지면 가까워질수록 점점 느려지던 그녀의 걸음은.

"태양아."

그의 이름을 부르며 멈추어버렸다. 태양의 시선이 굳어버릴 만큼 불안한 기색으로.

"왜 그래."

태양은 그런 백화를 마주 보며 넌지시 물었다. 정확한 이유는 알 수 없었지만 그녀는 초조해하는 중이었고 그건 그를 걱정시키기에 충분했다.

"왜 그러는데. 무슨 일 있어?"

대답이 없는 백화를 향해 또다시 물어보는 태양은 평소답지 않게 자상했다.

그는 늘 그런 사람이다. 사소한 고민이든, 해결해 줄 수 없는 고민이든, 그녀를 불안하게 만드는 것이라면 뭐든지 진심을 다해 들어주는 그런 사람.

잠시 머뭇거리던 백화는 언제나처럼 짧은 숨을 들이마셨고.

"미안해. 나, 지금…… 이안 씨한테 가 봐야 할 것 같아."

차마 꺼내기 힘든 말을 무턱대고 꺼내놓았다. 그녀 역시 늘 그래 왔듯이.

한 사람은 털어놓고, 한 사람은 그걸 가만히 받아주는 일방적 관계. 지금은 그런 관계가 익숙해진 태양이었지만, 이번만큼은 납득하지 못하겠다는 듯 사납게 되물었다.

"왜."

"……."

"아까까지만 해도 아무 말 없다가, 왜 지금 갑자기 거길 가냐고."

반박에 가까운 태양의 말은 분명 백화를 붙잡으려는 마음이었다.

백화 역시 그걸 모르는 건 아니었지만 그녀에게는 이미 태양의 상처가 들어갈 자리가 없었다. 지금 그녀는 위태롭던 이안의 목소리 때문에 온 정신을 빼앗긴 상태였으니까.

"그 사람이 많이 아픈 것 같아."

"아픈 것…… 같다고?"

"목소리가 한 번도 이렇게 힘겨워 보인 적이 없었는데……."

"……."

"아무래도 내가 가 봐야겠어."

백화를 내려다보는 태양의 시선이 바람 앞의 촛불처럼 일렁였다. 무언가를 기대하고 왔던 영화관은 아니었지만 그래도 그녀와 함께할 시간만큼은 간절했기에 쉽게 받아들여지지 않는 상황.

숨까지 멈춘 채로 그녀를 내려다보는 태양에게 백화는 흐린 목소리로 다시 한 번 더 말했다.

"나…… 그 사람을 안아주러 가야 해."

단순히 '아픈 것 같은' 그 사람을 위해 날 아프게 만드는 백화는 지금 이 순간조차도 오직 그를 떠올리고 있다. 그 남자만 바라보느라, 이미 썩어 문드러져 버린 내 감정은 신경조차 쓰지 못하고 있다.

"미안해. 태양아. 나 잠깐만 이안 씨한테 다녀올게."

"⋯⋯."

"그냥 집에 들어가지 말고 꼭 영화 보고 나와. 알았지?"

나 지금 화가 나서 아무 말도 못 하는 거야. 입술을 떼는 순간 너한테 언성을 높이고, 나쁜 원망을 쏟아 낼까 봐 정말 힘들게 참고 있는 거야.

태양이 터져 나오려는 감정을 억누르는 사이, 백화는 서둘러 그에게서 등을 돌렸다. 태양은 그녀가 사라질 때까지 단 한 순간도 눈을 떼지 않았지만, 백화는 단 한 번도 그를 돌아보지 않았다.

한동안 아무 말 하지 못하던 태양은 혼자 남겨지고 나서도 한참이 지나서야 겨우 하지 못한 말을 흘렸다.

"나한테⋯⋯ 정말 왜 그래⋯⋯."

초라함에도 밑바닥이 있다면, 그는 그중에서도 가장 구석지고 더러운 곳에 버려져 있는 기분이다. 아무도 좋아해 주지 않아서 포장도 뜯기지 않은 채 버려진 낡은 장난감처럼.

숨소리가 들렸다. 겁을 먹은 듯, 여리게 떨려오는 그녀의 숨소리가.

"지성 씨⋯⋯."

그녀는 지성을 불렀고, 지성은 두 눈을 내리감았다. 차마 대답도 할 수 없을 만큼 커다란 잘못을 저질러버린 그는, 무너지고 싶은 심정이었다.

지성은 해실을 붙잡은 차가운 손끝으로 그녀의 손등을 조심스럽

게 매만졌다. 그에게 이 순간의 해실은 간절하기보단 똑바로 바라
보지도 못할 만큼 두려운 사람.

"지성 씨, 저는⋯⋯."

결국 흐린 숨만 내쉬는 지성을 향해 해실이 먼저 말문을 열었다.

"무슨 말을⋯⋯ 해야 할지 모르겠어요."

"⋯⋯."

"무슨 상황인지도 잘⋯⋯."

지성에게 닿아 있던 해실의 손이 느리게 그의 손아귀를 빠져나
갔다. 지성은 떨리는 눈동자를 들어 겨우 그녀를 마주했다.

"미안해요, 지성 씨⋯⋯ 먼저 일어날게요."

하지만 해실은 닿은 시선을 피했고, 눈가를 매만지며 자리에서 일
어났다. 서둘러 가방을 챙기고 있지만, 자신이 무얼 넣는지도 자각
하지 못하고 있는 해실은 사실 도망치는 중이었다.

지성의 마음이 아닌, 또다시 자신을 덮쳐 오는 기억의 파도로부
터.

'약혼녀가⋯⋯ 있어.'

오래전, 차가운 비상계단에 기대서서 아픈 말을 꺼내놓던 그 사
람은 해실의 눈을 마주치지 못했다.

그는 해실의 두 손을 꼭 잡고 있었지만 사실은 이별을 고하는 중
이어서, 해실은 울어 줘야 할지 웃어 줘야 할지 한동안 혼란스러워
했다. 한참 동안의 침묵 끝에 그녀가 겨우 뱉었던 말은.

'아⋯⋯ 그렇구나.'

'괜찮아요. 어차피 짝사랑이었으니까⋯⋯.'

사실은 바보 같은 그 말 말고, 묻고 싶은 질문이 있었다.

약혼녀라는 그 사람은 언제부터 사랑했는지, 나는 그 사람의 방해꾼이었는지, 내가 품었던 마음은 나쁜 마음이었는지, 당신을 설레게 했던 나는 그 사람에게 어떤 상처를 주었는지.

하지만 위층에서 들려오는 다른 사람의 기척에 그녀는 결국 모든 의문을 마음속에 구겨 넣었다. 그저 순식간에 그녀를 모른 척해버리는 그가, 자신을 쉬운 여자였다고 평가해 주지 않기를 바랄뿐.

'김 대리님이 약혼자가 있다고?'

'응. 그런데도 이해실이 김 대리님한테 고백했대.'

'정말? 와, 순진한 줄 알았는데…… 이래서 겉모습만 보고는 모른다니까.'

모질게 쏟아지던 질책들은 몹시도 아팠다. 하지만 변명을 해버리면 그 화살들이 모두 그에게로 쏟아질 것 같아서, 그녀는 지금껏 단 한마디 반항도 하지 못했다.

그 사람이 나쁜 사람이 되는 것보다는 그녀가 나쁜 여자가 되는 것이 훨씬 나았다. 어차피 그의 약혼녀에게 해실의 존재는 자신의 남자를 탐낸 나쁜 여자일 테니.

이유가 있었던 그녀의 침묵. 그러나 이젠 그를 막아줄 힘도 없는 다 헤져 버린 그녀의 짝사랑.

낡은 가방을 어깨에 걸치고 낮은 구두를 몇 발자국 앞으로 옮기다가 해실은 문득 걸음을 멈춰 지성에게 묻는다.

"제가…… 쉬운 여자처럼 보였던 건 아니죠?"

지성은 대답하기 위해 입술을 떼어 낸다. 그는 자신의 일방적인 마음 때문에 움츠러들어 버린 그녀를 위해, 당신이 얼마나 소중한지, 얼마나 간절하고 어려운 사람인지 말해 줄 생각이었다.

"해실 씨, 전……."

"아니에요. 그냥 아무 대답도 하지 말아 주세요."

그러나 해실은 차마 그의 말을 듣지 못했다.

가끔 알 수 없이 희운의 예전 모습과 겹쳐 보이던 사람. 그녀를 행복하게 했던 다정함을 품고 있었던 사람. 그런 사람이 자신을 쉽게 여긴다면 버텨 내지 못할 것 같아서였다.

"그럼 내일 봐요. 지성 씨……."

해실은 지성을 떠나기 전 몸을 반쯤 돌려 꾸벅 인사를 했다.

그녀는 애써 웃고 있었고, 지성은 그 모습이 안쓰러워 차마 다시 잡을 생각도 하지 못했다.

모든 게 엉망진창이 되어 버린 지금. 지성은 얼굴을 쓸어내리며 생각한다.

그녀를 위해 마음조차 숨겨버린 그 남자는 이기적이라서 상처를 줘버린 나와는 다를 것이다. 그녀와는 이렇게 끝이 나버릴 것만 같다.

그래서 두렵다, 라고.

그러나 같은 시각, 지하 주차장.

─희운 씨, 너무 늦는 거 아닌가요? 다 기다리고 있는데.

"지금 출발합니다."

─하, 무례하네요. 사과 한 번 없고.

"……."

―어쨌든 서둘러 주세요. 제가 아쉬워서 하는 결혼 아니잖아요?

오늘로써 딱 세 번째로 얼굴을 보게 될 낯선 여자와 자신의 결혼 이야기를 나누며, 희운은 생각한다.

내 눈을 똑바로 바라보며 그녀에게 입을 맞추던 그 남자는, 나약 해서 목줄을 끊을 용기조차 없었던 나와는 다를 것이다. 그녀는 다 시 사랑을 시작할 수 있을 것만 같다.

그래서 참 다행이다, 라고.

"이안 씨! 안에 있어요?"

이안의 냄새가 배어 있는 그의 집 안. 열려 있는 현관문으로 들어 서며 백화는 다급하게 이안의 이름을 불렀다.

대답은 없었으나 어두컴컴한 집안에선 오직 이안의 방만이 밝게 빛나고 있었다. 백화는 망설임 없이 걸음을 옮겨 그를 찾아냈다.

"방에 있었구나, 괜찮……."

그리고 더 이상 말을 잇지 못했다.

침대 위에 힘없이 걸터앉은 몸. 철제 수갑으로 아파 보일 만큼 단 단히 포박된 손목. 백화에게 전화를 걸었던 휴대폰을 간절하게 꼭 쥐어든 두 손. 그리고 이미 정신을 잃은 사람처럼 떨구어진 고개까 지.

금방이라도 쓰러질 듯 위태로운 그의 모습 때문에, 그녀는 심장 이 철렁 내려앉는 기분이었다.

"이안 씨! 괜찮아요?!"

백화는 이안의 앞으로 다가가 수그러진 그의 얼굴을 들어 올렸다. 일렁이던 그의 보랏빛 눈동자는 그제야 겨우 그녀를 발견했고, 이내 불안한 시선을 가늘게 떨었다.

평소의 태연하던 모습과는 확연히 다른 그의 상태.

백화는 심상치 않은 일이 벌어졌음을 감지했지만 내색했다가는 그가 더욱 두려워할까 싶어 달래듯 부드럽게 물었다.

"왜 그래, 어디 아파?"

"……."

"아니면 예전에 이안 씨가 말했던 무서운 꿈 꿨어요?"

백화는 조심스레 손을 뻗어 이안의 머리카락을 쓰다듬어 주었다.

이안은 그녀의 손길에 맞춰 숨을 내쉬었고, 가까스로 흐린 정신을 되찾으려 애썼다.

원이 다녀간 순간부터 끊임없이 수많은 사람들의 비명 소리로 가득 찼던 이안의 방. 환청과 환영이 집요하게 그의 곁을 맴돌았지만, 아무도 수갑을 풀어 주지 않아서 그는 이곳을 벗어날 수 없었다. 마치 영원히 고통스러운 지옥처럼 무방비한 그를 괴롭히고 옥죄기만 할 뿐.

"안아 줘……."

이안은 신음 같은 목소리를 흘리며 백화의 품 안에 지친 고개를 파묻었다. 상처 입은 짐승처럼 뜨거운 숨을 가쁘게 몰아쉬는 이안은 그녀의 심장박동을 찾아 헤매는 중이었다.

"괜찮아. 괜찮아. 나 여기 있어."

백화는 따뜻한 목소리로 그를 달래며 끊임없이 이안의 머리카락을 매만졌다. 그제야 폭주 직전의 상태에서 위태롭게 유지되던 이성은 흐릿하게나마 현실에 가까워졌다.

그의 귓가를 지독하게 맴돌던 비명도, 숨통을 조여오던 공포감도, 거짓말처럼 멈춘다. 그녀의 심장박동에 맞춰 언제 그랬냐는 듯이.

"옳지, 숨 잘 쉰다."

"……."

"수갑은 왜 차고 있어요? 지성 씨가 아침에 안 풀어 줬어요?"

"……."

"풀어 줄까?"

줄곧 대답 없이 안겨 있던 이안은 수갑을 풀어 주겠다는 그녀의 말에 고개를 가로저었다. 그건 겉으로 확연히 드러나는 불안감이었기에, 백화는 그의 앞에 몸을 낮춰 이안의 불안한 시선을 마주했다.

"수갑을 왜 안 풀어? 손목 아프잖아요."

백화는 빨갛게 부어오른 그의 손목을 향해 손을 뻗으려 했지만 이안은 그 손길을 피하며 한 번 더 거부의 의사를 표시했다.

극에 달한 이안의 두려움. 그 뒤에 경계 어린 그의 목소리가 따라붙었다.

"위험해……."

"뭐가 위험해?"

"나는…… 괴물이잖아……."

그 말을 내뱉는 이안의 뇌리에 오랜만에 악몽 속 목소리가 가득 차오른다.

'……은 실패…… 니다.'

뒤이어 증오를 가득 담은 원의 목소리 역시 위협적으로 본능을 두드린다.

'너는 절대 평범해질 수 없어. 누군가를 곁에 둘 수도 없어.'

'아무리 발버둥 쳐도 넌 이미 실패작이야.'

그러자 폭주의 순간마다 늘 그랬듯이, 그의 이성은 점멸한다. 마치 퓨즈가 끊어지기 직전의 전등처럼.

멈추지 않는다. 아니, 멈추지 못할 것 같다.

이안은 가까스로 제정신을 붙잡고, 흐린 목소리를 내뱉었다.

"도망가⋯⋯."

나는 또 누군가를 다치게 하고 싶지 않아.

그는 더 이상 입술을 움직일 기력이 없어, 짧은 말로 백화를 밀어냈다.

하지만 그녀는 도망치는 대신 긴 한숨을 내쉬었고, 이내 그의 뺨으로 따뜻한 손길을 뻗었다. 피부에 닿는 부드러운 감촉에, 흔들리던 이안의 눈동자가 그녀에게로 애처롭게 내려앉았다.

"누가 그래. 괴물이라고."

"⋯⋯."

"안아달라면서. 안겨 있고 싶다면서. 내가 폭주하지 못하게 지켜주면 되잖아."

"⋯⋯."

"설마 이안 씨 나 못 믿는 거예요?"

백화는 자꾸만 흐려지려는 이안을 위해 일부러 서운한 척 물었다. 이안은 천천히 고개를 저었고 아까보단 또렷한 목소리로 대답했다.

"믿어."

"……."

"믿어. 넌……."

가라앉아 있던 백화의 입꼬리가 그제야 시원하게 미소를 지어냈다.

"그럼 이안 씨 아프게 하는 수갑부터 풀자."

"……."

"겁먹지 마요. 괜찮을 거야."

백화는 끊임없이 이안을 달래며 수갑의 잠금장치를 조심히 풀어냈다. 고통이 드디어 그를 놓아주었지만 이안은 곧바로 움직이지 못했다. 그저 마른침을 삼키며 자신의 상태를 경계하고 있을 뿐.

백화는 그와 눈높이를 맞추었던 시선을 거두어내고 자리에서 일어났다. 그러고는 자꾸만 흐려지려는 그를 향해 든든한 양팔을 벌린다.

"이리 와. 안아 줄게."

그녀의 한 마디는 마치 천사의 주문과 같아서 이안을 속박했던 저주를 한순간에 풀어낸다.

동화 속의 마법처럼. 개구리 왕자를 깨우는 공주님의 키스처럼. 그는 기다렸다는 듯 곧바로 팔을 뻗었고, 그녀의 품에 와락 안겨들었다.

이안은 간절히 매달리는 중이었다. 그녀를 잃어버리지 않기 위해 온 힘을 다해 필사적으로.

백화는 그런 그를 끊임없이 잡아 주었다. 그를 잃어버리지 않기 위해 온 힘을 다해 필사적으로.

"한 번 더 해 줘……."

"……"

"괜찮을 거라는 말……."

이안은 백화의 몸을 강하게 껴안은 채로 속삭이듯 말했다. 백화는 옷깃으로 스며드는 숨결을 느끼며 지금 그가 듣고 싶어 하는 말을 원 없이 들려주었다.

"괜찮아. 이안 씨는 이제 정말 괜찮아."

"……"

"누가 이렇게 착한 사람한테 괴물이래? 정말 나쁘다. 그치?"

"응……."

그녀의 존재가 실감 날수록 눈시울이 자꾸 뜨거워진다. 그는 지금 자신이 얼마나 간절하게 그녀를 기다렸는지 마음껏 표현하고 싶다. 딱 그만큼 이미 안고 있는 그녀를 더 가깝게 느끼고 싶다.

이안은 묻어 두었던 얼굴을 천천히 떼어 내고 백화에게로 시선을 들어 올렸다. 그러고는 아픔이 가시지 않은 손을 뻗어, 그녀의 뒷목을 지그시 끌어당겼다.

"이안 씨……?"

갑작스러운 손길에 놀란 백화가 자신의 이름을 부르자, 이안은 그녀를 붙잡은 채 침대 위로 몸을 눕혔다.

흔들리는 그녀의 눈빛. 이안은 그걸 가만히 마주하다가 속눈썹을 내리감고 그녀의 입술을 거칠게 머금었다.

호흡이 뒤섞이고, 가슴에서 가슴으로 심장의 움직임이 전해졌다.

집요한 그의 혀끝은 이미 어느 때보다 깊숙하게 그녀를 파고들었지만, 이안은 백화를 붙잡은 손에 더욱 힘을 주며 매달렸다.

낯설도록 거친 이안은 지금 이 순간, 그녀를 원하고 있었다. 그 감정은 평소보다 강렬했고, 그 스스로조차 감당하지 못할 만큼 뜨거웠다.

달아오를 대로 달아오른 그의 숨이 잠시 그녀의 입술에서 떨어졌다. 그제야 마주 보게 된 하얀 침대 위 이안은, 금방이라도 녹아내릴 듯 무방비하게 흐트러진 상태였다.

하얀 피부에 엉겨 있는 머리카락도, 붉게 물든 아랫입술도, 숨을 쉴 때마다 자극적으로 움직이는 쇄골도. 백화의 심장을 아찔하게 조여 온다. 그녀는 지금 자신과 닿은 그의 시선이 탐스러워 미칠 지경이다.

"나 지금……."

이미 그녀의 이성을 헤집어놓은 그가 말문을 열었다.

"뭔가를 하고 싶은데……."

"……."

"그게 뭔지 잘 모르겠어……."

이쯤에서 이안은 잠시 입술을 닫고 마른침을 삼키며 고개를 돌렸다. 선명하게 드러난 그의 턱 선이 보랏빛으로 물든 신비로운 시선과 맞물려 그녀의 애를 태운다.

이안은 지그시 눈을 감았다가, 다시 백화를 정면으로 마주하며 느리게 눈꺼풀을 열었다.

"나를 어떻게 해 줘……."

그 순간, 멈춰 버린 백화의 이성.

잠시 이안의 젖은 눈을 내려다보던 백화는 자신도 모르게 그의 입술을 머금어버렸다. 그녀의 손끝이 침대 위에 누워 있는 이안의 목덜미를 쓰다듬자, 이안은 전보다 가쁜 숨을 내쉬며 그녀의 허리를 껴안았다. 백화는 조심스러운 손길로 그의 옷자락 안에 손을 밀어 넣었다. 단단한 가슴을 매만지는 그녀의 손끝에, 이안은 살짝 입술을 떼어내며 속삭였다.

"거기…… 이상해."

"누가 만져준 적 한 번도 없어요?"

"응."

"기분 이상하면 만지지 말까?"

그녀의 질문에 이안은 대답 대신 입술을 다시 맞춰왔다. 그건 마치 보채는 듯 보여서, 백화는 그의 가슴을 좀 더 진하게 어루만지기 시작했다.

"아……."

달아오를 대로 달아오른 이안은 흐린 신음을 흘려냈다. 그는 긴 속눈썹을 가늘게 떨다가 다시 그녀를 향해 눈동자를 고정시켰다.

"……벗겨 줘."

"응?"

"벗기고 더 만져줘."

모든 것을 그녀에게 맡긴 이안의 나른한 속삭임은 애원과 비슷했다.

백화는 순순히 그의 옷가지를 벗겨냈고, 눈앞에 드러나는 하얀 피부에 마른침을 삼켜 넘겼다. 묘한 신비로움이 감도는 그의 살결은

밤에만 피어나는 달맞이꽃처럼 탐스럽고도 매혹적이었다.

잠시 망설이던 그녀는 불긋하게 달아오른 그의 가슴을 촉촉한 입술로 머금었다. 그녀의 혀끝이 유륜을 따라 맴돌자 이안의 신음은 더욱 크게 터져 나왔다.

"아……!"

이안은 평소 고통스러울 때 나는 소리와 전혀 다른 자신의 신음이 당황스러웠다. 격하게 움직이지 않아도 가빠지는 호흡 역시 부끄러울 만큼 낯설었다. 하지만 그 중에서도 가장 강렬하게 느껴지는 이질감은 몸의 중심부를 묵직하게 만드는 달뜬 욕망이었다.

이안은 그녀의 손길이 자신에게 닿을 때마다 자신도 손을 뻗고 싶은 충동을 억누를 수 없었다. 그녀의 블라우스 안에 숨은 부드러운 살결 안에 지금이라도 얼굴을 파묻고 싶었다.

생각을 실천으로 옮기는 데까지는 많은 시간이 필요치 않았다. 이안은 침대 위에 늘어져있던 몸을 일으켜 단번에 뒤집어 버렸다.

덕분에 백화의 몸은 침대 위에 늘어졌고 향기 좋은 그녀의 긴 머리카락은 요염한 자태로 흐트러졌다.

이안은 시선 아래 들어온 그녀를 애타는 눈빛으로 바라보다가 깊게 입을 맞췄다. 그의 손은 그녀의 블라우스 단추를 하나하나 풀어내기 시작했고, 머지않아 드러난 하얀 가슴골을 부드럽게 어루만졌다.

"이안 씨……."

백화는 긴장한 듯 어깨를 움츠리면서도 그를 밀어내지 않았다. 볼륨감 있는 가슴을 감싼 브래지어가 벗겨지는 동안에도 연신 맞닿는 이안의 입술을 받아들이기만 할 뿐.

가쁜 숨을 고르기 위해 이안이 잠시 입술을 떼어냈을 때, 백화는 선이 고운 몸을 드러낸 채 그를 마주보고 있었다. 적절한 온도로 달아오른 그녀의 두 뺨은 손대지 않고서는 못 배길 만큼 사랑스러웠다.

이안은 버거울 정도로 벅차오르는 마음을 담아 그녀의 귓가에 속삭였다.

"뜨거워서 미칠 것 같아……."

"이안 씨……."

"가르쳐줘, 어떻게 해야 열을 식힐 수 있는지……."

그러면서 그가 본능적으로 밀어붙이는 건 어느새 묵직해진 중심부였다. 백화는 떨리는 눈빛으로 흥분한 그의 얼굴을 지켜보다가 바지 버클로 조심스러운 손길을 가져갔다. 그녀가 물건을 스치듯 건드리자 이안은 입술을 깨물며 그녀의 몸을 끌어안았다.

"이안 씨가 하고 싶은 대로 해요."

"하고 싶은 대로?"

"들어오고 싶으면 들어와."

그녀의 허락은 잠자고 있던 이안의 본능을 부추길 대로 부추겨 놓았다. 이안은 나체가 되는 동안 그녀의 품 안에 가만히 안겨 있었고, 곧이어 그녀의 치맛자락이 역시 훌훌 떨어져나가자 기다렸다는 듯 다시 입을 맞추었다.

농밀하게 얽히는 이안의 혀와 코끝을 유린하는 특유의 앳된 냄새는 어떠한 애무보다도 그녀를 젖어들게 만들었다.

그를 받아들일 준비를 마친 백화는 허리를 가까이 붙였지만, 이안은 그녀의 입구 근처에서 잠시 밀어붙이기를 망설였다.

"무서워……."

"뭐가?"

"……내가 널 아프게 하면 어떡해."

이안은 떨리는 목소리에는 첫 경험의 두려움이 여실히 드러나고 있었다. 백화는 흥분한 자신을 어쩌지 못하는 그를 다정한 손길로 쓰다듬어 주었고, 부드러운 미소를 지으며 달랬다.

"왜 그런 고민을 해? 이안 씨는 날 아프게 하는 사람이 아닌데."

"혹시 나중에라도 내가 널……."

"혹시라도, 나중에라도, 이안 씨는 날 해치지 않을 거야."

"그걸 어떻게 알아……."

"나니까 알아."

"……."

"이안 씨가 소중하게 여기는 사람이 나니까."

누군가 꼭 알아주길 바랐던 마음이, 지금 이 순간 가장 사랑하는 사람의 입술에서.

"응…… 너는 소중해."

밀려들어오던 불안감을 모두 지워낸 이안은 진심어린 고백을 속삭였다.

"너는 나한테 소중해."

그리고 마침내 촉촉한 이슬을 가득 머금은 그녀의 안에 뜨겁게 달아오른 그의 것을 그대로 밀어 넣었다.

"너무 소중해서 미치겠어……."

한 번도 느껴본 적 없던 쾌감이 그의 등줄기를 따라 전기처럼 뻗어나갔다. 백화는 그의 목덜미를 끌어안았고, 이안은 그 포옹을 신호탄 삼아 천천히 허리를 움직이기 시작했다.

하나가 된 그들의 몸은 자극적인 소리와 함께 물결처럼 일렁거렸다. 그는 입술을 깨물며 터져 나오려는 쾌감을 버티다가, 이내 향기로운 그녀의 목에 진한 키스마크를 남겼다.

"앗, 이안 씨……!"

흥분기 어린 백화의 신음이 흘러나오자 이안은 곧바로 그녀를 머금었던 입술을 떼어냈다. 그리고 이때까지 낸 목소리 중 가장 뜨겁게 달아오른 목소리로 간절한 고백을 속삭였다.

"난 이제 너 아니면 안 돼……."

"……."

"이렇게 만든 건 너니까…… 꼭 책임져."

이 순간 가장 하고 싶은 말을 여과 없이 내뱉고 나니 어쩐지 떼를 쓰는 어린 아이가 되어버린 기분이다. 하지만 이미 자존심 따윈 내려놓은 지 오래라서, 진심만 전할 수 있다면 그녀에게 우스워진대도 상관이 없다.

나는 너에 대한 내 마음을 전부 꺼내서 보여 주고 싶어. 내가 얼마나 널 사랑하고 있는지 남김없이 드러내고 싶어.

만약 내 마음의 크기를 알게 된 니가 예쁘게 웃으며 고맙다고 해 준다면, 나는 세상에서 가장 행복해질 거야. 너를 사랑하고 있다는 사실이 가장 자랑스러워질 거야.

영화가 끝났다. 남자주인공과 여자주인공이 우연찮게 만나, 필연을 쌓고, 인연이 되는. 뻔하다면 뻔한 삼류 로맨스 영화였다.

2시간이나 되는 러닝타임 동안, 혼자 그들이 만나는 걸 보고, 서로에게 빠지는 걸 보고, 행복해하는 걸 보고, 결국 사랑의 결실을 이루는 모습들을 지켜보았다. 혼자.

그리고 마침내 엔딩 크레딧이 올라가던 때 문득 떠오른 생각은.

'나는 지금 여기서 혼자 뭘 하고 있는 걸까.'

오로지 두 주인공만을 위해 준비된 것 같은 사랑이 모두의 예상대로 성대하게 맺어지면 그들의 순간을 지켜보던 관객들은 모두 자리에서 떠나간다. 그 자리에 그 사람이 잠시 머물렀다는 흔적 하나 남기지 않고, 그렇게 저마다 각자의 삶으로 돌아간다.

부질없는 쓰레기들 몇 개만 나뒹구는 텅 빈 객석. 까맣게 꺼져 버린 스크린.

영화는 끝났지만 태양이 바라보는 여자주인공은 아직 남자주인공의 곁에 머물러 있다. 영화가 다시 시작하는 기분이다. 그래서 태양은 한 발자국도 움직이지 못하고 그 자리에 굳어 있다.

부드러운 이불의 감촉이 그녀의 살결을 간질였다. 백화는 천천히 눈을 떴고, 눈앞에서 곤히 자고 있는 이안의 얼굴을 보며 피식 웃었다.

"잘 자네. 내 새끼. 아이고, 이뻐라."

백화는 이안의 볼을 장난스럽게 꼬집었다. 그러자 이안은 잠결에 미간을 좁혔고, 그녀의 허리에 두른 팔에 힘을 주었다.

가까워진 그의 입술에선 규칙적인 숨이 샜다. 그 사람의 마음만큼이나 잔잔하고 따뜻한 숨결이었다. 백화는 이안의 긴 속눈썹을 가만히 바라보다가, 그가 깨지 않도록 조심하며 그의 팔을 치워냈다.

이안과 보낸 따듯한 밤. 밝은 아침까지 함께하고 싶은 마음이야 굴뚝같았지만, 불행히도 그녀는 몇 시간 뒤에 다시 출근을 해야 하는 처지였다.

"이안 씨, 이따 연락할게. 푹 자."

조용히 옷을 갖춰 입은 백화는 마지막으로 그의 뺨에 짧은 키스를 남긴 후에야 방을 나섰다. 발꿈치를 든 채 조심조심 현관문 쪽으로 향하고 있자니, 문득 느껴지는 지성의 부재.

그러고 보니 지성 씨가 집에 안 오는 날도 있네. 가정적인 남자인 줄 알았더니만. 잠깐 다른 생각에 정신을 팔고 있던 그때.

"어디 가."

백화의 등 뒤에서 아직 잠이 가시지 않은 목소리가 들렸다.

놀란 그녀가 재빨리 뒤를 돌아보니, 어둠에 익숙해진 눈에 들어오는 건 이불을 걸친 채 다가오는 이안이었다.

"아! 깨어났네! 몰래 가려고 그랬는데."

"어딜 몰래 가."

"집에. 나 학교 가야 되잖아요."

"아."

이안은 짧은 한마디와 함께 잠시 고개를 돌렸다.

백화를 마주하고 서 있긴 하나 어째서인지 초조해 보이는 그는, 지금 그녀에게 뭔가 바라는 것이 있어 보였다.

"왜요? 무슨 할 말 있어?"

백화가 태연한 목소리로 용건을 묻자 그는 어긋 냈던 시선을 그

녀에게 고정시켰다. 그리고 평소보다 부끄러움이 담긴 목소리로 말
했다.

"고마워."

"응?"

"오늘…… 와줘서."

아, 난 또 뭘 그렇게 뜸들이나 했더니.

"다음에도 마음이 불안해지면 불러요. 안아 주러 올게."

"어?"

"응? 왜?"

"아니…… 뭐."

겨우 닿았던 이안의 눈동자가 다시금 옆으로 빗나갔다. 두 볼까
지 붉게 달아오르는 것이, 아무래도 심상치 않은 반응이었다.

안아 준다는 말…… 혹시 이상하게 들린 거 아니야?!

순간 어젯밤의 뜨거운 장면들이 백화의 뇌리를 스쳐 지나갔다.

그녀는 금세 얼굴을 붉혔고, 줄곧 당당하던 눈빛을 이리저리 흔
들며 말을 더듬었다.

"아! 그, 그게! 막! 그런 의미가 아니라!"

"아, 어."

"물론 어제 굉장하긴 했지만!"

"……어?"

악! 굉장하긴 뭐가 굉장해! 난 망했어!

"아…… 그러니까…… 내 말은……."

"아니야. 알아들었어."

"응?! 뭘?! 어떻게?!"

뜻밖의 첫날밤은 풋풋한 연인을 더욱 풋풋하게 만든다. 마치 처음 만났을 때와 같이. 이안은 이미 익숙해질 대로 익숙해져 버린 백화를 새삼 조심스러운 눈길로 바라보았고.

"……어제 넌 예뻤어."

28년 만에 찾아온 첫 사랑에게 수줍은 칭찬을 흘려보냈다.

그 갑작스러운 한마디가 주는 강렬한 설렘에, 무방비해져 있던 백화의 마음은 금세 흐물흐물 녹아들고 말았다.

"자꾸 그렇게 말하니까…… 출근하기 싫어지잖아요."

백화는 핀잔 아닌 핀잔을 내뱉으며 수줍음을 애써 감췄다. 이안은 그런 그녀에게 얼굴을 가까이 붙였고 이내 속삭이듯 말했다.

"가지 말라고 이러는 거잖아."

"으……응?"

"가지 마."

아, 그런 눈으로 그렇게 말하면 내가 당신을 못 떠나게 되잖아. 이 구미호 같은 남자야.

어슴푸레 동이 트는 새벽.

비어 버린 그의 시선 끝에 익숙한 실루엣이 가까워졌다. 보고 싶었으나 결코 보고 싶지 않았던 그 사람은 다름이 아닌, 백화.

어느새 깊은 고통이 되어 버린 그녀는 아무렇지 않은 목소리로 그의 이름을 불렀다.

"태양아. 거기서 뭐 해?"

줄곧 담벼락에 기대서 있던 태양은 그 목소리에 반응하듯 몸을 똑바로 세웠다. 그의 시선보다 아래 있는 그녀를 한동안 말없이 보고만 있으니, 그녀는 계속 질문을 던진다.

"새벽 훈련 다녀왔어? 옷이 어제랑 똑같네. 설마 놀다가 지금 들어가는 거야?"

"……."

"춥지는…… 않아?"

태양은 알고 있다. 지금 그녀는 자신을 버리고 간 어젯밤의 일이 미안해서 할 말을 찾고 있다는 것을.

하지만 알고 있으면서도 대답을 하지 않았다.

흐린 새벽안개 속에서도 선명하게 보이는 그녀 목 언저리에 붉은 자국. 그건 차마 그 어떠한 말도 내뱉을 수 없을 만큼 화가 나는 흔적이라서, 태양은 차라리 고개를 떨어트렸다.

"왜 이제와."

"아, 이안 씨가 많이 불안해해서."

"그러니까 왜 이제 오냐고."

"이안 씨 상태가 쉽게 나아질 것 같지 않길래……."

백화의 입에서 반복되는 그 남자의 이름에 태양의 마음이 터지려 했다. 그러나 그는 애써 혀끝에 맺힌 말을 참아 내고, 한 톤 낮아진 목소리로 말했다.

"……내가 그 새끼 상태 물어본 거 아니잖아."

"아……."

"너는 왜 늦었냐고."

백화는 고집에 가까운 그의 추궁에 대꾸할 말을 찾기 위해 마른침을 삼켰다. 스스로 생각해 봐도 무례하기 그지없었던 어제의 행동.

더 미안한 건 그렇게 태양을 버려두고 나서도 그의 마음을 걱정한 적 없었던 자신이었다.

"미안해."

"……."

"너만 버려두고 와서 정말 미안해."

어떤 사과는 가끔 어떠한 욕설보다 잔인하다. 그녀가 미안하다는 말을 꺼낸 순간, 태양은 자신의 모습이 너무나도 비참해서 고개를 들 수 없을 지경이다.

어제 나는 버려졌던 거구나. 너도 그걸 알고 있었구나. 나는 니가 너무 다급해서 날 미처 신경 쓰지 못한 줄 알았는데.

너는 날 버렸던 거구나. 지금까지 늘 그래 왔던 것처럼.

"야."

태양이 보다 낮은 목소리로 거칠게 그녀를 불렀다. 백화는 불안한 시선으로 태양의 눈을 마주했고 작은 대답이라도 내뱉으려했다.

하지만 그럴 새도 없이 태양은 그녀에게 묻는다.

"너 알지."

"뭘?"

그리고 의아해해는 그녀를 향해 한 번 더 허망하기 그지없는 질문을 던진다.

"알고 있지."

"그러니까 뭘……."

"알잖아."

"······."

"니가 모를 리가 없잖아."

분명 태양의 질문은 불친절하리만큼 의미가 모호했지만 거듭될수록 백화의 안색이 어두워졌다. 그녀는 더 이상 자신에게 내려앉은 태양의 까만 시선을 마주하지 못하고 고개를 숙여버렸다. 그러고 나서 짧은 한숨을 그의 앞에 토해내니 태양은 기다렸다는 듯 말했다.

"알고 있네."

"······."

"내가 너 좋아하는 거."

까맣게 몰랐던 건 아니었다. 얼마 전부터 태양이 가진 마음에 대해 어느 정도 의식은 하고 있던 그녀였다.

하지만 백화는 차마 티를 낼 수가 없었다. 어차피 받아 주지도 못할 마음이니 들여다볼 생각도 하지 않았던 것 같다.

그러나 이제는 외면할 수도 없이 밖으로 꺼내져 버린 그의 감정.

"알지, 나도 널 얼마나 한 가족처럼 아끼고 좋아하는데······."

백화는 애매모한 뜻으로 넘겨보려 했지만.

"여자로서 좋아해. 나도 강이안처럼."

태양은 그러지도 못하게 좀 더 확실한 정의를 못 박아두었다. 그리고 그녀의 대답을 기다리는 사람처럼 입술을 꾹 닫아두었다. 백화는 지금 그에게 할 수 있는 말이 없는데. 해도 되는 대답이 없는데.

"아······."

백화는 흐린 신음을 내뱉으며 긴 머리를 쓸어 올렸다.

그건 분명 태양의 존재를 난처해하는 기색이었지만, 그는 이제 아무래도 좋았다. 어차피 그녀의 목에 선명히 찍혀 있는 키스마크 때문에 이성을 잃은 지는 오래되었으니 여기서 더 나빠질 상황도 없었다.

"언제부터인지 기억도 안 날 만큼 오래됐어. 내가 착각하는 것도 아니고 가족애로 설명할 수 있는 정도도 아니야."

"태양아……."

"나는 널 좋아해. 사실 그 말로도 부족한데, 다른 말은 할 자격이 없어서 못 하는 거야."

"……."

"너도 알고 있잖아. 모르는 척한다고 해서 모르는 게 되진 않잖아……."

태양은 손바닥으로 눈가를 매만졌다. 백화는 그걸 물끄러미 보고 있었고, 섣불리 어떤 대답을 꺼내놓지 못했다.

새벽공기보다 차가운 숨이 잦아들고 나서야 태양은 말을 이었다.

"가만히 있지 말고 알았다는 대답이라도 해…… 받아주는 것까지는 바라지도 않으니까……."

내가 그동안 혼자 썩어 문드러지도록 품고 있었던 이 마음을. 아무도 알아주지 않는데 지치도록 널 쫓아 달리고 있었던 이 병신 같은 마음을.

"……아는 체라도 해 줘라."

안 그러면 내가 널 사랑한 시간들이 너무 불쌍해지잖아. 필사적인 그의 말은 그녀가 도망칠 수 있는 퇴로마저 막아 놓았다.

백화는 삼키기 힘든 태양의 고백을 들으며 앞으로 흐트러져 버릴 그와의 일상을 떠올렸다. 어디까지나 태양이 제 마음을 감춰놓았기에 가능했던 두 사람의 관계. 그녀는 암묵적인 선을 넘어버린 태양을 멀리 밀어낼 수도, 가까이 끌어당길 수도 없다.

"미안해. 태양아. 오늘 이건…… 없던 일로 하자."

결국 어떤 결정도 내리지 못한 백화는 그가 밟고 있는 선을 지워 버리고 나서야 발걸음을 떼어 냈다. 도망치는 사람처럼 빠른 걸음이 태양을 스쳤고 그는 비명 같은 한숨을 토해 냈다.

그러지 마. 제발 없던 일로 하지 마. 아무도 환영해 주지 않는 사랑인 걸 알지만, 그래도 제발 없는 걸로만 만들지 마.

"여기 있잖아…… 너도 보이잖아…… 그걸 왜 니가 맘대로 없애 버리는데!"

결국 애절하게 흐르던 태양의 혼잣말은 그동안 쌓아 둔 서러움과 함께 분노가 되어 폭발했다.

태양은 거친 손을 뻗어 그녀의 어깨를 붙잡아 돌렸고, 다시 마주한 그녀의 눈을 또렷하게 바라보며 울음 섞인 말들을 뱉어 냈다.

"눈 뜨고 똑바로 봐! 아무리 싫어도 이게 나야!"

"……."

"없는 걸로 할 수 있었으면 진작 그렇게 만들었어! 그런데 아무리 발악해도 안 되는 걸 어떡하냐!"

폭발하는 그의 감정을 받아 내던 백화의 눈에 순간적인 두려움이 맺혔다. 태양은 그런 그녀를 울음기 섞인 표정으로 바라보다가, 이내 그녀를 붙잡은 손에 힘을 빼며 애원하듯 중얼거렸다.

"백화야, 내 마음 좀 알아주라……."

"……."

태양은 간절한 부탁과 함께 백화의 목 언저리를 향해 손을 뻗었다. 그러고는 고통을 참아내듯 입술을 깨문 채로, 그녀의 머리카락을 쓸어내려 붉은 키스마크를 감춰두었다.

"그래야 니가 나한테 할 짓 못할 짓 정도는 구분할 거 아니야……."

지금까지 그가 쏟아 냈던 어떤 말들보다 아픔이 가득한 마지막 한마디. 그 말을 끝으로 태양은 고개를 숙인 채 그녀에게서 등을 돌렸다. 비틀거리는 그의 발걸음에는 어떠한 목적지도 없어 보였지만 그녀는 붙잡아 주지도 못했다.

지독하게 고요한 새벽의 끝. 이미 흐린 눈앞을 소매 끝으로 문지르며 정처 없이 걷던 태양은 아무도 드나들지 않는 골목 구석에 가만히 멈춰 섰다. 그러고는 그녀에게 남아 있던 그 남자의 흔적들을 고문하듯 되새겼다. 붉은 자국 끝에 따라오는 서러운 상상들까지도.

지난밤 다신 일어설 수 없을 만큼 무너져 버린 그는 차라리 그녀를 미워하기로 결심했다. 좋아하는 만큼, 간절한 만큼. 딱 그만큼 미워해서 더 이상 혼자 아프지 않기로.

태양은 그날 밤 가장 초라한 곳에 주저앉아 그렇게 결심했다.

9 장
너는 나한테 소중한 사람이야

"다녀왔습니다."

지친 지성의 목소리가 펜트하우스를 메운 건, 아침 아홉 시가 다 되어서였다.

지성은 쌓일 대로 쌓여버린 피로감과 심란함 때문에 서 있기도 힘든 상태였지만, 가방도 벗어 두지 않고 곧장 이안의 방으로 발길을 옮겼다.

허락도 없이 무단으로 외박해 버린 지난밤. 그는 당황했을 주인을 달래는 것이 자신의 몸과 마음을 달래는 것보다 급선무라고 생각했다.

"이안 님."

그러나 이안의 이름을 부르며 그의 방 문고리를 조심스럽게 돌렸을 때.

"나가."

이안의 낮은 음성이 경고성 짙게 울렸다. 지성은 평소와는 달리 예민한 그의 태도에 손을 멈추었고, 닫힌 문틈으로 조심스레 물었다.

"화 많이 나셨습니까?"

"……."

"이안 님. 어제 일은 제가……."

지성의 말이 채 끝나기도 전, 이안의 목소리가 다시 한 번 더 엄하게 새어 나왔다.

"기다려. 거기서."

늘 착하고 바르던 자녀에게 사춘기가 온다면 이런 기분일까.

안 그래도 좋지 않았던 지성의 안색이 하얗게 질려버렸다.

지성은 마른침을 삼키며 혼란스러운 감정을 정리했고, 떨리는 목소리로 닿지 않을 사과를 늘어놓았다.

"어제 제가 염려를 끼쳐드렸다면 정말 죄송합니다. 이안 님."

"……."

"부장님 출근 시간까지 기다렸다가 병가를 내느라……."

그가 늘어놓던 말을 채 끊기도 전에, 벌컥, 문이 열렸다. 벌어진 문틈으로 이안이 감췄던 모습을 드러냈다. 지성은 놀란 눈을 그에게 고정시켰고, 가까이서 본 이안의 얼굴에 해명하던 입을 잠시 닫았다.

아침 햇살과 함께 선명히 비치는 두 볼의 홍조, 그리고 묘하게 수줍어하는 눈빛.

"어젯밤 일은 신경 쓰지 마."

"예?"

"니가 없어서 다행이었으니까."

마지막으로 의미를 알 수 없는 의미심장한 말까지.

"혹시…… 어제 백화 님을 부르셨습니까?"

지성이 어느 정도 확신을 가지고 이안에게 물으니, 그의 시선은 당황한 듯 지성을 향했다가 다시 또르르 굴러 발밑으로 내려갔다.

"아, 어. 뭐……."

그러고 보니 우리 주인님 옷도 뒤집어 입으셨네. 아까 매몰차게 나를 내쫓았던 건 급히 옷을 주워 입느라 그러셨던 건가.

'아니, 그런데 그 전에 옷을 왜 벗고 있…….'

무언가 엄청난 단어 하나가 떠오르려던 순간, 지성의 정신이 이안의 하얀 팔목 쪽으로 어긋났다.

한쪽 벽을 짚고 있는 이안의 팔목에는 아직 아물지 않은 쓰린 상처가 나 있었는데, 그건 분명 수갑을 풀어줬던 아침까지도 없던 흔적이었다.

지성은 서늘한 눈빛을 띠고 이안의 팔을 붙잡았다.

"여긴 왜 이렇게 되신 겁니까?"

"아, 별거 아니야."

"별거 아니라고 하기에는 지나치게 과한 상처인데요."

"아무 일 없었어."

아무 일도 없었기는. 분명 폭주 상태에서 수갑을 벗어나려 발버둥 칠 때만큼의 상처인데. 나는 그걸 수도 없이 봐 왔던 터라 잘 알고 있는데.

"이안 님, 저에게는 거짓말이 통하지 않는다는 거 잘 아시잖아요."

"……."

"오늘…… 폭주하셨습니까?"

지성의 조심스러운 질문에 이안은 잠시 미간을 좁혔다.

하지만 그건 짜증이라기보다는 염려에 가까운 표정이었기에, 지성은 일부러 목에 힘을 풀고 부드럽게 말했다.

"듣기만 하고 섣불리 행동하진 않겠습니다. 그러니까 무슨 일이 있었던 건지 말씀해 주세요."

행동하지 않겠다는 지성의 말은 이안이 가장 걱정하는 부분을 정확히 알고 내뱉은 약속이었다.

불안했던 이안의 시선이 다시 지성에게로 향했다. 그건 순순히 대답해 주겠다는 긍정적인 반응이었지만.

지이이잉—

그가 미처 무슨 말을 내뱉기도 전에 지성의 휴대폰 진동음이 먼저 울렸다. 지성은 이안에게 집중했던 눈을 내려 안주머니 속 휴대폰을 꺼냈고, 도착한 메시지를 읽어 내려갔다.

[한지성. 오늘 몸 상태 안 좋은 건 알지만 출근해야 할 것 같네.]

병가를 승인해 줬던 부장의 번복 문자. 지성의 눈썹이 난처한 듯 구겨졌다.

[대표님이 우리 부서를 방문하실 예정이야.]

하지만 이어지는 두 번째 문자에 그의 낯빛에는 서슬 퍼런 날이 섰다. 오랜 기억 틈에서 떠오른 광기 어린 얼굴.

"혹시…… B1이 찾아왔었나요?"

지성은 이안의 팔목을 다시 한 번 내려다보며 싸늘한 어조로 물었다. 이안은 지성을 자극하는 팔목의 상처를 감추며 드디어 제대로 된 대답을 내뱉었다.

"어. 만났어."

그리고 여린 뒷말을 이었다.

"그래도 넌 아무 짓 하지 마. 약속한 대로 들어 두기만 해."

"이안 님. 하지만……."

"그 애, 보좌관이 많이 어려."

"……."

"아마 스무 살도 안 됐을 거야."

순간 한 남자의 얼굴이 지성의 뇌리를 스쳐 갔다.

예전에 불쑥 펜트하우스를 찾아왔던 그 에이전트는 분명 앳된 얼굴을 하고 있었지만 그에 비해 빈껍데기처럼 생기가 없어 보였다.

아마 이안이라면 그 아이의 공허함이 연민을 느끼고도 남았을 거다. 그를 위협하는 B1보다 그 사람의 곁에서 애완견 취급을 받고 있는 어린 소년에게 마음이 휘둘려 반항조차 못 했을 거다.

"지금 그 애를 걱정할 때가 아니지 않습니까……."

지성은 복잡해지려는 머리를 감싸쥐며 나무람 섞인 말을 흘려보냈다. 그러자 이안은 조금의 동요도 없이 곧바로 대답했다.

"내가 미움 받는 건 당연해. 델타 돔을 망가트린 게 나니까."

"이안 님, 그런 생각은……."

"나는 더 이상 누군가를 다치게 하고 싶지 않아. 그러니까 너도 그 애들을 해치지 마."

"……."

"그냥…… 미워하게 놔둬."

그 안에는 이안이 짐짝처럼 지고 있던 죄책감이 무겁게 실려 있었다. 지성은 가라앉는 그의 눈빛을 보며 더 이상 어떠한 말도 이어내지 못했다.

이 주제로 대화를 계속 할수록 마음만 아파질 것이 뻔하니까.

이안의 무기력함을 이해하고 있는 지성은 결국 당장이라도 원을 없애버리고 싶은 마음을 고이 접어둘 수밖에 없었다.

"그래서…… 어젯밤은 좋으셨나요?"

이번에도 한 발 물러난 지성은 완전히 다른 쪽으로 주제를 돌려버렸다. 그건 이안이 바라던 일이었지만 질문이 질문인지라 그는 심히 당황해버리고 말았다.

"뭐가."

"금방 얼굴이 빨개지는 걸 보니까, 적잖이 즐거우셨나 봅니다."

"시끄러워."

장난스러운 지성의 재촉에 이안은 침대 쪽으로 등을 돌렸다.

그건 두 뺨의 온도를 낮추기 위한 행동이었지만 이상하게도 흐트러진 침대보를 보니 심장이 감당할 수 없을 만큼 쿵쿵거리기 시작했다.

지성은 어쩔 줄 몰라 하는 이안의 뒤통수를 가만히 바라보다가 손을 뻗어 차분히 쓰다듬었다.

"행복하세요."

"만지지 마."

"제가 그렇게 만들어드릴게요."

이안이 불안해할 때마다 건네는 지성의 위로는 이번에도 한없이 따듯했다. 그건 충분히 고마웠으나 이안은 그걸 내색하기가 쑥스러워 손을 치워내 버렸다.

지성은 그런 이안을 웃으며 바라보다가 방 쪽으로 몸을 돌렸다.

"회사 가게?"

이안이 물으니 지성은 지친 손길로 넥타이를 풀어내며 말했다.

"오늘은 안 갈 겁니다. 기다렸던 사람이 그곳에 도착은 했는데…… 막상 만나려고 하니까 짜증나네요."

"약속은 지키고 살아."

찰나의 순간, 지성의 얼굴에 흐린 빛이 서렸다. 그러나 그는 다시 억지로 미소를 지었고 아무 감정도 느끼지 않은 것처럼 여유롭게 말했다.

"괜찮습니다. 어차피 우리 팀 안에서 절 찾을 사람은 한 명도 없으니까요."

"한지성은 아직 연락 안 받아?!"

"네, 메시지 회신도 없습니다."

"대표님 도착하실 때까지 얼마나 남았어?!"

"그……그게…… 한 오 분 정도……."

모든 사람이 한 사람을 애타게 기다리고 있는 제이기획 미래홍보부서.

소란스러운 사무실을 둘러보던 해실의 불안한 눈이 비어 있는 옆자리로 향했다. 늘 남들보다 먼저 흐트러짐 없는 자세로 앉아 있던 자리의 주인은 오늘따라 의례적으로 연락 두절인 상태.

해실은 그게 자신의 탓일 것만 같아 두려워졌다.

지난밤 처음으로 가까이서 마주했던 그 사람의 눈동자는 그동안 본 적 없던 감정을 머금고 있었는데. 나는 그에 비해 형편없었던 것 같아. 어제의 내 반응은 그 사람의 진심에 대한 대답도, 거절도 아니었어.

"내가 나쁘게 굴었던 걸까……."

해실은 머릿속을 가득 채웠던 죄책감을 자신도 모르게 입 밖으로 꺼냈다. 그러자 미동도 없이 뒷자리에 앉아 있던 희운은 남몰래 짧은 한숨을 내쉬었고 이내 고개를 돌려 얼어붙은 해실을 불렀다.

"이해실."

"……."

"이해실."

그의 목소리가 그녀에게 닿지 못했다. 처음 있는 일이었다.

결국 희운은 자리에서 일어나 그녀의 어깨 위에 손을 얹었다.

"사람이 부르면 대답을 해."

"네?!"

그제야 놀란 눈동자로 희운을 올려다보는 해실은 확실히 다른 사람을 떠올리는 중이었다. 희운의 시선이 물끄러미 그녀를 향했다가 다시 애먼 곳으로 틀어졌다.

"불러도 못 듣길래."

"아, 죄송합니다! 딴생각을 하느라……."

"한지성한테 연락해봤나."

"아, 아직…… 해볼까요?"

해실은 불안한 눈빛을 띠면서도 넌지시 물었다. 한동안 뜸을 들이던 희운은 머지않아 평소와 다름없는 목소리를 겨우 꺼내놓았다.

"아니. 퇴근 후에 직접 찾아가."

전화로는 지금 니가 짓고 있는 표정을 알아차릴 수가 없잖아. 너는 의외로 거짓말을 잘하는 사람이라서 목소리보단 표정에서 진심이 드러나는데.

"아…… 그건……."

곧장 대답하지 못하고 망설이는 해실에게 희운은 주머니 속 USB를 건네주었다.

"중요한 파일이 들어 있으니까 오늘 꼭 전달해."

그리고 뒤를 돌았다. 흔들리는 눈빛을 그녀에게 들킬까 싶어 필요 이상으로 서둘러서.

해실의 손에 들린 작은 USB에는 희운의 온기가 아직 남아 있었다. 하지만 그녀는 그의 흔적을 전혀 신경 쓰지 못했다.

지금 이 순간, 그녀에게는 아직 만나지도 않은 지성의 존재감만이 가득했다.

'해실 씨, 혼자 영화 볼 때…… 그 옆자리에 제가 앉아 있어
도 될까요?'

'웃는 게 예쁘잖아요.'

'괜찮아요. 어차피 진심이었는데, 뭐.'

'그 표정 좋아한다니까. 예뻐서.'

알 수 없이 복잡해지는 마음.

'……좋아해서, 미안해.'

마지막 한 마디가 또다시 마음을 스치자 해실은 눈을 질끈 감아버렸다. 희운을 바라볼 때의 느낌과는 다르지만, 지성을 떠올릴 때마다 불처럼 번져 오르는 이 감정은 확실히 그녀를 낯설게 자극했다.

지워 버려야 할까, 가만히 놔두어야 할까. 고민하던 그때.

"나의 Z999! 여기서 날 기다리고 있는 거 다 알아! 이리 와!"

지나치게 밝고 요란한 남자의 목소리가 사무실 내부를 가득 메웠다.

"대, 대표님!"

"뭐야, 이건."

"만나 뵙게 되어서 영광입니다! 대표님!"

"흐음."

허리를 숙여 공손하게 인사를 올리는 부장을 반항적으로 내려다보는 그는 펑키한 복장부터 붉은 머리카락까지 회사와는 전혀 어울리지 않는 원이었다.

이전부터 공공연히 소문은 돌았었다. 대형광고기획사 제이기획을 가진, 어디서 나타났는지도 모를 정체불명의 남자에 대한 소문.

젊은 나이의 그는 다른 사업가들과 전혀 친분이 없으며, 신기에 가까운 통찰력으로 미래의 트렌드를 예측한다고 했다. 그리고 가진 능력에 걸맞게 굉장히 비밀스러우며, 히스테릭하고, 또 종잡을 수 없을 만큼 다혈질이라고 들었다.

하지만 어느 누구에게도 좀처럼 모습을 드러내지 않았던 의문의 대표. 그런 그가 미래홍보부서에 친히 행차했을 때, 모든 임직원들은 동시에 생각했다.

'듣던 대로 굉장한 또라이구나!'

원은 자신을 당혹스럽게 쳐다보는 눈길들을 매섭게 훑었다. 그러고는 살벌하게 일그러트렸던 눈썹을 다시 부드럽게 풀어내며, 장난스러운 말을 내뱉었다.

"왜 그렇게 구경해? 내가 신기해?"

"아닙니다! 대표님! 저희 부서를 찾아주셔서 감사합니다!"

"감사합니다! 대표님!"

직원들은 모두 그의 심기를 거스르지 않으려 가식적인 인사들을 쏟아냈다.

하지만 원은 그다지 반응을 보이지 않았다. 그가 서늘한 눈으로 샅샅이 찾고 있는 건 그저 단 한 사람뿐이었다.

"Z999 어디 있어?"

"예? 제트…… 뭐라고 하셨습니까?"

"Z999. 나의 사랑스러운 벗 말이야."

원은 그토록 고대해 왔던 그와의 만남을 앞둔 지금, 정상적인 사고를 할 수도 없을 만큼 들떠 있는 상태였다.

그러나 회사 사람들은 지성의 31세기 혈통코드 네임을 알아들을 수 없었고, 덕분에 당황한 눈동자만 굴려대며 눈치를 살폈다.

그 잠깐의 정적을 뚫고 원의 뒤에 서 있던 C7이 차분한 목소리로 설명을 덧붙였다.

"한지성 사원을 찾고 있습니다."

"한…… 지성이요?"

"이 부서 소속으로 확인되어 있는데, 맞습니까?"

이번에 거론된 이름은 분명 알고 있는 이름이었다. 그러나 그 안에 있는 어느 누구도 마땅한 대답을 꺼내놓지 못했다.

미래홍보부서 전원소집 명령이 내려졌지만 이 자리에 소집되지 않은 단 한 명. 하필 그 사람이 한지성이라서 직원들은 하나 같이 꿀 먹은 벙어리라도 된 양 서로의 눈치만 살폈다.

"그, 그게 말입니다. 대표님……."

정적의 틈바구니에서 기획팀을 총괄하는 차장이 떨리는 목소리로 말문을 열었다. 원과 C7의 시선이 동시에 움츠러든 그에게로 내려앉았다.

"한, 한지성 사원은 현재 연락이 두절된 상태라서……."

"……."

"소집명령을 전달하긴 했지만 어떤 답도 받지 못했습니다. 내일 출근하는 대로 해당 직원은 엄중히 처벌할 테니, 일단은 이대로 진행하시는 게 어떠신지……."

흐릿하게 이어지는 차장의 말은 원의 미간을 구겨지도록 만들기에 충분했다. 원은 아랫입술을 지그시 깨물며 시선을 내리깔았다가, 다시 고개를 틀어 올리며 차장을 정확히 노려보았다.

"뭐라고 했어?"

"아, 이대로 진행하시는 게 어떠시냐고 여쭀……."

"아니. 그 전에."

"예? 그, 그 전이라면 어떤 걸 말씀하시는지……."

"감히 주제 넘는 소리 하나 지껄였잖아. 그 혓바닥으로."

비웃음이 걸려 있던 원의 입꼬리가 싸늘하게 아래로 가라앉았다. 상황을 파악한 C7은 한 발 앞으로 움직여 원을 말리려 했지만, 그러기도 전에 차장은 이전의 말을 또다시 담아 올리고야 말았다.

"한지성의 무단결근에 대해서는 제가 엄중히 처벌을……."

"그래! 그 말!"

원은 누가 말릴 틈도 없이 손을 뻗어 차장의 입을 틀어막았다.

"꺄악!"

여직원들의 비명이 여기저기에서 쏟아졌지만, 그는 놓아줄 생각이 없다는 듯 손아귀에 더욱 힘을 주었다. 차장은 겁에 질린 눈을 질끈 감았다. 그러나 원의 살벌한 음성은 피할 수 없이 그의 귀를 파고들었다.

"크흐흐, 그 애를 어떻게 처벌하게? 응?"

"으, 으읍."

"쥐어 패게? 아니면 뭐, 죽일 건가?"

"으으……."

"원 님. 많이 흥분하셨습니다. 그만하시죠."

C7은 사람의 목숨을 끊어놓을 기세로 달려드는 원을 침착하게 저지했다. 그러나 이미 불이 붙어버린 도화선처럼 원의 흥분은 좀처럼 가라앉을 기미가 보이질 않았다.

"영수야, 너도 들었잖아. 나의 한지성이 이딴 새끼 입에 험하게 오르내리는 거."

"원 님."

"내 사람을 깎아내렸으면 본인 명줄도 너절하게 깎일 각오 했어 야지. 안 그래?!"

원은 광기 어린 눈으로 붉어진 차장의 얼굴을 노려보았다.

차장은 자신이 무얼 잘못한 지도 모르는 채로 속수무책 당할 뿐 이었고, 그 안의 어느 누구도 험악한 원의 손을 떼어 내지 못했다.

그 일촉즉발의 순간.

"한지성 사원은 오늘 병가를 낸 상태입니다. 대표님."

흔들림 없는 목소리 하나가 예민해진 공간 가운데서 울렸다.

"……뭐?"

목소리의 주인을 향해 틀어진 원의 시선은 결코 곱지 못했지만, 그는 전혀 동요하지 않은 표정으로 말을 이어 나갔다.

"지금쯤 자택에서 휴식을 취하고 있겠지만, 걱정하실 필요는 없 습니다. 대표님 말씀은 그에게 직접 전달하도록 하겠습니다."

원의 손이 붙들고 있던 차장의 얼굴을 던지듯 놓아주었다. 그러 고는 자신을 똑바로 직시하고 있는 남자에게로 성큼성큼 발걸음을 옮겼다.

"누가 한지성 낮춰 부르래?"

"한지성 사원은 엄연히 제 부하직원입니다. 높여 부를 순 없습니 다."

"누가 그래. 니 부하라고."

"입사한 순간부터 그렇게 정해진 걸로 알고 있습니다."

"뭐야? 너."

"한지성이 속해 있는 기획 B팀의 팀장, 김희운입니다."

아무리 적의 가득해도 깔끔하게 떨어지는 희운의 대답. 어느새 가까이서 그를 바라보고 있는 원의 눈가에 웃음기가 서렸다.

"아, 같은 팀?"

"……."

"그래. 같은 팀 팀장이면 그럴 수 있지."

원은 희운을 향해 천천히 손을 뻗었다. 그러고는 희운의 어깨를 툭툭 털어 내며 조금 전과는 상반된 자상한 목소리를 흘려보냈다.

"나의 지성이를 잘 부탁해."

"……."

"이곳에서 그 애가 도망가지 못하게 꽉 붙잡아 두라고."

대답 없는 희운에게서 떨어진 원의 눈동자가 자연스럽게 해실에게 옮겨 붙었다. 해실은 그와 눈을 마주치자마자 어깨를 움츠렸고, 원은 그 모습을 빤히 주시했다.

"너…… 알 것 같은데."

"……예?"

"아, 뭐더라……."

그녀를 향한 원의 알 수 없는 반응에, 희운은 처음으로 속눈썹을 떨었다. 그들의 사이를 비집고 들어온 C7은 원의 귓가에 입술을 가까이 대고 무언가를 속삭였다.

순간, 해실을 바라보는 원의 눈빛이 한층 더 또렷한 빛을 띠었다.

"맞아! 그랬었지! 크흐흐."

특유의 웃음소리를 내뱉은 그는, 다시 희운에게 시선을 고정시켰다. 그리고 경고성 짙은 말을 웃는 낯으로 내뱉었다.

"너, 아주 중요한 팀을 맡았네. 이 여자도 잘 잡아둬. 알았어?"

이해할 수는 없지만 원초적으로 불안하게 만드는 원의 명령.

이번만큼은 희운도 깔끔한 대답을 내놓지 못했다. 그러나 원은 더 이상 어떤 설명도 해 주지 않고, 미련 없이 등을 돌려 버렸다.

저벅저벅 울리는 원의 워커 소리가 얼어붙은 사무실 내부를 가로질러 자동문 쪽으로 향했다.

"방문해 주셔서 감사합니다, 대표님!"

"앞으로 잘 부탁드립니다!"

사람들은 스며드는 한기에 잔뜩 겁을 먹었으면서도, 그가 스칠 때마다 곧장 허리를 숙여 공손히 인사했다. 원은 그들에게 눈길 한 번 건네지 않고 가소롭다는 듯한 비웃음을 흘렸다.

자동문이 열렸다 닫히고, 모두를 이질적인 공포로 몰아넣었던 원의 존재가 엘리베이터 안으로 사라졌다.

그제야 겨우 숨소리가 터져 나오는 공간 속에서, 가장 먼저 봉변을 당했던 부장이 의문 가득한 혼잣말을 내뱉었다.

"한지성…… 대체 정체가 뭐야?"

마침 같은 생각을 하고 있던 희운과 해실의 눈동자가 잠시 서로를 마주했다가, 이내 각자 다른 곳으로 흩어졌다.

백화는 오전 내내 쥐고만 있던 휴대폰을 결국 책상 위에 내려놓았다. 그리고 다시 문서파일을 띄워놓은 모니터에 온 정신을 집중시켰다가, 머지않아 도로 휴대폰 쪽으로 눈길을 두었다.

지난밤부터 지금까지 달이 지고 해가 뜨는 긴 시간 동안 반복되었던 행동. 그녀가 한 글자도 적지 못해서 자꾸만 닫아두는 창은 다름 아닌 태양과의 대화방이었다.

울기 직전의 아픈 얼굴로 그녀를 떠난 후, 밤새 돌아오지 않았던 그 아이는 마치 사라져 버린 것처럼 잠잠했다. 아침에 어디냐고 묻는 문자를 두어 개 보내놓긴 했지만, 답을 할 기미도 없어 보였기에 더 이상 재촉하지도 않았다.

'백화야, 내 마음 좀 알아주라⋯⋯.'

그러나 잊어버리기에는 간절했던 그의 말은.

'그래야 니가 나한테 할 짓 못할 짓 정도는 구분할 거 아니
  야⋯⋯.'

분명 지니고 있기에도 무거운 마음을 담고 있었다.

역시 이대로는 안 돼. 나는 어제 받은 마음에 대해 무슨 대답이라도 해 줘야만 해.

짧은 숨과 함께 혼란스러움을 정리한 백화는 결국 다시 휴대폰을 들어, 반쯤 머리를 비운 채로 메시지를 적어 내려갔다.

[우리 오늘 얘기 좀 할까?]

그의 까만 시선이 휴대폰 액정으로 내려앉았다. 그는 떠오른 글자들을 쉽게 읽을 수 있었지만, 의식적으로 받아들이지 않았다.

이젠 벗어나고만 싶은 그녀의 등 뒤, 그는 묶여 있던 목줄을 스스로 끊을 생각이었다. 다시는 그녀에게 어떤 기대도 품지 않도록.

휴대폰을 멀리 던져둔 그는 내려놓았던 죽도를 다시 손에 쥐고

천천히 걸음을 옮겨 검도장 중앙에 홀로 섰다.

'태양이라고 했었나? 이름 정말 예쁘다.'

어디선가 들려오는 그녀의 목소리가 그의 두 귀를 막았다. 그는 이를 악물었고 흐트러진 자세를 바로잡았다.

'괜찮아! 무서워하지 마! 앞으로 나랑 같이 있으면 되잖아!'

이어지는 지옥 같은 환청에도 반응하지 않고 죽도를 고쳐 쥐었다.

'너는 혼자 남은 게 아니야. 그러니까 너무 상처받지 마.'

그러나 결국 주저앉아 버렸다. 이전의 발악이 모두 물거품이 되어 버릴 만큼 처절하게.

그를 웃게 만들었던 기억이 모두 고통이 되어 버린 지금, 그는 아파서 숨도 못 쉴 지경이었다. 그녀를 기다리며 보냈던 시간들이 의미를 잃어버린 지금, 그는 혼자 남겨진 현실을 감당할 엄두도 나지 않았다.

"하아……."

결국 그는 아무도 들어주지 않는 긴 한숨을 토해 냈다.

지금 그가 두려워하고 있는 것은 단 하나. 이미 끝나버린 그녀에게 다시 억지스러운 기대를 하게 되는 것.

일렁이던 그의 시선이 습관처럼 바닥에 떨구어진 휴대폰으로 향했다. 연달아 메시지가 도착하는 휴대폰 액정을 바라보던 그는 결국, 눈을 감아버렸다.

"뭡니까? 이건?"

의아한 표정을 지으며 지성이 물었다. 이안은 잠시 대답을 망설였고, 이내 수줍은 시선을 돌리며 작은 목소리를 냈다.

"한 번도 제대로 된 선물을 해 준 적이 없어서."

"뭘요?"

"그냥 일단 봐."

그러면서 이안이 내민 건 하얀 편지봉투였다.

"현금입니까? 얇은 걸 보니 수표인 것 같기도 하고."

이미 사회에 찌들어 있는 지성은 봉투를 받아 들며 중얼거렸지만, 이안은 미간을 좁히며 사납게 대꾸했다.

"편지 같은 거야."

"……편지요?"

"어."

"제가 생각하는 그 편지 말씀인가요?"

"니가 생각하는 그 편지가 뭔지 내가 어떻게 알아."

"이안 님의 마음이 적힌……."

마음이라…… 분명 진심을 다해 적긴 적었지.

"응. 그거."

이안의 짧은 대답에 지성의 눈빛이 반짝반짝 빛을 띠었다. 이안과 함께하게 된 세월이 벌써 11년. 그동안 편지는커녕 말로도 이안의 속마음을 들어 본 적이 없던 지성이었다.

워낙 서툰 게 많고 예민한 성격인지라, 지성에게 이안은 어린 나이에 얻은 아들처럼 곤혹스럽고 힘든 존재와 다름없었다.

하지만 백화를 만나며 제법 감정표현에 솔직해진 이안에게 '육아의 기쁨'과 비스름한 걸 느끼고 있던 요즘, 마침 편지라니. 그것도 이안이 제 손으로 직접 쓴 편지를 받게 되다니. 지성은 벅찬 마음을 추스르며 빙긋 웃었다.

"와, 정말 영광입니다. 이안 님."

"기대하지는 마. 글씨 이상하니까."

"글씨가 중요합니까? 편지는 내용이 가장 중요하잖아요."

"내용도 별로야. 처음 써본 거라."

"글씨도, 내용도, 하다못해 편지지도 별로지만, 마음은 충분히 느껴지니까 걱정 마세요."

마냥 흐뭇해하는 지성의 반응 뒤에 이안의 걱정스러운 눈빛이 따라붙었다.

"······편지지가 별로야?"

이안은 뜻밖의 지적에 당황했지만, 지성은 수습은커녕 그저 편안한 미소를 띠우곤 편지를 펼쳤다. 언어통역기가 글씨체까지 교정해 주지는 않기 때문에 아이가 쓴 것처럼 삐뚤빼뚤하기만 한 이안의 글씨.

하지만 그래서 더욱 감동적인 그 편지의 첫 문장은.

'내 여자에게.'

지성의 눈빛이 순식간에 굳어버렸다.

"아······ 백화 님께 드릴 편지인가 보네요?"

"어. 아니면 누구한테 주겠어."

"이안 님께는 오직 백화 님뿐이십니까? 다른 사람은 이제 안중에도 없어요?"

"아마도."

"아하. 그렇구나."

"반응이 왜 그래."

"아하……."

예전에 지성이 지루한 시간을 때우려 보았던 여성잡지 중에 이런 칼럼이 있었다. 며느리를 질투하는 시어머니는 결국 아들의 행복을 망치는 부모가 되는 거라고.

그땐 그저 '아, 역시 그렇지.'라고 생각했지만 우연찮게 시어머니 입장과 비슷하게 놓인 지금, 그는 다시 생각을 고쳐먹는다.

'제 사랑 찾았다고 돌봐 준 은혜를 싹 다 잊어버리네. 이거, 아주 괘씸하기 짝이 없잖아.'

이런 심정을 전혀 모르는 이안은 다소 기대감 섞인 눈으로 지성을 바라보았다. 지성은 편지를 읽기 전부터 호의적인 반응을 보였으니, 당연히 '백화 님이 좋아하실 겁니다!' 정도의 긍정적인 대답을 해 줄 거라 믿어 의심치 않았다.

그러나 짧은 글귀를 대충 훑어본 지성은 심드렁한 표정으로 편지를 내밀었다. 그러고는 딱딱한 어조로 말했다.

"글씨가 엉망이라서 뭐가 뭔 소리인지 모르겠네요."

"아깐 글씨가 중요한 게 아니라며."

"그리고 내용도 너무 심플해요. 쇼핑 목록도 이거보단 감동적일 텐데 말입니다."

"그래도…… 마음이 느껴진다고 했잖아."

잔뜩 동요한 이안의 자신 없는 목소리. 지성은 그가 원하는 대답을 알고 있으면서도 조금 더 심술을 부리기로 했다.

"전혀요."

"⋯⋯."

"글씨랑 내용이 너무 별로라서 마음이고 뭐고 뭐가 담겨 있는 줄 도 모르겠네요."

마주한 이안의 눈동자가 미세하게 떨려 왔다. 지성은 일부러 태연한 눈웃음을 지어 보였고, 이안은 그게 더욱 마음에 들지 않았다.

그는 결국 미간을 구기며 편지를 빼앗아 갔다.

"줘. 어차피 버릴 거였어."

"편지라면서요. 백화 님한테 선물하셔야죠."

"편지 아니야. 편지 같은 거야."

"그거나 그거나."

"시끄러워."

심술이 돋은 채로 휙 등을 돌려버리는 이안에게는 한동안 지성을 상대도 하지 않겠다는 강한 의지가 담겨 있었다. 지성은 이안을 그렇게 만들고 나서야 겨우 질투가 풀리는 자신의 인간성을 참 못됐다고 느끼며 멀어지는 이안의 어깨에 팔을 둘렀다.

"놔."

까칠해진 이안의 목소리에 날이 섰다. 그럴수록 지성은 입가에 미소를 더욱 진하게 퍼트렸고 평소의 부드러운 목소리로 말했다.

"질투 나서 그럽니다. 질투 나서."

"놓으라고."

"우리 이안 님, 곧 장가보내게 생겼네. 편지도 이렇게 잘 쓰고."

"쓰레기 취급했잖아."

"농담이라니까요? 글씨도 생각보단 잘 쓰셨어요."

이안은 풀어 주는 지성의 태도에 잠시 느슨해졌다가, '생각보단' 부분에서 다시 살짝 날카로워졌다.

"백화 님이 정말 기뻐하실 겁니다."

그러나 이어지는 지성의 말은 아무리 수틀렸던 감정이라도 원상 복구 시킬 만큼 듣기 좋아서. 구겨졌던 이안의 미간이 다시금 편안 함을 되찾았다.

"내용도 괜찮았고?"

"짧고 굵더군요. 그런 돌직구 스타일 좋죠."

이안은 그제야 지성의 손길을 떨어트리려 했던 어깨에 힘을 풀었 다. 그러고는 좀 전까지만 해도 정말 버릴 생각이었던 편지를 고이 편지봉투 속에 도로 집어넣었다.

"그럼 이걸 전해 주고 올게."

이안이 벽에 걸린 시계 쪽으로 흘깃 시선을 옮기며 지성에게 말 했다. 그건 오랜만에 집에서 쉬게 된 지성을 아쉽게 만드는 얘기였 으나 그는 흔쾌히 이안의 몸을 떠밀며 허락했다.

"네. 다녀오세요. 이안 님. 저녁 드실 시간 전까진 돌아오시구요."

지성의 말이 끝나기가 무섭게 이안은 옷을 갖춰 입기 위해 드레 스 룸 쪽으로 발길을 틀었다. 차분히 움직이는 뒤통수는 얄미울 만 큼 신이 나 보여서, 지성은 대놓고 웃음을 터트릴 뻔했다.

한빛 여고 정문.

퇴근하는 백화의 낯빛은 그림자처럼 어두웠다. 그녀의 목적지는 집이었지만 그 안에는 마주치기조차 미안한 사람이 있었다.

그것 때문인지 한없이 느려지는 발걸음. 그것조차 미안해서 백화는 입술 새로 긴 한숨을 내쉬었다.

'답장이라도 해 줬더라면 지금보다 막막하진 않았을 텐데.'

부질없는 생각을 해봤지만 그 역시도 이기적인 욕심일 뿐.

사실 백화는 알고 있다. 지난밤, 그 아이가 바라보기도 힘들 만큼 아픈 숨을 내쉬고 있었던 이유는 바로 자신 때문이라는 것을.

상처 준 사람이기에 누구보다 잘 알고 있다. 그래도 해 줄 수 있는 일은 없었겠지만.

심란한 머릿속을 비집고 들어온 그 아이의 슬픈 존재감이 또 한 번 마음을 저릿하게 만들었다.

떨쳐내고 싶어도 쉽사리 떨쳐 낼 수 없는 죄책감. 생각을 게을리 한 건 아니었지만, 그녀는 아직까지 이렇다 할 대책을 내놓지 못한 상태였다.

"서점이나 다녀올까……."

평소에는 가지도 않던 곳을 굳이 찾는 이유는 그저 불편한 상황을 피해버리기 위함이었다. 이런다고 해서 해결될 일은 하나도 없겠지만 그녀의 발걸음은 무턱대고 집 반대편으로 향했다.

"아……."

그러나 곧바로 마주했다. 외마디 탄식과 함께 백화의 숨조차 멎게 만드는 그 사람을. 눈을 감아버리고 싶을 만큼 어두운 시선을 건네는 그 사람을.

"기다렸어."

흐린 숨만 내쉬던 태양이 가라앉은 첫마디를 건넸다.

'왜?'라고 묻고 싶었지만 쉽사리 입이 떨어지질 않아 백화는 불안한 눈동자만 떨고 있었다.

하지만 그는 목소리를 꺼내기도 전에 하고 싶은 말을 알아듣는 사람. 굳이 내색하지 않아도 무슨 생각을 하는지 알아주는 사람.

태양은 그녀에게 그런 사람이라서 이번에도 그녀가 묻지 못한 질문에 대해 알아서 대답을 했다.

"할 얘기 있다며."

"……."

"들어줄게."

조금 전까지만 해도 할 얘기는 있었다. 하지만 태양을 직접 마주한 순간 백화가 생각해 두었던 많은 말들은 먼지처럼 사라져 버린 지 오래였다.

"아, 그게……."

혼란스러워하는 백화를 가만히 내려다보던 태양은 이내 천천히 등을 돌렸다. 그건 꼭 멀어지는 사람처럼 차가웠지만 평소보다 발걸음이 느린 걸 보면 따라오라는 뜻이 분명했다.

그 시각, 그들의 맞은편 거리에 택시 한 대가 길가에 멈춰 섰고.

"최태양……."

이안은 택시 문을 열기도 전에 느리게 걷고 있는 그를 발견했다.

곧이어 그 뒤를 더 느린 걸음으로 따르고 있는.

"……내 여자?"

백화까지도.

작은 테이블 위에 차가운 커피 두 잔이 놓였다.

사실 놓인 지는 오래되었지만 그걸 앞에 둔 두 사람은 시간이 멈춘 듯 가만히 앉아 있기만 했다.

백화는 숨 막힐 정도로 무거운 분위기에 눌려 어쩔 줄 몰라 했다. 그 난처한 눈빛을 바라보던 태양은 먼저 입술을 떼어냈다.

"할 말 있다고 했잖아."

"……."

"들으러 왔으니까 해."

백화는 평소보다 가라앉은 태양의 목소리를 들으며 마른침을 삼켰다. 겨우 고개를 들어 그를 바라보니 눈앞에 앉아 있는 건 역시 최태양이었다.

지난밤, 갑작스러운 고백으로 불편해져 버린 사람이 아닌.

표현이 서툴지만 언제나 곁에서 세심하게 챙겨 주고, 외로움이 많아서 작은 손길에도 기뻐하고, 이기적인 투정에도 항상 져주기만 하던 소중한 나의 사람, 태양이.

백화는 굳은 결심을 한 듯 짧은 숨을 들이마셨다. 그러고는 또렷한 눈동자를 태양에게 고정시키며, 그의 이름을 불렀다.

"태양아."

까맣게 가라앉아 있던 그의 시선이 백화를 마주했다.

그는 대답을 하지 않았지만, 조용히 이어질 말을 기다렸다. 백화는 그런 그에게 첫 말문을 열었다.

"니가 꼭 기억해 줬으면 하는 게 있어."

"……."

"넌 나한테 정말 소중한 사람이야."

태양은 여전히 반응이 없었다. 그녀를 바라보는 눈동자에는 작은 미동조차 없었다. 그러나 그녀는 말을 계속 이어 나갔다.

"너랑은 단 한 번도 끝을 생각해 본 적이 없어. 넌 항상 내 곁에 있을 것만 같고, 나 역시 그러고 싶거든."

"……."

"가족은 원래 그런 거잖아. 물론 피 한 방울 안 섞이긴 했지만 그래도 그만큼 너는 나한테 특별하고, 소중하고, 고마운 존재야."

"……."

"……정말 진심으로."

지금 내뱉는 말은 모두 진심이었지만 태양은 기뻐하는 기색도 내비치지 않았다. 그저 감정 없는 조각상처럼 가만히 앉아 그녀의 목소리를 듣고만 있을 뿐.

백화는 그런 태양에게서 잠시 눈길을 돌렸다가 곧 움츠러든 목소리를 조심스레 꺼내놓았다.

"그래서 너한테 꼭 해야 할 말이 있는데, 잠깐만…… 참아."

왜 잠깐만 들어달라는 말이 아닌 참아달라는 말이 나온 걸까.

아무래도 나는 알고 있나보다. 이제부터 내가 하는 말들이 널 많이 아프게 만들 거라는 것을.

"너의 마음은 내가 받아 줄 수 없을 것 같아."

그래도 굳이 이 얘기를 꺼내는 난 지금 너에게 나쁜 사람인 걸까.

확신을 가지지 못한 채로 백화는 말을 이었다.

"나는 너를 이성으로 느껴 본 적이 단 한 번도 없어."

"……."

"만약 내 옆에 이안 씨가 없었더라도, 니가 더 나이를 먹게 되더라도, 내가 외로워지고, 갑자기 사랑이 그리워지더라도……."

"……."

"너의 마음만큼은 받아 주지 않았을 거야."

태양은 아무런 대답도 하지 않았다. 화가 난 건가 싶어 안색을 살폈지만 여전히 그는 처음의 무표정 그대로였다.

"너는 나한테 절대 남자가 될 수 없어."

너는 지금 무슨 생각을 하고 있어?

"그러니까 혹시 기대가 남아 있다면 전부 접어 줬으면 좋겠어."

차라리 날 미워하고 있었으면 좋겠는데.

"내 할 말은…… 이게 다야."

"……."

"미안해. 태양아."

그 말을 끝으로 백화는 무겁게 움직이던 입술을 닫아버렸다.

태양은 마주한 눈동자를 아래로 떨어트렸고 테이블에 놓인 커피 잔을 손에 들었다. 목이 타는지, 속이 타는지, 물처럼 커피를 한 번에 들이키더니.

"할 말 끝났으면 간다."

단호하게 커피 잔을 내려놓고는 자리에서 일어났다. 백화의 두 눈에 당황한 기색이 어렸다.

"저, 저기!"

백화는 저도 모르게 손을 뻗어 태양의 팔목을 붙들었다.

하나도 남김없이 털어놓은 잔인한 속마음에 대한 대답을 아직 듣지 못한 지금. 그녀는 반응 없는 태양이 혹시라도 미련한 고집을 부리는 중일까 봐 두려웠다.

그러니 단념하겠다는 말이라도 하다못해 그런 낌새라도 찾아내고 싶은데.

"왜."

라고 싸늘하게 묻는 태양의 감정은 여전히 짐작할 수 없었다. 텅 비어 있는 시선을 건네는 그는 마치 모든 힘을 잃어버린 사람처럼 지쳐 있는 상태였다.

"무슨 대답이라도 하고 가."

백화는 고집스러운 부탁을 힘주어 내뱉었다. 그건 태양에게 고역이라는 건 충분히 알고 있었지만 억지대답이라도 들어줘야 뒤틀린 사이를 바로잡을 수 있을 것 같았다.

태양은 그런 그녀를 가만히 내려다보다가 짧게 대답했다.

"할 말 없어."

그건 일부러 엇나가는 것처럼 들리는 말이었지만 태양과 오랜 시간을 함께 보냈던 백화는 금세 알아차릴 수 있었다. 미묘하게 떨리는 그의 눈동자에서 느껴지는 폐허가 된 감정의 잔재들을.

백화는 그를 붙잡았던 손길을 떼어 냈다. 하지만 태양은 움직이지 않았고 머지않아 잠시 멈춰두었던 대답을 고역스럽게 이어 나갔다.

"하고 싶은 말은 많은데……."

"……."

"해도 되는 말이 없다."

"······."

"나도 미안."

그럼에도 불구하고 생생하게 전달되는 태양의 마음.

백화의 눈에 죄책감이 어리자 태양은 차라리 등을 돌려 버렸다. 그리고 발걸음을 떼기 전에 그녀가 그토록 원했던 대답을 흘려보냈다.

"걱정하지 마. 전부 끝낼게."

밤새 열병처럼 끓어올랐던 마음이었다. 사랑이라고 부르기엔 너무 날카로워서 품고 있어 봤자 고통스럽기만 했던 감정이었다.

그녀는 오늘에서야 '기대를 접어'라고 딱 잘라 말했지만 그럴 필요도 없이 태양의 기대는 접혀 버린 지 오래였다.

태양이 좋아했던 백화의 시원한 웃음은 그 남자를 향해 지어질 때 가장 예쁘게 빛났으니까. 그 빛을 실감한 순간, 태양은 그동안 자신이 받았던 그녀의 미소엔 아무런 빛도 없었다는 사실을 깨달아버렸으니까.

잔인한 현실을 받아들이자 주제넘게도 서러워졌다. 태양은 이제 접기로 한 마음이 다시 요동치지 못하도록 단단히 붙들어 두며 카페 유리문을 열었다.

딸랑—

가벼운 종소리가 울렸고 백화의 눈동자가 태양의 뒤를 따라붙었다.

그래서 더욱 걸음을 재촉하려던 그때, 흐린 시야에 누군가가 걸려 들어왔다. 고개를 들어 보니 놓치고 지나가지도 못할 만큼 가까운 거리에서 태양을 마주하고 있는 사람은.

"강이안……."

"……."

유리문 맞은편 가로수에 기대고 선 이안은 태양을 보고 놀라는 기색도 없었다. 아무래도 그는 유리창에 비치는 백화와 태양을 바라보며 이 자리에서 줄곧 기다리기만 했던 모양이었다.

태양은 등 뒤 테이블에 앉아 있을 백화를 의식하려다가 마치 아무 일도 없었던 것처럼 무심한 시선을 돌렸다. 그러고는 백화도 들릴 만큼 또렷한 목소리로 이안에게 말했다.

"들어가세요."

"……."

"저는 볼일 끝났으니까."

처음이었다. 태양이 이안에게 말을 높인 건.

그제야 백화는 떠올린다. 원래는 낯선 사람일수록 절대 말을 놓지 않았던 그 아이의 진짜 모습을.

무뚝뚝한 구석이 있어도 늘 예의만큼은 지켰고 살갑게 굴지는 못해도 근본적으로 다정한 성격이었다. 사람을 경계하긴 하지만 그래도 자신에게 다가오는 걸 싫어하는 건 아니었다.

그러나 유독 백화의 앞에서만 낯선 남자를 지나치게 경계하고, 엇나가듯 말을 낮추고, 무례하게 굴었던 그 아이.

"그럼 나 먼저 들어갈게."

"……."

"……누나."

지금 와서 깨닫는 사실이지만 그 아이는 생각보다 훨씬 더 내 곁에서 힘들었는지도 모르겠다. 미처 알아주지 못한 오랜 시간 동안. 혼자서만.

"하아……."

백화의 입술 사이로 흐린 한숨이 샜다. 태양이 떠난 자리로 천천히 걸어 들어오던 이안은 분명 그 소리를 들었겠지만, 별다른 말없이 그녀의 맞은편 자리에 앉았다.

이안의 눈동자가 떨구어진 그녀의 정수리에 뻔히 머물렀다.

숨소리가 들려온다. 백화의 숨통마저 조여 왔던 어려운 숨소리가 아닌, 막혀 있던 가슴까지 느슨하게 풀어 주는 편안한 숨소리가.

그리고 특유의 포근한 향기가 코를 감싼다. 익숙하지만 피하고 싶기만 했던 그 아이의 향기가 아닌, 아직은 낯설어도 계속 머금고 싶은 사랑스러운 그 사람의 향기가.

백화가 반응하듯 고개를 들자 이안은 흐린 그녀의 눈가를 바라보며 조심히 물었다.

"싸웠어?"

나쁜 의심 따윈 전혀 없는 순수한 걱정이 담긴 질문.

백화는 갑작스레 찾아온 이안에게 인사를 건넬 힘조차 없어 순순히 고개만 끄덕였다. 그러자 이안은 잠시 무언가를 생각하는가 싶더니 다시 말을 이었다.

"미안해하지 마. 천천히 풀어나가면 돼."

분명 백화와 태양 사이의 일에 대해선 하나도 모르는 그일 텐데, 어째서 그들에게 필요한 말을 정확히 꺼내는 걸까. 꼭 저 투명한 눈동자로 마음속의 헝클어진 부분을 찾아내기라도 하는 것처럼.

"그걸 이안 씨가 어떻게 알아요……."

백화는 울음기 섞인 목소리로 투정하듯 물었다. 그러자 이안은 조곤조곤 대답했다.

"한지성이 그랬어. 두 사람이 같이 아픈 건 '오해' 때문이라고."

"……오해?"

"그럴 때는 사과를 할 게 아니라 대화를 해야 하는 거래."

"대화를 하니까…… 더 엉망진창이 됐는데?"

자신의 진심을 털어놓으면 털어놓을수록 그걸 가만히 듣고 있는 태양에게 미안해지던 백화였다.

그녀는 그 시간이 불편해서 도망치고 싶었고, 지금 역시 이안을 제대로 반겨 주지도 못할 만큼 그때 했던 말들을 후회하는 중이었다.

그러나 유리창 밖에서 두 사람의 시선을 모두 지켜보고 있던 이안은 그들이 외면하던 진실을 너무나도 쉽게 찾아냈다.

"엉망진창이 된 게 아니야. 이제야 엉망진창이었던 부분이 너한테도 보이는 거야."

차마 받아들일 자신이 없어서 서로 모르는 척 외면하기만 했던 그 아이와 나 사이의 오해.

"찾았으면 됐어. 이제 천천히 풀면 되잖아."

나는 정말 잘하고 있는 걸까? 스스로에게 되묻는 그 순간, 이안의 따듯한 손길이 그녀의 정수리에 살며시 다가왔다.

그러고는 아직도 혼란스러워하는 그녀의 마음을 달래주기라도 하듯 부드러운 손길로 쓰담쓰담.

"이런 분위기를 보고도 무작정 달래주는 사람은 또 처음 봤네……."

"그럼 뭘 해야 하는데."

"보통은 의심이라도 하잖아요. 이 순진한 사람아."

인사도 없이 울먹이는 모습부터 보인 게 미안했던 백화가 괜히 묻자, 이안은 태양이 지나간 자리를 바라보며 대답했다.

"둘 다 착한데, 누굴 의심해."

＊　　　＊　　　＊

벌써 해가 저문다.

희운의 배려로 평소보다 30분 앞당겨졌던 퇴근 시간. 하지만 해실은 휴대폰 액정에 떠오른 번호로 차마 전화를 걸지 못해, 애꿎은 시간만 버리고 있다.

통화버튼을 누르는 건 그리 어려운 일이 아니었다. 희운이 맡겼던 USB를 전달하는 것도 심히 간단했다. 그러나 막상 움직이려 할 때마다 그녀가 망설이게 되는 이유는…….

'미안해요…….'

'네?'

'좋아해서, 미안해.'

그 날 뜨거운 고백을 건넸던 지성을 직접 만나야 한다는 것이었다.

해실은 아직 그에게 어떤 반응을 보여야 할지 생각해 두지 못했다. 하지만 갑작스러웠던 키스 직후처럼 그가 꺼내놓은 마음을 무시하는 듯한 태도를 취하고 싶진 않았다. 짝사랑에 오랜 시간 애 닳아봤던 그녀이기에, 밀어내더라도 최대한 조심스럽게 그 사람의 마음을 밀어내고 싶었다.

그러니 고맙다는 말이라든가, 미안하다는 말이라든가, 나에게는 이미 좋아하는 사람이 있다는 말을 정식으로 꺼내놓아야 하는데.

그러려면 지난번 키스에 대해서 먼저 이야기해야겠지⋯⋯.

'나는 과연 잘 해결할 수 있을까?'

해실은 다시 새하얘지려는 머리를 도리도리 흔들며 비장한 표정으로 휴대폰을 내려다보았다.

아직 그녀의 마음속에 겁은 남아 있었지만 더는 미루지 않고 부딪혀 볼 생각이었다.

그녀는 두어 차례 심호흡을 하고 눈을 질끈 감은 채로 통화버튼을 눌렀다.

─뚜루루루. 뚜루루루.

하지만 지루한 통화연결음 끝에는 어떤 목소리도 이어지지 않았다. 다소 허무해진 마음으로 두어 번 더 같은 행동을 반복했으나 결과는 마찬가지였다.

"후우."

해실의 입에서 옅은 숨이 흘렀다.

너무 깔끔하고 화려해서 들어가기 부담스러운 1층 디저트 카페. 우선 저 안에 맡겨두기라도 해야 하나.

잠시 고민은 해봤지만, 오늘만큼은 그의 얼굴을 직접 마주 보고 흐트러진 감정들을 정리해야 할 것 같았다. 그러지 않으면 같이 있는 매 순간마다 대책 없이 서먹해질 게 뻔했다.

좋아, 그럼 잠시만 기다리자!

해실은 겨우 다잡은 용기가 헛되지 않도록, 지성이 살고 있다는 빌딩 유리문에 등을 붙이고 기대섰다.

그 상태로 휴대폰 자판을 토닥토닥 눌러 지성에게 위치를 묻는 메시지를 보내고 있는데,

"으앗!"

기대고 있던 유리문이 벌컥 열리며 그녀의 몸이 뒤로 기울었다.

해실은 그대로 넘어지길 각오하며 두 눈을 질끈 감았지만 그러기도 전에 따듯한 감촉이 한 템포 먼저 그녀를 감싸 안았다.

부드럽지만 단단하게 와 닿는 이 느낌은 분명 사람의 품 안. 그리고 저도 모르게 고개를 들어 올렸을 때 한눈에 들어오는 다정한 다갈색 눈동자의 주인은.

"여기서 뭐 해요?"

"아……."

해실이 그토록 피하고 싶어 하면서도 만나고 싶어 했던 그 남자, 한지성.

"지, 지성 씨!"

그를 발견한 해실은 몸을 똑바로 세우기 위해 아등바등 움직였다.

하지만 무게중심이 지나치게 뒤로 향해 있던 탓에 그녀는 지성의 품 안에서 허우적댈 뿐이었고 상황은 점점 더 난처해지기만 했다.

"잠시…… 잠시만요!"

그런 해실을 가만히 붙잡고만 있던 지성은 얇은 미소를 입가에

머금었다. 그러고는 두 손으로 그녀의 어깨를 부드럽게 감싸 쥐며, 해실이 바로 설 수 있도록 은근한 힘을 밀어 넣었다.

"문에 기대서 있으니까 위험하잖아요."

"아, 고……고마워요."

"도착은 한참 전에 했으면서 전화는 왜 지금 걸어요?"

"……네?"

준비되지 않은 만남으로 모든 사고회로가 멈춰 버린 해실은 느닷없이 터진 지성의 질문에 멍한 눈으로 되물었다.

지성은 평소처럼 태연한 미소를 지어보이며 건물 입구 위쪽을 넌지시 가리켰다.

"해실 씨 머리 위에 CCTV. 우리 집에서도 볼 수 있거든요."

"아…….."

그렇구나. 이리저리 돌아다니던 모습도, 휴대폰을 쥐고 동동거리던 모습도 전부 다 보고 있었겠구나.

예상치 못한 사실에 해실의 두 뺨이 붉게 달아올랐다. 그건 꽤나 의미심장한 신체반응이었지만 이미 혼란에 빠진 그녀는 눈치채지 못했다.

"무슨 일로 찾아온 거예요?"

지성은 나긋한 음성으로 해실에게 또 한 번 같은 질문을 던졌다. 해실은 그제야 끊어졌던 이성을 급히 붙잡았고, 가방을 뒤적여 희운이 맡겼던 USB를 꺼내들었다.

"대……대리님께서 이걸 지성 씨한테 주라고 하셔서……."

"이게 뭔데요?"

"아, 그건 저도 잘 모르겠지만, 오늘 안에 직접 전달해야 한다고 하셨어요."

"직접?"

지금이라면 메일링 서비스도 충분히 발달해 있을 텐데.

"정말 직접?"

"네. 직접. 얼굴 보고."

해실의 얼굴은 그저 순진무구했지만 지성은 무언가 짚이는 게 있는지 눈썹을 살짝 구겼다. 그 사람의 의도는 충분히 알겠지만 왜 이렇게까지 하는 건지에 대한 이유까지는 전혀 파악할 수 없었다.

마음이 복잡해진 그는 눈앞의 해실을 물끄러미 내려다보다가 잠시 느린 숨을 쉬며 애먼 곳으로 고개를 돌렸다.

"해실 씨. 밥 먹었어요?"

"아, 아뇨. 근데 괜찮⋯⋯."

"제가 차려 주면, 먹고 갈래요?"

조금도 예상하지 못했던 갑작스러운 식사초대.

"⋯⋯네?"

해실의 눈동자가 눈에 띄게 떨려 왔다.

"내 여자."

카페에 앉아 바닐라 셰이크 한 잔을 비워낸 이안이 오랜만에 백화의 애칭을 불렀다. 멍하니 커피 잔만 바라보고 있던 백화는 고개를 들어 올렸고, 지친 눈동자로 그를 마주했다.

평소보다 가라앉은 그녀의 분위기와 달리, 오늘 이안은 묘하게 들떠 있는 상태.

"왜요? 할 말 있어요?"

백화가 묻자, 이안은 대답 대신 카디건 주머니를 뒤적여 무언가를 꺼내 들었다. 그러고는 잠시 수줍은 듯 머뭇거리다가, 이내 테이블 위에 하얀 봉투 하나를 슬쩍 내밀었다.

"와, 돈이다."

"돈 아니야."

"그럼 수표?"

"왜 다 그렇게 생각해?"

이안은 지성과 똑같은 말을 하는 그녀에게 퉁명스레 대답했다.

하지만 백화는 듣는 둥 마는 둥 한 표정으로 봉투 안을 확인했고, 머지않아 정체를 알 수 없는 종이 한 장을 발견했다.

"설마…… 혼인신고서는 아니죠?"

백화의 입에서 나온 세 번째 추측. 그것 역시 정답과 많이 어긋나 있어서 이안은 미간을 구겼다.

"신고는 무슨 신고."

"아니, 왠지 이안 씨라면 그럴 것도 같아서."

"그냥 펼쳐보지 그래?"

"뭔데 이렇게 닦달을 하실까."

백화는 이안의 재촉에 못 이기는 척하며 순순히 종이를 펼쳐 냈다. 그때까지만 해도 백화의 머릿속에는 그저 복잡한 생각들뿐이었지만.

"응? 이거……."

내용을 확인하는 순간, 그녀의 모든 감정들은 일제히 종이 위로 몰려들었다.

'내 여자에게'라고 시작하는 의미심장한 첫 마디.

나는 널 생각하고 있어. 지금은 3시 20분이야. 그리고 좋아해.

본문치곤 굉장히 짧은데다 단 한 줄도 이어지지 않지만, 진심이 적나라하게 드러나는 문장.

P.S. 답장 줘.

─이안.

게다가 어디서 많이 본 듯한 이 추신은.

"……이거, 편지예요?"

백화는 두 눈으로 확인하고도 믿기지 않는다는 듯 되물었다. 그러나 이안은 제법 자신만만한 얼굴로 고개를 끄덕였고, 준비해 온 멘트를 이어 붙였다.

"세 번째 선물이야."

"이거 이안 씨가 쓴 거예요?"

"오늘 하루 종일 썼어."

"정말?"

"응."

"이걸? 정말? 하루 종일?"

"……."

"진짜 이걸?"

이거, 묘하게 비꼬는 것처럼 들리는데. 이안은 미심쩍은 눈빛으로 천천히 고개를 끄덕였다. 그러자 백화는 줄곧 가라앉아 있던 입꼬리를 힘껏 들어 올리며 시원한 웃음을 터트렸다.

"아하하! 이거 이안 씨가 누구한테 처음으로 쓴 편지죠?"

"아…… 어."

"세상에나! 여기에 답장을 달래! 아, 진짜 너무 귀여워!"

"귀여우라고 쓴 거 아닌데……."

"꼭 일곱 살짜리 조카한테 편지 받는 기분이야! 아하하!"

스물여덟 살짜리 애인 아니고?

"이안 씨, 이번 애교는 정말 너무 귀엽다!"

그리 말하는 백화의 기분은 아까 전과는 비교도 할 수 없을 만큼 기뻐 보였다. 그건 이안도 바라는 바였으나 그녀에게 감동이 아닌 귀여움을 사버린 그는 다소 심기가 불편해졌다.

이안은 불만을 드러내기 위해 미간을 좁힌 채 뻐딱한 대꾸를 했다.

"딱히 애교 부린 거 아니야."

그러나 백화는 들은 체도 하지 않았고, 끓어오르는 귀여움을 주체하지 못해 이안의 편지를 의도치 않게 욕보였다.

"으으. 글씨 봐. 되게 삐뚤빼뚤해."

"삐뚤 뭐?"

"편지지도 이안 씨가 골랐어요?"

"응. 왜."

"너무 이상해서 너무 귀여워."

"왜 다들 편지지 가지고 그러는 거야. 대체."

이쯤 되면 그녀는 이안의 편지를 마음에 들어 하지 않는 게 분명했다. 애초부터 감동 받아 우는 것까지 기대한 건 아니었지만, 적어도 의외의 세심함에 감탄하며 멋지다고 생각해 줄줄 알았는데.

이건 이안이 지성에게 마트 세일 전단지를 가져다줄 때보다 더 가벼운 반응이었다.

"그게 마지막 편지야."

"응? 계속 써 주지 왜?"

"웃기라고 쓴 거 아니니까."

결국 이안은 장난스럽게만 대하는 백화에게 서운함을 표현했다.

그럴수록 백화의 마음에는 몽글몽글한 감정이 더욱 거세질 뿐이었으나 이안은 그 사실을 절대 알지 못했다.

백화는 애먼 곳으로 시선을 어긋 낸 그를 향해 손을 뻗었다. 그러고는 이안이 가장 좋아하는 예쁜 미소를 지어 보이며 그의 뺨을 부드러이 어루만져주었다.

"좋아서 그래요. 좋아서."

내용도, 글씨도, 하다못해 편지지까지도 비웃어놓고 무슨.

"그러니까 또 써줘요. 답장도 성의껏 해 줄게."

그런다고 쓸 줄 아나. 내가.

"알았지?"

사실은 하나도 알지 못했는데 따뜻한 그녀의 손길을 받으면서까지 계속 심통을 부릴 수는 없어서. 결국 그는 뺨에 닿은 백화의 손을 붙잡으며 짧게 대답했다.

"이거 답장 주는 거 봐서."

백화는 씩 웃었고 특유의 장난스러운 목소리로 말했다.

"와, 지금 그 표정 귀엽다. 사진 찍게 가만히 있어 봐."

아, 진짜. 이 여자가. 애인을 자꾸 애완동물 취급 하고 있어.

"맛은 보장 못 하겠네요. 한식은 자신 없어서……."

"아니에요! 아니에요! 이렇게 차려준 것만 해도 고마워요!"

"뜨거우니까 천천히 드세요."

지성이 식탁 위에 수저를 놓으며 다정하게 말했다.

갓 지어낸 밥과 김치찌개와 계란말이, 그리고 구운 생선은 전부 지성이 해실만을 위해 방금 만들어 낸 음식들.

해실은 그에게 고개 숙여 고마움을 표시하면서도 어쩌다 이렇게 식사 대접까지 받게 되었는지 곰곰이 생각했다.

원래 계획대로라면 USB를 돌려주면서 인사 겸 안부 겸 저번 일은 신경 쓰지 말라는 얘길 자연스럽게 꺼낼 생각이었는데. 어쩌다 보니 상황은 이렇게 흘러…….

"간 맞아요?"

"맛있어요! 오랜만에 엄마가 해 주신 밥 먹는 기분이에요!"

"아, 어머님이랑 떨어져 사나 봐요?"

"대학생 때부터 자취를 했거든요. 빨리 보증금 더 모아서 회사 근처로 이사 와야 되는데."

"여기서 지내면 되겠네요. 매일 이렇게 삼시 세끼 얻어먹고."

"예?"

"농담이에요. 하하."

오고 가는 대화가 평소처럼 살가워진 것이 마치 키스고 뭐고 전부 없었던 일처럼 흐지부지 넘어갈 기세.

이게 차라리 더 나은 걸까, 생각해 봤지만 딱히 그렇지도 않았다.

지성의 눈과 마주칠 때마다 가슴이 쿵쿵 내려앉는 걸 보니 해실이 생각하기에 이것은 양심의 가책이 분명했다.

그러니까 나는 지성 씨한테 정확히 말해야 해. 마음은 고맙지만 아직 다른 사람을 품고 있어서 받아주지 못한다고 정식으로 거절해야 해.

"저기, 지성 씨."

머리로는 완벽한 결심을 마친 해실이 밥 한술을 숟가락에 뜨다 말고 지성을 불렀다.

"네?"

지성은 나긋이 대답하며 그녀의 맨밥 위에 생선살을 발라 올려주었다.

"감, 감사합니다. 맛있어요."

"알아요. 아까도 맛있다고 말했잖아요."

해야 할 말은 이게 아닌데. 싱긋 미소 짓는 지성의 얼굴을 보니 준비해 온 말을 꺼낼 엄두가 나지 않았다. 그녀는 결국 밥을 입안에 밀어 넣으며, 본론을 대책 없이 미뤄두었다.

어차피 지금은 그를 밀어낼 생각만 해도 마음이 저릿저릿한 것이, 저 역시 아직 준비가 되지 않은 것 같으니까.

"여기 녹차 한잔해요."

저녁 식사가 끝나고. 소파에 앉아 있는 해실에게 지성이 따뜻한 녹차 한 잔을 건넸다. 해실은 머그잔을 조심스럽게 받아들며 물었다.

"지성 씨는 가족들이랑 사는 거예요?"

"아, 그건 아니고……."

라고 본능적으로 대답하긴 했지만 지금 와서 생각해 보니 '주인님'과 함께 산다고 말할 수도 없는 노릇이었다. 결국 지성은 잠깐의 고민 끝에 말을 바꾸었다.

"네. 동생이랑 살아요."

"아하. 동생이 많이 어린가 봐요."

"왜……요?"

"이거 동생이 글씨 연습한 거 아니에요?"

해실은 그리 물으며, 커피 테이블 위에 어지러이 올려져 있던 종이를 가리켰다.

엄연히 말하자면 그건 이안이 편지쓰기에 앞서 글씨체를 정돈하기 위해 떠오르는 단어들을 적어본 연습의 흔적이었지만, 딱히 납득시킬 방법이 없어서 그는 그냥 고개를 끄덕였다.

"네. 한 일곱 살 정도."

"와, 그럼 거의 아빠랑 아들 사이라고 해도 믿겠다."

"그렇죠. 뭐."

그건 정말 그렇지. 암, 그렇고말고.

"일곱 살이라니. 귀여워라."

해실은 지성의 어린 동생을 상상하며 저도 모르게 미소를 띠었다. 그녀의 얼굴을 유심히 들여 보던 지성이 이내 실없는 웃음을 흘렸다.

"왜 웃어요?"

"하하. 아니에요."

지성은 분명 아니라며 상황을 넘겨버리긴 했지만, 어쩐지 그녀의 머릿속엔 예전에 그가 했던 말이 불쑥 떠올라 버렸다.

'해실 씨가 자꾸 웃어서 그렇잖아요.'

'그 표정 좋아한다니까. 예뻐서.'

해실의 얼굴이 금세 붉게 달아올랐다. 그녀는 주책맞게 떨리는 마음을 진정시키려 지성에게서 고개를 돌렸다.

숨이 잘 안 쉬어지는데 이유를 모르겠다. 겨우 자연스러워졌다 싶으면 또다시 어색해져 버리는데 이것 역시 왜 이러는지 모르겠다.

한동안 혼란스러워하던 해실은 짧은 한숨을 내쉬며 마음을 다잡았다. 머리가 복잡한 이유가 단지 그 일 때문이라면, 아무리 말문 열기가 어렵더라도 어떻게든 꺼내 해결해버리고 싶었다.

"해실 씨."

하지만 그녀가 입술을 떼기 직전, 지성은 먼저 그녀의 이름을 불렀다. 느닷없는 목소리에 놀란 해실이 그를 다시 마주하자 태연한 얼굴로 지성이 꺼내놓는 이야기는.

"저한테 화 안 났어요?"

"네? 무슨 화요?"

"일방적으로 그런 짓 해버리고, 혼자서 많이 후회했거든요."

해실이 하고 싶어 했던 그 이야기였다.

"입……맞췄던 거요?"

그녀는 마치 한 번도 그 일로 고민해본 적 없던 사람처럼 되물었다.

"멋대로 키스해서 정말 미안해요."

지성은 그런 해실에게 한 번 더 제대로 된 사과를 건넸고, 해실이 꺼내려했던 어려운 말들을 대신 이어 나갔다.

"쉬운 여자처럼 보였던 건 아니에요. 그땐 진심이었고, 지금도 그 마음이 달라지진 않았어요."

"아……."

"저는 꽤 이기적인 사람이라서 후회 같은 건 안 할 자신 있었는데…… 해실 씨 겁먹은 얼굴을 본 순간 깨달았어요."

"……."

"일방적인 내 마음이 해실 씨한테는 무섭게 느껴질 수도 있겠구나, 하고."

그렇다고 생각한다. 분명 머리로는 그렇게 생각하고 있다.

그런데 그 대답이 쉽게 나오지는 않는다. 아까 먹은 생선가시가 새삼 목에 걸린 것처럼 얹힌 기분이다.

만약 지성이 '그때 무서웠어요?'라고 물어봐 준다면 그녀는 고개를 저을 생각이었다. 다시 떠올려 봐도 그 키스는 한없이 자상했을 뿐, 절대 무섭지 않았다.

"앞으로는 제가 조심할게요."

"……."

"해실 씨가 좋아하는 사람은 따로 있잖아요."

그러나 지성은 떨리는 그녀의 눈동자를 마주하며 체념의 말을 뱉어 냈다. 그 안에는 아니라고 대답할 작은 여지조차 없어서 해실은 잠시 당황하고 말았다.

찻잔을 든 그녀의 손이 미세하게 흔들렸다. 지성은 그것이 자신에게 차마 드러내지 못하는 그녀의 불안감이라고 생각했다.

"혹시…… 괜찮아질 시간이 필요하나요?"

조심스러운 지성의 물음에 그와 눈도 마주치지 못하고 망설이던 해실은 겨우 입술을 떼어 냈다.

"무슨 말을 해야 할지 모르겠어요……."

그건 키스가 끝난 후 겁먹은 얼굴로 내뱉었던 첫 마디와 같은 말.

하지만 그녀는 지성의 가라앉은 시선을 똑바로 마주하며 그날과는 다른 뒷말을 이었다.

"지성 씨가 먼저 꺼낸 말이 제가 준비했던 말은 맞는데……."

"……."

"막상 듣고 나니까 제가 하고 싶은 얘긴 그게 아닌 것 같아요."

"네?"

해실의 작은 목소리는 지성의 머릿속에 스며들지 못하고 주위만 빙빙 맴돌았다. 자신이 뱉은 마음이지만 소화시키지 못하는 건 해실 역시 마찬가지였다.

"지성 씨 말대로 저는 아직 좋아하는 사람이 있지만……."

미처 무엇인지 깨닫기도 전에 벌려진 그녀의 서툰 고백은 괜히 지성에게서 한 걸음 멀어졌다가.

"지금은 그게 중요한 것 같지도 않아요. 그냥 지성 씨 앞에서는 내 마음이 원래 어땠었는지도 기억이 안 나요."

두 걸음 더 가까이 다가간다. 이제는 눈치 빠른 지성이 알아차릴 수 있을 정도로 발그레해진 얼굴빛과 함께.

"저, 저녁은 잘 먹었습니다!"

해실은 묘한 기류와 함께 찾아온 정적을 깨트리며 자리에서 일어났다.

지성은 해실이 다급하게 건네는 찻잔을 넘겨받았다. 그리고 서둘러 가방을 챙기는 그녀를 말리지도 못하고 가만히 보기만 했다.

이 순간 지성은 혼란스러워하는 그녀에게 묻고 싶은 말이 있다.

'혹시……'

그러나 그도 간절히 원하는 사람 앞에선 겁이 많아지는지라, 우선은 억지로 삼켜냈다. 조금 나타나는 의미가 확실해질 때까지.

"지금 갈 거예요?"

"네! 나오시지 않으셔도 괜찮아요! 혼자 가고 싶어요!"

"아, 그래도……."

"정말 괜찮아요! 혼자 갈게요!"

달아오른 얼굴을 애써 숨기며 도망치듯 현관으로 나가는 그녀는 지성을 잔뜩 의식하는 중이었다. 그리고 그런 그녀를 제대로 붙잡아 놓지 못하는 지성 역시 만만치 않게 그녀에게 동요된 상태.

"아! 그리고……."

현관 밖으로 나간 그녀가 문을 닫기 전 마지막으로 지성의 얼굴을 마주했다. 지성은 마른침을 삼키며 그녀의 작은 얼굴에 맺힌 감정들을 물끄러미 살폈다.

망설임과 함께 달싹이는 입술. 이리저리 흔들리는 커다란 눈동자. 빨개지도록 괜한 문고리만 붙잡은 손끝. 그리고…….

"저…… 그때 그렇게 화나지 않았어요."

왠지 모르게 달콤한 그녀의 목소리.

"네?"

"그러니까 내일 회사 꼭 나와요! 안녕히 계세요!"

쾅—!

현관문이 닫히고, 엘리베이터로 향하는 그녀의 발소리가 멀어졌다. 그러나 지성은 한 발자국도 움직이지 못했고, 늘 차분했던 호흡도 제대로 유지할 수 없었다.

무슨 일이 있었느냐고 묻는다면 대답해 줄 수도 없을 만큼 어마어마한 일이 일어났다. 포기하려던 모든 감정에 희망이 깃들 만큼 대단한 일이었다.

그는 닫힌 현관문을 멍하니 바라보며 아까 하지 못한 질문을 떠올렸다.

'해실 씨. 혹시…… 내가 신경 쓰여요?'

어쩌면 수줍게 고개를 끄덕여줄지 모를 그녀를 떠올리자, 그의 두 귀가 숨길 수 없을 만큼 붉어졌다.

*   *   *

"다녀왔습니다."

백화가 집 안으로 들어온 건 늦은 밤이 다 되어서였다.

그녀는 구두를 벗으며 태양의 신발이 있는지부터 확인했고, 가지런히 놓인 그 아이의 신발에 사뭇 난처함을 느꼈다. 그건 그녀가 평소에 한 번도 느껴본 적 없었던 감정이었다.

"늦게 오네? 저녁은 먹었냐?"

아무것도 모르는 삼촌은 넉살 좋은 목소리로 그녀에게 물었다.

"배 안 고파."

되는 대로 대충 대답하자 삼촌은 작게 핀잔을 주며 앞에 택배 박스 하나를 내밀었다.

"별일이다. 니가 밥을 마다하고. 여기 택배나 확인해. 니 앞으로 왔더라."

"누가 보냈는데?"

"몰라. 안 열어봐서."

백화는 미심쩍은 얼굴로 삼촌이 건넨 박스를 받아 들었다. 그러고는 자신의 방으로 들어가려다가 잠시 발길을 멈춰 조심스러운 질문을 꺼냈다.

"……태양이는 뭐해?"

"잔다. 아파서."

"아파?"

"열이 펄펄 끓어서 집에 왔는데 병원도 안 가고 저러고 있다."

"아…….."

오늘 아팠었구나. 알아차리지도 못했네.

"삼촌이 약이라도 좀 챙겨 줘."

태양을 사사롭게 챙기는 건 원래 백화가 하던 일이었다.

그러나 그녀는 그간 자신이 하던 일을 삼촌에게 미뤄버리고, 행여나 태양이 나올세라 방 안으로 숨어 들어갔다.

늘 편안했던 그녀의 방이었지만 오늘만큼은 벽 너머에서부터 아픈 숨소리가 들려오는 것만 같아 왠지 서글픈 기분.

백화는 심란한 마음을 추스르며 들고 있던 택배 박스의 겉면을 확인했다. 보낸 사람이름은 적혀 있지 않았지만 받는 사람이름은 그녀의 이름 두 글자였고, 주소 역시 삼촌의 하숙집 주소가 분명했다.

백화는 어렵지 않게 박스를 밀봉한 테이프를 뜯어냈다. 날개를 열어 안을 확인해 보니, 들어 있는 건 고작 뒷면에 낯선 번호가 적힌 폴라로이드 사진 한 장이 전부였다.

[Call me. 010—9X6X—5X9X]

분명 번호는 모르는 번호인데 사진은 왠지 어디서 본 듯 낯이 익었다.

"아."

무언가 떠오른 백화는 급히 가방을 뒤적였다. 머지않아 그녀의 손에 같이 딸려 나온 건 예전에 이안을 찾던 수상한 남자에게서 받은 사진이었다. 그것도 지금 받은 것과 똑같은 장소가 찍힌.

"이거 혹시……."

순간 떠오른 그날의 의미심장한 말들.

'폭주 문제 때문에 찾아왔습니다.'

'네. 제가 모시는 분이 이안 님의 폭주 상태를 확인하고 싶어 하셔서요.'

'제이그룹 계열사 제이기획 대표님이, 바로 이안 님의 형님

분이시거든요.'

백화의 눈빛에 불안한 기운이 서렸다.

"최원······."

뇌리를 날카롭게 스치는 그 이름은 그녀의 등골을 서늘하게 만들었다. 백화는 전화번호가 적힌 폴라로이드 사진을 물끄러미 바라보다가 조심히 휴대폰을 들었다. 물론 통화가 연결된 후에 계획은 아무것도 없었지만, 급한 성격의 그녀는 드디어 나타난 이안의 적을 가만둘 수 없었다.

"쿨럭, 쿨럭······!"

그때, 벽 하나를 사이에 두고 격한 기침 소리가 들려왔다. 지칠 대로 지친 목소리는 몇 시간 전보다 더욱 나약해져 있었다.

"태양아······."

마음만큼 몸도 아파서 오늘 하루 종일 서러웠을 그 아이. 어쩌다 나는 그런 너에게 알약 하나 갖다 주지 못할 사이가 되어버린 걸까. 그것도 하루아침에.

백화는 들고 있던 사진과 핸드폰을 도로 내려놓았다. 이런 복잡한 마음으로는 원과 맞닥뜨린다고 해도 현명한 판단을 내릴 수가 없을 터였다.

"자고 일어나서 내일 다시 생각하자. 내일 다시······."

내일의 나라고 해서 뾰족한 수가 떠오르진 않겠지만 적어도 지금보단 싸울 기력 정도는 생겨나있겠지.

백화는 쓰러지듯 침대에 몸을 눕혔다. 그 상태로 가만히 천장만 바라보고 있자니 어렴풋이 눈물 냄새가 느껴지는 것 같아서, 머지않아 그녀는 얼굴을 감싸 쥐었다.

이불을 뒤집어 쓴 채 울음을 삼키고 있는 벽 너머의 그 아이처럼.

＊　　　＊　　　＊

한가롭던 이안의 펜트하우스에 오랜만의 초인종 소리가 울렸다.

소파에 앉아 느긋한 시간을 보내고 있던 이안은 현관 쪽으로 고갤 돌렸다. 그러고는 이 시간대에 자신을 찾아올 만한 사람들을 찬찬히 떠올렸다.

지성의 퇴근 시간은 아직 멀었고, 백화 역시 지금은 학교에서 수업을 하고 있을 테니.

"혹시 B1인가."

불현듯 머릿속에 떠오른 존재는 이안을 불안하게 만들기에 충분했다. 얼마 전 느닷없이 찾아온 그 사람이 남기고 간 말들은.

'평범?! 지랄하고 있네.'

'너는 절대 평범해질 수 없어. 누군가를 곁에 둘 수도 없어.'

'더 솔직하게 말해 줘?'

'아무리 발버둥 쳐도 넌 이미 실패작이야.'

아직까지도 떠올릴 때마다 마음 한구석을 욱신욱신 찔러왔으니까.

짧은 고민 끝에 결국 소파에서 몸을 일으킨 이안은 느리게 현관 앞으로 다가가며 부탁에 가까운 명령을 내렸다.

"잠깐 기다렸다가 들어와. 수갑 차야 하니까."

그리 말하는 이안은 평소보다 낯빛도, 목소리도 가라앉아 있었다.

딱히 화가 난 건 아니었다. 단지 오늘은 어떻게 그들을 대해야 할지 고민하고 있을 뿐.

하지만 그런 그의 귓가에 들려온 건 놀랍게도 다른 의미로 익숙한 목소리였다.

"수갑? 무슨 수갑이요?"

오랜만에 듣지만 달갑지는 않은 목소리. 하지만 예상했던 사람보다는 훨씬 마음이 편해지는 목소리.

"정준하."

이안은 그녀의 이름을 짧게 부르며 현관문을 열었다. 작은 그녀의 키에 맞춰 고개를 내리자, 예상했던 대로 문 앞에 가만히 서 있는 사람은 모니카였다.

"오랜만이네요. 이안 씨."

모니카는 그리 말했지만 이안은 사실 오랜만인지 깨달을 수도 없었다. 그간 이안의 머릿속에는 모니카라는 사람 자체가 새까맣게 지워져 있었으니까.

하지만 B1일 거라는 생각에 잔뜩 긴장했던 이안은 모니카의 존재가 처음으로 달갑게 느껴졌다.

"반가워."

그래서 그 순간의 마음을 담아 짧게 그녀의 인사를 맞받아치자, 모니카는 깜짝 놀란 듯 눈을 치켜떴다. 그간 매정한 모습만 보여왔던 남자라서 완전히 포기상태였는데, 혹시 그새 아쉬워지기라도 한 건가.

"정말…… 내가 반가워요?"

"지금은 다시 안 반가워졌어."

"네?! 겨우 5초 만에?!"

"어. 이제 돌아가 줬으면 좋겠는데."

아, 역시 이 남자. 악의 없는 얼굴로 철옹성 짓는 건 여전하구나. 게다가 사람 뒤통수를 노리는 특유의 멘트는 전보다 발전한 것 같아.

그런 이안의 반응에 질릴 대로 질려버린 모니카는 별다른 대꾸 없이 짧은 웃음을 흘렸다. 사나운 백화와 철벽남 강이안 사이는 절대 파고들 수 없다는 걸 깨달은 그녀는 벌써 모든 욕심을 내려놓은 지 오래였다.

모니카는 한시라도 빨리 이안의 냉정한 시선을 피하기 위해 서둘러 본론을 꺼내놓았다.

"어차피 소포만 주고 갈 거예요."

"무슨 소포."

"안 뜯어봐서 모르죠. 꽤 두꺼운 서류 같던데."

이안은 모니카의 손끝에 들린 황토색 서류봉투를 물끄러미 내려다보았다. 발신인은 적혀 있지 않지만 봉투 겉면에 명시되어 있는 진한 글자는.

[Fuck you, A1.]

앞 문장은 전혀 이해하지 못했지만 이안의 31세기 델타 돔 혈통 코드를 적어놓은 걸 보면 확실히 이쪽 시대 사람은 아니었다.

이안은 델타 돔을 벗어나던 순간 자신에게 꽂혔던 수많은 눈초리들을 기억해냈다. 그들의 눈빛에서 읽어 낼 수 있었던 감정들은,

　　'무서워.'

'난 당신이 죽었으면 좋겠어.'

'괴물새끼. 왕 노릇 하지 말고 꺼져.'

색이 짙은 악의.

그렇다면 봉투 안의 내용물 역시 결코 달가운 것은 아니겠구나. 델타 돔 사람들은 모두 날 싫어하니까.

"안 뜯어본 거 확실해?"

이안은 불안한 얼굴로 모니카에게 물었다. 그러자 그녀는 코웃음까지 치며 의심하는 것 자체가 우습다는 투로 대답했다.

"대체 날 뭐로 보고."

"날 괴롭히는 사람."

"딱히 대답하라고 물어본 거 아니었거든요?"

모니카는 이안의 단호한 대답을 샐쭉하게 받아치며 현관문에서 등을 돌렸다.

이안은 그녀가 응접실 안 엘리베이터에 몸을 싣고 나서야 서류봉투로 시선을 내렸고, 안에 들어있던 두툼한 내용물을 꺼냈다.

"델타 돔…… 돌연변이 연구 보고서……."

책자처럼 묶인 서류의 겉면을 소리 내어 읽은 이안의 눈빛이 한순간에 불안감으로 물들었다. 그는 떨리는 마음을 진정시키기 위해 마른침을 삼켜 넘겼고 조심스러운 손길로 서류 몇 장을 넘겼다.

[돌연변이 외형적 특징 : 현재로썬 안구의 홍채 부분이 보라색을 띤다는 특징이 전부.]

[돌연변이 신체적 특징 : 정상인의 열 배에 달하는 괴력. 감정부족으로 인한 죄책감 결여. 빠른 속도로 두뇌가 발달. 뛰어난 사고력과

판단력.]

[주의사항 : 인류의 위협이 될 만큼 위험한 존재. 감금, 사육, 복종 훈련이 필요함. 어떠한 권력도 부여 금지.]

간단히 요약된 보고서의 내용 중 죄책감에 대한 문제는 동의할 수 없었으나 외형 특징과 신체 특징은 누가 봐도 이안의 상태와 일치했다. 주의사항에 적힌 비인간적인 사항들 역시 델타 돔 사람들이 이안에게 했던 대우와 거의 흡사했다.

혹시 이것이 정말 나에 관한 연구 보고서라면, 그동안 찾을 수 없었던 폭주의 원인 역시 알 수 있지 않을까. 어쩌면 폭주 문제에 대한 해답도 찾을 수 있지 않을까.

다시 조용한 거실로 돌아온 이안은 검은 소파에 앉아 한동안 보고서만 내려다보았다. 그러고는 짧은 고민 끝에 전화를 들어, 이 일을 처리해 줄 수 있는 단 한 명의 사람에게 장문의 문자를 보냈다.

전송완료 알림이 뜨는 순간 이안의 낯빛도 눈에 띄게 가라앉았다. 그 감정들 중에는 분명 두려움도 섞여 있었지만, 이안은 의식적으로 불안한 생각들을 지워냈다.

나는 평범하게 살 수 있어. 폭주를 멈출 수 있어. 라고 스스로를 끊임없이 세뇌하며.

"아…… 이걸 어떻게 해야 하나."

벌써 10분째 휴대폰만 물끄러미 바라보고 있는 백화는 난처한 듯 미간을 구겼다.

'택배'라는 단어로 저장해 놓은 낯선 번호는 어제 그녀의 앞으로 도착한 의미심장한 폴라로이드 사진에 적혀 있던 그 번호였다.

발신인은 분명 'Call me'라는 메시지를 같이 보냈지만, 막상 통화 버튼을 누르려 할 때면 알 수 없는 불안감이 그녀를 덮쳤다.

동물적인 직감으로 보건데, 이건 번호의 주인이 꽤나 위험인물이 라는 신호가 분명했다.

"이안 씨가 관련된 문제라서 모르는 척할 수도 없고……."

백화는 한숨 섞인 혼잣말을 하며 휴대폰에서 시선을 떼어 냈다. 이미 여러 가지 문제로 복잡한 머릿속은 택배 발신인까지 집어넣을 공간이 없었다.

"너 출근 안 하고 뭐하냐?"

그때, 냉장고에서 홍삼 한 팩을 꺼내 마시던 삼촌이 백화에게 물 었다. 지금 이 순간 누구보다 걱정 없어 보이는 삼촌을 부러운 눈길 로 쳐다보던 그녀는 고민 끝에 근심 가득한 목소리로 말했다.

"삼촌, 고민이 있어."

"차였구나. 그럴 줄 알았어."

"뭐? 아니거든?"

"그럼 버려졌니? 그럴 줄 알았어."

"아니라고. 버려지긴 뭘 버려져."

"아, 헤어졌구나. 그럴 줄……."

"그만 안 해?! 그럴 줄 알긴 뭘 그럴 줄 알아!"

"아하하. 농담이야. 농담."

삼촌은 늘 그래 왔듯 짓궂게 백화를 놀렸지만 그녀는 이번만큼은 도저히 그의 장난을 받아 줄 수가 없었다.

"놀리지 마. 진짜 심각한 문제니까."

그래서 '심각'을 강조하며 사뭇 진지하게 다시 말하니, 삼촌은 여전히 느긋한 태도를 유지하며 대꾸했다.

"뭔데. 말해 봐. 이 삼촌이 들어는 주마."

들어 준다고 해도 딱히 삼촌이 해 줄 수 있는 일은 없었다. 그러나 아무것도 모르는 사람이 오히려 뜻밖에 해결책을 내놓을지도 모르는 일이었다.

"있잖아. 위험해 보이는 사람이 있는데, 그 사람이랑 언젠가는 맞닥뜨려야 할 것 같아."

"응. 근데?"

"그런데 뭔가 촉이 불안해서 어떻게든 피하고 싶어."

"그럼 피해. 미친개는 절대 건드리지 않는 게 좋아."

"피할 수 있으면 고민 안 하지. 못 피하니까 이렇게 끙끙 앓지."

백화는 솔직한 심정을 털어놓으면서도 자신이 뭘 어떡하고 싶어 하는 건지 감을 잡을 수 없었다.

사실 갑작스레 닥쳐온 이 상황이 이안과 밀접한 관련이 있다는 것쯤은 너무나 잘 알고 있다. 그러나 가만 놔두면 그에게 해가 될지도 모른다는 걸 알면서도 나서서 해결할 엄두는 나지 않았다.

솔직하게 말하자면 그녀는 요즘 이안과의 나날들이 너무나도 행복해서, 애초부터 분란이 될 것 같은 문제는 외면해버리고 싶은 심정이다.

"아, 모르겠다. 그냥 나는 도망쳐버리고 싶은가 봐."

백화는 이기적인 자신에게 깊은 실망감을 느끼며 한탄하듯 말했다.

하지만 삼촌은 뭐 그런 걸로 고민하냐는 듯 가벼운 말투로 대답했다.

"난 도망치는 걸 추천한다. 조카야."

"뭐? 그게 말이 돼?"

"젊었을 땐 뭐든 부딪혀보는 게 옳다고 생각했지만, 나이를 먹을수록 사람 인생엔 애초부터 옳고 그름이 없다는 걸 깨달았지."

"그래도 사람은 자기가 저지른 짓은 후회 안 한다고 하잖아."

"어떤 하룻강아지가 그래? 내가 죽을 때까지 후회할 일만 해도 백개는 족히 넘는데."

그럼 나더러 뭘 어쩌라는 거야.

짧은 한숨을 내쉬는 백화에게 삼촌은 한결 차분한 목소리로 대답했다.

"정 모르겠으면 무작정 달려들기 전에 도움이라도 구해 봐."

"어디서 도움을 구해."

"주변에 한 명쯤 있지 않나? 미친개한테도 목줄을 걸만큼 미친 조련사."

미친개를 잡을 만한 미친 조련사. 미친 것까진 모르겠지만 유능한 조련사라면 딱 한 사람 있지.

백화는 머릿속으로 누군가를 선명하게 떠올리며, 다시 휴대폰을 들었다. 그러고는 전화번호부를 뒤적여 통화버튼을 누르기 전, 삼촌에게 한 번 더 확인받듯 물었다.

"혹시 나 지금 도망치는 중인 건가?"

백화의 눈동자에서 아직 가시지 않은 일말의 불안감.

삼촌은 겁이 많은 조카에게 여유로운 목소리로 대답했다.

"이건 나중을 위한 후퇴 정도로 해두자."

*   *   *

그날 회사 분위기는 무언가 서늘했다. 연락 두절 이튿날이라 부장의 불호령 정도는 예상했었는데, 오늘 아침 지성을 정면으로 마주한 부장은 그간 본적 없던 서글서글한 표정으로 말했다.

"몸은 다 나았나?"

"아, 네. 심려를 끼쳐드려 죄송합니다."

"아니야, 아니야. 몸이 아플 때는 쉬어야지."

당황한 지성의 눈빛이 난데없이 올라간 그의 입꼬리에 맺혔다. 지성은 갑자기 변한 이유를 묻고 싶었지만, 그럴 분위기는 아니라서 관두어버렸다.

"네, 감사합니다."

"앞으로도 회사 생활하다가 힘든 일 있으면, 꼭 말해. 알았지?"

참으로 이상했다. 그런데 이상한 건 부장만이 아니었다.

평소에 지성의 존재를 달갑지 않게 여기던 홍보팀 윤 대리도 오늘 지성에게는 일부러 먼저 다가와 살갑게 점심 식사를 요청했다.

"점심은…… 제가 속이 좀 안 좋아서……."

"아, 그래! 그럴 수 있지! 아무래도 아프고 난 직후니까 말이야!"

"아, 예."

"그거 알아? 지성 씨는 참 사람이 진국이야. 처음엔 까다로워 보여서 불편했지만, 요즘에는 지성 씨만큼 편한 사람이 없어."

그런 갑작스러운 친근감. 나는 불편한데.

"그래서 최 대표님도 널 그렇게 아끼나 봐! 하하!"

의아해하긴 했지만 나름대로 온화했던 지성의 눈빛이 윤 대리 입에서 언급된 '최 대표'라는 말에 돌연 날이 섰다.

지성은 짧은 한숨을 고른 후 윤 대리를 내려다보았고, 평소의 자상한 목소리가 아닌 날선 목소리로 물었다.

"최 대표님이 저에 대해 언급하시던가요?"

"아, 어, 뭐…… 그런데 나쁜 말은 아니고 그냥……."

"무슨 말씀을 하셨던 간에, 큰 의미는 두지 않으셨으면 좋겠습니다. 그분과 전 굳이 따지자면 사이가 나쁜 편이거든요."

"응?"

"그럼 저는 먼저 실례하겠습니다."

지성은 윤 대리에게 가볍게 목례를 한 후, 서둘러 발걸음을 옮겼다.

윤 대리는 자신의 속마음이 간파당한 것 같아 기분이 불쾌해졌지만 뭐라고 나무라진 않았다. 지성은 아니라고 부인해도 확실히 이 회사 대표는 그를 격하게 아끼는 것 같았으니까.

지성은 딱딱하게 굳은 얼굴로 회사 휴게실에 들어섰다. 바뀐 미래홍보부서의 분위기로 보건데, 분명 원은 무턱대고 쳐들어와 자신을 찾았을 터였다.

그것에 조금도 반응해 줄 생각은 없었다. 한지성이 익히 겪어온 최 원이라는 작자는 반응하면 할수록 더 올가미처럼 물고 늘어지는 타입이었다.

순식간에 복잡해진 머리를 애써 정리하고 있던 그때, 주머니에 있던 지성의 휴대폰이 울렸다.

지성은 곧바로 휴대폰을 꺼내 예민한 시선으로 발신자를 확인했다. 어쩌면 원일지도 모른다는 생각을 잠깐 했지만, 액정에 떠오르는 이름은 '백화'였다.

"네. 백화 님."

지성은 그제야 굳었던 목소리를 풀어내며 부드럽게 말했다.

—이제야 받네! 아침에 왜 전화 안 받았어요?!

백화는 몹시 격앙된 상태였고, 지성은 그런 그녀를 차분히 달랬다.

"회의가 길어져서 받지 못했네요. 무슨 일 있으신가요?"

—있죠. 무슨 일.

"무슨 일?"

—택배 하나가 왔어요. 이상한 전화번호가 적혀 있는 폴라로이드 사진이 들어 있었고요.

"전화번호요?"

—010—9X6X—5X9X인데…… 혹시 지성 씨가 아는 번호예요?

외우고 있는 번호는 아니었지만 지성은 본능적으로 뒷골이 싸해짐을 느꼈다. 지성은 난처한 듯 미간을 문지르다가 그녀가 받았다는 사진에 대해서 조심스럽게 물었다.

"사진에는 뭐가 찍혀 있었죠?"

—흰 공간이요.

"아하."

─사실 예전에도 누가 찾아오긴 했었거든요. 이영수라고 했나? 제이기획 비서라고 하던데…….

"네."

─그 사람이 모시는 대표가 이안 씨를 찾는다고 했어요. 그러면서 이안 씨 추억이 담겼다는 예전 하얀 방 사진을…….

하얀 방. 델타 돔 사람들이 이안에게 잔혹한 짓을 저질렀던 고통의 방. 이안이 수천 번의 밤 동안 아파하고, 외로워하고, 어린아이처럼 그렇게 하루 종일 울기만 했던 방.

"추억이 담겼다고…… 했습니까?"

─아, 네.

정말…… 뼛속까지 나쁜 새끼들이네. 이거.

─그래도 뭔가 느낌이 안 좋아서 이안 씨한테는 안 보여 줬어요.

"잘하셨습니다. 앞으로 계속 보여 주지도, 아는 내색을 하지도 말아 주세요."

─그럼 저는 어떻게 해야 하죠? 전화번호도 받았는데…….

"절대 연락하지 마세요. 무슨 일이 생긴다면 제가 해결하겠습니다."

원과 C7의 도발에 열이 끓어올랐던 지성이었다. 하지만 그는 분노하는 와중에도 이성의 끈을 놓지 않고 버텨냈다.

원래 미친개를 상대할 땐 오히려 더 침착해야 하는 법. 지성은 원이 백화에게 접근했더라도 이안에게 직접적인 피해가 가지 않는 이상 반응하지 않을 생각이었다.

"심각해 보이네."

그 순간, 서늘한 목소리가 지성이 있던 휴게실 안으로 울렸다.

지성은 좁혔던 미간을 풀어내고 당황한 얼굴로 그를 마주했다.

"김 대리님."

지성이 아는 체를 하자마자 시선을 돌려버린 희운은 말 한마디 없이 지성을 스쳐 커피머신 쪽으로 직행했다.

모두가 변해 버린 이상한 공간에서 유일하게 예전과 똑같은 사람.

원래는 은근히 마음 불편하게 만들던 냉랭함이었지만, 어쩐지 오늘만큼은 평소처럼 싸늘한 희운의 태도가 반가웠다.

"어제 USB는 잘 받았습니다. 그 안에 들어 있던 노래 세 곡이 다 좋더군요."

그래서 잠시 원에게서 신경을 떼어 내고 어제의 사건에 대해 말문을 여니, 희운은 가지고 온 머그컵에 원두커피를 따르며 짧게 대답했다.

"잘 들었으면 됐어."

지성은 그리 대답하는 희운에게서 일말의 감정을 찾아내려 노력했다. 그러나 지성의 시선이 닿기도 전에 희운은 커피포트를 내려놓고 등을 돌려 버렸다.

그의 눈빛은 보지 못했지만 뒷모습에서만큼은 후회가 느껴지지 않았다.

지성은 아직까지도 의문스러운 희운의 마음을 더 들여다보고 싶었다. 나에게 왜 그러는지, 그녀에게는 왜 그랬는지, 이유를 묻고 추궁하고 싶었다.

"저…… 대리님."

그래서 그를 다시 불러 세우자, 희운은 고갤 돌리지 않은 채 걸음을 멈추었다.

"대체 저한테……."

'왜 이러시는 겁니까.' 라고 묻기 직전. 지성이 손에 쥐고 있던 휴대폰이 다시 울렸다.

지성은 중요한 이 순간 도착한 문자를 우선 무시하려 했지만, 그러기도 전에 문자를 보낸 발신자의 이름을 보고 말았다.

"……이안 님?"

결국 정신이 휴대폰 쪽으로 옮겨간 지성이 이안의 이름을 나직이 중얼거렸다. 그와 동시에 잠시 멈춰있던 희운의 발길은 지성에게서 다시 멀어지기 시작했다.

희운에 대해 알 수 있는 좋은 기회가 사라지고 있다. 지성은 도착한 문자의 경중을 확인하고, 만약 가벼운 내용일 경우 답장을 미뤄두려 한다.

그는 오늘따라 제법 긴 이안의 문자를 빠른 눈길로 읽어 내려갔다.

[나에 관한 보고서가 도착했어. 돌연변이 연구 보고서. 어쩌면 이게 내 문제를 해결해 줄 수 있을 것 같아. 오늘은 꼭 집에 일찍 돌아와.]

그 즉시, 머릿속을 꽉 채우고 있던 희운의 존재는 사라지고 지성의 눈동자에는 더 이상 외면하지 못할 분노가 들끓는다.

굳이 확인하지 않아도 알 것 같은 그 사람이 이안에게 보내온 돌연변이 연구 보고서. 이안은 그 자료에서 희망을 찾고 있지만, 지성은 그 자료가 감히 제 주인을 건드리기 위해 던져 놓은 덫이라는 걸 알고 있다.

지성은 곧바로 답신을 보냈다.

[절대 읽지 마세요. 최 원은 제가 만나겠습니다.]

그러고 나서 그는 빠르게 걸음을 옮긴다. 잠시 상황을 지켜보겠다는 이성적인 생각은 모두 지워내고.

지성은 예전에 원에게 똑똑히 말해 두었던 협박을 기억해냈다.

'B1님. 저는 당신이 무슨 짓을 하든, 어떤 개수작을 부리든, 별 관심 없습니다.'

'그래?'

'그러나 그 개수작을 감히 제 주인님께 부리신다면…….'

'부린다면?'

'저는 당신의 온몸을 갈기갈기 찢어놓을 생각입니다. 절대 아무 짓도 할 수 없도록.'

기억하고 있겠지. 당신은 머리가 비상하니까. 그러니 지금 그 사람을 건드린 이유도 당신이 죽음을 원하고 있어서일 거라고 믿어.

위에서 기다려. 내가 친히 당신의 숨통을 끊어놓으러 갈 테니.

그 시각 펜트하우스의 이안은 이미 다 읽어버린 보고서의 마지막 장을 물끄러미 바라보고 있다. 이미 뇌에 각인되어 버릴 만큼 봐 온 문단이지만, 그는 심장의 떨림이 멈출 때까지 눈동자를 떼지 않고 있다.

맨 마지막 장. 누군가가 친절하게 빨간색 볼펜으로 밑줄까지 그어놓은 문장.

[돌연변이의 탄생은 인공수정으로 비롯한 인공출산이 아닌, 자연수정으로 비롯한 자연출산으로 이루어진다.]

인간의 수정과 탄생의 순간마저도 기계 안에서 이뤄지는 델타 돔. 21세기 사람들은 당연한 듯 갖고 있는 부모의 존재는 상상도 할 수 없었는데.

"혹시 나한테도…… 가족이…….."

아직 말을 끝내지도 못했는데 이안의 눈가는 축축하게 젖어온다. 어쩌면 짙은 외로움이 가실 수도 있다는 생각에 이안은 벌써부터 아픔이 사라지는 느낌이다.

화려한 장식들이 즐비하게 놓여 있는 제이기획 대표실.

검은색 대리석 책상에 앉아 있던 원은 한껏 상기된 표정으로 대표실 문만 바라보고 있었다.

CCTV로 지성을 주시하던 제이기획 내부 에이전트 요원에게서 그가 대표실로 출발했다는 소식을 들은 게 벌써 5분 전.

원은 급작스러운 그의 방문에 잠시 흥분했지만, 소란스러운 걸 싫어하는 그 사람을 생각하며 애써 마음을 가라앉혔다. 오랜만의 만남이니, 역시 그의 취향에 맞춰 주는 편이 좋지.

"엘리베이터는 멀쩡해?"

"네. 원 님. 제대로 작동하고 있습니다."

"그럼 왜 이렇게 안 오는 거야. 혹시 무슨 일이 생긴 건…….."

아무리 가라앉히고 있다고는 해도, 원은 본래 지나치리만큼 감정적인 사람이었다. C7은 차분한 시선으로 그를 마주했다.

"원 님."

앳되지만 강직한 그의 음성에 흔들리던 원의 눈동자가 일순 멈췄다.

"Z999은 지금 이곳으로 오고 있습니다. 그러니 실제로 만났을 때를 대비해 용건을 정리해두시는 편이 좋으실 것 같습니다."

차분히 이어지는 말들은 원이 듣기에도 어느 정도 일리가 있었다. 원은 그제야 그를 다시 만난다면 하고 싶었던 말을 정리하기 시작했다.

"용건이라……."

생각해 보나 마나 원의 용건은 올곧도록 단 하나뿐이었다.

11년 전, 하찮은 괴물에게 빼앗겨버린 그 사람을 자신의 곁으로 다시 데려오는 것.

"그렇지. 할 말을 준비해야지."

"……."

"다시 내 것이 되어달라고 하는 건 너무 고집스럽게 들릴지 모르니까, 어떻게든 좋게 설득할 방법을 생각해야해."

원의 눈동자에 어려 있던 광기 어린 흥분이 다시금 찾아들었다. C7의 염려스러운 시선도 그제야 원에게서 떨어졌고, 다시 두 사람 사이에는 묘한 긴장감이 감돌았다.

그때, 무거운 대표실 문이 끼익 나무 우는 소리와 함께 열렸다. 서로 다른 곳으로 향해 있던 C7과 원의 눈동자가 일제히 문 쪽으로 향했다.

어느 누구도 쉽게 들어올 수 없는 문을 단번에 열어버린 사람. 어느 누구도 지을 수 없는 싸늘한 표정으로 원을 직시하는 사람.

"……오랜만이네요."

"아."

"반갑다곤 못 하겠지만."

그토록 기다리던 그 사람이었다. 모든 걸 다 가질 수 있게 된 원이 유일하게 되찾아오지 못한 단 한 가지.

"나의 한지성!"

지성은 원의 노골적인 호칭에도 별다른 반응을 보이지 않았다. 마치 작정이라도 하고 들어온 사람처럼 차가운 시선으로 원을 마주할 뿐.

원은 그런 지성의 태도 따윈 상관없다는 듯 태평스럽게 뒷말을 이어 붙였다.

"역시 찾아올 줄 알았어. 너도 내가 보고 싶었지?"

지성은 원이 건네는 안부 인사에 무심한 입꼬리를 들어 올렸다. 그러고는 조금의 동요도 없는 어투로 대답했다.

"제가 어찌 감히 그럴 수 있겠습니까."

"크흐흐……."

"조만간 제 손으로 죽여야 할 분인데."

그의 말에는 어떠한 호의도 담겨 있지 않았다. 그러나 대답하는 표정만큼은 그저 온화했다.

C7은 원에게 무례하게 구는 지성을 참지 못하고 다가가려 했지만 그러기도 전에 마주친 원의 시선은 강한 경고를 띠고 있었다.

'건드리면 넌 죽어.'

결국 C7은 한 발자국도 움직이지 못했다. 눈앞에 있는 저 작자는 분명 원을 향해 분명한 적개심을 드러내고 있었지만, 원이 그리 느끼지 않는다면 대항할 수 있는 명목이 없었다.

C7이 체념 섞인 시선을 애먼 곳으로 돌려놓자, 그를 노려보던 원은 다시 웃는 낯으로 지성을 마주했다.

"크흐흐, 여전히 사납네. 보기 좋아. 난 니가 병신 다 됐다는 얘기에 약간 불안했거든."

그는 말 속에 은근슬쩍 이안의 이름을 섞었지만 지성은 조금의 동요도 보이지 않았다. 반응을 하면 할수록 기뻐하는 원의 성격을 충분히 알고 있기 때문이다.

그는 원에게 몇 발자국 가까이 다가갔고 나긋한 미소를 유지한 채 곧바로 본론을 꺼냈다.

"A1 님께 뭘 보내셨더군요."

"응. 보냈지. 오늘 도착했나 봐?"

"돌연변이 연구 보고서라……."

"……."

"제가 분명히 개수작 부리지 말라고 말씀드렸을 텐데요."

지성의 목소리는 여유로웠지만 원에게 내리꽂힌 시선엔 살기만이 가득했다.

원은 슬슬 본래의 성격이 발동되는 지성을 흐뭇하게 바라보며 장난스럽게 고개를 갸웃했다.

"개수작이라니? 난 그냥 그 친구에게 희망을 준 것뿐이야."

"……희망?"

"자신의 정체를 빨리 깨닫는 건 기쁜 일이잖아! 크흐흐!"

지성은 어깨를 떨며 웃는 원을 바라보며 주먹을 꽉 쥐었다. 아까부터 아슬아슬한 수위를 유지하던 이성은 뻔뻔스러운 원의 대답에 터져 버리기 일보 직전이었다.

그러나 그때마다 지성은 이안이 내린 명령을 떠올렸다.

'나는 더 이상 누군가를 다치게 하고 싶지 않아. 그러니까 너도 그 애들을 해치지 마.'

'그냥…… 미워하게 놔둬.'

하지만 이상하게도 그 명령을 내렸던 이안의 목소리, 표정, 손끝이 하나하나 되새겨질 때마다 지성의 분노는 강도 높게 휘몰아친다.

진짜 쓰레기는 멀쩡하게 웃고 있는데, 아무런 죄가 없는 착한 그 사람은 없는 죄까지 감당하고 있는 꼴.

지성의 입술 사이에서 헛웃음이 터졌다. 원은 지성이 보인 작은 반응을 참을 수 없이 기뻐하며 말을 이었다.

"날 죽이고 싶지? 하지만 그렇게 못할 거야. 강이안이 너한테 굵은 목줄을 매놨으니까."

"목줄이라…… 우습네요. 그 단어."

"사실은 너도 내 곁에서 마음껏 날뛰던 그 시절이 그립지 않아?"

지성은 그의 도발을 애써 무시했다. 하지만 원의 말이 순수한 질문이었다면 지성은 단연코 고개를 저었을 것이다.

이안에게 오기 전 원의 밑에서 머물렀던 시간들 중, 그리웠던 시간은 단 한 순간도 없었으니까.

그것은 딱히 원의 잘못이 아니다. 그저 어느 누구도 천하디천한 신분으로 자라 온 지성에게 관심을 주지 않았고, 여러 가지 감정들에 대해 알려 주지 않았다.

그러니 그리울 추억이야 전혀 없을 수밖에.

그런 그에게도 가장 소중한 첫 추억이 있다면.

'Z999······.'

'네. A1 님.'

'나중에 누가 물어보면······ 내 편은 너라고 말해도 돼?'

아주 오래 전 어느 날, 축축이 젖은 보랏빛 눈동자로 이안이 그리 물었을 때. 마른 사막처럼 공허하던 지성의 마음에는 처음으로 뭉클한 감정이 새어 나왔다.

'네. A1 님의 편은 저라고 대답해 주세요.'

그리 대답하며 지성은 잠깐 동안 울고 싶어졌고, 또 잠깐 동안 미소 짓고 싶어졌다. 기쁨인지 슬픔인지 아픔인지 모를 복합적인 감정이 그를 휘감았지만, 그 중에서도 가장 강렬하게 피어오르는 생각은 자신의 존재가 지금 이 자리에 있어서 다행이라는 생각이었다.

늘 불안에 떨던 외로운 주인은 그가 곁에서 달래주어야지만 겨우 안정을 되찾곤 했으니까.

델타 돔 인간병기로서 늘 죽음만을 몰고 다녔던 지성은 오직 이안에게서만 생명의 의미를 띨 수 있었다. 지성은 더 이상 해가 되지 않는 자신의 존재감이 처음으로 기뻤다.

"원 님. 지금 당신이 크게 착각하고 계시는 게 있는데······."

"무슨 착각?"

"저는 의외로 애완견 같은 스타일이랍니다. 목줄에 묶여 주인님 뒤를 쫓아다니는 것도, 주인님이 하염없이 쓰다듬어 주는 것도 굉장히 좋아하죠."

지성은 새 삶을 부여해준 이안을 위해 나직한 음성으로 말했다.

순간 원의 눈빛엔 매서운 날이 섰지만 그는 전혀 개의치 않아 했다. 그래서 본론을 꺼내는 목소리는 그저 거침없고 당당하기만 했다.

"그러니 저는 원 님께 돌아가지 않을 겁니다. 앞으로 어떤 일을 벌여서도 마찬가지일 테니, 괜한 힘 빼지 말고 미리 포기하세요."

굳이 강조하지 않아도 느껴질 만큼 지성의 마음은 이미 군건했다. 그건 어떤 수를 쓰더라도 돌릴 수 없는 마음이었고, 원은 끼어들지 못할 만큼 맹목적인 충성이었다.

원은 한시도 잊은 적이 없던 오직 그만의 Z999, 지성을 다시 떠올린다.

'Z999, 처리해 줄 일이 생겼어.'

'네. 명령을 내려주세요.'

'어려운 일인데 할 수 있겠어?'

'원하신다면 무슨 일이든 가능하도록 만들겠습니다.'

늘 생기 없었던 그는 원의 모든 명령에 복종했으나, 그 안엔 아무런 감정도 없었다. 언제나 산송장 같은 모습으로 기계처럼 굴기만 할 뿐이었다.

그래도 원이 온 마음을 다 주며 그를 아꼈던 이유는 바로, 그가 유독 심신이 불안했던 원이 갈구하던 '힘'이었기 때문. 모든 것을 빼앗겨야만 했던 지옥에서 그를 구해줄 유일한 구원자였기 때문에.

너만 있으면 나는 뭐든 할 수 있을 것 같다는 생각이 들어. 우월한 니가 내 곁에 머물러만 준다면, 그동안 내가 빼앗긴 모든 것들은 전부 잊어버릴 수도 있어.

그러니까 너의 손에 죽는다고 해도 난 절대 그만 못 둬. 너는 언제나처럼 나를 구원해줘야 하잖아.

"……강이안 말이야."

원이 별안간 이안의 이름을 입에 올렸다. 대표실을 떠나려 몸을 반쯤 돌렸던 지성은 잠시 멈춰 다시 그를 내려다보았다.

"앞으로 딱 세 번 만에 망가질 것 같은데……."

"……."

"그 전에 눈물 나도록 올곧은 마음 싹 접고 돌아오는 게 좋을 거야."

"아하……."

"지키고 싶잖아. 안 그래?"

지성 못지않게 진심을 담은 경고. 충분히 그러고도 남을 사람이라는 건 알고 있었지만 지성은 여유로운 미소를 유지했다.

"제가 당신을 두려워할 것 같습니까?"

"크흐흐. 아니."

원은 광기 어린 눈을 번뜩이며 웃음기를 잔뜩 머금는다. 현실을 직시한 원의 대답을 끝으로, 그는 등을 돌려 걸음을 옮겼다

바깥으로 향하기 전, 나직한 지성의 음성이 마지막으로 이어졌다.

"저는 이미 한 번의 기회를 드렸습니다. 미리 말씀드리지만 다음 번엔 살려드리기 힘들어요."

웃음기가 어려 있지만 본능적으로 느낄 수 있는 짙은 살기. 원은 그가 언급한 '기회'라는 단어에 아쉬워하며 대답한다.

"역시 변하긴 변했네. 맘 약한 강이안 생각나서…… 기분 더러워지게."

10 장
우리가 무슨 사이냐면

지성이 펜트하우스에 돌아온 건 늦은 저녁이 다 되어서였다. 그는 구두를 벗자마자 꽉 조였던 넥타이를 헐렁하게 풀어냈고, 지친 기색이 가득한 얼굴로 거실에 들어섰다.

하루 종일 소파에 앉아 그를 애타게 기다렸던 이안은 벌떡 일어나 그를 맞이했다.

"늦었잖아."

"죄송합니다. 일 처리가 늦어져서."

"옷 갈아입고 나와. 오늘 받은 보고서……."

"이안 님."

"어?"

"저녁 식사는 하셨습니까?"

지성은 다소 상기된 이안의 목소리를 듣고도 동요 없는 표정으로 말을 끊어냈다. 이안은 유독 가라앉아 있는 지성의 분위기가 신경 쓰였지만, 피곤해서 그런가 보다 넘겨버리며 우선 고개를 저었다.

"아니."

"그럼 지금 차려드리겠습니다. 잠시만 기다려 주세요."

"보고서는……."

"샌드위치 괜찮으시죠?"

저녁 메뉴를 묻는 것은 일상적인 대화였으나, 이안은 자신의 말이 두 번 끊어지고 나서야 어렴풋이 깨달았다. 어쩌면 지성은 보고서 이야기를 꺼내는 것을 달가워하지 않을지도 모른다는 사실을.

이안은 잠시 머뭇거리다가 겨우 고개를 끄덕인다.

"응. 괜찮아."

실은 저녁 식사 같은 거 필요 없는데. 나는 내가 읽은 놀라운 사항들에 대해서 같이 기뻐해 주길 바라는데.

지성은 늘 그래 왔듯 이안을 향해 싱긋 웃어 주며 등을 돌렸다. 하지만 미소 따위는 상관없을 만큼 싸한 기운이 그에게서 감돌았다.

지성의 뒤를 따른 이안은 주방 조리대에 선 그의 뒷모습이 잘 보이는 식탁에 앉았다. 심상치 않은 지성의 분위기가 거슬리긴 했지만, 사실 이안은 그런 것 따위에 서운해 하지 않을 만큼 기뻐하는 중이었다.

"한지성. 오늘 알게 됐는데…… 나는 사람과 사람 사이에서 태어난 것 같아."

"……."

"그런 걸 부모라고 하던데……."

"……."

"내 부모가 누군지, 넌 알아?"

나는 내 가족이 어떤 사람들이었는지, 어디에 있는지, 나에 대해 어떻게 생각하는지 알고 싶어. 괜찮다면, 혹시 나를 그리워하고 있는지도.

이안의 말은 끝났지만 지성은 아무런 대답도 하지 않았다.

듣고 있지 않은 건 아니었다. 분주히 움직이던 손을 멈춰버릴 만큼 동요한 걸 보면 대답을 못 하고 있는 게 분명했다.

이안은 우선 한발 물러나기로 한다.

"모르면 됐어. 혹시 나중에라도 알게 되면 말해 줘."

그러나 지성은 그제야 반응을 보인다.

"저도 읽었습니다. 그 보고서."

"……어?"

"결론부터 말씀드리자면, 그 안에 있는 내용은 전부 거짓입니다."

대답의 내용은 탐탁지 않았다. 이안은 들고 있던 보고서를 내려다보다가 다시 지성 쪽으로 고개를 틀어 말한다.

"아니야. 증거도 많아."

"증거 정도야 조작하면 되지 않습니까."

"조작이라고 하기엔 증상도 너무 똑같고……."

"제 기억으로는 이안 님과 맞지 않는 부분도 많던데요."

"물론 날 사이코패스처럼 묘사해놓긴 했지만, 그건 충분히 할 만한 오해……."

이안은 겨우 찾은 가족의 존재를 놓치고 싶지 않아 필사적으로 지성에게 매달렸다. 하지만 지성의 태도는 이안 못지않게 완강했다. 그는 다시 아무렇지 않게 요리를 재개하며 같은 말을 반복했다.

"거짓입니다, 전부. 더 정확히 말씀드릴까요?"

"……아니."

"이안 님께는…… 부모라는 존재가 없습니다."

어쩌면 그 말이 맞을 수도 있다고 생각한다. 지성은 진실을 말할 때 목소리가 무거워지곤 하니까.

그러나 이안은 이번만큼은 지성이 틀린 거라고 생각을 고쳐먹었다. 괜한 고집으로 보일 수도 있겠지만, 그의 삶에 처음으로 찾아온 희망을 도저히 놓을 수가 없었다.

[돌연변이의 탄생은 인공수정으로 비롯한 인공출산이 아닌, 자연수정으로 비롯한 자연출산으로 이루어진다.]

그 딱딱한 문장을 이안은.

[나를 미워하는 수많은 사람들 중에서 단 두 명만큼은 날 사랑해 줬을지도 모른다.]

라는 간절한 의미로 이해해버렸으니까.

식탁에서 일어난 이안이 지성에게 성큼성큼 다가가 단호히 말했다.

"날 납득시켜."

"이안 님."

"이 보고서가 가짜라면, 내 폭주는 무엇 때문인지 납득시키라고."

지성의 시선이 바람 앞의 촛불처럼 흔들렸다. 하지만 이안은 고요하게 지성을 마주하고만 있다.

그건 고집 같은 것이 아니었다. 지성이 어떤 아픈 말을 하든, 그게 폭주의 원인으로 납득이 된다면 기꺼이 희망마저 포기하고 널 믿어 주겠다는 의지였다.

그걸 알고 있으면서도 지성은 떨리는 동공을 애먼 곳으로 돌렸다. 그러고 나서 겨우 뱉어 내는 대답은.

"저는 이안 님을 다치게 하고 싶지 않습니다. 희망 고문도 고문이잖아요."

"그래서."

"……보고서의 내용은 전부 잊어버리세요. 제발."

지성은 보고서를 잊어버리라고 말했다. 애초부터 가짜였다면 잊든 기억하든 아무 의미가 없을 텐데, 금방이라도 사그라들 것 같은 눈빛으로 그는 모두 잊으라 말했다.

이안은 미간을 좁혔다. 그러고는 자신과 마주하지 못하는 지성의 눈을 혼자서만 직시하며 낮은 목소리를 꺼냈다.

"납득 되지 않았어. 그러니…… 보고서 내용 중 어느 것 하나도 잊지 않을 거다."

마지막 말과 함께 이안은 등을 돌렸다. 그 안에는 지성에 대한 섭섭함과 자칫 끊어질 뻔했던 희망에 대한 집착이 가득 담겨 있었다.

지성은 멀어지는 이안의 발걸음을 가만히 듣고 서 있다가, 현관문이 열고 닫히는 소리가 울리자 그제야 긴 한숨을 내뱉는다.

"하아……."

이내 더는 버티지 못하고 조리대를 붙잡은 채 주저앉아버리는 지성은.

　'한지성. 오늘 알게 됐는데······.'

　'나는 사람과 사람 사이에서 태어난 것 같아.'

다시 떠오르는 가엾은 그의 미소에 진심으로 고통스러워하는 중이다.

＊　　＊　　＊

백화는 눈치를 보고 있다. 주방식탁에서 밥을 먹고 있는 지금, 그녀는 마주 앉은 태양의 얼굴이 자꾸 신경 쓰여서 제대로 고개도 못 들고 있다.

태양은 사실 그날 이후로 아무 반응이 없었다. 원래는 눈만 마주치면 장난을 걸어오거나 괜히 핀잔을 주던 녀석이었는데, 지금은 혹시라도 시선이 마주칠까 먼저 자리를 피하기 바빴다.

그게 이해는 가지만 불편하게 느껴지는 건 어쩔 수 없었다.

"잘 먹었습니다."

백화는 결국 자리에서 일어나버렸고, 삼촌은 놀란 눈으로 물었다.

"더 안 먹냐?"

"응. 배불러."

"말도 안 돼. 태양아, 쟤 뱃속에 키우는 돼지 팔았나 보다."

삼촌은 태양의 어깨를 툭툭 치며 말했다. 태양은 삼촌의 말을 무시할 수는 없었는지 흐리게 웃었다.

"그러게요."

의례적인 대답이었지만 백화는 가슴속의 무언가가 울컥 솟구치는 기분이었다. 그의 작은 손짓까지도 가시처럼 맘에 걸려왔다.

백화는 등을 돌렸고 서둘러 방 안으로 들어갔다. 언젠가는 풀어야 할 관계였지만 그게 오늘은 아니었다.

방문을 닫자마자 백화는 침대 위에 쓰러지듯 몸을 눕혔다.

"아…… 쟤를 어떻게 해야 하냐……."

한탄스러운 혼잣말만 흘리던 그때, 백화의 휴대폰이 요란스럽게 몸을 떨었다. 백화는 침대에 고갤 파묻은 채로 손만 뻗어 전화를 받았다.

"예. 전화 받았습니다."

—…….

"여보세요?"

아무 말 없는 휴대폰 속 인물. 백화는 그제야 고개를 들어 발신자를 확인했다. 어두운 기운이 휴대폰 너머까지 몰려오는 심상찮은 통화의 주인공은 다름 아닌.

"이안 씨?"

백화는 그의 이름을 부르며 자세를 고쳐 앉았다.

"이안 씨, 무슨 일 있어요?"

—…….

"이안 씨, 말 좀 해 봐요."

이안은 아무리 이름을 불러도 전혀 대꾸가 없었다.

"어디예요? 내가 갈까요?"

그러다가 자신에게 오겠다는 백화의 말에 꺼져가는 목소리로 대답했다.

―와.

"……."

―보고 싶어.

심각해 보이는 이 상황. 난데없이 심장이 떨린다면 그건 내 공감 능력이 떨어지는 탓일까.

백화는 눈치 없이 붉어지는 볼을 문지르며 침대에서 일어나 외투를 집어 들었다.

"응! 그럼 말해요! 어디 있는지!"

장소를 묻긴 했지만 그녀는 그가 집에 있을 거라고 확신하며, 택시 안에서라도 급히 화장을 하기 위해 파우치까지 챙겼다.

그러고는 최대한 태양의 시선에 걸리지 않도록 재빨리 현관까지 뛰어나갈 마음의 준비를 하고 있는데, 때마침 새어 나온 이안의 답은 너무나도 뜻밖이었다.

―……집.

"응? 이안 씨 집?"

―아니. 너네 집 앞.

"예, 예?"

―짐도 있어. 문 열어줘.

백화는 파우치를 내려놓았다. 그러고는 급격히 낮아진 목소리로 물었다.

"왜 느닷없이 짐을 들고 우리 집에……."

차마 말을 끝맺을 수도 없을 만큼 엄습하는 불안감. 이안은 당황한 그녀와 상반된 차분한 음색으로 대답했다.

―나 가출했어.

아니, 이게 웬 자다가 봉창 두드리는 소리야.

"이안 씨!"

"……."

"이안 씨!"

가로등 밑에 기대서 있던 이안은 재차 이어지는 백화의 부름에 고개를 돌렸다. 급하게 준비하고 나왔는지 평소보다 더 편안한 차림새의 백화.

하지만 이안의 눈에는 엉망으로 묶은 머리카락도, 목이 늘어진 티셔츠도, 화장기 하나 없는 맨얼굴도 그저 반갑고 예쁘기만 했다.

그도 그럴 것이 세상에서 가장 신뢰했던 한 사람이 방금 전 그를 서운하게 만들었기 때문이었다.

'거짓입니다, 전부. 더 정확히 말씀드릴까요?'

'이안 님께는…… 부모라는 존재가 없습니다.'

매정했던 지성의 말이 다시금 떠오르자 이안은 저도 모르게 눈썹을 찡그렸다. 아무것도 모르는 백화는 그런 이안에게 가까이 다가왔고 염려 가득한 눈으로 물었다.

"표정이 왜 그래요? 정말 가출한 거예요?"

"어."

"왜? 지성 씨랑 싸웠어요?"

"싸운 거 아니야. 한지성이 나쁜 말을 했어."

"나쁜 말? 무슨 말."

"나한테 자꾸 부모 없다고 하잖아."

이안은 지성이 했던 말을 조금도 거르지 않고 솔직하게 내뱉었다.

그 얘기를 했을 당시 지성은 딱히 악의를 내비치지 않았지만 앞뒤 상황을 모르는 백화에게는 패륜도 그런 패륜이 없었다.

"지성 씨가?"

"어."

"내가 아는 그 젠틀한 오빠가?"

"오빠?"

갑자기 오빠 뭔데. 걔한테 붙이니까 기분 나빠. 그거.

이안의 질투가 분위기와 상관없이 불쑥 튀어 올랐다. 그는 그 단어를 집요하게 물고 늘어지려 했으나, 백화는 대뜸 사납게 물었다.

"이안 씨는 그걸 듣고만 있었어요?"

"아니. 화냈어."

"뭐라고 화를 냈어?"

"납득시켜 보라고."

"화가 나서 납득시켜 보라고 했어? 그 못된 말을?"

"어."

이안은 사실대로 대답했을 뿐이었지만, 질문과 답변이 거듭될수록 백화의 심기는 더욱 안 좋아졌다. 날카로운 날이 선 그녀의 눈동자가 향해 있는 곳은 조금 움츠러든 이안의 얼굴이었다.

호흡을 가다듬던 그녀는 아무래도 못 참겠는지 결국 버럭 언성을 높였다.

"납득 당하면 어쩔 건데! 그럼 인정이라도 해 주게?!"

"왜 나한테 화를 내."

"한지성 이 인간이 진짜! 할 말이 있고 못할 말이 있지!"

"뭐하게……?"

"지성 씨한테 전화해서 나도 납득 좀 해 보게요!"

백화는 잔뜩 흥분한 손가락으로 지성의 전화번호를 눌렀다. 당황한 이안은 무슨 일이라도 저지를 듯한 그녀를 말리려 입을 열었지만, 무슨 말을 꺼내기도 전에 그녀는 성난 첫 마디를 건넸다.

"여보세요! 한지성 씨!"

―아, 네. 백화 님…….

휴대폰 너머로 지성의 목소리가 작게 새어 나왔다. 유독 지쳐 있는 목소리는 자신을 설득시키려 할 때의 그 목소리 그대로였다.

그때는 화가 나서 알지 못했었는데 아무래도 지성은 이안의 가출이 많이도 속상한 모양.

이안의 마음에서 무언가가 울컥, 솟구쳤다. 집을 나올 때만 해도 사과받기 전까진 지성과 상종하지 않을 생각이었지만 막상 자신 때문에 힘들어하는 그를 보니 더는 매몰차게 굴 수가 없었다.

그래서 이안은 마음속의 응어리를 순식간에 풀어내고 금방이라도 화낼 태세인 백화를 만류하기로 했다.

"내 여자. 그만둬."

"그만두다니?"

"한지성, 나 때문에 지쳐 있을 거야."

"네?"

"싸운 것도, 가출한 것도 이번이 처음이니까."

"아…… 뭐, 지쳐 보이기는 하지만…….'

"생각해 보니까 내가 성급하게 다그쳤던 것 같아. 돌아가서 사과할래."

이안의 목소리는 어느 때보다 깊고 진지했다. 지성이 한 막말의 수위를 생각하면 아직도 따져 묻고 싶은 마음이 가득했지만, 이안은 그럴 수도 없게 그녀의 어깨를 흔들었다.

"그만해, 응?"

방금 뭐야. 그거. 말끝 늘이는 건 대체 어디서 배워 온 여우 짓이야.

지성에게 꽂혀 있던 백화의 정신이 고양이 같은 눈동자로 매달리는 이안에게로 쏠렸다. 그건 감히 거절하지도 못할 만큼 대단한 위력을 지녔었기에, 백화는 분에 찬 목소리 대신 급조된 걱정을 내뱉을 수밖에 없었다.

"아, 그게…… 지성 씨 많이 힘들어 보이네요?"

―네?

"목소리가 지쳐 있길래."

―아, 네. 별일은 아니지만…….

지성은 애써 괜찮은 듯 백화에게 말했다. 이안은 애타는 눈빛을 띠고 지성에게 들리지도 않을 혼잣말을 했다.

"거짓말. 나 때문에 힘들면서."

그리고 딱 좋은 타이밍에.

―없어져 버렸거든요.

지성은 끊어진 줄 알았던 뒷말을 이었다.

—제 지갑이.

"지, 지갑?"

—누가 가져갔는지 모르겠지만, 그것 때문에 너무 힘드네요.

"……네?"

순간 휴대폰을 붙잡은 백화의 입장이 난처해져 버렸다. 방금 그 말은 지성의 마음을 걱정해 주던 이안이 충분히 서운해 할 법한 멘트였다.

귀가 좋은 이안은 백화가 막을 새도 없이 내용을 모두 들어버리고 말았다. 이안은 뜨겁던 눈시울을 차갑게 식혔고 애써 태연한 척 대답했다.

"숨기는 거야."

"응?"

"사실은 나 때문에 힘든 건데 부끄러워서 숨기는 거라고."

"아……."

실망 속에서 희망을 찾는 모습은 제삼자가 보기에 적잖이 안타까웠다. 이안의 체면을 어떻게든 수습해 주고 싶었던 백화는 조심스러운 목소리로 지성을 떠보았다.

"지, 지갑 말고 더 중요한 게 있을 텐데?"

—있죠. 그 안에 카드.

"그런 거 말고 사람 중에서……."

—사람이요? 음, 전혀요.

뭐야. 이 사람 오늘따라 왜 이렇게 잔인해. 원래는 엄마 품처럼 따듯하던 사람이었잖아.

백화는 본능적으로 이안의 눈치를 살폈다.

그 흔한 귀뚜라미 소리 없이 조용한 골목길엔 그보다 더 고요하게 서 있는 이안이 있었다.

들리는 건 숨소리뿐이었지만 눈치 빠른 백화는 알아챌 수 있었다.

'우리 이안 씨! 결국 화가 나버렸구나!'

이안은 백화의 어깨에서 스르륵 손을 놓았다. 그리고 백화의 휴대폰을 지성 삼아 매정히 등까지 돌려 버렸다.

"됐어. 전화 끊어."

"이, 이안 씨. 원래 사람은 지갑 잃어버릴 때가 가장 속상한 법이잖아요? 그렇죠?"

"난 지갑 없어서 모르겠는데."

"나도 지갑이랑 카드 없어지면 그것밖에 신경을 못 쓰지! 어휴, 어떤 도둑놈이 그걸 훔쳐갔대? 진짜 못돼 처먹었네!"

―그러게요. 못된 분이네요.

……분?

백화는 지성의 이질적인 존칭에 잠시 말을 멈췄다. 그러고는 심상치 않은 호흡을 내쉬는 이안에게 잠시 시선을 두었다.

이안은 바지 주머니에 손을 넣어 무언가를 만지작거리다가, 머지 않아 손끝에서 웬 갈색 지갑 하나를 툭 떨어트렸다.

"이깟 지갑. 빨리 주워가라고 전해."

아…… 훔쳐간 게 너였니? 미안. 난 그런 줄도 모르고.

결국 이안은 잔뜩 약이 오른 마음을 추스르지 못하고 성큼성큼 걸음을 옮겼다.

백화는 생각 없이 내뱉었던 망언을 후회하며 그의 뒤를 쫓으려 했지만, 웃음기 어린 지성의 목소리가 그녀의 발목을 붙잡았다.

―역시 백화 님이랑 같이 계실 줄 알았어요. 이안 님.

"알고…… 있었어요?"

―가출해서 갈 곳이 거기밖에 더 있나요.

"아! 그럼 내색 좀 해 주지! 내가 지금 얼마나 난처해진 줄 알아요?!"

―미안해요. 반응을 엿듣다 보니 재미있어서. 하하.

백화는 이안을 달랠 생각에 머리가 지끈거리는데 지성은 그저 즐거운지 웃기만 한다.

그건 그거 나름대로 열 받는 일이었지만, 백화는 한시라도 빨리 이안을 수습하러 가기 위해 대화를 마무리 지었다.

"하여튼 얼른 이리 와요. 지갑도 내가 챙겨놓을 테니까."

―네. 알겠습니다. 하하.

곧이곧대로 대답은 하지만 어쩐지 신뢰는 안 가는 목소리.

"한 시간 안에 달려와요. 알았어요?"

백화는 괜히 힘주어 엄포를 놓았다. 지성은 다시 한 번 알겠다는 말을 반복하며 통화를 끊기 전 낯간지러운 조언을 덧붙였다.

―아, 이안 님은 말보다 행동을 더 좋아하신답니다. 무슨 뜻인지 알죠?

하여간 이 능글맞은 인간. 언제 이렇게 뻔뻔해졌을까.

전화를 끊은 지성의 눈이 다시금 가라앉았다.

그는 갈기갈기 찢긴 채 널브러져 있는 종잇조각들을 쓰레기봉투에 담았고 들고 있던 나머지 종이도 역시 한 번에 집어넣어 버렸다.

머릿속에는 방금 전 들려왔던 이안의 목소리가 윙윙 울려 퍼졌다.

'생각해 보니까 내가 성급하게 다그쳤던 것 같아. 돌아가서 사과할래.'

아마 미안한 게 뭐냐고 물어본다면 애초부터 잘못이 없었던 그 사람은 대답도 하지 못할 것이다.

"원망 하나 제대로 못 하네. 너무 착해빠진 사람이라……."

지성은 힘없는 미소를 입가에 머금었다. 그건 즐겁다기보단 마치 울지 못해 웃는 사람처럼 보였다.

그는 쓰레기봉투를 단단히 묶어 두고 자리에서 일어났다. 시선이 닿지 않은 뒤편에 미처 버리지 못한 종이 한 장이 처량하게 남아 있다.

지성은 차가운 시선으로 물끄러미 종이를 내려다보았다. 하필 지성의 눈에 읽혀 들어오는 마지막 페이지의 문장은.

[돌연변이의 탄생은 인공수정으로 비롯한 인공출산이 아닌, 자연수정으로 비롯한 자연출산으로 이루어진다.]

종이와 함께 갈기갈기 찢어지던 나쁜 기억이 그의 머리를 스쳤다.

'제발…… 제발 우리 아이만은 살려 주세요!'

울부짖던 중년 남녀의 목소리.

'그 아이는 저희가 부모라는 사실도 몰라요! 그 애는 아무

죄가 없어요!'

분명히 들었으면서도 들은 내색을 하지 못했던 순간.

'우리 아들은…… 아직 많이 어려요. 앞으로도 그 애 눈앞에
나타나지 않을게요. 제발 아이는 건드리지 말아 주세요…….'

'질서를 어긴 죄라면…… 저희가 목숨으로 갚겠습니다.'

처음으로 만난 누군가의 '부모'라는 존재를 이해하지도, 받아들
이지도 못했던 그 시간의 나.

시간을 돌렸더라면 나는 후회하지 않을 선택을 할 수 있었을까.
그 손을 매정하게 놓아 버리지 않을 수 있었을까.

아니라고 생각한다. 이미 썩어 빠진 체제에 길들여질 대로 길들여
져 버린 나는 다시 그때로 돌아간다 하더라도 결코 그들의 죽음을
막지 못했을 것이다.

'우리 아들…… 잘 부탁…….'

순식간에 심장을 꿰뚫어 버린 총알 때문에 미처 마무리되지도 못
한 그들의 유언. 하얀 바닥을 흥건히 적신 붉은 피를 보며 어렴풋이
무언가 잘못됐음을 느꼈지만, 그땐 혼란스러움에 내색조차 하지 못
했다.

그리고 지금은 의식적으로 하지 않고 있다.

아무것도 모르는 이안의 눈동자가 모든 사실을 알게 되는 순간
비참하게 망가져 버리는 꼴을 도저히 볼 자신이 없어서.

지성은 돌연변이 연구 보고서의 마지막 장을 최대한 구겨서 싱
크대 안에 던져 넣고는, 태연한 얼굴로 현관을 나섰다.

엘리베이터 앞에서 흐릿하게 이안의 향기가 느껴졌다.

그가 살던 세계에서 유일하게 사람다웠던 사람.

잔혹한 진실이 수면 위로 드러날 때까지, 이안이 아무것도 모르고 지낼 수 있을 때까지, 자신의 존재가 고통이 되지 않을 때까지.

그는 어떻게든 소중한 그 사람을 지켜낼 생각이다.

"아, 이안 씨. 계속 나 안 볼 거예요?"

백화는 이안에게 매달리고 있다. 연이은 섭섭함에 단단히 토라져 버린 그를 어떻게든 달래보려 고군분투하고 있다.

지성의 매정함이 섭섭한 건지, 아니면 백화의 도둑놈 발언이 섭섭한 건지. 알 방법은 없었지만 단 한 가지는 확실했다.

"세 시간 뒤에 한 번 봐줄게."

"세 시간?! 그럼 새벽 한 시다!"

앞으로 세 시간 동안은 지성에게도 백화에게도 자비가 없으리라는 것.

백화는 지끈거리는 관자놀이를 꾹꾹 누르며 차오르는 억울함을 비워냈다. 따지고 보면 이안이 이렇게 된 건 전적으로 지성의 책임이었지만, 하필 그의 애인은 백화 자신이라서 어떻게든 이안을 어르고 달래고 풀어 줘야 할 책임이 있었다.

"그러게 왜 지성 씨는 부모 없다는 욕을 해서……."

"난 부모 있어. 분명히."

혼잣말처럼 새어 나온 백화의 목소리에 이안은 곧바로 날 선 대꾸를 했다. 삐딱하긴 했지만 차라리 묵묵부답일 때보단 나아서 백화는 이 삐뚤어진 대화를 힘껏 이어 나가기로 했다.

"당연히 있지! 이안 씨 부모님이 이안 씨를 얼마나 사랑하시는데."

"······사랑?"

"응. 마음속에 가득 찬 사람을 사랑이라고 해요. 이안 씨 부모님 마음에는 이안 씨가 가득가득 차있을 거야."

그 말에 백화를 외면하던 이안의 시선이 다시 그녀에게로 향했다.

"그럼 혹시 내가 사랑하는 사람이······ 한지성인가?"

"예?"

"난 지금 한지성 밖에 생각이 안 나는데. 마음에 가득가득 찼어. 짜증나."

모르긴 몰라도 그건 원망일 겁니다. 당신 눈동자가 이글이글 타오르는 것만 봐도 확실히 알 수 있어요.

그러나 핀잔은 주지 않았다. 안 그래도 날카로워진 이안의 심기를 더 건드려놓고 싶지 않았다.

백화는 한지성에 관한 이안의 분노를 끊어내기 위해 말을 돌리기로 했다.

"우리 이번 주말에 이안 씨 부모님 선물 사러 갈까?"

"선물은 왜."

"이안 씨 성격엔 분명 표현도 잘 못했을 테니까. 이참에 선물이라도 들고 가서 찾아뵈어요."

"여기 안 사는데."

"아, 외국에 계세요?"

"······비슷해. 아마. 당장은 못 돌아가는 곳이니까."

이안의 시선에 약간의 쓸쓸함이 어렸다. 백화는 괜한 말을 꺼냈나 싶어 이안의 눈치를 살폈다.

하지만 잠시 그늘졌던 그의 눈동자는 이내 반짝 빛을 되찾았고, 어긋나버렸던 시선 역시 그녀에게로 돌아왔다.

"그래도 일단 사둘까."

"응?"

"나중에라도 만날 때 빈손으로 가는 건 예의가 아니니까."

"오, 이안 씨. 그런 것도 챙길 줄 알아요?"

"……라고 내가 지금 사랑하고 있는 한지성이 가르쳐줬어."

사랑이라는 이름의 원망을 하고 있는 이안이 문득 미간을 좁혔다. 백화는 그 모습이 우스워서 저도 모르게 웃고 말았다.

"왜 웃어."

이안이 의문스럽게 묻자 백화는 입가의 미소를 애써 지워내고 대답했다.

"아, 그냥. 뭘 사드리면 좋을까 생각하는 중이었어요."

"생각해봤는데 허그인형 어때."

"이안 씨 그 선물 마음에 들었구나?"

"응. 안으면 기분 좋아. 널 안을 때처럼."

갑작스럽게 튀어나온 이안표 돌직구에 무방비했던 백화의 마음이 화끈 달아올랐다.

"갑, 갑자기 무슨 그런 말을!"

"참고로 안는 것도 여러 의미가 있지."

"예에?"

이안은 당황하는 백화를 보며 피식 웃음을 흘렸다. 백화는 순간 그의 눈빛이 늑대처럼 번뜩이는 걸 보았지만 '아니야, 우리 이안이는 순수해'라고 스스로를 세뇌시키며 애써 진정했다.

"그럼 이안 씨 화는 다 풀린 거죠?!"

백화는 미묘하게 흐르는 야한 분위기를 깨트리기 위해 활기찬 목소리로 물었다.

그러자 온화하게 풀려 있던 이안의 입꼬리는 다시 의식적으로 딱딱해졌고, 조금 전과는 정반대의 목소리로 대꾸했다.

"아니. 아직 두 시간 사십오 분 남았어."

시간 재고 있었구나. 아직.

곧 도착할 지성을 생각하며 초조해하던 백화의 머릿속에 문득 지성의 조언이 떠올랐다.

'아, 이안 님은 말보다 행동을 더 좋아하신답니다. 무슨 뜻
인지 알죠?'

그땐 몰랐는데 지금은 알 것 같다. 그 말의 뜻도, 용도도.

"뽀뽀해 줄까?"

백화는 빨갛게 두 뺨을 물들이며 이안에게 물었다. 이안은 느닷없는 뽀뽀 타령이 의아했지만 싸늘하게 얼어붙었던 마음이 사르르 녹아내리는 건 어쩔 도리가 없었다.

그렇다고 해서 곧바로 실실 웃을 수는 없었기에, 그는 특유의 무심한 목소리로 대답했다.

"두 시간 사십오 분 뒤에 해."

그건 이안 딴엔 꽤나 현명한 제안이었으나 백화는 샐쭉한 표정으로 대꾸했다.

"싫어. 오 분 지나면 안 해 줄 거야."

"그건 너무 짧은데."

"흥. 내 뽀뽀가 얼마나 귀한 줄 알아요? 날이면 날마다 오는 기회가 아니랍니다."

백화의 도톰한 입술은 귀엽게 토라진 와중에도 도드라졌다.

이안은 저걸 당장이라도 물고 싶은 마음이 가득했지만 오늘의 사건이 어영부영 넘어가는 느낌이 들어 쉽게 그리할 수 없었다.

그렇다면 방법은 단 하나. 뽀뽀인 듯 뽀뽀 아닌 뽀뽀를 하자.

"알았어. 그럼 이렇게 해."

이안은 의미심장한 말과 함께 엄지손가락을 백화의 입술에 가져다 댔다.

부드러운 그의 손끝은 달콤한 소리와 함께 그녀의 뽀뽀를 담았고 이내 서서히 옮겨갔다. 눈부시도록 매력적인 이안의 입술 끝으로.

그녀에게 닿았던 손가락이 이안의 입술을 지그시 눌렀다. 그 모습은 진짜 입술이 닿던 순간보다 묘하게 더 자극적이라, 뭐라 표현할 수도 없는 떨림이 백화의 심장을 쿵쿵 두드렸다.

"방……방금 그거 뭐예요?"

"뽀뽀."

"그게 어떻게 뽀뽀야! 어?! 진짜 입술이 닿아야 뽀뽀지!"

뽀뽀로 딜을 한 건 백화였지만 어느새 그녀의 마음은 이안보다 더 다급해졌다.

이안은 동요한 그녀의 눈동자를 나른하게 내려다보았고, 그 탐나는 입술을 움직여 나른히 물었다.

"왜. 닿고 싶어?"

닿고 싶지! 닿고 싶어 미치겠지!

소리 없이 내지른 아우성. 그걸 듣기라도 한 듯 이안은 일부러 놀리는 듯한 목소리로 말했다.

"아니면 관둬. 도둑놈 소리 듣기 싫어."

"아닙니다! 닿고 싶습니다!"

"……가져다줄까?"

"예! 가져와 주십시오!"

자존심이고 뭐고 이안의 입술 하나 얻기 위해 모든 것을 내팽개친 그녀는 우렁차게 답했다.

이안은 다시 입꼬리를 들어 올렸고 이내 나른한 저음을 흘려보냈다.

"두 시간 사십오 분 기다려."

"말도 안 돼!"

"뭐가 말이 안 돼."

순간 백화는 울컥! 불만이 차올랐지만 그걸 곧이곧대로 표현하기에는 그의 입술이 심히 아쉬운 입장이었다.

"아까보다 십 분은 더 지난 것 같은데요! 제 생각에는 두 시간 삼십오 분쯤 남지 않았을까 싶은데!"

결국 비굴한 대답을 절절하게 꺼내놓자, 붉어진 그녀의 뺨을 보며 이안이 씨익 웃었다.

"그럼 두 시간 반 기다려. 오 분은 깎아 줄게."

이 세기의 밀당남 같으니. 하여간 애간장 태우는 거로는 니가 제일 잘 나가.

"하아…… 오 분이나 깎아 주시다니. 이 은혜는 잊지 않겠습니다."

술집 간판만이 반짝이는 월계동의 대학가 앞. 익숙한 까만 세단한 대가 갓길에 멈춰 섰다.

이안은 엔진 소리만으로 누군지 알아챘지만 반응하지 않았고, 백화는 시동이 꺼지기가 무섭게 차를 향해 달려갔다.

"지성 씨! 빨리 왔네!"

그녀의 목소리에 화답하듯 운전석 문이 열렸다. 그 안에서 부드러운 미소와 함께 등장한 건 역시나 지성이었다.

"이안 님 달래느라 수고하셨습니다."

"참나, 수고한 건 알아요?"

"당연하죠. 이안 님은 어디 계신가요?"

"저쪽에 서 있어요. 지성 씨한테는 아직 화가 안 풀렸는지, 아는 척도 안 하네요."

백화의 말에 지성의 시선이 이안 쪽으로 향했다. 보이는 건 이안의 등이 전부였지만, 지성은 그의 작은 표정까지도 알아차릴 수 있었다.

백화 덕에 화는 누그러졌지만, 자존심 때문에 차마 뒤돌아보지 못하는 모습. 지성은 입가에 가벼운 미소를 머금은 채 말했다.

"쉽게 풀어지겠네요. 저 상태라면."

저 앙칼진 뒷모습을 보고도 그 말이 나오다니. 저것이 바로 경험자의 여유란 것일까. 지성은 이안을 향해 발길을 떼어 냈다. 하지만 백화는 그가 한 걸음을 옮기기도 전에 한쪽 팔을 붙잡고 물었다.

"아, 잠깐. 오늘은 왜 그런 말을 한 거예요?"

"네? 무슨 말이요?"

"이안 씨한테 부모 없다고 그랬다면서요. 어떻게 그런 말을 해요?"

"아…… 그랬죠."

백화의 추궁에 겉으로 드러난 지성의 감정은 당황이나 죄책감 같은 게 아니었다. 굳이 말하자면 안쓰러움 정도 되려나.

백화는 평소보다 미묘하게 가라앉은 그의 얼굴을 올려다보며 이어질 대답을 기다렸다. 지성은 잠시 시선을 돌려 무언가를 정리하는 듯하더니 이내 다시 백화를 바라보았다.

그리고 참 뻔한 대답을 했다.

"미안하게 생각하고 있습니다."

"그게 전부예요?"

"네. 앞으로는 그런 주제로 이야기할 일 없으니 안심하세요."

지성의 말투는 지나치리만큼 공손했지만, 어딘가 삐뚤어졌다는 느낌은 지울 수가 없었다. 백화는 그의 마음을 더 깊숙이 파고들고 싶었지만 지성은 그녀에게 틈도 주지 않고 걸음을 옮겼다.

그녀에게서 멀어지는 그의 뒷모습은 무척이나 지쳐 있었다. 저 상태로는 어차피 제대로 된 해명을 해 주지 못할 것 같아서, 백화는 이 일을 우선 묻어 두기로 했다.

나중에 기운을 되찾으면 그때 다시 물어보지, 뭐.

"얼른 가서 마무리 짓고 와요! 중간에 끼어 있는 것도 불편해 죽겠으니까!"

백화는 그가 들을 수 있도록 힘주어 말했다. 굳이 부탁하지 않아도 그럴 생각이었던 지성은 대답 대신 발길을 재촉했다. 그리고 이내 이안이 손에 닿을 거리에 들어오자 나지막한 목소리로 그의 이름을 불렀다.

"A1 님."

한국 이름이 아닌 31세기 델타 돔의 혈통코드.

한동안은 지성을 무시할 생각이었던 이안은 그를 향해 시선을 돌릴 수밖에 없었다.

"왜 그렇게 불러."

"이안 님이 아닌, 델타 돔 통치자 A1 님께 드리고 싶은 말씀이 있어서요."

평소에도 이런저런 조언을 아끼지 않았던 지성이었다. 하지만 지금 이 순간만큼은 지성이 내뱉을 말들이 갑작스레 두려워졌다.

이안은 경계 어린 눈빛으로 지성을 마주했다. 차분하게 숨을 고르던 지성은 머지않아 이안이 결코 듣고 싶지 않아 하던 말을 꺼내놓기 시작했다.

"아시다시피, 델타 돔에선 인간의 수정란을 추출하여 인공적으로 배양합니다. 태아의 성장도, 탄생도 모두 기계 안에서 이루어지죠."

"……."

"겉으로는 인간을 더 많이 탄생시키기 위해서, 수정과 출산으로 인한 질병을 방지하기 위해서라고 하지만…… 사실은 체계적으로 구축된 혈통체계를 인공적으로 유지하려는 의도일 겁니다."

"그런데."

"A1 님은 A급 중에서도 최우수 유전자끼리만 수정하여 탄생된 완벽한 인간입니다. A1 님의 고귀한 피는 자연수정으로는 절대 탄생이 불가능해요."

이제야 지성이 하려는 말이 이해가 되기 시작한다.

이안은 미간을 구기며 반박하려 했지만 그러기도 전에 지성은 고집스럽게 할 말을 이어 나갔다.

"그것이 이안 님께 '부모'의 존재가 없다는 가장 확실한 증거입니다. 그러니…… 더는 희망을 품지 마세요."

이안은 잔인하도록 냉정한 말을 하는 지성을 떨리는 시선으로 바라보았다.

풍선처럼 부풀었던 들뜬 마음이 다시 힘없이 가라앉으려 한다. 끝날 줄 알았던 외로움이 다시 시작되려 한다.

"……왜 그런 말을 해?"

이안이 원망스러운 목소리로 되묻자 지성이 마주하고 있던 눈동자를 어긋 냈다.

그건 이안의 대답을 피하고 싶어 하는 모습이었지만, 이안은 그걸 눈치채지 못한 척 말을 이어 나갔다.

"납득 하나 제대로 못 시키면서 그런 말 하지 마. 후회든 실망이든 전부 내가 해."

이안은 단호한 한 마디와 함께 지성의 곁을 떠났다.

지성은 더 이상 그를 붙잡지 않았고 만류하지도 않았다. 그저 가만히 서서 한숨만 토해 낼 뿐.

"이안 씨, 화해는 잘했어요?"

골목 끝에서부터 이안이 다가오자 세단 옆에 서 있던 백화가 조심스럽게 물었다. 이안은 더 이상 그녀를 걱정시키고 싶지 않아, 처음으로 작은 거짓말을 했다.

"어. 화해했어."

"잘됐다. 하긴 말다툼이야 금방 풀리지."

"응."

나도 금방 풀릴 줄 알았는데, 사실은 더 복잡해졌어.

"아, 그건 그렇고 이안 씨. 내일 시간 있어요?"

"왜. 만들까."

"그럼 좋지! 내일 인사동에서 찻잔 전시회 한대요. 생각해봤는데 부모님한테 예쁜 찻잔세트 선물해 주면 좋아하실 것 같아."

"부모님?"

"응. 아까 이안 씨 부모님 선물 사드리기로 했잖아. 우리."

방금 전엔 그들의 존재를 부인하는 말을 들었는데 백화는 너무나도 당연하게 그들의 존재를 입에 담는다.

덕분에 시들었던 희망이 다시 생기를 되찾는 기분이라, 이안은 그녀의 호의가 눈물 날만큼 고마워졌다.

"있잖아."

"응? 왜요?"

"내 얼굴 봐."

이안은 백화의 턱 끝을 들어 올렸다. 영문 모르는 백화는 그의 손길을 따라 고개를 치켜들며 물었다.

"왜? 뭐 묻었어요?"

"아니. 이제 묻히려고."

말이 끝나기 무섭게 이안의 잘 여문 입술이 그녀에게로 끌어내려졌다.

그 남자의 입술은 하염없이 달콤했고, 코끝에 닿은 그 남자의 향기는 하염없이 부드러웠다.

아직 입술을 떼지 않고 이안은 조심스러운 손끝으로 백화의 양손을 붙잡았다. 마음을 간질이는 그의 숨은 한없이 사랑스러워서, 그녀는 감히 눈도 못 뜰 지경이었다.

머지않아 늘 맛보아도 항상 아쉬운 이안의 입술이 자극적인 소리와 함께 떨어졌다. 백화는 감았던 눈꺼풀을 조심히 열었다. 마주한 이안은 눈가에 부드러운 미소를 띤 채로 그녀를 지그시 바라보는 중이었다.

그녀는 터질 듯한 심장을 애써 추스르며 이안에게 물었다.

"뭐, 뭐예요?"

"뽀뽀."

이안은 능청스럽게 대답했다. 그리고 나직한 저음으로 속삭이듯 물어 왔다.

"나 지금 머릿속에 니가 가득해."

"응……?"

"혹시, 이게 사랑이야?"

그걸…… 그걸 지금 나한테 묻는 거야? 그렇게 순진한 눈빛으로?

백화는 지나치게 차오르는 설렘에 곧장 대답하지 못하고 머뭇거렸다. 그때 마침 멀리 떨어져 있던 지성이 차분한 걸음으로 가까워졌고 이안은 그를 흘깃 보며 또 한 번 고개를 숙였다.

그러고는 작게 속삭였다.

"결론 나면 이따 메시지로 말해 줄게."

"……뭘 말해요?"

"사랑한다고."

어허허. 지금 내가 무슨 말을 듣고 있는 거지. 너무 행복해서 실감
조차 안 나.

이안은 백화의 마음에 큰불을 질러놓고 유유히 세단에 몸을 실었
다. 뒷좌석 문을 닫기 위해 뻗은 그의 하얀 손조차 너무나 좋아서,
백화는 정신이 아득해져 오는 느낌이었다.

"백화 님. 다음에 뵙겠습니다."

뒤따라 몸을 싣는 지성의 목소리는 약간 경직되어 있었지만 그녀
는 그걸 신경 쓸 겨를이 없었다. 혼미한 의식 안엔 아직 마주 닿았던
이안의 입술만이 가득했다.

이안을 태운 까만 세단이 유유히 멀어졌다. 백화는 휴대폰을 꼭
쥔 채 점이 되어 버린 후미등을 바라보다가 행복한 미소를 지어보였
다.

"아하하. 휴대폰 충전해놔야지."

백화는 들뜬 혼잣말을 하며 서둘러 집 쪽으로 걸음을 옮겼다. 요
즘 들어 불편해진 귀갓길이었지만 이 순간만큼은 아니었다.

그를 생각하면 나는 자꾸 숨이 가빠진다. 심장이 터져 버릴 것처
럼 빨리 뛴다.

강이안을 사랑하는 것 정도는 이미 자각하고 있다.

하지만 호흡까지 곤란해지는 걸 보면, 나는 강이안을 죽을 만큼 사랑하는 게 분명하다.

집에 도착하는 동안 지성과 이안은 단 한마디도 나누지 않았다.

처음 겪는 일인지라 두 사람 모두에게 불편한 침묵이었지만 어느 누구도 먼저 입을 떼지 않았다.

지성의 차가운 뒷모습을 바라보고 있자니 이안은 문득 백화에게 돌아가고 싶어졌다. 언제나 그를 편안하게 받아 주는 그녀의 곁에서 마음이 괜찮아질 때까지만이라도 푹 쉬고 싶었다.

'어차피 내일 또 볼 거니까.'

이안은 스스로를 달래며 곧장 욕실로 걸음을 옮겼다. 여러 가지 일들로 피곤한 하루를 보냈던 그는 얼른 씻고 내일을 맞이하러 갈 생각이다.

쾅! 문이 세게 닫히는 소리에 지성의 시선이 욕실 쪽으로 틀어졌다. 그건 너무 느슨해진 욕실문의 이음새 때문이었지만, 그걸 알지 못하는 지성은 이안의 마음이 걱정스러워졌다.

지성은 지친 걸음을 방 안으로 옮겼다. 그때 지성의 외투 안에서 휴대폰 진동음이 들렸다.

늦은 시간 전화를 걸 만한 사람은 딱 한 사람, 원밖에 없는데.

지성의 눈에 순식간에 날이 섰다. 핸드폰을 꺼내든 그는 발신자도 확인하지 않은 채 매서운 첫마디를 건넸다.

"왜 또 전화하셨습니까."

평소의 그와 다른 서늘한 말투. 상대방은 아무 대꾸도 없었다.

그저 가는 숨소리만 내쉴 뿐.

지성은 그제야 귓가에서 휴대폰을 떼어 내고 액정에 찍힌 이름을 눈에 담았다.

[이해실]

뒤늦게 알아차린 발신자의 정체에 지성의 머릿속이 하얗게 질려 버렸다. 그는 서둘러 해명을 하려 했지만.

—죄……죄송해요! 바쁘신 줄 모르고!

그녀는 대답을 해 버렸다. 지성의 날 선 대꾸에 결국 사과를 해버리고야 말았다.

그간 고생스러운 일을 참 많이도 겪어왔던 지성이었다. 하지만 지금만큼 등골이 서늘해진 적은 없었다. 지성은 수습을 하기 위해 생각을 뒤적였지만 당황스러운 머리는 어떤 대처도 떠올리지 못했다.

—별일은 아니니까 신경 쓰지 마시고 푹 쉬세요!

그리고 해실의 말은 이어졌다. 이것은 오해를 쌓은 채로 전화를 끊으려는 게 분명했다.

"해……해실 씨!"

지성은 처음으로 소리 높여 해실의 이름을 불렀다. 이대로 통화를 끝내지 않기 위한 필사적인 몸부림이었다.

해실은 잠시 뜸을 들이다가, 이내 아무렇지 않은 목소리로 대답했다.

—네, 지성 씨!

다시 생겨난 잠깐의 텀. 혼란스러운 그의 머릿속에 여러 가지 생각이 스쳤다.

해명을 할까. 뭐라고 해명을 해야 할까. 최 원인 줄 알았다고 하면 이해는 해 줄까. 대표님께 무례한 태도를 취할 리 있겠냐며 다시 나를 의심하지는 않을까.

남자는 짝사랑하는 여자 앞에서 한없이 생각이 많아진다. 생각이 깊어지다 보면 결국 이성이 사라지고, 조급함으로 인한 실수만이 남는다.

"보고 싶어요."

……지금 내가 무슨 말을.

—네?

"내가 지금 힘들어서 그런지…… 평소에 보고 싶던 것보다 더 많이 보고 싶어요."

하고 있는 걸까…….

해실은 한동안 말이 없었다. 지성은 그녀의 대답을 기대도 하지 않았다.

왜 전화했냐며 따질 땐 언제고, 대뜸 보고 싶다 말하는 사람한테 무슨 말을 해. 나 같아도 그냥 끊어버리겠어.

일을 망치는 건 참 쉬운 일이었다. 하지만 그 망가진 일이 다시 멀쩡하게 되돌아오는 건 기적이라고도 할 수 있을 만큼 어려운 일인 게 분명했다.

—그럼…… 내일 같이 저녁 드실래요?

"……예?"

그리고 기적은 다사다난한 하루를 보냈던 지성에게 선물처럼 찾아왔다.

지성의 숨이 잠시 멎었다가 흐린 목소리로 새어 나왔다.

"저녁……이요?"

―인사동에 맛있는 한식집이 있는데, 퇴근하고 같이 가면 어떨까…… 그래서 전화 드렸는데 바쁘시면 거절하셔도 괜찮아요!

아니요. 그럼 제가 안 괜찮아질 것 같아요.

푹 가라앉았던 지성의 마음이 다시 둥실둥실 떠올랐다.

"아, 좋아요. 해실 씨랑 저녁 먹는 거."

―다행이다…… 그럼 내일 퇴근하고 주차장으로 내려갈게요! 잘자요! 지성 씨!

"네. 해실 씨도 잘 자요."

짧은 통화가 끊어졌다. 하루 종일 굳어 있던 눈초리는 어느새 지성조차 모르게 고운 모양으로 휘어진 상태였다.

식사라면 예전에도 함께한 적이 있지만 내일은 더욱 특별할 것이다. 그건 눈치가 빠른 지성이 알아챈 그녀의 분위기만으로도 알 수 있는 사실이었다.

―쾅!

때마침 밖에서는 욕실 문에 도로 세차게 열렸다가 닫히는 소리가 들렸다. 그것 역시 느슨한 이음새 때문이었지만 그걸 알 리 없는 지성의 시선에는 또 한 번 불안한 기색이 어렸다.

지금 생각해 보니, 이안 님을 저리 두고 나만 즐거워도 되나 싶기도 해. 무언가 죄를 짓고 있는 기분이다.

편한 옷으로 갈아입은 이안은 휴대폰을 들었다. 그는 욕실에서 간단히 샤워를 하며 딱 한 가지만을 고민했고 지금은 그 고민에 대한 답을 내린 상태였다.

'나는 그녀를 사랑하는 중일까?'

아무리 생각해 봐도 요즘 마음이 백화로만 가득 차오르는 걸 보면.

'응.'

물론 가끔 먹고 싶은 샌드위치나, 좋은 향기가 밴 허그인형이나, 지난번에 지성이 사 준다고 했었던 동물모양 체스가 마음에 찰 때도 있지만.

'그거랑 사랑은 달라. 이제 알 것 같아.'

이안은 함께 부모님 선물을 사러 가자고 말하며 밝게 웃던 백화의 얼굴을 아직까지 잊지 못했다. 그때 스며들었던 따뜻함과 고마움마저 그대로 남아있었다.

이안은 휴대폰을 들었다. 그리고 느린 손으로 열심히 메시지를 적었다.

화장대 위에 놓여 있던 백화의 휴대폰이 이안의 메시지가 도착했다는 소식을 전했다. 내일을 위해 열심히 마스크 팩을 하던 그녀는 조심히 버튼을 눌러 메시지를 확인했다.

[나 너 사랑하는 것 같아!]

혼자 열심히 생각해 보겠다던 이안은 드디어 결론을 내린 모양이었다.

누구라도 눈치챌 수 있는 감정이었는데, 심지어 나도 다 알고 있었는데. 바보. 니가 제일 늦게 깨달으면 어떡해.

백화는 팩 때문에 어떻게든 도도한 표정을 유지하려 했지만, 어쩔 수 없이 푸핫 웃고 말았다. 메시지의 내용보다 그 뒤에 따라붙은 느낌표가 이안답지 않게 발랄해서였다.

[악ㅋㅋㅋ 그 느낌표 뭐야ㅋㅋㅋ안 어울려ㅋㅋㅋ]

[강한 느낌을 내는 거야]

[ㅋㅋㅋㅋㅋㅋㅋㅋㅋㅋ]

[강한 느낌 내는 거라고‼]

강한 느낌은커녕 발랄함만 살려주는 그의 느낌표가 다시 등장했다. 그건 마치 낮은 저음만 내뱉던 이안이 명랑하게 이야기하는 것 같아 백화는 새는 웃음을 참을 수가 없었다.

그녀는 웃느라 다 떨어져 버린 마스크 팩을 결국 벗겨내고, 본격적으로 문자를 보냈다.

[아니야! 그건 애교부리는 거야!ㅋㅋㅋㅋㅋ]

[ㅋ]

난데없는 'ㅋ'자. 의미를 물어보기도 전에 득달같이 메시지가 이어졌다.

[웃는 거 아니야. 언짢아서 총 쏘는 거야.]

아이구, 언짢았어? 내 새끼?

백화는 이안을 더 놀려먹고 싶었지만 그건 내일 마저 하기로 했다. 당황할 때마다 구겨지는 귀여운 미간까지 생생하게 보고 싶으니까.

[빵야ㅋ빵야ㅋ 그럼 우리 총잡이 씨, 내일 일곱 시에 안국역에서

봅시다! 인사동에 맛있는 한식집 있으니까 저녁은 먹지 말고 와요!!

메시지 전송버튼을 누르고 백화는 시간을 확인했다. 지금이 새벽 한 시니까, 열여덟 시간만 참으면 또 이안 씨 얼굴 보겠구나!

내일은 학교에 가장 아끼는 하이힐을 챙겨 가야겠다. 이안의 보라색 눈동자와 잘 맞는 보라색 원피스도 입어야겠다.

수많은 사람들이 오고가는 거리에서 내가 제일 눈에 띌 수 있도록. 그래서 단번에 나를 찾아낸 이안이 그 예쁜 목소리로 사랑한다는 말을 해버릴 수 있도록.

그는 내게 늘 빛이 나는 사람이니까, 내일은 나도 그의 곁에서 빛이 났으면. 그랬으면 진심으로 좋겠다.

"이안 님. 오늘은 제가 좀 늦을 것 같습니다."

까만 가죽가방까지 챙겨 맨 지성은 이안의 방 문 앞에서 조심스럽게 말했다. 딱딱해진 분위기를 풀기 위해서라도 부드러운 목소리를 내려고 했지만 침대에 걸터앉은 이안의 뒷모습에선 묘한 긴장감이 흘러 그럴 수 없었다.

지성은 무슨 말을 이으려다 말고 등을 돌렸다. 대꾸도 하지 않는 이안에게 천연덕스럽게 말을 붙이기엔 지성의 마음이 아직 온전히 아물지 못했다.

"아, 이제 찍혔네. 한지성, 뭐라고?"

이안은 지성이 집을 나선 지 1분가량이 지나서야 반응을 보였다.

지성의 말이 귓가에 들어오긴 했지만 안국역 가는 길을 캡처해놓기 위해 휴대폰과 고군분투하고 있었던 이안이었다.

이안은 잠잠한 지성을 의식하고 침대에서 일어나 방을 빠져나왔다.

"한지성."

늘 그래 왔듯 힘주어 이름을 부르면 눈앞에 나타날 줄 알았는데 지성은 이미 출근해 버린 지 오래였다. 한 번도 인사 없이 사라진 적 없었던 지성. 그의 사정을 모르는 이안의 얼굴엔 서운함이 드리워졌다.

한 번도 말없이 출근한 적 없었는데. 하룻밤만 자고 일어나면 화도 풀려 있을 줄 알았는데.

이안은 지성에게 전화를 해 볼까 하다가 결국 그만두어버렸다. 왠지 모르겠지만 아무래도 그는 이안의 전화를 받지 않을 것 같았다.

이안은 답답함을 남겨 둔 채 드레스 룸으로 향했다.

오늘은 분명 즐거운 데이트 날인데 어쩐지 마음 한 편이 무겁게 가라앉은 기분이었다.

*　　*　　*

"볼 터치가 너무 핑크빛인가?"

안국역 6번 출구. 남자들의 시선이 흘깃흘깃 오가는 그곳엔 손거울에서 눈동자를 떼지 못하는 백화가 있었다.

보라색 원피스에 베이지색 펌프스 힐, 소녀스러운 디자인의 백까지 챙겨든 백화의 컨셉은 요조숙녀.

오랜만에 찾아온 이안과의 데이트인 만큼 오늘은 평소와 다른 모습을 어필하고 싶었다. 그래서 꾸밀 수 있는 만큼 꾸며봤는데 다행히도 학교에서의 반응은 아주 좋았다.

"강이안 눈에도 괜찮아보여야 할 텐데……."

설렘 가득한 걱정을 하고 있던 그 때, 근처에 택시 한 대가 멈춰 섰다. 문이 열리자 모든 이들이 이목을 단번에 사로잡으며 몸을 내린 사람은 다름 아닌 그녀의 애인, 강이안이었다.

"이안 씨!"

백화는 밝은 목소리로 그를 부르며 팔을 휘저었다. 어렵지 않게 그녀를 발견한 이안은 느린 걸음으로 가까워졌다.

까만 코트를 걸쳐 입은 그는 늘 보던 모습 그대로였지만 오늘따라 유독 빛이 나 보였다. 흐트러진 머리카락과 붉게 물든 입술에 어린 묘한 색기는 평소보다 더욱 짙어진 느낌이었다.

백화는 부러움에 가득한 사람들의 시선을 느끼며 보란 듯이 팔짱을 끼었다.

"오늘 얼굴에 뭐 했어요?"

"딱히. 왜?"

"너무 잘생겨보여서. 난 또 매력이라도 잔뜩 바르고 왔나 했지!"

"신발끈 새 걸로 바꿔 묶어서 그런가."

입을 닫고 있으면 섹시하고, 입을 열면 귀엽고. 사람이 어쩜 이래. 강이안은 아무래도 사랑받기 위해 태어난 사람인가 봐.

"선물 사러 가기 전에 밥부터 먹자, 배고프다!"

백화는 이안의 뺨을 살짝 어루만져주고는 들뜬 발길을 이끌었다.

그녀의 머리카락이 기분 좋게 나부낄 때마다 상쾌한 향기가 코끝을 스치는 바람에, 이안은 입가의 미소를 풀어낼 새가 없었다.

보통의 연인보다 조금 더 달콤하게 느껴지는 두 사람의 데이트. 아무것도 시작하지 않았는데 벌써부터 사랑이 부풀어 오른다. 같은 장소에서 함께 시간을 보내고 있다는 사실만으로도 가슴이 터질 것만 같다.

많은 사람들이 복작거리는 한식당 입구. 이안은 시끄러운 사람들의 목소리에 살짝 미간을 구기며 백화에게 물었다.

"여기가 식당이야?"

"허름해 보여도 굉장한 맛집이래요. 미자 쌤이 예전부터 어찌나 가보라고 추천하던지."

백화는 가볍게 대답하며 이안의 팔을 식당 안으로 잡아끌었다. 아직 허기진 상태는 아니었지만 이안은 잘 먹는 백화를 구경하는 것이 좋았기에 순순히 발걸음을 움직였다.

향긋한 음식 냄새가 맴도는 식당은 손님들로 빼곡히 차있었다. 백화는 내부를 훑어보다가 유일하게 비어 있는 한 자리를 발견했다.

"다행이다! 자리 저기 있네! 봐요, 인기 많으니까 사람도 거의 다 찼지?"

백화는 보란 듯이 웃으며 서둘러 빈 테이블로 다가갔다.

이안 역시 그녀의 뒤를 따르려 한 발을 내딛었으나 차마 움직이진 못하고 그대로 멈춰 섰다. 당황한 눈동자가 얼어붙은 채 향해있는 곳은 빈 테이블의 바로 옆 자리였다.

"해실 씨, 여기 어떻게 알았어요?"

"아, 예전에 학교 다닐 때 왔었어요. 지성 씨 입에도 맞았으면 좋겠는데."

"잘 맞을 거예요. 은근히 해실 씨 취향이 제 취향이거든요."

내 눈이 잘못된 게 아니라면 낯선 여자랑 웃으며 마주앉아있는 저 남자는 분명.

"……한지성?"

뜻밖의 장소에서 뜻밖의 인물을 발견한 이안은 난처한 듯 미간을 구겼다. 원래 같았으면 반갑게 인사했을 테지만, 지금은 사이가 좋지 않은 지라 피하고만 싶은 사람이었다.

"이안 씨! 거기 가만히 서서 뭐해요? 이리 와요!"

아무 것도 모르는 백화는 태평한 표정으로 그를 재촉했다. 그러다가 테이블에 자리를 잡고 앉아서야 겨우 익숙한 얼굴을 알아보았다.

"어? 지성 씨?"

"백……화 님?"

난데없는 상황에 놀란 건 지성도 마찬가지였다. 혹시나 싶은 마음에 살짝 고개를 돌리자, 역시나 뒤늦게 시야로 들어오는 건 멀뚱이 서있는 이안의 모습이었다.

"이, 이안 님……."

이안에게는 한 번도 들킨 적 없었던 자신의 바깥생활. 다른 사람과 같이 있었다면 그는 별 상관없이 이안을 맞이했을 테지만, 하필 오늘 함께 하고 있는 사람은 해실이었다.

얼마 전 해실에게 7살짜리 동생과 같이 살고 있다고 거짓말을 해

둔 그는 눈앞에 나타난 이안의 존재를 설명할 방법이 도무지 떠오르지 않았다.

'아…… 큰일이네.'

순간적으로 차오른 난처함은 지성의 눈빛에 적나라하게 드러났다. 그걸 놓치지 않고 확인한 이안의 심기는 돌연 삐딱해지고 말았다.

'너만 화났어? 나도 지금 화났어.'

솟구치는 불만은 아무것도 모르는 백화를 의식하느라 꺼내놓지 못했다.

하지만 그의 미간은 잔뜩 구겨진 채 불편한 감정을 표현하고 있었고, 그걸 확인한 지성은 더더욱 눈빛이 가라앉았다.

"어? 지성 씨! 여기서 만날 줄이야!"

난처한 두 사람 사이에서 유일하게 밝은 목소리를 내는 사람은 아직 싸늘한 분위기를 읽지 못한 백화였다.

"아…… 네. 안녕하세요."

"저녁 먹으러 왔구나! 같이 있는 여자 분은 누구……."

그녀는 지성과 같은 테이블에 앉아 있는 해실에게 호기심 어린 눈길을 두었다.

작은 체구, 토끼처럼 오밀조밀한 이목구비. 그러나 묘하게 지성과 닮은 분위기. 이안과 지성 사이는 눈치채지 못해도 지성과 해실 사이는 단번에 눈치챈 백화가 경쾌하게 소리쳤다.

"지성 씨 애인이구나!"

"네? 그런 건 아니고……."

"에이. 아니긴. 딱 보니까 그렇고 그런 사이구만!"

갑작스러운 '애인'소리에 해실의 얼굴이 붉게 달아올랐다. 당황하던 그녀는 이내 백화를 향해 미소 지으며 살가운 인사를 건넸다.

"안녕하세요. 이해실이라고 합니다! 지성 씨랑 같은 부서에서 근무하고 있어요!

"오호, 직장 동료구나! 안녕하세요! 저는 지성 씨랑 친구 사이쯤 되는 백화라고 해요! 그리고 저쪽은 제 남자 친⋯⋯."

해실에게 이안을 소개하려던 백화의 말이 돌연 멈추었다. 그도 그럴 것이, 조심스러운 걸음으로 다가온 이안은 백화의 맞은편 의자가 아닌 그녀의 옆자리에 얌전히 걸터앉았으니까.

"뭐해요? 저쪽에 앉아야죠."

"여기가 좋은데."

"어느 누가 나란히 앉아서 밥을 먹어? 얼른 저 자리로 가요."

"너 왜 자꾸 나 밀어내."

"쓸데없이 삐친 척하지 말고. 얼른!"

백화는 어깨를 툭툭 부딪치며 이안을 재촉했다. 그러자 이안은 하는 수 없다는 듯 자리에서 일어나 탐탁지 않은 표정으로 몸을 옮겼다.

백화의 맞은편 자리이자 지성의 옆자리. 테이블은 살짝 떨어져 있지만 좁디좁은 식당의 환경 탓에 살짝 어깨가 닿는, 그런 불편한 자리로.

이안을 의식한 지성의 시선이 살짝 이안의 얼굴 쪽으로 틀어졌다. 이안은 저도 모르게 그 시선을 받아냈고 괜히 미간을 구기며 고개를 돌려 버렸다.

　"마저 소개하자면, 이쪽은 제 남자 친구 강이안이에요!"

　"이안 씨. 안녕하세요! 처음 뵙겠습니다!"

　"아, 어."

　해실과 이안의 첫 대면이 이뤄졌다. 지성은 혹시나 해실이 이안과의 사이를 물어볼까 싶어 노심초사했지만 다행히도 백화는 말을 돌렸다.

　"해실 씨, 회사가 논현동에 있지 않아요? 인사동까지는 어쩐 일일까?"

　"여기 식당이 맛있다고 들어서요! 지성 씨한테 평소에 신세 진 것도 많아서 저녁이라도 사드리려고…….."

　"으흠. 그럼 아직 공식적인 사이는 아니구나."

　"네?"

　"아니에요! 혹시라도 나중에 그렇고 그런 사이 되면 알려줘요! 넷이 자주 만나게!"

　"네! 알려 드릴…… 네?!"

　"아하하하. 아하하하."

　두 여자는 처음 만난 사이임에도 불구하고 오랜 친구처럼 친해 보이는데, 두 남자는 오래 함께했던 사이임에도 불구하고 마치 처음 만난 것처럼 서먹하다.

　"해실 씨, 쌈밥 먹으러 온 거 맞죠?"

　"네, 그게 제일 유명하다고 들었어요!"

　"오케이. 이모님! 여기 쌈밥 정식 4인분 주세요!"

해실과 짧은 대화를 나눈 백화는 명랑한 목소리로 이 식당의 메인 메뉴를 주문했다.

"아, 두 사람은 쌈밥 괜찮아요?"

그러고 나서 뒤늦게 이안과 지성의 의사를 물어보니, 그들은 하나같이 떨리는 눈동자로 고개만 끄덕였다. 둘 사이에 별 관심이 없던 백화도 알아차릴 만큼 잔뜩 긴장한 기색이 역력한 모습이었다.

"둘이 뭔 일 있어요?"

"네, 네?"

"왜 이렇게 남남처럼 앉아있어요? 같이 사는 사이면서."

아무 생각 없이 꺼내진 백화의 말에 지성의 시선이 곧바로 해실에게 향했다. 제발 무시해주길 바랐는데, 해실의 동글동글한 눈동자에는 의아함이 맺혀버렸다.

"같이 사시는 분이에요? 그럼…… 가족?"

거짓말이 발각될 위기에 처한 지성은 누구보다 먼저 대답했다.

"아, 옆방 사는 사람입니다."

허나 지나치게 다급했던 탓에 말의 뉘앙스가 좋지 못했다. 한 순간에 옆방 사는 객식구로 전락한 이안은 흔들리는 눈동자로 지성을 바라보았다.

"옆방?"

"네?"

"너한텐 내가 그냥 옆방 사는 사람이야?"

"아니요, 그게……."

몹시 난감해진 지성이 어떠한 변명도 하지 못하고 쩔쩔 매던 그때, 기본 반찬으로 주어지는 뜨거운 계란찜이 테이블 위에 놓여졌다. 이안은 무슨 말을 하려다가 입을 닫았고 죄 없는 계란찜만 사정없이 노려보았다.

제대로 된 해명을 할 수 없는 지성은 악의가 없었다는 뜻이라도 내비치기 위해 뚝배기를 이안 쪽으로 넌지시 밀었다.

"우선 저녁 드세요, 이안 님. 우리 집에 가서 얘기해요."

그의 목소리는 하염없이 다정했지만 이안은 그것조차 마음에 들지 않았다. 그래서 단순한 반항심으로 그의 호의를 밀어내려다가.

"아……!"

뜨거운 뚝배기에 살짝 손이 데이고 말았다.

"이안 씨, 괜찮아?!"

놀란 백화는 급히 이안의 손을 확인했지만 스치듯 닿았던 거라 그런지 별다른 상처는 없었다.

"그냥 뜨거웠던 거야. 멀쩡해."

이안은 그녀를 안심시키며 우선은 싸움을 접어둬야겠다고 생각했다. 어쩔 줄 모르는 두 여자를 보니 자칫하면 상황만 더욱 악화되겠다 싶었다. 그래서 따져 묻고 싶은 모든 말들은 고이 접어두고 숟가락을 들려는데.

"하아……."

짜증이 섞인 한숨이 바로 옆에서 터져 나왔다. 놀랄 만큼 차가운 태도에 고개를 돌리니, 기다렸다는 듯이 싸늘한 목소리를 꺼내는 사람은.

"이안 님, 정말 이러실 겁니까?"

단 한 번도 이안에겐 화를 낸 적이 없었던 지성이었다.

"그 여자…… 참 상황파악 못 하네."

C7에게 보고를 듣고 있던 원이 나른하게 늘어진 목소리로 말했다. 그건 원의 신경이 다소 예민해졌다는 걸 뜻했지만 C7은 아랑곳하지 않고 보고를 이어 나갔다.

"원 님의 전화번호는 그 여자에게 제대로 전달되었습니다. 그러나 강이안과의 관계도, 일상생활도 예전과 달라진 건 없습니다."

"그러니까 지금 날 개무시하고 있다는 거잖아. 안 그래?"

"원 님. 우선은 기다리셔야 합니다."

"기다려? 언제까지 뭘 기다려?"

"백화 그 여자와 강이안이 제 발로 원 님 앞에 찾아올 때까지요."

"미친 소리 하지 마! 누가 누굴 기다리게 해!"

탐탁지 않은 C7의 대답에 결국 폭발해 버린 원은 장식장 위에 놓여 있던 나무 조각을 있는 힘껏 내던졌다.

'쾅!'하는 굉음과 함께 C7의 왼쪽 관자놀이선 날카로운 통증이 일었지만, 다행히 나무 조각은 살짝 빗맞은 것뿐이라 정신을 잃진 않았다.

"……원 님. 진정하십시오. 몸에 해롭습니다."

"네 일처리가 날 더 해롭게 만들어! 알아?!"

고래고래 소리를 지르는 원은 무슨 일을 저질러도 이상하지 않은 상태였다. 주변 경호원들은 그의 광기가 두려워 파르르 눈빛을 떨었지만, C7만큼은 아무 일도 없었던 것처럼 고개를 들어 담담히 대답했다.

"정 원하신다면 조치를 취해 보도록 하겠습니다. 원 님의 뜻대로 명령을 내려 주십시오."

"……."

"그 두 사람을 어떻게 만들고 싶으십니까?"

원을 잠재우려면 그가 원하는 바를 한시라도 빨리 들어주는 것이 가장 중요했다. 그것이 비록 그의 능력을 뛰어넘는 무리한 일일지라도.

아니나 다를까. 원의 호흡이 눈에 띄게 느려졌다. 그는 가죽 의자 등받이에 몸을 늘어트렸고, 언제 화를 냈었냐는 듯 웃음기 어린 목소리로 말했다.

"잘 들어둬. 난 강이안의 모든 것을 빼앗아 올 거야."

"……."

"그 새끼한테 과분한 'A1'이라는 혈통도, 통치자의 자리도, 그리고 그 새끼 종노릇 하느라 점점 빛을 잃고 있는 Z999도……."

목소리가 이어지면 이어질수록, 원의 눈동자에 또다시 광기가 어린다.

"전부 다."

"……."

"내가 가질 거야."

집착과 질투로 얼룩진 원의 포부.

C7은 고개를 들어 원의 싸늘한 얼굴을 마주했다. 원은 걱정 어린 그의 안색을 읽어냈고 이내 장난스러운 목소리로 타일렀다.

"걱정하지 마. 이번엔 그냥 갖고 놀기만 할 거니까."

"……."

"크흐흐. 그래, 이번엔 장난감처럼 갖고 놀기만 할 거야……."

지금 원의 머릿속엔 만신창이가 되어 흐느끼는 이안의 모습이 너무나도 선명하다. 앞으로 그에게 줄 고통만 생각하면 절망뿐이던 마음에도 기쁨이 스며든다.

원은 이 멋진 계획을 당장 실행으로 옮기기 위해 단호한 명령을 내렸다.

"오늘은 간단하게 나의 한지성부터 안전하고 외진 곳으로 옮겨."

"안전하고 외진 곳이요?"

"으응. 그 애, 꽤나 조숙해서 내가 장난감들 데리고 놀고 있는 걸 알면 많이 실망할 거야."

그건 C7의 힘으로 도저히 감당할 수 없는 명령이었다. 지성과 감히 맞서서 이길 자신도, 죽지 않을 자신도 없었다.

그러나 C7은 모든 불안감을 철저히 숨긴 채 문제없다는 듯 즉답했다.

"네. 그 명령 받들겠습니다."

"크흐흐, 착하네. 내가 이래서 널 아끼는 거야."

거짓 대답에 대한 주인의 칭찬이 돌아왔다. 비록 그 안에 확신은 없을지라도 이제야 주인이 안심하니 다행이었다.

* * *

말싸움이 시작됐다.

"제가 지금 뚝배기 밀쳐낸 걸로 화내는 것처럼 보이십니까?"

"그럼 왜 그래. 오늘 아침에는 말도 안 하고 출근하지 않았나?"

"했습니다."

"안 했어."

"정말 했습니다. 이안 님이 대답도 안 하셨잖아요."

"대답했어."

"안 했습니다."

"정말 했다고."

차분한 목소리 톤 때문에 격정적이진 않아도, 신경전만큼은 굉장히 팽팽했다.

갑작스러운 상황에 난감해진 해실은 지성의 손을 붙잡았다.

"지성 씨, 저…… 말다툼은 그만해요."

"……네? 아, 죄송합니다. 별일은 아니에요."

그녀의 손길에 지성은 바짝 세웠던 날을 잠재우나 했지만 이안이 미간을 좁히며 말꼬리를 붙잡았다.

"별일도 아닌 걸로 나한테 화를 냈나보네."

"그런 거 아니라고 말씀드렸지 않습니까."

"넌 변했어."

"안 변했습니다. 이안 님이야말로 변했잖아요. 문도 쾅쾅 닫고."

"내가 언제."

"어제 두 번이나…… 아, 됐습니다. 식사도 시작 안 했는데 집에 가서 마저 이야기하죠."

지성은 정리하려 했지만 이안은 하나도 해결되지 않은 문제를 덮어 두려는 그의 태도가 탐탁지 않았다. 늘 자상하던 한지성은 이곳에 없었고, 그건 이안을 서운하게 만들기 충분했다.

저 여자 때문에 변한 건가. 나보다 저 작은 여자가 더 소중해진 건가.

이안의 눈빛이 예리하게 해실에게 향했다. 그걸 바라보던 백화가 물을 들이켜며 가볍게 이안을 저지했다.

"워워. 우리 화내지 말고 대화로 풀어봅시다. 예?"

그녀의 제안은 나쁘지 않았지만 지성과 이안은 아무 대답도 하지 않았다.

곧 싸늘해진 네 사람의 앞에 쌈밥이 놓였고, 해실은 분위기를 살려보기 위해 과한 리액션을 내뱉었다.

"와, 정말 맛있네요!"

"아직 먹지도 않았잖아."

해실을 향한 이안의 까칠한 반응.

"그……러게요! 아하하!"

해실은 밝게 웃어 보였지만 백화는 눈썹을 살짝 찡그렸다.

저 인간이 오늘따라 왜 이래. 원래는 낯선 사람도 순하게 잘 대하면서.

"물은 직접 가져와야 하네요. 제가 다녀오겠습니다."

지성이 말릴 새도 없이 테이블을 벗어났다. 얼핏 보면 매너 있는 행동이었지만, 이안이 느끼기에는 자리를 피하는 것처럼 보여서 기분이 싱숭생숭해졌다.

지성이 멀어지자 해실은 이안에게 차분히 물었다.

"이안 씨, 지성 씨랑 무슨 일 있었어요?"

그건 백화도 줄곧 묻고 싶었던 질문. 두 여자의 시선을 의식한 이안은 잠시 지성을 살폈다가 흘리듯 말했다.

"나보다 널 더 좋아해."

그건 해실을 똑바로 쳐다보며 뱉어 내는 대리 고백이었다.

"네……네?"

"나 말고 너랑 살고 싶어 하고."

"설……설마요. 하하."

"너랑 결혼하려는 것 같아."

이참에 대리 프러포즈까지 일사천리로 진행시킨 이안은 고개를 돌렸다.

서운함에 젖은 얼굴을 해실에게 보이고 싶지 않아서였다.

당황해 버린 백화는 이안의 입을 막으려 손을 뻗었다. 그녀는 이안의 삐딱함에 난처해 할 해실을 배려하는 중이었지만.

"아하하. 그럴 리가 없잖아요. 이안 씨."

오히려 해실의 얼굴에서 피어나오는 건 해맑은 웃음이었다.

예상치 못한 반응에, 이안은 다시 해실을 바라보았다. 해실은 따듯하게 그를 마주한 채로 말을 이었다.

"평소에 지성 씨가 이안 씨 걱정 많이 하지 않아요? 행여나 다치기라도 할까 봐."

"아까 화내는 거 못 봤어?"

"음, 제 생각엔 그것도 화가 아니라 걱정이었던 것 같아요."

"걱정?"

"네. 이안 씨 뚝배기 만져서 손이라도 데었을까봐."

이안은 생각지도 못했던 새로운 해석이었다. 그건 평소 이안이 알고 있던 지성과 더 잘 어울리는 이유였으나, 전부터 이미 냉랭했던 분위기 때문에 쉽게 믿을 수는 없었다.

"됐어. 괜히 띄우지 마."

그래서 한 번 더 괜히 어깃장을 놓자, 이번에는 백화가 해실의 말에 힘을 실어주었다.

"띄우는 게 아니라 지성 씨 표정변화 보니까 딱 알겠더만."

"……."

"뭐 때문인지는 몰라도 내내 미안해하다가, 이안 씨가 손 데었을 때 심각해졌던 거잖아요."

"미안해했다고?"

"응. 이안 씨 보자마자 쩔쩔 매던데…… 몰랐어요?"

응. 나도 쩔쩔매느라 전혀 몰랐어. 하지만 백화까지 저리 말하니 그랬던 것 같기도 하고.

때마침 물을 떠온 지성이 다시 자리에 앉았다. 이안은 저도 모르게 지성을 흘끗 살폈지만 그와 눈이 마주치자 다시 고갤 돌렸다.

백화와 해실의 말 때문에 마음은 서서히 녹아들고 있지만 어떻게 얼어붙은 관계를 풀어야할지는 쉽게 감이 잡히질 않았다.

그 때.

"이안 님. 찌개 뜨거우니까 손 가까이하지 마세요."

지성이 테이블 위에 놓여 있던 이안의 손을 끌어당기며 말했다.

이건 분명 그녀들이 알려주었던 지성의 걱정 어린 모습이었다.

"……걱정시켜서 미안."

이안은 목소리에 가득하던 심통을 전부 지워내고 많은 것을 포괄하는 대답을 했다.

지성은 자신이 물 가지러 다녀온 사이에 무슨 바람이 불었던 건지 의아했지만, 굳이 물어보지 않고 고개를 끄덕였다.

"지성 씨!"

확실히 온화해진 분위기를 느낀 해실이 지성을 불렀다.

"아, 네. 해실 씨."

"얘기 들어 보니까 같이 지내시는 것 같은데, 두 분은 무슨 사이에요?"

해실은 그나마 두 사람이 자연스럽게 대화할 수 있는 화젯거리를 찾아준 것이었다. 그러나 지성의 얼굴엔 돌연 난처한 기색이 어렸다.

올 것이 왔다. 드디어 그녀에게 했던 거짓말이 들통 나는 순간이 와버리고야 말았다.

정답은 '시종'이었지만 지성은 그렇게 말할 수가 없었다. 그건 두 사람의 관계를 알고 있는 백화 역시 마찬가지였다.

"어, 그게…… 이안 씨랑 지성 씨는, 쉽게 말하자면……."

주종 관계를 어떻게 하면 고급스럽게 표현할 수 있을까, 나름대로 고민하고 있던 그때.

"형이야."

고요한 정적을 뚫고 이안이 먼저 입술을 열었다. 그에게는 무슨 대답을 원하는지 말한 적도, 같이 거짓말해 달라고 부탁한 적도 없었는데.

이안은 감히 기대한 적도 없었던 호칭을 다시 한 번 힘주어 내뱉었다.

"내 형이라고."

"……."

"사정상 성은 다르지만."

"잘 먹었어."

식당 앞에서 믹스 커피를 뽑아 마시던 지성에게 뒤따라 나온 이안이 말했다. 말투는 무심했지만 분명 불편한 모습들은 전부 사라진 상태였다.

지성은 겨우 되돌아온 이안과의 관계가 흐뭇해진 나머지 일부러 장난스럽게 대꾸했다.

"나중에 또 넷이 만나게 될 기회가 생긴다면 그땐 이안 님이 계산하세요."

"응. 알았어."

이안이 너무나도 간단하게 대답하자 그들의 대화는 금세 끊어져 버렸다.

지성은 무슨 말이라도 이어볼까 하다가 먼저 식당에서 나오지 않은 두 여자의 동태부터 살폈다. 자리에서 일어난 상태로 이런저런 이야기를 나누는 그녀들을 보니, 한동안은 계속 저대로 있을 기세였다.

원래 이안과 자잘한 대화를 이어 가는 편은 아니었지만, 지성은 겨우 풀어진 사이를 굳히기 위해 다른 화제를 끌어냈다.

"이제 백화 님과는 무얼 하실 계획이십니까?"

"선물 사려고."

"선물?"

"어. 내 부······."

'부모님'이라는 단어를 스스럼없이 꺼내려던 이안은 문득 입을 닫았다. 아직은 부모에 대한 이야기에 예민하게 반응하던 지성을 선명하게 기억하고 있기 때문이었다.

"내 여자 선물."

그래서 괜한 백화를 들먹이며 진심을 숨기니 지성은 고개를 갸웃하면서도 웃으며 대답했다.

"백화 님 선물을 왜 백화 님이랑 고르러 가는지 모르겠지만······ 좋은 생각이네요. 이안 님."

"응."

요즘은 너에게 거짓말을 참 많이 하는 것 같아. 진실을 말해도 니가 화를 내지 않았으면 좋겠는데.

때마침 대화를 나누던 그들의 곁으로 백화와 해실이 다가왔다. 이안은 백화가 곁에 서자마자 기다렸다는 듯 그녀의 손을 붙잡았고, 혹시라도 선물 이야기가 이어질까 싶어 서둘러 인사를 건넸다.

"그럼 잘 바래다주고 와."

"네, 이안 님도 백화 님 선물······."

"아, 어."

그리고 지성의 이어지는 인사를 받아주진 않았다. 백화에게만큼은 아직 근본적인 문제가 해결되지 않았다는 것을 들키고 싶지 않아서였다.

"이……이안 씨, 나 해실 씨랑 인사 좀……."

"걸어가면서 해도 되잖아."

"으응? 해……해실 씨! 그럼 나중에 또 봐요! 연락해!"

백화는 갑자기 서두르는 이안에게 당황하면서도 고개를 돌려 해실에게 인사했다.

공손히 고개를 숙여 화답한 해실은 멀어지는 두 사람을 보며 아쉬운 듯 중얼거렸다.

"너무 갑자기 헤어져서 아쉬워요."

"데이트가 급하신가 봐요. 저래 보여도 나름 사랑꾼이라."

"흠, 지성 씨가 저분을 왜 7살짜리라고 했는지 알 것 같아요."

"네?"

"그만큼 순수한 사람이라는 뜻인 거죠?"

굳이 말하자면 그런 의도는 전혀 없었다. 하지만 지금 생각해 보니 딱히 틀린 말도 아니었다.

나는 이안 님을 그렇게 여겨 왔던 것 같기도 해. 아이처럼 순수한 사람. 그래서 내가 지켜 주지 않으면 안 될 사람.

"네. 그 뜻이에요. 하하."

지성이 고개를 끄덕이며 대답하자, 해실은 방긋 웃으며 물었다.

"그런데 존칭은 왜 쓰는 거예요?"

"으음, 그 대답은 일단 '그만큼 소중해서' 정도로 해 둘게요."

"지성 씨는 좋은 형이구나."

"네. 저는 참 좋은 형이에요."

아직 사람들이 북적이는 인사동 거리를 걸으며, 지성은 문득 궁금해졌다. 아까 전 이안이 자신을 '형'이라고 소개했던 건 그의 진심이었는지, 아니면 난처한 지성의 상황을 알아차리고 둘러댄 변명이었는지.

피 한 방울 섞이지 않은 우리 사이가 형제가 될 수 있을 리 없지만, 그래도 전자였으면 좋겠다고 진심으로 바라고 있다. 비록 우리가 함께하는 나날들이 한여름 밤의 헛된 꿈이라 할지라도.

"두 사람 참 잘 어울리는 것 같아요."

해실은 두 손을 꼭 잡은 채 멀어지는 이안과 백화의 뒷모습을 바라보며 말했다.

지성은 그런 그녀를 물끄러미 내려다보다가 괜한 헛기침과 함께 손을 뻗었다. 따듯하고 부드러운 그의 손끝이 해실에게 닿아오자, 그녀의 두 뺨이 발긋하게 물들었다.

"우리도 가 볼까요?"

지성의 나긋한 목소리가 해실의 귓가로 내려앉았다. 그녀는 자꾸만 간지러워지는 마음에 당황하면서도 수줍게 고개를 끄덕였다.

"해실 씨 댁이 일산이라고 했었나……."

"파주 쪽이요!"

"아하, 파주. 거기 불국사 참 예쁘죠."

"그건 경주……."

"아, 그렇구나. 그럼 석굴암도?"

"네. 그것도 경주……."

"아하……."

온 신경이 마주잡은 손으로 옮겨간 터라 실수만 연발인 대화. 하지만 같은 보폭으로 느리게 걷고 있는 두 사람은 누가 봐도 잘 어울리는 한 쌍의 연인이었다.

"이거 정말 예쁜가."

"응. 예뻐."

"모르겠어. 아까 파란 게 더 나은 것 같기도 하고."

"아니야. 예쁘다니까."

"역시 파란 게 더……."

"아! 교환만 벌써 몇 번째야! 빨간 찻잔 세트 사 오면 파란 게 예쁘다고 그러고! 파란 찻잔 세트 사 오면 빨간 게 더 예쁘다 그러고!"

결국 잘 참고 있던 백화의 언성이 불쑥 높아졌다. 고급 찻잔세트를 고이 품에 안고 있던 이안은 갑자기 터진 소음에 어깨를 움츠렸고, 다소 원망 어린 시선으로 대꾸했다.

"그러니까 두 세트 다 산다고 했잖아."

"안 된다니까!"

"왜."

"한 세트에 삼백오십만 원짜리잖아!"

나는 그거 하나 사는 것도 심장이 철렁 내려앉는데, 일시불로 척하니 결제하더니 뭐가 어쩌고 저째?

오늘 지불한 금액이 그에게 아무것도 아니라는 것 정도는 익히 보고 들어 알고 있었다.

하지만 오늘 새삼 발견한 이안의 단점은, 사고 싶은 물건이 있으면 마치 걸어 다니는 조폐공사처럼 한계 없이 지른다는 것이었다.

생각해 보니 그동안 강이안이랑 쇼핑했던 적이 없긴 했지. 어째서 난 이 남자가 소박하고 알뜰하다고 생각했던 걸까.

"이번은 부모님 선물이니까 그렇다고 해도, 다음부터는 너무 비싼 거 막 지르지 마요."

"너무 비싼 정도가 뭔데."

"한 번에 내 월급만큼 쓰는 건 절대 안 돼."

"······적어."

뭐야. 그 반응. 지금까지 본 적 없던 적극적인 싫은 내색이었어.

이안은 백화의 제안을 마음에 안 들어 하면서도 딱히 반항은 하지 못했다. 이안의 세계에선 백화가 전부인 만큼 그녀의 말은 법이요 진리요 생명이었다.

물론 그건 백화가 좋아하는 이안의 성격이었지만 그의 눈동자에 어린 섭섭함이 퍽 신경 쓰였다.

"어? 저기 이벤트 한다. 사람들 많이 몰려 있네."

"······."

"가서 같이 구경할까요?"

그래서 달래듯 그의 주위를 흥미로운 곳으로 환기시키니 아니나 다를까. 이안은 금세 눈빛을 밝히며 고분고분하게 대답했다.

"무슨 이벤트인데."

"사회자 멘트 들어 보니까 커플 이벤트 같은데? 우리도 참여할까?"

"난 나서는 거 싫어. 구경만 할래."

이안은 시끄러운 이벤트 무대 근처로 백화를 끌어당겼다. 혹시나 찻잔 세트가 망가질까 꼭 안아든 그의 모습은 보고 있기만 해도 흐뭇했다.

이런 걸 보면 백화는 이안을 구경하는 것 자체가 큰 이벤트였지만 호기심에 가득 찬 그를 위해서라도 잠시 관전해 주기로 했다.

"자, '모모 토이 백화점'에서 주최하는 짜릿한 이벤트! 룰은 간단합니다! 제 질문에 대한 답을 연인 분들께서 각각 스케치북에 적어 주시면 되는데요! 1등 하신 분께 이 인형을 드리도록 하겠습니다!"

명랑한 사회자의 멘트를 들어 보니 서로에 대해 가장 잘 알고 있는 커플에게는 인형을 주려는 모양.

앳된 얼굴의 대학생 커플들이 너도나도 손을 들며 참여를 원했다.

백화에게 인형 따위는 그다지 끌리는 경품이 아니었지만 작은 것에도 의미를 느낄 줄 아는 젊은 남녀에게는 꽤나 솔깃한 듯 보였다.

"아하하. 귀여워라. 인형을 좋아하나보네."

백화는 넉살 좋게 웃으며 혼잣말을 뱉었다.

사회자는 예리한 눈으로 관중을 훑었고, 빠른 손놀림으로 이벤트에 참여할 세 커플을 선정했다.

"까만 스냅백 커플! 멜빵바지 커플! 훤칠한 모델 커플! 단상으로 올라와 주세요!"

그의 외침에 귀여운 남녀 네 명이 수줍어하며 무대를 올랐다. 자신만만한 얼굴을 보니 서로가 서로에 대해 누구보다 잘 알고 있는 것처럼 보였다.

저러다 둘 중 누군가 일방적으로 다 틀리면 진짜 웃기겠다. 자신의 일이 아닌지라 흥미진진한 눈으로 구경만 하고 있던 그때.

"모델 커플? 왜 안 올라오시죠?"

"……."

"푸하하. 여자 친구분이 아직도 자기 얘기 하는지 모르고 있나 봐요. 남자 분은 지금도 멋지게 손들고 있는데."

사회자가 백화를 똑바로 직시하며 장난스럽게 말했다. 백화는 순간적으로 집중된 사람들의 시선을 의식했고 그제야 깨달았다.

"뭐해."

"……네?"

"우리 나오라잖아."

누구보다 높은 위치에서 누구보다 위풍당당하게 들려져 있는 강이안의 손을.

"나, 나가게요?"

"어."

"나서는 거 싫어한다며."

"인형 주잖아."

아, 맞다. 너 인형 좋아하지. 참.

이안은 아직 제정신을 되찾지 못한 백화를 일방적으로 끌어당겼다.

강이안 특유의 분위기 때문인지 신비로운 생김새 때문인지 사람들은 홍해처럼 갈라졌고 그럴수록 주목도는 더해져만 갔다.

"야, 남자 얼굴 봐. 그냥 사람이 아닌 것 같아."

"후광 대박이다. 저런 남자는 어디서 찾냐?"

"여친 얼굴 안 보여? 기본적으로 예뻐야 갖지. 예뻐야."

사람들의 수군거림엔 부러움이 가득했다. 백화는 부끄러운 척 얼굴을 가리면서도 누구보다 자랑스러운 그녀의 남자를 따라 무대 위로 올랐다.

"와아⋯⋯."

"뭐가 '와아'야!"

옆에 선 멜빵바지 여자가 이안을 넋 놓고 쳐다보자 그녀의 남자친구가 앙칼진 손으로 그녀의 등짝을 착! 때렸다.

악, 웃음이 나올 뻔했어. 이러면 뭔가 재수 없어 보일 텐데 말이야.

"자, 그럼 어느 커플부터 시작해 볼까요! 회의 시간 이런 거 없어도 잘 맞힐 수 있다 자신하시는 분!"

사회자가 본을 보이듯 손을 번쩍 들었다. 물론 모든 커플은 가만히 눈치만 보고 있었고 그건 백화 역시 마찬가지였다.

눈치가 있는 사람이라면 이런 게임 때 회의 시간이 필수라는 걸 알고 있겠지. 서로에 대한 정보를 다 알고 있다고 하더라도, 어떤 식의 질문이 던져질지 파악해야 하니까.

그러나.

"나."

"오! 용감한 저분! 역시 눈빛부터 심상치 않았습니다! 이름이 어떻게 되시죠?!"

"강이안."

백화의 자랑스러운 남자친구 강이안에게는 불행히도 눈치라는 것이 없었다. 모두 다 가지고 있는 눈치를 혼자만 선천적으로 잃어버린 상태였다.

"이안 씨 아무래도 다음 차례에 하는 게……."

백화는 이안의 팔을 붙잡아 말리려 했지만 그는 자신만만한 표정으로 대답했다.

"나야."

"뭐가?"

"회의 시간 이런 거 없어도 잘 맞힐 수 있다 자신하시는 분."

"아하……."

그 패기와 용기. 쓸데없이 박력 있어서 참 좋아하긴 하지만 가끔씩은 제발 좀 넣어뒀으면 하는 때가 있어요. 이안 씨.

떠오르는 생각을 차마 입 밖으로 꺼낼 수 없었다. 스케치북을 받아 들고 백화 맞은편으로 옮겨가는 저 위풍당당한 뒷모습을 보고 있자니, 초를 치는 것도 사람이 할 짓이 아니다 싶었다.

"자, 그럼 자기소개부터 할까요?!"

"아니."

"예, 예?"

"나서는 거 안 좋아해서."

이미 충분히 나서고 있는 이안이 다가오는 마이크를 치워내며 말했다. 상황이 이쯤 되자 백화는 지나치게 열정적인 그가 슬슬 걱정스러워지기 시작했다.

나야 뭐 눈치가 빠른 사람이라 강이안에 대해 맞히는 건 식은 죽먹기겠지만……. 강이안은 뭘 맞힐 수나 있으려나. 1등 못 하면 본인

탓이라며 시무룩해 할 텐데, 괜찮다고 달래줄 일만 남았네.

"남자 친구분이 낯을 많이 가리시나 본데, 그럼 바로 첫 번째 질문 들어가겠습니다! 자, 여자 친구가 좋아하는 영화 장르는?!"

현명한 사회자는 이안과의 인터뷰를 포기하고 재빨리 첫 번째 질문을 뱉어 냈다. 그건 백화와 영화 데이트를 했던 이안에게 꽤 쉬운 난이도였고, 그는 막힘없이 답을 적어 내려갔다.

"여자 친구분도 스케치북에 정답을 적어주셔야 합니다! 둘이 통하지 않으면 땡이에요!"

"아, 네."

백화는 왠지 정답을 맞힐 수 있을 것 같은 이안을 다행스럽게 여기며 서둘러 네 글자를 적었다.

"이제 '셋'하면 스케치북 들어주세요! 하나, 둘, 셋!"

그리고 사회자의 구령에 맞춰 스케치북을 들어 올리니 이안과 백화가 동시에 나란히 적은 답은..

"아하, 여자 친구가 굉장히 용감한가 보네요! 공포영화! 통했습니다!"

공포영화. 새삼 기억나네. 그때 강이안이 뜬금없이 내 귀 물려고 했었는데 말이야.

예전 생각에 미소 짓던 백화가 문득 이안과 눈을 마주쳤다. 도도한 눈빛이 미묘하게 초롱초롱해진 걸 보면 정답을 맞혔다는 사실이 꽤나 신난 모양이었다.

"이제 여자 친구에 대한 두 번째 문제! 그녀가 가장 자신있어하는 요리는?!"

곧바로 두 번째 질문이 던져졌다. 하늘이 도와주기라도 하듯, 두 번째 역시 이안이 답을 알고 있을 법했다.

백화는 까만 매직펜을 열심히 움직이며, 처음 이안의 집에 초대받았던 날을 회상했다. 이딴 거 안 먹는다고, 이상하다고. 온갖 고집을 부리던 강이안은 매콤 새콤한 백화표 특선요리에 와르르 무너졌었지.

강이안이 햄을 받아먹던 그때, 확 덮쳐버리지 못했던 게 아직도 참 아쉽구나.

"하나, 둘, 셋! 와우! 두 분 다 '부대찌개'라고 적어주셨네요! 정답!"

이안은 자신만만하게 스케치북을 넘기며 백화의 얼굴을 흘깃 바라보았다. 잘했다는 뜻으로 엄지손가락을 치켜세워주니 이안의 한쪽 입꼬리가 피식 들려 올라갔다.

"그럼 여자 친구에 대한 마지막 문제! 난이도 상! 이건 장기간 연애 중인 커플도 많이 틀렸던 문제인데요……."

드디어 찾아온 이안의 마지막 고비.

"여자 친구 얼굴에 있는 점은 총 몇 개일까요!"

터져 나온 질문은 백화도 가슴이 철렁 내려앉을 만큼 수준 높았다. 겉으로 드러나는 점은 예전에 다 빼버려서 없지만 사실은 눈썹 속에 하나가 숨어 있긴 한데…….

그걸 이안이 알고 있을까? 그렇게 주의력 깊은 남자는 아니니까 아무 생각이 없진 않을까?

자신도 모르는 사이에 1등 욕심이 생겨버린 백화는 이안을 살폈다. 미간을 좁히고 고민하고 있을 줄 알았던 그는 망설임 없이 무언가를 적고 마침표까지 찍은 상태였다.

"와, 여자친구분 얼굴에 점이 그렇게나 많아요?! 완전 달마시안이네!"

이안의 스케치북을 훔쳐본 사회자가 능글맞은 멘트와 함께 백화를 쳐다봤다.

순간 '설마 모공 수를 적은 건 아니겠지!'하는 생각이 엄습했지만, 어차피 그의 답은 알 수가 없었기에 그냥 사실대로 적어내기로 했다.

숫자 1을 길게 내려그으며 백화는 이안을 달랠 말들을 생각했다.

나 같아도 못 맞혔을 거다. 괜찮다. 기죽지 마라. 앞으로 더 알아가면 되지 않느냐.

몇 가지 모범답안을 떠올리며 스케치북을 공개한 그때.

"여자 친구의 대답은 1개! 과연 남자 친구의 대답은?!"

놀라운 일이 벌어졌다. 무심한 표정으로 공개한 이안의 스케치북에 낙서처럼 쭉 그어져 있는 숫자 '1'. 눈치 제로, 주의력 제로인 그가 백화 눈썹 사이에 숨어 있던 단 한 개의 점을 알아맞히는.

"한, 한 개! 정답입니다!"

그야말로 기적 같은 일이 벌어졌다.

"와아악! 이안 씨!"

"아이고, 내내 차분하던 여자 친구가 굉장히 기뻐하네요! 남자 친구분! 점의 개수까지 기억하긴 힘든데, 혹시 세어본 적이 있나요?"

"딱히."

"그럼 찍은 게 우연찮게 맞은 건가요?!"

"떠올렸어. 내 여자 얼굴은 구석구석 다 외웠으니까."

이안은 모두가 부러워할 법한 달콤한 말과 함께 백화를 향해 눈동자를 돌렸다. 사람들의 시선은 전부 그에게 향해 있었지만 그가 바라보는 사람은 딱 한 명뿐이라서, 백화의 마음이 새삼 기뻐졌다.

당장이라도 안아주고 싶은 사랑스러운 내 남자. 얼른 1등을 차지하고 나서 듬뿍 예뻐해 줘야지.

"이 커플 출발이 참 순조롭군요! 이제 여자 친구를 테스트해볼 차례인데요, 자신 있습니까? 여자 친구분?"

"네! 자신 있습니다!"

"오, 평소에 대화를 많이 하시나 봐요?"

"아하하! 애인에 대해서 잘 모른다는 건, 그 사람을 사랑하지 않는다는 뜻이죠!"

백화는 이안을 의식하며 씩씩하게 대답했다. 이안은 그런 백화가 좋았는지 살짝 얼굴을 붉혔다.

무대 위에서는 스포트라이트가 반짝반짝 빛을 발하고, 무대 아래에서는 부러움이 쏟아지고. 마치 드라마 주인공이라도 된 것처럼 황홀하게 아름다운 이 순간.

"첫 번째 문제! 남자친구가 가장 좋아하는 과일은?!"

백화가 모르는 문제가 산통을 깨며 등장했다.

과일? 강이안이랑 나랑 언제 과일 깎아 먹었던 적이 있었던가? 아니, 그 전에 우리 둘이 과일에 대해 대화를 나눈 적이 단 한 번도 없었던 것 같은데?

백화는 이안이 낯선 곳에서 온 사람이라 과일을 잘 모르니, 다른 문제를 달라고 부탁하려 했다. 하지만 그녀가 입술을 떼어 내기도 전에 사회자는 난처한 기색으로 멘트를 날렸다.

"아, 이건 정말 너무 거저 주는 문제네요. 안 그래요, 여러분?"

"그래요! 좋아하는 과일은 너무 쉬워요!"

그러지 마. 나에게는 쉽지 않아.

"남자 친구분은 여자 친구가 잘 맞힐 수 있을 거라 확신합니까?"

"확신해."

강이안 너는 그렇게 쉽게 확신하지 말고.

백화는 하얗게 빈 머릿속을 수차례 뒤적이다가, 깔끔하게 포기하고 찍어보기로 했다.

무난하게 '바나나'정도라면 괜찮겠지. 다른 과일이 정답이라고 해도, 강이안은 '바나나도 좋아했지, 참.'이라며 이해해 줄 거야.

"자, 그럼 여자 친구 정답 먼저 볼까요?"

빠른 걸음으로 다가온 사회자가 정갈하게 적힌 백화의 답을 확인했다. 그러고는 이안 쪽으로 고개를 돌리며 위트 있는 질문을 던졌다.

"역시 쉽네. 일단 싫어하는 과일부터 물어봐야지! 남자 친구분! 제일 싫어하는 과일은 뭐죠?!"

백화의 머릿속엔 아무 생각이 없었다. 이미 포기한 문제인 만큼 어서 다음 단계로 넘어가고만 싶을 뿐.

그러나 그녀의 오만방자함을 벌하기라도 하듯, 이안은 차분한 목소리로 꽤 잔인한 대답을 했다.

"바나나. 물컹해서 제일 싫어."

미안한데, 그 물컹한 과일 말이야. 지금 이 순간만이라도 좋아해 주면 안 될까?

"아니, 이럴 수가! 그렇다면 더 물어볼 필요도 없이 땡입니다!"

"뭐? 왜."

"여자 친구는 바나나를 좋아한다고 적었거든요! 아아, 보너스 문제였는데 이렇게 날아가 버릴 줄이야!"

사회자가 외치는 참담한 결과에, 백화는 미안한 기색을 가득 담아 이안을 바라보았다. 혹시 화가 났을까 걱정했는데 이안의 표정은 조금의 변화도 없었다.

"싫어하는 과일을 좋아한다고 적다니! 너무 매정한 거 아닌가요?! 하하!"

"괜찮아. 과일 얘기한 적 없었으니까."

오히려 그녀를 비웃는 사회자에게 변호를 해 줄 만큼 관대하기까지 했다.

백화는 여유로운 이안을 보며 느슨했던 결의를 바짝 조였다. 한 번의 실수는 이해받았지만 두 번부터는 커다란 오해를 살 것 같아서였다.

매직펜을 단단히 쥔 그녀에게 사회자는 두 번째 질문을 꺼내기 시작했다.

"오오, 얼굴만큼 이해심도 빛이 나는 남자친구네요! 그럼 바로 다음 문제 드리겠습니다!"

"좋아, 얼마든지 와라……."

"남자친구가 가장 좋아하는 음악 장르는?!"

……음악? 강이안이 음악을 들었었나?

"자, 잠깐만요! 제 남자 친구는 음악 안 듣는데요!"

백화는 이번에도 타이밍을 놓칠세라 사회자를 향해 다급히 어필했다. 그러자 이안이 스케치북에 무언가를 적으며 대신 대답했다.

"들어."

"……진짜? 언제부터?"

"날짜는 표시 안 해놨는데."

"그런 뜻이 아니라……!"

"괜찮으니까 아무거나 적어. 내가 좋아하는 음악 너한테 알려 준 적 없잖아."

이번에도 이안은 우주처럼 넓은 관대함을 내비쳤다. 그건 백화의 부담감을 줄이기에 충분했지만, 왠지 모를 죄책감만은 지울 수가 없었다.

그래서 우선 '댄스'라는 백화의 취향을 적어 넣고 자포자기하는 심정으로 스케치북을 공개하니.

"여자친구의 예상은 댄스! 하지만 남자친구가 말하는 정답은…… CM송!"

꽤나 파격적인 그의 음악 취향이 만천하에 널리 알려졌다. 음악이라면 TV에서밖에 접하지 못했을 이안이라면 충분히 그럴 만한 답안이었다.

"이, 이안 씨! 미안! 다음 문제는 꼭 맞힐게!"

"당연히 그래야죠, 여자 친구분! 그럼 바로 다음 문제 나갑니다! 남자 친구가 가장 좋아하는 색깔은?!"

"색, 색깔?"

"설마 그것도 모른다고 하시진 않으시겠죠?"

갑작스럽게 주어진 세 번째 문제. 물론 색깔 역시 정확히 알진 못했다. 하지만 이것만큼은 유추할 수 있었다.

검은색. 이안 씨는 검은색 옷만 입는다고 했으니까, 분명 검은색을 좋아할 거야.

백화는 자신 있게 매직펜을 움직여 세 글자를 적어 내려갔다.

이안의 집에 있는 소파도 검은색이었고, 이안의 침대 프레임도 검은색이었고, 하다못해 이안의 휴대폰마저 검은색이었던 것이 줄줄이 떠오르자 이때껏 없었던 확신이 차올랐다.

그래! 검은색만큼은 정답이야! 강이안은 검은색 마니아니까!

"정답 적었습니다!"

"여자친구분이 마지막 질문에 대한 답을 적어주셨습니다! 이번만큼은 정말 자신 있습니까?!"

"네! 자신 있습니다!"

"진짜진짜 자신 있습니까?!"

반복되는 질문에 백화는 이안의 까만 티셔츠를 똑바로 주시하며.

"네! 진짜진짜 자신 있습니다!"

사회자는 막 정답을 적은 이안에게 마이크를 넘겼다. 그리고 백화의 확신에 힘을 실어주듯 대놓고 물었다.

"우선 남자 친구분! 좋아하는 색깔에 관한 힌트라도 알려주세요! 이번에도 여자 친구가 모를 것 같나요?"

"이번엔 알걸."

"그렇게 생각하는 이유는?!"

"내 여자 때문에 좋아하기 시작했으니까."

나 때문에 좋아하기 시작한 색깔?

"그 색깔 옷을 입었을 때, 날 제일 좋아해 줬어."

확실해! 검은색이야! 나는 지금도 검은색 티셔츠를 입은 우리 이안 씨를 제일 좋아하니까 검은색이야!

"여자 친구분, 정답 바꿀 기회 한 번 드릴게요! 하나는 맞혀야 하니까!"

"필요 없어요! 이대로 갈게요!"

"자신만만하군요! 좋습니다! 그렇다면 정답은 하나, 둘, 셋 하면 동시에 공개하죠!"

외치 거라! 그래야 내 남자가 나의 어마어마한 관심과 사랑을 알아챌 수 있을 테니!

"하나, 둘, 셋!"

[검은색!]

[파랑]

"……."

"……."

적막, 그리고 고요.

"제가 언제…… 파란색 옷 입은 이안 씨를 좋아했어요?"

"첫 데이트…… 청남방……."

"아……."

질문, 그리고 깨달음.

"그때 니가 나 좋아하는 줄 알았는데……."

"아, 그게⋯⋯."

"아니었어⋯⋯?"

마지막으로 화려한 이벤트의 대미를 장식하는 건.

　'아하하! 애인에 대해서 잘 모른다는 건, 그 사람을 사랑하
　지 않는다는 뜻이죠!'

그 말만은 하지 말걸, 하는 막심한 후회.

"먼저 내려간다."

"아아악! 이안 씨! 내가 미안해! 제발 나한테서 뒤돌지 마!"

백화의 인생에 커다란 위기가 몰아닥쳤다. 영영 풀어지지 않을
것만 같은 앙칼진 그의 뒷모습. 그야말로 큰일이었다.

"이, 이안 씨!"

"⋯⋯."

"이안 씨! 잠깐만! 같이 가요!"

죄가 많은 백화가 애타는 목소리로 이안을 불렀다. 이안은 마치
아무것도 못 들은 사람처럼 걸음을 재촉했고, 품속 찻잔세트를 더
욱 세게 끌어안았다.

저건 누가 봐도 단단히 삐뚤어진 모습이었다. 백화는 불편한 하
이힐 따위 상관하지 않고 거침없이 달려 나갔다. 그리고 겨우 닿은
그를 한 손으로 야무지게 붙잡으니.

"뭐."

라는 한 마디와 함께, 일렁이는 이안의 눈동자가 날카롭게 꽂혔
다. 차오르는 원망과 섭섭함 때문에 어찌할 바를 모르고 있는 안타

까운 시선이었다.

"우, 울어요?!"

"안 울어. 아직."

"아직?! 그럼 이따가는 울 거예요?!"

"……모르겠어."

이안은 지나가는 사람들의 흥미로운 시선을 의식했는지, 백화에게 잡혀 있는 코트 자락을 거둬냈다. 백화는 놓지 않으려 애썼지만 이안의 입술 새로 흐르는 한숨 때문에 감히 고집을 부리기에도 미안해졌다.

그렇다고 해도 오해를 계속 키우도록 내버려 둘 수야 없지. 문제는 다 틀렸지만, 그래도 넘치는 사랑만큼은 진심이잖아!

"이안 씨, 잠깐만 우리 저쪽 골목으로 들어가자. 응?"

"골목은 왜."

"왜긴! 내 사랑 강이안이랑 할 얘기가 있어서 그렇지!"

백화는 두 팔로 그의 몸을 감싸 안고 으슥한 골목 쪽으로 발길을 이끌었다. 이안은 딱히 반항하지 않았지만 분위기를 보니 순순히 해명을 들어줄 것 같지도 않았다.

이럴 때일수록 필요한 건 군더더기 없는 담백한 '진심'. 백화는 이안의 몸을 어두운 벽에 기대어놓고 그가 움직이지 못하게 어깨를 붙잡았다. 그러고 나서 이안과 눈을 빤히 마주하고 있자니 그는 도망치듯 시선을 어긋 내며 말했다.

"이러지 마."

"흐음, 뭘 이러지 마?"

"지금은 뽀뽀 안 하고 싶어."

나도 딱히 하고 싶은 생각은 없었는데. 그 말을 들으니 갑자기 하고 싶어지는구나.

백화는 불쑥 튀어나오려는 본능을 가까스로 억눌렀다. 이안의 심통난 얼굴은 평소보다 더 탐스러웠지만, 즐기더라도 삐뚤어진 상황부터 제대로 되돌린 후에 즐기고 싶었다.

"아이참, 이안 씨. 내가 첫 데이트 때 이안 씨 얼마나 좋아했는지 알잖아요."

"……."

"물론 힌트를 못 알아챈 건 내 잘못이지만, 나는 진심으로 검은색 옷 입은 이안 씨 모습도 좋아해!"

그래서 웅변가처럼 힘주어 구구절절한 해명을 늘어놓으니 이안은 미간을 좁히며 짧게 대꾸했다.

"그럼 그 말은 뭔데."

"무슨 말?"

"니가 언제 파란색 옷 입은 날 좋아했냐며."

"아……."

"첫 데이트 땐 내가 싫었다는 소리랑 뭐가 달라."

"그거야 당황해서……."

"넌 당황할 때마다 내가 싫어지는 건가."

"예?! 아, 그 뜻은 아니지!"

잡힐 뻔했던 이안의 마음이 불신 어린 눈빛과 함께 다시금 멀어졌다. 백화에겐 분명 많은 할 말이 있었지만, 정리가 잘되지 않아서 잠시 입을 닫았다.

그러자 이안은 난처해하는 백화를 또렷이 내려다보다가, 길게 한숨을 쉬었다가, 찡그렸던 미간을 조심히 풀어내며 말을 이었다.

"화난 게 아니라 불안해."

"응? 뭐가 불안해?"

"니가 날 안 좋아해 주는 건 상상도 한 적 없는데……."

"……."

"그러면 어떡하지, 싶어졌어."

이안의 입에서 믿기지 않을 만큼 여린 말이 새어 나왔다. 그 안엔 흔한 자존심조차 없었고, 갖지 못한 1등 상품에 대한 아쉬움도 없었다. 그저 이안은 그의 말뜻 그대로, 혹시 백화가 자신을 떠나 버릴까 걱정하는 중.

생각해 보면 언제나 무심하게 구는 쪽은 강이안이었다. 그러나 그동안 백화는 단 한 번도 그에게 불안함을 느껴 본 적이 없었다. 그가 떠날 거라는 의심조차 해 보질 않았다.

오히려 과분하리만큼 넘치게 느껴졌던 그의 마음.

굳이 표현하지 않아도 충분히 전달되었던 이유는, 짧은 순간마저도 진심을 쏟아 내려하는 그의 진솔함 덕분이라고 생각한다.

백화는 강이안이 그녀를 사랑한다는 사실을 언제나 실감하고 있다.

"으이구, 내가 이안 씨를 어떻게 싫어하겠어요. 점점 더 예뻐하면 또 모를까."

백화는 핀잔 아닌 핀잔과 함께 빙긋 미소 지었다. 그러고는 차분한 손끝으로 이안의 머리카락을 쓸어 주며 말했다.

"이안 씨는 나에 대해 참 많이 알고 있는데, 난 잘 모르고 있어서 미안해."

"……."

"세심하게 챙겨주지 못한 것도 미안하고, 불안하게 만든 것도 정말 미안해."

"……."

"그러고 보면 나는 참 못된 여자 친구다. 그치?"

"……어. 맞아."

묵묵부답을 유지하던 이안이 기다렸다는 듯 대답했다. 다른 건 몰라도 그건 꼭 인정해 줬으면 하는 바람이 담긴 귀여운 반항이었다.

백화는 이 와중에도 솔직하게 구는 이안이 우스워서, 참았던 웃음을 크게 터트렸다.

"푸핫! 알았어! 내가 나빴어! 앞으로는 불안하게 안 만들 테니까 속상해하지 마요. 응?"

그러면서도 진심을 다해 이안을 마저 달래니, 이안은 머지않아 평소처럼 무던히 대답했다.

"속상한 게 아니라 불안한 거라니까."

"그 말이나 저 말이나. 정 믿음이 안 가면 손가락 걸고 약속도 해 줄까?"

"이제 안 불안해졌으니까 됐어."

가까스로 온화해진 두 사람의 분위기. 백화는 안정을 되찾은 이안을 확인하고는 붙잡았던 그의 어깨를 놓아주었다. 벽 쪽으로 몰아세워 졌던 이안의 몸엔 그제야 자유가 찾아왔지만, 그는 미동도 하지 않았다.

백화가 먼저 어두운 골목을 벗어나려 재촉해도, 그는 가만히 서서 그녀를 빤히 바라보기만 할 뿐.

"왜요? 아직도 화난 거 있어?"

백화는 흐트러진 이안의 옷깃을 정리해 주며 물었다. 이안은 고개를 가로저었고, 이내 들릴락 말락 한 작은 목소리로 중얼거렸다.

"……이제 나한테 무슨 짓이든 해도 돼."

어휴, 이 여우 같은 남자. 꼭 내가 안달 내는 모습을 봐야 직성이 풀리지.

"알았어, 그대로 가만히 있어요."

백화는 고개를 마주하고 있는 이안을 부드럽게 끌어안았다. 이안은 숨소리와 함께 작게 웃었고, 다가오는 그녀의 입술을 기다리며 눈을 감았다.

'쪽!'

두 입술이 가볍게 닿았다가 떨어진 순간, 이안에게선 늘 그렇듯 좋은 향기가 났다. 그건 질릴 새도 없이 사랑스러워서, 백화는 이안의 목덜미를 놓아주지 않고 품 안으로 더 세게 넣어버렸다.

"아유, 예뻐라. 너무 예뻐서 어쩔 줄을 모르겠네."

이안은 그녀의 칭찬을 가만히 듣고 있다가, 흐린 목소리로 속삭였다.

"나중에 내가 싫어지더라도, 그냥 좋아하는 척해 줘."

"……."

"속아줄게."

애타게 매달리고 있는 멘트지만 그 마저도 사랑해 줄 수밖에 없는 그의 목소리. 백화는 이안의 머리카락을 매만지며 괜한 장난을 쳤다.

"어휴, 이안 씨가 날 너무 사랑해서 부담스럽다. 정말."

곧바로 심술이 튀어나와 버린 이안이 대꾸 대신 백화의 귀 끝을 물었다. 아이 같은 그의 반응에, 백화는 한참 동안 키득거리고 말았다.

해실의 집 앞.

까만 세단 한 대가 오피스텔 앞에 멈춰 섰다. 시동을 끈 지성은 먼저 운전석을 빠져나갔고 차체를 빙 돌아 조수석 문을 열어 주었다. 그리고 상체를 낮춰 넌지시 물었다.

"풀어드릴까요?"

"예?"

"안전벨트. 그쪽이 풀기 뻑뻑하거든요."

대답을 하기도 전에 지성의 몸이 차 안으로 들어왔다. 그저 벨트를 풀기 위해 가까워진 것뿐인데 해실의 심장은 빠르게 요동쳤다.

쿵. 쿵. 쿵. 쿵.

문득 지성이 이 심장박동을 들어 버릴까 봐 겁이 났다. 해실은 두 손으로 벨트를 꽉 잡고 눈을 감았다.

그러자 보다 본격적으로 그녀의 코끝을 자극하는 건 그에게서 나는 익숙한 사과 향기.

"아, 지성 씨. 샴푸 바꿨어요?"

긴장감보다 호기심이 앞선 해실이 눈동자를 동그랗게 뜨며 물었다. 뻑뻑한 보조석 안전벨트와 한창 씨름을 벌이고 있던 지성은 고개를 돌려 그녀를 바라보았고, 입술이 닿을 듯한 거리에서 대답했다.

"바꿨어요. 해실 씨 향기 마음에 들어서."

"아, 그랬구나……."

부드럽게 어리는 그의 미소와 다정하게 맴도는 그의 목소리 때문에 해실의 이성이 아득해졌다. 요 며칠 지성에 대한 알 수 없는 마음이 겨우 진정되나 싶었는데, 지금 보니 말짱 도루묵이었다.

지성은 그런 해실을 향해 한 번 더 웃어주고는 안전벨트 클립을 풀어냈다.

"아, 드디어 됐다."

철컥, 소리와 함께 해실의 몸을 조이던 벨트가 느슨해지자, 지성이 차 밖으로 몸을 빼냈다. 순간 아쉽다고 느낀 해실은 그런 스스로에게 놀라 입술을 꾹 깨물었다.

"해실 씨, 천천히 내려요."

지성이 긴장한 해실을 에스코트하듯 손길을 내밀었다. 얼떨결에 그 손을 잡고 밖에 나오니 오피스텔 입구가 바로 눈앞에 보였다.

잠시 망설이던 그녀는 작별 인사를 준비하는 지성에게로 몸을 돌려 물었다.

"이제 지성 씨는 어디로 가세요?"

"음, 집에 가야겠죠?"

"그렇지. 참. 하하."

이렇게 대화가 끊어지면 안 되는데. 커피라도 한 잔 마시고 가라는 말을 꺼내면 부담스러워 하려나.

"왜요?"

"네……네? 뭐가요?"

"나랑 조금 더 같이 있고 싶어요?"

"네?!"

지성은 마치 그녀의 머릿속을 훤히 들여다보고 있는 사람처럼 물어 왔다. 정곡을 찔린 해실은 과한 반응을 보였고, 그는 보다 크게 웃음을 터트렸다.

"하하. 농담이니까 부담 느끼지 마요."

"아, 부담스러운 건 아니고……."

"오늘 충분히 즐거웠어요. 나중엔 우리 주말에 만나서 더 오래 같이 있어요."

지성이 해실의 머리를 조심스럽게 쓰다듬어주며 말했다. 손길은 한없이 따뜻했지만 그의 시선은 해실의 뒤편 어느 한구석으로 정확히 조준되어 있었다. 해실도 느낄 수 있을 정도로 다소 차갑게.

"누가…… 있어요?"

해실은 지성을 의식하며 등 뒤를 확인하려 했다. 그러자 지성은 양손으로 해실의 어깨를 붙잡았고 온 신경을 집중시키는 또렷한 목소리로 말했다.

"아무도 없어요."

닿아 있는 두 손은 몹시 따뜻한 반면 어쩐지 강한 압박이 느껴졌다.

"그럼, 먼저 들어가요. 해실 씨."

지성은 별안간 해실의 허리에 팔을 둘렀고 오피스텔 입구 쪽으로 발길을 이끌었다. 유독 힘이 들어간 손길은 해실을 무언가로부터 숨기는 것처럼 느껴졌지만 그녀는 그 부분까지 신경 쓸 겨를이 없었다.

작은 몸을 감싼 그의 품은 상상했던 것보다 훨씬 따듯해서, 그동안 느껴 왔던 감정 중에서도 가장 두근거려서. 숨조차 멎을 것만 같다. 지금 그와 함께 있는 그녀는.

"해실 씨."

오피스텔 유리문을 대신 열어준 지성이 나긋이 그녀를 불렀다.

해실이 대답 대신 고개를 끄덕이자, 그는 그녀의 야윈 등을 살며시 앞으로 밀어주며 말했다.

"딱 스무 걸음만 뒤돌아보지 말고 걸어요."

"……왜요?"

"그냥. 뒷모습 보고 싶어서."

그렇게 말하는 지성의 근처에는 검은 양복을 차려입은 남자들이 수도 없이 포진해 있었다. 하지만 지성은 그녀의 눈동자가 주변 상황을 알아차릴 수 없도록 애써 미소를 유지했다.

"아…… 네!"

해실은 그의 알 수 없는 요구에 고개를 갸웃하면서도 순순히 걸음을 옮겼다.

한 걸음, 두 걸음, 세 걸음, 네 걸음…….

그녀가 안전한 곳으로 멀어질수록 검은 양복 무리는 무서운 속도로 달려온다. 마치 홀로 된 사자를 잔혹하게 공격하려 드는 무리의 맹수들처럼. 그들의 시선에는 자비란 것이 없다.

"……열여덟. 열아홉. 스물."

어느덧 지성의 부탁대로 스무 걸음 앞으로 걸어온 해실은 방긋 웃으며 뒤를 돌았다. 그 자리 그대로 서서 웃고 있을 줄 알았던 지성은 흔적조차 사라진 지 오래였다.

"……지성 씨?"

해실은 뒤늦게 그의 이름을 불렀지만 대답은 들려오지 않았다.

그녀는 다시 스무 발자국을 되돌아 지성이 있던 곳으로 되돌아갔다. 처음에 차분했던 걸음은 어느새 달리기처럼 급해져 있었다.

"지성 씨!"

여전히 같은 자리에 주차되어 있는 차를 바라보며 반갑게 부른 이름. 그러나 텅 비어 있는 차 안에서 그의 기척이 느껴질 리 만무했다.

해실은 보도블록 끝을 주시하다가, 건너편 찻길을 바라보다가, 아쉬운 목소리로 속삭였다.

"그새 어디로 갔지……."

사실은 오늘 해 주고 싶은 말이 있었다. 얼굴을 보고 했어야 했는데, 처음에는 너무 떨려서. 그다음에는 이안과 백화와 함께 있어서. 그리고 조금 전에는 타이밍을 잡지 못해서 아직 전해 주지 못했다.

"오늘 아니면 안 되는데……."

해실은 결국 휴대폰을 꺼내 들어 지성에게 전화를 걸었다. 그녀는 그 짧은 새에 지성이 사라져 버리기라도 했을까 봐 걱정스러워졌다.

끊임없이 이어지는 통화연결음을 들으며 해실은 계속해서 주위를 살폈다. 그녀의 시선이 닿지 않는 행운목 밑에, 떨어진 휴대폰 하나가 주인을 찾아 외로이 울고 있는 건. 그날 밤, 그녀가 미처 눈치채지 못했던 안타까운 사실이었다.

지이이잉— 지이이잉—

주머니에 휴대폰이 울렸다. 액정에 떠오른 낯선 번호를 확인한 이안은 백화와의 걸음을 멈추지 않고 통화버튼을 눌렀다.

"여보세요."

—…….

고요한 정적. 그리고 이어지는 목소리는.

—아, 미안! 딴생각을 하느라 말이야. 잘 지냈어?

"……B1?"

이안의 걸음이 우뚝 멈추었다. 백화는 갑작스러운 그의 행동에 의아한 눈길을 보냈지만 그는 미간까지 좁힌 채로 통화에 집중했다.

"무슨 일이야."

—정색하지 마. 나도 너랑 통화하는 기분 엿 같으니까.

"그럼 용건이나 말해."

—용건? 아아, 너 아직도 눈치 못 챘나 보구나?

"……."

—지금 너랑 그 여자 주변에 나의 경비견들을 수십 마리 풀어놨는데, 조심해. 물릴라.

경비견?

이안은 휴대폰을 꼭 붙는 채로 주위를 살폈다. 그러나 인사동 거리에는 이미 많은 사람들이 북적이고 있어서 누가 누군지 알아볼 수가 없었다.

"대체 무슨 생각인 거지."

이안은 불안감을 숨기기 위해 낮은 목소리로 물었다. 그러자 원은 특유의 웃음소리와 함께 의미심장한 말을 꺼내놓았다.

—크흐흐…… 그 돌연변이 보고서 잘 읽었나 해서. 이쯤이면 궁금한 게 있을 텐데, 왜 물어보러 안 와?

그리 묻는 원은 지금 자신이 설치해놓은 덫에 이안이 걸렸는지 확인하는 중이었다. 이안 역시 질문 안에 섞인 의도를 까마득히 모르는 건 아니었으나, 불을 쫓는 나방처럼 간절한 존재에 홀린 그는 흐린 목소리로 되물었다.

"나의…… 부모에 대한 이야기를 하고 싶은 건가."

순간 희열에 가득 찬 원의 음성이 비열하게 터져 나왔다.

—크흐흐. 부모라…… 웃기네, 그 단어.

"대답이나 해."

—그래. 맞아. 돌연변이 탄생시킨 그 두 사람이 지금 어디 처박혀 있는지 내가 아주 잘 알거든.

간절히 기다리던 소식을 접한 이안은 백화를 살폈다. 심상치 않은 분위기를 눈치챈 그녀는 이미 불안감에 사로잡혀 있었다. 그는 걱정하지 말라는 의미로 그녀의 손을 붙잡아주고는 차분히 대답했다.

"조만간 한지성이랑 찾아갈게."

마음 같아선 당장이라도 그에게 찾아가고 싶었지만, 섣불리 행동했다간 지성에게도 백화에게도 해를 끼치게 될 것이 분명했다.

그러나 늘 이안의 머리 위에서 군림해 왔던 원은 일순간 목소리를 가라앉히며 말했다.

─누가 누구한테 명령을 해. 내가 고작 너 하나 때문에, 아끼는 개들 전부 풀어둔 것 같아?

"……뭐?"

"앗!"

그때, 백화의 몸에 누군가가 부딪혔다. 그는 이안도 처음 보는 중년 남자였지만, 귀에 달린 이어커프형 언어통역기만큼은 곧바로 알아볼 수 있었다.

"너……."

─자, 이번엔 칼날 세워서 옆구리를 한 번 그어볼까…….

"……."

─그쪽은 하도 복잡해서, 누가 내 개새끼인지 찾아내지도 못할 거야. 크흐흐.

원의 말이 이어지면 이어질수록 이안의 시야에도 걸리는 사람들이 많아졌다. 일반인인 척 숨어 이안 곁에 백화만을 노리는 사람들이, 근처에만 해도 수십 명. 이런 상황에선 쉬이 싸울 수가 없는 이안에게는 도망칠 퇴로가 없다는 걸 의미했다.

─상황파악 끝났지?

"……."

─그럼 얌전히 나한테로 기어 와. 내가 친히 널 모시는 차 한 대 정도는 준비해 뒀으니까 말이야.

순간, 이안의 곁에 낯선 이가 멈춰 섰다. 백화는 눈치채지 못했지만 신발을 고쳐 신는 척 허릴 숙인 그는 귀에 언어통역기를 달고 있는 델타 돔 에이전트였다.

이안은 더 이상 아무 말도 하지 못하고 전화를 끊었다.

"이안 씨, 무슨 전화인데 그렇게 얼어붙어 있어요? 혹시 예전에 그 나쁜 사람이야?"

걱정 어린 눈빛과 함께 따라붙는 백화의 물음.

그는 잠시 숨결을 정돈하고, 애써 차분한 목소리로 대답한다.

"미안해."

"응?"

"오늘은 널 못 데려다줄 것 같아……."

11 장
너를 지켜주는 일

―뚜루루루. 뚜루루루. 뚜루루루.

지루한 통화연결음이 계속 이어졌다. 이질감이 들 만큼 길고 긴 기다림의 시간. 이번에도 역시 그의 나지막한 음성은 들려오지 않았다.

백화는 휴대폰을 귓가에서 떼어 내며 흐린 한숨을 내쉬었다.

'미안해.'

'응?'

'오늘은 널 못 데려다줄 것 같아…….'

어제 갑작스럽게 백화의 곁을 떠나버린 뒤로, 이안과는 전혀 연락이 닿지 않았다. 상황을 물어보려 지성에게도 전화를 걸어보았지만, 받지 않는 건 그 역시 마찬가지였다.

"혹시…… 무슨 일 생긴 거 아니야?"

순간 백화의 머릿속에 감당하지 못할 나쁜 생각이 파고들었다.

'최원'

어느 날, 귀에 담아 넣었던 순간부터 백화를 불안하게 옥죄여왔던 이름.

그자와 얽힐 때면, 이안은 극도의 불안감에 눈빛을 떨었다. 맞잡은 손은 고통을 참아내듯 꽉 쥐어져 있었고, 숨소리는 신음처럼 안타깝기만 했다. 그 모습은 지금 떠올려 봐도 심장이 아릴만큼 가엾어서 백화는 쉽게 잊을 수가 없었다.

그리고 어제, 그가 사라지기 직전. 낯선 전화를 받은 이안에게선 그때와 흡사한 불안감이 새어 나왔던 걸로 기억한다. 스치듯 내비쳤던 눈빛은 분명 그때와 같았다.

백화는 휴대폰 연락처를 뒤적였다. 예전에 택배로 도착했던 낯선 전화번호가 어렵지 않게 그녀를 반겼다.

'최원'이라는 두 글자만 봐도 그녀의 등골에 오싹함이 감돌았다. 하지만 지성까지 연락 두절인 지금, 이안의 행방에 대해 알고 있을 법한 사람은 원밖에 없었다.

그러니 당장이라도 전화를 걸어야 하는데. 정말 큰일로 번지기 전에 이안을 찾아내야 하는데…….

'절대 연락하지 마세요. 무슨 일이 생긴다면 제가 해결하겠습니다.'

통화버튼을 누르려던 순간, 지성이 했던 말이 백화의 뇌리를 스쳤다. 최원에 대한 두려움 때문인지 회상 속 그의 목소리는 어느 때보다 단호했다.

내게는 이 번호 밖에 남아 있지 않다는 걸 알아. 하지만 이 사람과 얽히게 되면 내가 감당하지 못할 큰일이 벌어질 것 같아.

"조금만…… 조금만 더 기다려볼까."

망설이던 백화는 결국 휴대폰을 내려놓았다. 원의 전화번호가 선명했던 액정이 까맣게 어두워지자 마음속에 깃들어 있던 불안감도 잠시 멎었다.

"퇴근할 때까지도 아무 연락이 없으면, 그때 전화해 보자……."

백화는 다음 수업에 들어갈 준비를 하며 시계를 확인했다.

일단 기다려보기로 다짐한 시간은 앞으로 두 시간여 남짓. 교재를 챙겨 들고 무거운 발걸음으로 교무실을 나서니 삼촌이 나누었던 대화가 문득 떠올랐다.

'혹시 나 지금 도망치는 중인 건가?'

'이건 나중을 위한 후퇴 정도로 해두자.'

당시엔 별말 없이 받아들였지만, 그녀는 이제 와서 되묻고 싶어졌다.

그때 말한 '나중'이 되면 난 어떻게 해야 하는지. 피할 수도 없는 두려움을 어떻게 맞서야 하는지.

서울 근교의 한 폐건물.

고인 물 썩은 내만이 진동하는 그곳에 경쾌한 구둣발 소리가 들어섰다. 수많은 에이전트들은 주먹 쥔 오른손을 왼쪽 가슴 위에 올려놓았고 일제히 입 모아 외쳤다.

"절대복종하겠습니다! 통치자 님!"

그건 절대적인 존재에 대한 충성을 다짐하는 경례. 넓은 폐건물 내부로 들어와 벌어진 상황을 훑어본 원이 만족스러운 목소리로 대꾸했다.

"뭘 벌써 띄워 주고 그래? 진짜 통치자 님 서운하시겠다. 크흐흐."

그의 서늘한 눈은 에이전트를 무심히 지나, 무거운 쇠사슬에 묶인 채 무릎 꿇려있는 강이안에게로 향했다.

"초대해 놓고 많이 늦어서 미안. 정말 올지 몰랐어."

원의 비아냥거리는 목소리에 이안은 떨구었던 고개를 들어 올렸다.

어젯밤 스스로 이곳에 들어선 이후부터 잔뜩 움츠러들어 있었던 그의 눈빛. 그건 불안감에 젖어 있긴 했으나 두려움은 아니었다. 생기를 잃어버리긴 했으나 절망에 빠진 것도 아니었다.

굳이 말하자면 자신에게 닿는 사람들의 시선에 원망이 가득할까 봐, 벌써부터 자책하는 중이려나.

원은 이안의 앞으로 가까이 다가와 쪼그리고 앉았다. 그리고 웃음기 어린 눈으로 이안을 바라보며 입술을 떼어 냈다.

"정말 그 '부모'란 존재가 궁금해서 온 거야, 아니면 니 여자 다칠까 봐 온 거야?"

"……."

"그 여자한테 니가 사람 죽이는 모습 한 번도 보여 준 적 없지?"

악의 가득한 질문을 들은 이안의 미간이 구겨졌다. 그 반응이 흥미로웠는지, 원은 더 짙은 적의가 담긴 말을 이어 붙였다.

"그래서 오늘 니가 폭주하면…… 이곳으로 그 여자를 초대해 볼까 해."

"……뭐?"

"11년 전, 니가 델타 돔에서 벌였던 살육의 현장보다야 스케일이 작지만…… 니가 괴물이라는 것 정도는 충분히 깨달을걸?"

원의 어깨가 즐거운 듯 떨려 온다. 지성은 이럴 때마다 최대한 대꾸하지 말아야 한다고 일러주었지만, 이안은 '폭주'라는 단어에 벌써부터 이성이 뿌리채 흔들리는 듯했다.

강제 폭주를 앞둔 그의 주변에 에이전트만 해도 수십 명. 폭주를 하는 순간 그들의 신체를 갈기갈기 찢어질 것은 너무나도 분명했다.

이안은 어느 때보다 간절한 목소리를 흐리게 꺼내놓았다.

"그러지 마. 위험해……."

"뭐가?"

"난 누군가를 다치게 하고 싶지 않아."

"학살까지 해 보신 양반이 왜 이렇게 약하게 굴어."

그러나 돌아오는 원의 대답은 잔인하리만큼 매정했다. 이안의 진심을 무참히 짓밟아버린 원은 품 안에서 주사기 한 대를 꺼내 들었다.

"각성제야. 따갑겠지만 곧 편해질 테니 참아."

"그만둬."

"저 에이전트들은 걱정하지 마. 날 위해 목숨까지 바칠 각오가 되어 있는 애들이니까."

"당장 그만두라고!"

이안은 처음으로 언성을 높여 소리쳤다. 그는 단단히 포박된 몸을 뒤흔들며 저항했지만, 폭주 상태가 아닌 지금은 그저 불필요한 몸부림에 불과했다.

원이 난폭한 손길로 이안의 머리채를 붙잡은 채 하얀 피부를 향해 주삿바늘을 가져갔다.

지금 이 상태에서는 맨정신으로도 참아내기 힘든 폭주상태. 각 성제까지 맞는 순간, 이안은 자신이 괴물이 되어 버리는 두려운 상황과 마주해야 하지만.

불행히도 현재 이 공간 안에 이안을 위해 주는 사람은 없었다. 그래서 그는 살결에 닿은 바늘 끝을 느끼며 이를 악무는 수밖에 없었다.

"……저건 뭐야?"

그때, 원의 눈동자가 이안 옆에 떨어져 있는 상자 쪽으로 향했다. 혈관으로 파고들기 직전이었던 약물은 잠시 이안에게서 떨어졌다.

"크흐흐, 뜯어봐도 돼?"

이안이 대답을 내뱉기도 전에 원은 몸을 일으켰다. 이안의 고개가 그의 뒤를 애타게 쫓았지만 원은 망설임 없이 걸어가 상자를 집어 들었다.

"오호, 찻잔세트라……."

"……놔둬. 다른 사람 줄 선물이야."

"선물? 누구? 니 여자? 아니면 설마 '부모'라는 존재한테 주려고?"

"놔두라고."

"크흐흐. 꽤나 값어치 나가는 것 같은데, 참 좋아하겠네."

"당장 그 손……."

이안의 목소리가 끝나기도 전에 원은 상자의 겉면을 거칠게 찢어발겼다. 머지않아 드러낸 내용물은 이안이 한참을 고민하며 골랐던 붉은색 찻잔 세트였다.

원의 입가에 조소가 맺혔다.

"물론……."

그는 이안의 두 눈앞에서 찻잔이 담긴 상자를 공중으로 들어 올렸고, 차마 받아들이기 힘든 끔찍한 말을 흘려보냈다.

"……살아 있었다면 말이야."

와장창─!

원에게서 내던져진 상자가 바닥에 내리꽂히며 강렬한 소음을 터트렸다. 이안은 막을 새도 없이 벌어진 참상에 숨을 멈추었다.

"그게…… 무슨 뜻이야?"

이안이 흐리게 되묻자 원은 산산조각으로 부서진 찻잔의 파편들을 짓밟으며 다시 이안의 곁으로 다가왔다.

소름 돋는 한기와 함께, 겨우 벗어났나 싶었던 원의 불쾌한 손길도 가까워졌다. 원은 이안의 머리카락 사이로 차가운 손을 집어넣었고, 그의 고개를 뒤로 홱 젖혔다.

혼란과 고통으로 물든 그의 눈빛을 원은 고깃덩이 보듯 바라보며 말한다.

"무슨 뜻이긴. 지금은 뒤졌다는 뜻이지."

저항할 틈도 주지 않고 원은 곧바로 이안의 목덜미에 주삿바늘을 찔러 넣었다. 뻐근한 통증이 느껴지면서 환부에는 타들어 갈 듯한 열이 올랐다.

"아아……."

하지만 그보다 더 잔인한 고통을 선사하는 건 이어지는 원의 서슬 퍼런 목소리였다.

"왜? 살아 있을 줄 알았어? 법과 혈통뿐인 델타 돔에서?"

"······그만."

"하나도 아니고 두 가지를 전부 어겨버렸는데, 즉각 처분하는 게 당연하잖아."

"그만 말해······."

"널 위해서 반갑게 눈 감았을 거야. 물론 물어보진 않았지만. 크흐흐."

원이 피스톤 위에 얹은 손가락에 힘을 주자, 혈관 속으로 차가운 액체가 스며드는 것이 느껴졌다. 이안은 눈을 질끈 감았고 주삿바늘이 뽑혀나감과 동시에 거친 숨을 토해 냈다.

"쿨럭······!"

"그나저나 비극인 건지, 희극인 건지 알 수가 없네."

"으······으."

"너랑 한지성의 관계 말이야."

원의 말은 이어지는데 이안의 의식은 빠른 속도로 흐려진다. 살기는 분명 가까이에 있는데 독을 품은 목소리만큼은 겨우 들릴 정도로 멀어져만 간다.

이안은 정신을 붙잡으려 눈꺼풀을 들어 올렸다. 하지만 그의 시야는 물 위에 떨어진 유화물감처럼 어지러이 뭉그러졌다.

원이 붙잡았던 머리카락을 놓자 이안의 몸은 바닥으로 쓰러져 버렸다. 겨우 숨만 쉬는 가엾은 그를 내려다보며 원은 나쁜 목소리를 이어나간다.

"역겹지도 않나?"

"하아······ 하아······."

"……부모 죽인 새끼랑 같이 붙어 다니는 거."

―전화를 받을 수 없어 소리샘으로 연결…….

결국 이안에게선 아무런 연락도 오지 않았다. 단순한 의심이었던 마음이 확신으로 가득 찰 만큼, 위태롭고 불안한 실종이었다.

"이안 씨…… 대체 하루 종일 뭐하는 거야…….."

집으로 돌아온 백화는 두려워지는 마음을 괜한 원망으로 풀어내며 거실에 주저앉았다. 숱한 전화 발신으로 인해 뜨거워진 휴대폰을 쥐고, 가만히 멈춰있자니.

"……왔네. 누나."

화장실 문이 열리는 소리와 함께 태양의 낮은 기척이 들려왔다.

"응."

겨우 대답은 뱉어냈지만 다 시들어버린 목소리였다. 태양은 수건으로 목덜미를 닦아 내며 잠시 그녀를 내려다보았다.

평소보다 가는 숨소리, 축 늘어진 어깨, 오기 부리듯 잡고 있는 휴대폰.

혹시 감당하지 못할 문제라도 생긴 거냐고 묻고 싶어졌다. 그러나 그 문제가 누구 때문인지 알 것 같아서 끝내 물어보진 못했다.

이젠 개처럼 메여 있던 짝사랑을 관두기로 다짐했으니까. 그 남자가 그녀를 걱정시키든 뭘 하든 나랑은 관련 없잖아.

"욕실 바닥 미끄럽다. 조심히 씻어라."

태양은 잠시 머물렀던 그녀의 뒷자리를 떠나 제 방 쪽으로 걸음을 옮겼다. 마냥 무시해버리기에는 어려워진 사이. 백화는 무슨 반응이라도 보여야 했지만 그럴 힘이 없어서 입술조차 떼어 내질 못했다.

이렇게 막막하고 답답할 때 누가 날 도와줬더라. 무언가를 해결할 엄두가 나질 않을 때 제 일처럼 다가와서 함께 고민해준 사람이 누구더라.

'너. 대체 무슨 짓하고 다니는 거냐.'

'무슨 일 생긴 줄 알았잖아…….'

'할 얘기 있다며. 들어줄게.'

하필 너구나. 지금 가장 기대선 안 될.

"태양아."

백화는 자신도 모르게 태양의 이름을 입에 담았다. 그건 해결 못 할 고민이 있을 때마다 막무가내로 태양부터 찾던 그녀의 습관이었다.

태양은 문고리를 잡으려던 손을 멈췄고 낮게 대답했다.

"왜."

그것 역시 백화가 부를 때면 언제든 달려갈 준비가 되어 있었던 그의 오래된 버릇.

이름을 부른 백화도 그에 대답한 태양도 잠시 입을 닫았다. 평소 같았으면 무슨 넋두리든 편히 나눌 수 있었을 텐데, 이제 그럴 수 없게 되어 버린 그녀는 대책 없이 말끝을 흐렸다.

"그냥, 이안 씨랑 계속 연락이 안 돼서…… 한 번도 이런 적이 없었는데……."

"……."

"아니야, 아무것도."

결국 너저분해져 버린 그녀의 용건. 백화는 차마 이안에 대한 불안감을 꺼내놓지 못했다. 그러나 태양은 전부 알아들을 수 있었다.

넌 지금 그 사람이랑 연락이 안 되는구나. 혼자 덩그러니 남겨지는 게 걱정되는구나. 뭐라도 해 보고 싶은데 할 수 있는 게 없나보구나. 그런데…….

"그런데 나더러 어쩌라고."

"어……?"

"누나 대신 가서 제발 연락 좀 받아달라고 빌어줘?"

그녀를 향한 태양의 말들은 매정하리만큼 단호했다.

백화의 말뜻은 그게 아니라는 것도, 본인이 쓸데없이 예민하게 굴고 있다는 것도 너무 잘 알고 있었다.

그러나 강제로 잘라냈던 마음이 아물지 않은 태양에겐 작은 거슬림마저도 커다란 고통이었다.

"누나는 왜 자꾸……."

"……."

"아니다, 그만하자."

결국 되는 대로 끝내버린 대화.

지잉—

때마침 백화의 앞으로 문자 메시지 하나가 도착했다. 짧게나마 태양을 의식하던 그녀의 눈동자가 곧바로 휴대폰 액정에 옮겨 붙었다.

그녀는 지금 강이안을 기대하고 있다. 그게 너무 겉으로 드러나서, 태양은 스스로가 자꾸 비참하게 느껴진다. 태양은 무슨 말을 더 이으려다가 제 꼴만 비참해지는 것 같아 그만두었다. 그러고는 그녀로부터 매정히 관심을 거두려 하는데.

"아, 아⋯⋯."

도저히 외면하지 못할 백화의 목소리가 그의 발목을 붙잡았다.

백화는 무엇에 그리 놀랐는지 휴대폰까지 떨어트리며 자리에서 일어섰고.

"이, 이안⋯⋯ 이안 씨!"

신발도 제대로 찾아 신지 못할 정신으로 다급히 현관을 빠져나갔다. 파악할 새도 없이 벌어진 상황에 태양은 바닥에 떨어진 그녀의 휴대폰을 확인했다.

백화를 사색에 질리게 만든 메시지는 다름 아닌 사진 하나. 어디인지도 모를 어두컴컴한 곳에, 피투성이가 되어 걸레짝처럼 널브러진.

"⋯⋯강이안?"

태양의 낯빛이 그녀를 따라 어두워졌다.

"기다려! 어디 가게!"

태양은 애타는 목소리와 함께 무작정 대문을 나서려는 백화를 단단히 붙잡았다.

"좀 멈춰 보라고!"

백화는 그의 손을 뿌리치려 안간힘을 썼지만 그럴수록 태양은 손아귀에 더욱 힘을 주었다.

"일단 생각을 좀 해 봐!"

"놔⋯⋯놔! 이거!"

"누나가 가서 뭘 어떡하게!"

"놓으라고!"

비슷한 말만 반복하는 백화의 눈동자는 그저 위태로웠다. 그녀는 이미 사진 속 강이안의 처참한 몰골만으로 모든 이성을 잃은 상태였다.

그 마음을 이해하지 못하는 건 아니었다. 하지만 태양은 그녀를 이대로 놓아줄 수가 없었다.

백화에게 강이안이 소중하듯 최태양에게는 백화가 소중해서, 그는 도저히 그녀를 위험한 곳으로 보낼 수 없었다.

"잠깐만…… 제발 좀!"

태양은 버둥거리는 백화를 거칠게 끌어당겼다. 발악하던 그녀의 몸이 크게 휘청거리자, 그제야 두 눈동자가 태양에게로 향했다.

그러나 맞닿은 시선에서 느껴지는 백화의 감정은 무조건 가고야 말겠다는 오기였다.

"우선 정신줄 똑바로 붙잡고 진정부터 해."

그걸 알면서도 태양은 일부러 나직한 목소리를 냈다. 아이같이 두려워하는 그녀를 어른스럽게 타이르며.

"거기가 어딘 줄 알고 가려는 거야?"

"메시지에 주소도 같이 왔어. 지금 바로 택시 타고 가면 삼십 분쯤……."

"누나, 그 말이 아니잖아. 딱 봐도 위험한 상황인 거 모르겠어?"

"위험한 상황인 거 알겠어. 아니까 가는 거야!"

"안 돼. 가지 마."

"이거 놔! 난 무슨 일이 있어도 그 사람 지켜 주겠다고 약속했어!"

"그만 좀 해! 내가 못 보낸다고!"

하지만 정리하지 못한 감정은 결국 또다시 폭발해 버렸다. 어느새 태양을 바라보는 백화의 얼굴에는 답답함과 원망만이 어려 있었다.

사실 그녀는 원에게서 메시지가 도착한 순간부터 망설이느라 흘려보냈던 지난 시간을 후회하는 중이었다.

이안의 행방이 심상치 않게 느껴졌을 때, 이미 최 원의 짓이라는 건 눈치채고 있었는데. 이안까지 뒤흔들어버리는 그 사람의 존재가 겁이 나서 차마 덤벼들지 못했다. 스스로 돌아오겠지, 라는 말도 안 되는 기대만 하며 대책도 없이 해결을 미뤄두기만 했다.

"그 사람…… 착하고 순해서 싸움 하나 제대로 못 해. 지금도 혹시나 누굴 다치게라도 할까 봐, 저항도 못 하고 가만히 있을 텐데……."

"……."

"내가 지켜 주지 않으면 정말 안 돼, 이안 씨……."

백화가 내뱉는 말은 다른 누구도 아닌 그녀의 마음을 아프게 만든다. 불안에 떨고 있는 이안의 보랏빛 눈동자가 보이지 않아도 선하고, 고통에 물든 그의 숨소리가 들리지 않아도 생생해서 염치없는 울음이 터져 나왔다.

"겁이 얼마나 많은 사람인데…… 아픈 걸 얼마나 싫어하는 사람인데…… 내가 지켜주기로 한 것만 믿고, 지금도 날 기다리고 있을 텐데……."

"울지 마."

"이렇게 늦어 버려서 어떡해……."

"울지 좀 마……."

울지 말라고 할수록 더 크게 울음을 쏟아 내던 백화는 결국 자리에 주저앉았다. 가는 어깨가 파르르 떨렸고 미처 삼키지 못한 숨이 기침처럼 터져 나왔다.

태양은 미동 없이 가만히 선 채로 그녀를 물끄러미 내려다보았다. 그러고는 잠시 한숨을 흘리다가, 애꿎은 눈가를 문지르다가.

"너."

다시 그녀를 '너'라고 부르며 말을 잇는다. 이제 그의 눈빛엔 솟구치는 감정을 참아 내는 것 따윈 없다.

"그렇게 강이안을 구하고 싶으면 너 마음대로 해. 안 말려. 그 대신……."

태양의 목소리가 일순 멎었다. 백화는 고개를 들어 태양의 표정을 확인하려 했지만 차오르는 눈물 때문에 잘 보이지는 않았다.

그러니 두 귀에 들리는 대로밖에 이해할 수 없는 태양의 마음.

"직접 가서 구해오는 건 내가 해."

"……뭐?"

"그러니까 넌 울음이나 그치고 있어."

조심히 다가온 태양의 손끝이 백화의 눈가를 훑었다. 선명해진 시야에는 어느새 무릎을 굽혀 그녀와 눈높이를 나란히 한 태양이 있었다.

눈빛만으로도 알 수 있다. 이 아이가 지금 어떤 마음인 건지.

"말도 안 되는 소리하지 마. 너한테 얼마나 더 미안해지라고……."

그래서 죄책감을 가득 담아 그를 붙잡으니 태양은 그녀의 머리카락을 쓰다듬어 주며 말했다.

"나한테는 아무것도 미안해하지 마."

"⋯⋯."

"미안한 사람은 이제부터 나니까."

작은 잘못 한 번 저지른 적 없던 그 아이의 이해 못 할 한 마디.

백화가 어떤 대답을 해야 할지 망설이는 사이, 태양은 끊어졌던 말을 이었다.

"나, 다신 너 누나라고 안 부를래⋯⋯."

차가운 물방울이 피부 위에 떨어졌다. 소름 끼치는 서늘함이 척추를 관통했다. 곳곳에 찾아오는 감각은 통증을 전달했고 호흡보다 신음이 먼저 흘러나왔다.

꽤 오랜 시간 만에 정신이 돌아온 기분. 퀴퀴하고 비좁은 컨테이너 안에서 겨우 의식을 되찾은 건 해실의 집 앞에서 순식간에 습격당했던 지성이었다.

"아⋯⋯."

지성은 신음을 토해 내며 자신의 상태를 확인했다.

몸은 컨테이너 구석에 내동댕이쳐져 있었지만 딱히 훼손된 곳은 없었고 기능을 잃은 기관도 없었다. 군데군데 통증 역시 심하지 않은 걸 보면 별다른 해코지는 없었던 모양이었다.

지성은 벽을 짚은 채 비틀거리는 몸을 일으켰다. 납치 당시 흡입했던 마취제 때문인지 속에서부터 구토기가 올라왔다.

이럴수록 빨리 이 불쾌한 공간을 벗어나는 것이 상책이었다. 지성은 위태로운 걸음으로 겨우 문 앞까지 도달했다. 문고리를 몇 번 돌려보고 힘주어 어깨를 부딪치니, 쿵! 하는 소리와 함께 컨테이너가 뒤흔들렸다.

문이 잠겨 있는 건 너무나도 당연했지만, 지성의 힘에도 잠긴 문이 부서지지 않는 건 당연한 일이 아니었다.

"몸에 말을 잘 안 듣네……."

혼잣말을 중얼거리며 다시 한 번 어깨를 조준하던 바로 그때.

철컥—!

무거운 자물쇠가 열리는 소리와 함께 컨테이너 밖에서 인기척이 들렸다. 뒤이어 녹슨 문이 열렸고 새하얀 야외 조명이 지성의 눈을 쏘았다.

"Z999…… C7 님! Z999이 깨어났습니다!"

문을 열다가 가장 먼저 지성과 맞닥뜨린 에이전트가 고함을 내질렀다. 아직 빛에 적응하지 못한 지성은 눈도 뜨지 못한 상태였지만 수많은 발소리는 일사불란하게 그의 주위를 에워쌌다.

탈칵, 날카로운 이 소리는 분명 총기를 장전하는 소리.

지성은 두 손을 머리 위로 올리며 서서히 감은 눈꺼풀을 열었다. 그러자 일정한 거리를 두고 지성을 포위한 에이전트 무리 사이로 익숙한 얼굴 하나가 눈에 띄었다.

"일어나셨습니까. Z999 님."

"아하, 당신이었군요."

원이 무리한 일을 벌일 때마다 투입되는 그의 직속 보좌관, C7.

C7은 에이전트 사이를 유유히 지나 포위망 안으로 들어섰다. 지성은 살짝 웃으며 한 손을 흔들었고 긴장된 분위기와는 상반된 목소리

를 꺼냈다.

"납치라니, 꼭 인기스타가 된 것 같아서 기분 좋네요."

"……."

"어제 제가 데이트 중만 아니었더라면, 이렇게까지 짜증 나진 않았을 텐데."

C7은 지성의 말에 대꾸하는 대신 한 손을 들어 올렸다. 그러자 주위를 둘러싼 에이전트들이 일제히 지성을 향해 총구를 겨누었다.

"뭔가 준비를 많이 하셨나보네요. 소용없을 텐데."

"……발포."

발포 명령이 내려지자 천지를 뒤흔들 듯한 굉음이 연속적으로 터져 나왔다.

총구를 벗어난 총알은 모두 살갗을 파고들었고 전신에 파괴적인 상처를 냈다. 팔이 떨어지고 얼굴이 알아볼 수도 없이 짓뭉개졌다.

타앙─!

뒤늦은 총성을 마지막으로 총격전은 허무하게 끝이 났다. 더 이상 사람의 형상으로는 볼 수 없는 시체 한 구가 컨테이너 입구 앞에서 무너져 내렸다. 그리고 뒤이어.

"사람의 몸은 방패로 쓰기엔 너무 약하네요. 역시."

총탄이 쏟아지기 직전, 곁에 있던 에이전트의 목덜미를 빠른 속도로 잡아챘던 지성이 컨테이너 안에서 멀쩡히 걸어 나오며 말했다.

믿기지 않을 만큼 강력한 지성의 전투능력을 확인한 C7은 들어 올렸던 손을 도로 내리며 첫마디를 건넸다.

"그러게 말입니다. 시간을 더 오래 끌 수 있을 줄 알았는데."

"몇 분이나 절 잡아두셔야 합니까?"

"글쎄요. 앞으로 한…… 오 분?"

C7은 아까와 다른 쪽 손을 들어 올렸다. 그와 동시에 우레와 같은 기합을 내지른 에이전트들은 맹수 떼처럼 거칠게 지성을 덮쳐 올랐다.

우드득, 우드득, 관절이 꺾이는 소리. 고통을 참지 못하고 새어 나온 비명 소리. 뼈가 가루처럼 부서지는 소리. 피가 소나기처럼 쏟아져 내리는 소리.

지옥으로부터 물러나 있는 C7은 자신의 손목시계를 차분히 관찰했다. 긴 초침이 반 바퀴를 지났을 때 지옥의 소음은 정확히 반절 정도 줄었고, 반 바퀴를 마저 지났을 때 육탄전의 현장은 적막 그 자체가 되어 있었다.

"으, 으으……."

"자, 이분이 마지막 전투불능 에이전트."

하나 남아 있던 에이전트를 바닥에 떨어트린 지성은 잠시 지워두었던 미소를 되찾았다.

C7의 눈동자가 미동조차 없는 에이전트들을 훑자, 지성은 두 손을 적신 피를 툭툭 털어 내며 말했다.

"걱정 마세요. 치명상만 입혔습니다. 당신이 모시는 미친 새끼와는 달리, 제 주인님은 누굴 해치는 걸 싫어하시거든요."

원을 지칭하는 욕설에 애써 침착하던 C7은 미간을 좁혔다. 그에게는 적의가 가득해 보였지만 지성의 눈엔 여전히 미련하리만큼 순수한 소년으로 보일 뿐이었다.

지성은 딱 저맘때쯤의 자신을 회상하며 부드럽게 C7을 타일렀다.

"허튼짓은 그만두세요. 어차피 당신은 절 상대하지 못합니다."

그러나 C7은 적대감을 풀지 않은 채 딱딱하게 답했다.

"상대할 생각은 애초부터 없었습니다."

팽팽한 두 사람의 신경전.

지성의 눈에는 나이 어린 C7을 걱정하던 이안의 모습이 선했다. 그래서 웬만하면 저 아이만큼은 털끝 하나 건드리고 싶지 않았다.

하지만 C7은 동정 따위 바라지도 않는다는 듯, 지성에게로 걸어와 품 안에서 꺼낸 무언가를 휘둘렀다.

철컥, 하는 쇳소리와 함께 손목에 닿는 차가운 감촉.

"대체…… 최 원이 내린 명령이 무엇입니까."

지성은 C7의 손목과 연결된 수갑을 싸늘히 내려다보며 물었다. C7은 손목의 시계를 확인하고는 정돈된 목소리로 대답했다.

"그분이 당신을 붙잡아두길 원하시는 시간까지 아직 3분 남았습니다."

"……."

"참고로 제 목숨은 그것보단 질기답니다."

늘 생기 없던 그의 얼굴에 옅은 미소가 어렸다. 앳된 외모만큼이나 순진한 그것은 개와 인간 사이에서나 볼 법한 절대적 복종이었다.

"독한 새끼."

원의 서늘한 목소리가 이안의 정수리 위로 떨어졌다. 귀는 열려 있었지만 입술을 움직일 힘이 없어서, 이안은 그 못된 말을 가만히 듣기만 했다.

"폭주할 수 있잖아. 폭주해서 나도 죽이고, 이 새끼들도 죽이고, 그냥 빠져나가면 되잖아."

"⋯⋯."

"쉬운 방법 놔두고 왜 이렇게 답답하게 굴어? 응?"

원은 이미 쓰러져 있는 이안의 몸을 세게 짓밟았다.

숨이 멎을 만큼 강렬한 고통이 뼛속까지 파고들자 그는 차라리 눈을 감고 분노를 지워냈다. 마치 아무것도 느끼지 못하는 것처럼. 어떤 생각도 들지 않는 것처럼.

"각성제가 잘 안 듣나⋯⋯."

원은 호흡만 겨우 유지하고 있는 이안을 싸늘하게 내려다보았다.

이안의 주변에서 나뒹굴고 있는 빈 주사기만 해도 벌써 다섯 대.

본능을 한계치까지 끌어내 주는 약물은 원의 기대만큼 제 역할을 하지 못했다. 치사량에 가까울 만큼 투여해봤지만, 이안은 정신력 하나만으로 악착같이 버텨내는 중이었다.

원은 흐트러진 이안의 머리카락을 쓸어 넘겨주며, 애타는 목소리로 물었다.

"이안아. 곧 백화 오잖아. 응? 미리 경고해두겠는데, 난 그 여자를 망가트릴 생각이야."

"⋯⋯."

"그러니까 그 전에 폭주해 둬야 하지 않겠어? 니 여자 지켜야 할 거 아냐."

이안은 여전히 아무 대답도 없었다. 그러나 원의 말을 무시하는 건 아니었다. 손가락 하나 움직이지 못하던 그는 아주 느리게 손을 뻗어 원의 바지 자락을 붙들었으니까.

"……지 마."

"똑바로 알아듣게 말해야지?"

"건드……리지 마……."

드디어 이안의 입술 사이로 흐린 목소리가 샜다. 감정의 동요가 시작되었다는 건 폭주할 확률이 높아졌다는 걸 뜻했고, 강이안이 원의 계획대로 놀아나게 될 것이라는 걸 의미했다.

원은 이때까지 중에서 가장 만족스러운 미소를 지으며 허리를 숙였다. 그러고는 바닥에 쓰러진 이안이 한마디도 놓치지 않고 들을 수 있도록 선명하고 날카로운 목소리를 꺼내놓았다.

"그럼 폭주해. 그 여자도 널 괴물이라고 생각할 만큼 잔혹하게."

"……."

"나는 그 여자가 너에게서 발버둥 치는 꼴을 보고 싶어. 아니, 정확히 말하면 그 순간 니가 느낄 절망을 보고 싶어."

혈관을 타고 흐르는 각성제의 효과 때문일까. 원의 말이 이어지면 이어질수록 겁에 질린 백화의 얼굴이 선명하게 떠올랐다.

온 세상이 날 미워해도 너만큼은 날 미워하지 않았으면 좋겠는데. 모두가 내게서 도망치더라도 너만큼은 날 꼭 안아줬으면 좋겠는데.

오늘 폭주를 한다면 바라지 않는 그 일이 일어날 것만 같아. 하지만 폭주 상태가 아닌 나는 너를 지켜 주지 못하잖아.

이 덫을 벗어날 방법은 단 한 가지였다. 원의 연락을 받은 백화가 이안에게로 달려오지 않는 것.

지켜 주겠다고 약속한 건 그녀였지만 오늘만큼은 그 약속을 어겨

주길 바랐다. 이안의 고통을 안아 주는 사람 역시 그녀였지만 오늘만큼은 그녀가 자신을 외면해 주길 바랐다.

그렇게 말도 안 되는 바람만 간절히 되뇌고 있던 그때.

"원 님! 21세기 민간인이 구역 내로 침입했습니다!"

이안의 심장을 철렁 내려 앉히는 에이전트의 보고가 터져 나왔다. 원은 손목시계를 확인했고 의미심장한 미소를 지어 보였다.

"크흐흐, 그 여자 결단력 하나는 빠르네."

그러나 원의 혼잣말 뒤에 따라붙는 건 전혀 예상치 못한 소식이었다.

"아…… 그런데 그 침입자가…….."

"응?"

"여……여자가 아니라, 남자입니다!"

콰앙!

폐건물 안에 철제문 열리는 소리가 요란하게 울렸다.

내부 보초를 서던 두 명의 에이전트는 시선을 한데 모았고 지금 막 안으로 들어서는 남자를 향해 사납게 따져 물었다.

"뭐야? 너!"

"……."

"에이전트인가? 혈통 코드를 대!"

남자의 얼굴은 어둠에 가려져 잘 보이지 않았다. 하지만 그가 입술 새로 비웃음을 흘리고 있다는 것쯤은 단번에 알아차릴 수 있었다.

"혈통은 또 뭔 개소리야. 깡통으로 뒤통수 쳐 맞고 싶냐."

"뭐, 뭐?!"

비아냥 가득한 멘트에 술렁이는 에이전트 무리.

그들의 관심을 한 몸에 받으며 남자는 긴 목검을 휘둘렀다.

'빠악!' 소리에 가까운 타격음이 터지자, 두 에이전트 중 한 명이 비명 한 번 못 지르고 스르륵 무너졌다.

"뭐, 뭐하는 새끼야! 너!"

"강이안 어디 있냐."

"Z999이 보낸 건가!"

"강이안 어디 있냐고."

남자가 일관되게 찾아 헤매는 이름은 그들이 붙잡아 놓고 있는 A1의 21세기 이름이었다.

"너, 너 강이안이랑 무슨 사이야?"

겁에 질린 에이전트가 떨리는 목소리로 물으니 어느새 코앞까지 가까워진 남자는 그를 똑바로 노려보았다. 달빛에 비치는 까만 눈동자는 사냥 직전의 늑대처럼 서늘했다.

"대답해! 강이안이랑 대체 무슨 사이냐고!"

한 번 더 눈치 없이 터지는 질문. 그는 목검을 고쳐 쥐며 으르렁 거리듯 되물었다.

"그 새끼랑 나랑……?"

뒤늦게 위험을 감지한 에이전트는 뒤로 물러나려 했지만, 그러기 도 전에 목검의 날은 정수리 위로 매섭게 내리꽂혔다.

"아악!"

"아아, 진짜…….."

짜증 섞인 한탄과 함께 끝나나 싶었으나 무자비한 공격이 연달아 이어졌다. 한풀이와 같은 손놀림으로 에이전트를 마구잡이로 내리찍는 그 남자는.

"강이안이 내 여자 애인이다!"

"아악! 악!"

"그걸 꼭 비참하게 내 입으로 밝혀야겠냐! 이 개새끼야!"

사랑을 위해 검도인의 도의를 저버린 순정남, 최태양이었다.

"뭐? 남자?"

예상치 못했던 보고를 들은 원의 눈썹이 삐딱하게 구겨졌다.

할 말을 잊은 채로 에이전트를 노려보고 있으니 닫힌 철제문밖으로 들려오는 소리가 들려왔다. 규칙적인 타격음에 맞춰 터지는 단말마의 비명은 불청객 짓이 분명했다.

"하, 감히 내 구역에 개를 풀어?"

원은 헛웃음 치며 쓰러진 이안을 내려다보았다. 번뜩이는 그의 눈은 불청객의 정체에 대한 설명을 요구하고 있었지만, 이안에게는 그럴 정신도 힘도 없었다.

그러나 딱히 기다릴 필요도 없이 주먹으로 '쿵쿵—' 문을 두드리는 소리가 서늘한 공간을 메웠다.

원을 비롯한 모든 에이전트의 시선이 문 쪽으로 향했고, 이안의 의식 역시 흐리게 기척을 향했다.

"문 열어."

원은 턱을 까딱이며 명령했다. 그러자 가까이 있던 에이전트는 곧바로 녹슨 문을 열며 험상궂은 목소리로 소리쳤다.

"감히 여기가 누구 앞인 줄 알고……!"

하지만 그의 말이 끝나기도 전에 머리통을 휘갈겨버리는 목검 한 자루.

"으윽!"

에이전트가 맞은 부위를 감싸 쥔 사이 매서운 공격이 연달아 이어졌다. 감정이 앞서 있긴 하나 정확히 급소만을 노리고 있는 불청객은 훈련을 받은 자가 분명했다.

결국 속수무책으로 당하던 에이전트가 뻗어버리고 나서야 불청객은 고개를 들어 자신을 향한 눈동자들을 확인했다.

"여긴 또 왜 이렇게 사람이 많아."

그러고는 피 묻은 목검 끝으로 이안을 가리키며 묻는다.

"설마 저거 강이안이냐?"

원은 입꼬리를 들어 올리며 대답 대신 되물었다.

"너…… 혹시 파견 에이전트야?"

"그냥 최태양인데."

"여긴 혼자 온 건가?"

"그럼 뭐, 부모님이랑 같이 올까?"

"강이안이랑 무슨 관계인데?"

"그딴 것 좀 묻지 마라."

비꼼이 가득한 태양의 말투에서는 지성과는 다른 무례함이 느껴졌다. 원은 흥미로운 듯 작게 웃었고 한 발 뒤로 물러서며 권위적인 음성을 내뱉었다.

"내 발밑으로 저 새끼 끌고 와."

명령이 떨어짐과 동시에 포진해 있던 에이전트들이 태양에게 달려들었다. 태양 혼자 상대하기에는 무리한 숫자였지만 목검을 고쳐 잡는 손에는 어떤 두려움도 없었다.

오히려 에이전트가 다가오길 침착하게 기다리다가 사정거리에 들어섬과 동시에 정수리를 가격하는 일에만 집중할 뿐.

손을 뻗어봤자 유연하게 회피하는 태양을 잡을 수는 없었다. 검이 닿을 만한 거리라면 뼈를 부술 기세로 공격하는 태양 때문에 도저히 가까워질 수도 없었다. 혼자서 다수를 상대하기에 유리한 위치부터 선점하고, 지능적인 전투를 이끌어 가는 태양에겐 확실히 승산이 있는 상황이었다.

그 광경을 물끄러미 바라보던 원은 싱긋 웃으며 중얼거렸다.

"생각보다 쓸모 있네."

그리고 품 안에 넣었던 손으로 감춰 둔 무기를 꺼내며 말을 이었다.

"……귀찮아지게."

타앙—!

폐건물을 뒤흔드는 총성이 터졌다. 태양과 가장 가까이에 있던 에이전트의 머리가 피를 튀기며 부서졌다.

순식간에 벌어진 끔찍한 참극에 소란스럽던 무리들은 일제히 동작을 멈추었다. 실제로 한 번도 본 적 없던 사람 죽어 나가는 모습에 태양 역시 그 자리에 얼어붙어 버렸다.

"지금 너…… 사람 죽인 거냐?"

발밑에 쓰러진 시체를 확인한 태양이 떨리는 목소리로 중얼거렸다. 그러자 원은 총구를 태양의 머리 쪽으로 옮기며 대답한다.

"응. 내가 죽였어."

"하…… 저거 제대로 미친 새끼네."

"다들 뭐해? 기껏 붙잡을 타이밍 만들어 줬더니."

원의 목소리가 서늘하게 이어지는 순간, 멈춰있던 에이전트 무리들이 다시 움직였다. 정신적 충격으로 넋을 놓았던 태양은 그대로 붙잡혔고 순식간에 온몸을 포박당했다.

"이거 봐! 이 새끼들아!"

소리치며 반항하는 태양에게 에이전트의 날카로운 주먹이 꽂혀들어갔다. 속수무책으로 당했던 이전의 시간들을 만회하려는 듯 연이어 쏟아지는 주먹질 때문에 태양은 숨 돌리기도 힘들 지경이었다.

"자, 이제 그만."

원이 또 한 번 명령을 내렸다. 그러자 무자비하던 에이전트들은 곧바로 모든 공격을 멈추었고 그가 태양의 상태를 확인할 수 있도록 시야 밖으로 물러섰다.

"아……."

"어때? 이제 니가 어딜 기어왔는지 실감이 나?"

"이…… 새끼……."

"크흐흐, 괜히 왔다 싶지?"

원은 신음을 토해 내는 태양에게 비꼬듯 물었다. 태양은 대답 대신 고개를 들어 광기 어린 눈동자를 똑바로 마주했다.

시선 끝에 담긴 오기를 고스란히 받아 낸 원이 느긋이 대꾸했다.

"알았어. 장난이야. 나도 민간인 건드렸다가 복잡해지는 거 싫으니까."

원의 손끝이 허공에서 빙빙 돌았다. 그 수신호에 맞춰 에이전트 무리가 일사불란하게 태양을 문밖으로 끌어내기 시작했다.

"마중은 못 나간다고 전해 드려라."

웃음기 가득한 너스레와 함께 땅바닥에 내쳐지는 태양의 몸. 입술 새로 욕설을 뱉는 태양을 놔둔 채로 이안을 가둔 공간의 문이 닫혔다.

'쾅!' 터지는 굉음 사이에서도 원의 웃음소리만큼은 소름 끼치게 선명했다.

태양은 욱신거리는 몸을 겨우 일으키며 숨을 고른다. 고통스럽긴 하지만 다행히도 어딘가 부러지진 않았다. 원이 태양에게 베푼 자비 같지도 않은 자비.

사실 태양은 아직까지도 이안이 처한 상황을 이해하지 못했다. 단순히 이목을 끌기 위해 헤드샷을 날린 원의 광기를 상식선에서 납득하지도 못했다. 하지만 이거 하나만큼은 확실히 알고 있다.

지금 태양에게 강이안을 구한다는 건 불가능에 가까운 일일 것이다.

"으……."

태양은 뻐근한 어깨를 매만지며 똑바로 일어섰다. 닫힌 문 너머에서 희미하게 원의 목소리가 들려오는 듯했다.

그는 더 이상 관여하고 싶지 않았다. 사실 이안에게는 목숨을 걸고 도와줘야 할 만큼의 애정도 없다.

굳이 말하자면, 쟤야 죽든 말든 내가 뭔 상관이야.

'그 사람…… 착하고 순해서 싸움 하나 제대로 못 해.'

하지만.

'내가 지켜 주지 않으면 정말 안 돼, 이안 씨…….'

그래도…….

"이대로 돌아가면 뭐라고 말해."

태양은 목검을 고쳐 쥔다.

"아무리 내가 죽을 뻔했다고 말해도……."

언제 망설였느냐는 듯 저벅저벅 겨우 살아 나온 공간 앞으로 발길을 돌린다.

"……걔 귀에는 강이안 못 구해 왔다는 말밖에 안 들릴 텐데."

그리고 온 힘을 다해 다리를 들어 올려 철제문을 걷어찼다.

또 한 번 태양에게로 집중되는 이목 중에서 원의 눈동자가 가장 서늘하다는 걸 알고 있으면서도, 태양은 반항기 어린 목소리를 흘려보냈다.

"내쫓을 거면 강이안이랑 같이 내쫓아. 사람 두 번 왔다 갔다 하게 만들지 말고. 이 새끼들아."

*　　*　　*

머리가 핑 도는 듯 어지럽다. 이건 어느 날부터인가 버릇처럼 시작된 증상이다. 원인을 물었지만 딱히 대답해 주는 사람은 없었다. 그저 알약 몇 알만 꼬박꼬박 챙겨 입에 넣어 줄 뿐.

지금까진 정도가 심하지 않아 그런대로 넘겨왔었는데, 요즘 들어선 그 강도가 더 거세졌다.

아무래도 약의 문제인 것 같으니, 새로 처방을 받아야겠다고 생각한다. 그러다 문득 깨닫는다.

나, 지금 그럴 수 있는 처지가 아니지 않나?

"A1 님. 이제 단상에 오르실 시간입니다."

아득한 기억 속의 목소리가 이안을 불렀다. 문득 정신을 차린 이안은 목소리가 들려온 쪽으로 고개를 돌렸다.

"모든 A존 시민들이 A1 님을 기다리고 있습니다. 긴장하지 말고 연습하셨던 그대로 하고 내려오세요."

어린 시절부터 곁에서 자신을 보필해 주던 나이든 보좌관. 이안은 멍하니 그의 얼굴을 바라보다가 묻는다.

"나…… 여기서 뭐 하는 거야?"

분명 난 폐건물 안에 묶여 있었잖아.

"갑자기 무슨 말씀이세요? 오늘이 A1 님의 탄생하신 지 17년째 되는 해이지 않습니까."

"……17년?"

"네. 통치자의 자리를 물려받으셔야죠. A1 님."

오늘은 내가 태어난 지 17년째 되는 해. 통치자의 자리. A존 시민…….

그나마 남아 있던 현실감각이 지워진다. 완벽하게 무의식 속 과거에 녹아든 이안은 엷게 웃으며 고개를 끄덕인다.

"아, 그래."

"싱거우시긴."

보좌관은 우뚝 선 이안을 살펴보며 옷매무새를 정돈해 주었다. 통일된 검은색 슈트를 입고 있는 사람들 사이에서, 새하얀 통치자의 슈트가 찬란하게 빛났다.

"역시 예상대로 잘 어울리십니다. A1 님."

보좌관의 진심 어린 칭찬을 건넸다. 이안은 그게 민망한지, 못 들은 척 말을 돌렸다.

"엄숙한 시간에 불필요한 언동은 사절이야. 단상이나 열어."

그의 명령이 떨어지고 나서부터 머지않아 거대한 문이 반응을 보였다. 벌어지는 틈 사이로 사람들의 함성 소리가 밀려들어 왔다.

늘 받아오던 경외심이지만, 오늘따라 그리운 느낌이 들었다.

"저들이 정말…… 나를 환영해 주는 건가."

그래서 보좌관에게 물으니 그는 확신에 찬 목소리로 대답한다.

"A1 님이 아니라면 어느 누가 저들의 추앙을 받을 수 있겠습니까."

마음이 놓이고 숨통이 트인다. 당연하다는 듯한 저 한마디가 오랜 시간 속박되었던 그에게 자유를 선사하는 느낌이다.

환영과 추앙이 당연한 존재. 암흑 속에서 홀로 성스러울 만큼 하얀빛을 내는 존재.

그래, 분명 나는 당신들에게 그런 존재인데…….

"사람들이 날 미워하는 꿈을 꿨어."

"그것참 말도 안 되는 악몽이네요."

"응. 말도 안 되는 악몽이었어."

정말 말도 안 돼. 내가 사랑하는 사람들이 날 미워할 리가 없잖아.

거대한 문이 모두 열리고 통치자 직위 계승식을 위한 단상이 모습을 드러냈다. 모든 전광판에 그의 얼굴이 비치자 사람들의 환영이 한층 더 거세졌다.

"이제 앞으로 가시지요."

보좌관은 흐뭇한 얼굴로 이안의 등을 넌지시 밀었다. 그제야 이안은 다소 긴장된 얼굴로 한 발 한 발 내딛기 시작했다.

"와아아아!"

"통치자님! 새로운 통치자님!"

뜨거워지는 사람들의 열기. 가슴으로 와 닿는 진심 어린 경외심. 그의 자비를 갈구하는 손길. 더할 나위 없이 완벽했던, 17살 강이안의 모든 것.

그는 모두가 사랑해 마지않는 신비로운 보랏빛 눈동자로 단상 아래를 내려다보았다. 자신을 향한 수만 개의 시선에 숨이 벅차올랐다.

'내가 그대들을 지켜 주겠다.'

이안은 통치자로서 지녀왔던 다짐을 또 한 번 되새기며 첫 마디를 뗄 준비를 했다. 그런데 그때.

"아……."

머리가 핑 도는 느낌과 함께 시야가 어지러워졌다. 순간적으로 몸을 비틀거리니 자신을 부르는 보좌관의 걱정스러운 목소리가 터져 나왔다.

"A1 님! 괜찮으십니까!"

괜찮지는 않았지만 유난을 떨 정도도 아니었다. 그는 다시 정면을 바라보았다. 모두의 기대를 한 몸에 받고 있는 지금, 그는 그 어느 때보다 완벽하고 싶었다. 그러나…….

"……어?"

제자리로 돌아온 시야엔 암흑뿐이었다. 이안을 반기던 인파도 함성도 거짓말처럼 소멸되어 있었다.

꿈이나 환상은 아니었다. 머지않아 지독한 피비린내가 생생하게 후각을 찔러왔으니까.

찐득하고 불쾌한 액체가 손끝에 엉겨 붙었다. 이안은 확인하려 했지만 의식이 어딘가에 갇혀버린 것처럼 움직이질 않았다.

분명 눈이 먼 건 아닐 텐데 아무것도 보이지도 들리지도 않는다. 가끔 부자연스러울 만큼 강한 진동이 느껴지긴 하지만 몸엔 고통조차 없다.

숨이 가빠오기 시작하자 패닉에 빠질 만큼 겁이 났다. 필사적으로 호흡을 유지하려 애썼지만 미친 듯이 달렸던 사람처럼 버겁기만 했다.

피비린내에 이어 화약 냄새가 진하게 스몄다.

분명 무언가가 잘못되었다. 나는 지금 대체 무슨 짓을 하고 있는 거지.

"으으……."

발버둥 치듯 신음을 뱉어 냈다. 뭐라도 하지 않으면 영원히 무의식 속에 갇혀버릴 것 같아서였다.

작은 신음이 새어 나오자, 얼굴에서 뜨거운 액체가 흐르고 있는 게 느껴졌다. 이제야 내 마음대로 움직일 수 있게 된 손으로 스윽 닦아내 보니 두려울 만큼 새빨갛게 물들어 있는 그건.

"……피?"

겨우 정신을 차린 이안은 고개를 들었다. 뒤늦게 돌아온 시야에 널브러진 시체들이 비쳐 나왔다.

이안은 그 시체 더미 한가운데 서 있었다. 그의 손엔 누구의 것인지도 모를 피와 살점이 흉물스럽게 묻어 있었다.

"으……으아아아!"

순식간에 벌어진 참극에 이안은 절규에 찬 소리를 질렀다.

화려했던 A존이 돌이킬 수도 없이 부서져서 두려웠다. 환대해 주던 사람들이 갈기갈기 찢긴 채 늘어져 있어서 두려웠다. 그 잔혹한 공간을 넓게 둘러싼 전투부대의 총구가 일제히 이안을 향해 있어서 두려웠다.

하지만 그 순간 무엇보다 가장 두려웠던 건.

"A1의 폭주가 멈췄습니다!"

"긴장 늦추지 마! 2차 학살이 시작될지 모르니, 포위망을 좁혀 가면서 놈의 상태를 살펴!"

"A존 전멸! A존 전멸!"

아무래도 이렇게 만들어 버린 게 나인 것 같다는, 거짓말 같은 진실.

이안은 붉게 물든 손을 연신 닦아 냈다. 하지만 이미 뒤집어써 버린 피는 오히려 흉하게 이곳저곳을 더럽힐 뿐, 지워지지 않았다.

이제 이안의 주변을 에워싸고 있는 건 공포를 머금은 수만 개의 죽은 눈과 귀를 파헤치는 비명 소리, 급박하게 깜빡이는 경고등, 그리고 혼자서만 붉게 물들어 있는 슈트.

이안은 믿기 힘들 만큼 뒤틀려버린 현실에 가만히 서서 울기만 했다.

"구해 줘……."

애달픈 목소리를 흘렸지만, 다가오는 총구는 냉정하기만 했다.

"무서워…… 제발 누가…… 나를 구해 줘……."

목소리는 울음에 섞여 더욱 처절해져만 갔다.

그러나 하필 두려움의 대상은 이안 본인이라서 어느 누구도 그를 구해 줄 수 없었다.

쓰러지듯 무릎을 꿇고 주저앉으니 눈앞에 자신이 죽였을지도 모를 시체의 머리가 보였다. 오랜 시간, 어린 이안을 보살펴 주었던 나이든 보좌관이었다.

"안 돼…… 안 돼……."

그의 머리를 끌어안으려 손을 뻗었다. 하지만 그 순간 이안을 덮쳐 온 에이전트들 때문에 닿을 수는 없었다.

"안 돼! 으아아아!"

모든 게 잘못되는 건 한순간이었다. 괴물이 되는 것도, 전부를 잃는 것도, 원망을 받는 것도, 절망만 남는 것도.

왜 그렇게 되어 버렸을까. 어디서부터 잘못됐던 걸까.

그날부터 끊임없이 되새겨봤지만 답을 얻을 수는 없었다. 그저 시한폭탄 같은 자신의 존재가 생겨난 것부터 비극의 시작이었고, 돌이킬 수 없는 잘못이었다.

"미안합니다……."

염치없다는 걸 알면서 사과를 했다. 그를 이송하는 전투 대원들은 들은 체도 하지 않았다. 그래도 이안은 계속해서 같은 말만 반복했다.

"미안합니다…… 미안합니다……."

조금의 가식도 없는 진심이었다. 하지만 그건 결코 닿지 못할 주제넘은 마음이었다.

피비린내로 뒤덮여버린 A존. 덜덜 떨리는 손으로 눈물조차 제대로 닦아내지 못하는 이안은 그날, 그 시간, 그 장소에서 남들과는 섞일 수 없는 괴물 그 자체였다.

"……안아."

"……."

"이안아. 정신 차려야지?"

아주 희미하게 원의 음성이 들려온다.

"너 때문에 이게 뭐야. 애꿎은 민간인만 박살 났잖아."

조금 더 선명해진 목소리는 이안을 책망한다. 지독한 과거를 헤매고 다니던 정신이 그제야 돌아온다.

이안은 자신도 모르게 감고 있던 눈꺼풀을 천천히 치켜떴다. 그 학살의 날처럼 시야엔 널브러진 몸뚱이가 들어왔다. 다행히 숨은 붙어 있는지 미세하게 등이 움직이는 상태였다.

이안은 그에게로 힘겹게 손을 뻗었다. 그러나 태양은 그가 미처 닿기도 전에 엉망이 된 몸을 일으켜 세웠다.

"하아, 하아……."

"와아, 또 일어났어?"

"누가 그래…… 내가 박살 났다고…….”

"맷집이 좋네.”

태양은 피가 흐르는 입가를 대충 문질러 닦고, 고집스럽게 이안을 향해 다가왔다. 그러고는 원의 시선 따위는 신경 쓰지도 않고 이안의 목줄을 풀어내려 애썼다.

"강이안…… 정신 좀 차려. 나도 힘들다…….”

"너…….”

그 순간 원의 단단한 워커가 태양의 어깨를 힘껏 걷어찼다. 서 있는 것조차 힘겨워 보였던 태양은 그대로 또 한 번 나가떨어졌다.

"아아……!”

"그만…….”

이안은 겨우 흐린 목소리를 냈다. 원은 그걸 들었으면서도 다시 일어나려는 태양의 등을 힘주어 짓밟았다.

"그러니까 폭주해. 고집부리지 말고. 폭주해서 깔끔하게 내 애완견들 죽이고, 나 죽이고, 니 여자한테 가면 되잖아.”

"…….”

"아, 혹시 이 새끼도 같이 죽여 버릴까 봐 그러는 거야?”

원은 서서히 몸을 낮췄다. 그리고 손을 뻗어 태양의 머리채를 움켜쥐었다. 강압적으로 고개가 젖혀진 태양은 짧은 신음을 내뱉었다.

"으…….”

"역시 이 새끼, 그 여자 대신해서 여기 온 거지?”

원의 눈이 예리하게 빛났다. 이안은 불안한 눈으로 그의 손에 붙잡힌 태양을 바라보았다. 원은 굳이 대답을 듣지 않아도 알겠다는 듯 혼잣말을 중얼거렸다.

"그 여자 브레이크 노릇 생각보다 더 잘하네…… 조만간 제거작업 들어가야겠어."

원의 독기 묻은 화살이 백화를 향하는 순간. 이안의 머리가 어지러울 만큼 핑 돌았다. 그건 폭주의 전조증상이었기에 그는 애써 주먹을 꽉 쥐었다.

"그……만……."

"왜. 니 여자 건드리겠다니까 폭주하고 싶어졌어?"

"난…… 누군가를…… 다치게 하고…… 싶지 않아……."

이안은 끊어질 듯 끊어지지 않는 목소리를 흘렸다. 그건 폭주할 정도로 이성이 아득해져 올 때마다 간절하게 내뱉는 응급처치와 같았다.

그 사실을 눈치채고 있는 원은, 아직까지도 애쓰는 이안을 향해 비웃음을 흘렸다.

"크흐흐, 지랄하고 있네. 그 여자 지인 지키겠답시고 폭주를 참아내면, 죽은 A존 시민은 서러워서 편히 썩기나 하겠냐."

틀린 말은 아니었지만 마음이 움푹 파이듯 아팠다.

아직도 생생한 그날의 광경. 11년 동안 단 하루도 잊고 살았던 적이 없었다. 그럴 때마다 지성은 어쩔 수 없는 일이었다고 위로했지만 참혹한 짓을 저지른 게 이안이라는 사실만큼은 변하지 않고 그를 괴롭혔다.

"폭주 안 하면 내가 얘 죽인다?"

원은 어떤 선택도 하지 못하는 이안에게 강수를 뒀다. 그는 아까의 권총을 품 안에서 다시 꺼냈고, 태양의 머리에 정확히 조준했다.

"선택해. 폭주 할 거야, 말 거야."

이젠 도망칠 수도 없는 폭주의 순간. 이성을 놓아 버리면 된다는 것쯤은 알고 있다. 각성제의 효과 때문에 이번 폭주는 평소보다 그 위력이 거대할 것이라는 사실도 알고 있다.

그렇기 때문에 이 공간에선 태양의 목숨이 가장 위험했다. 폭주 하는 순간이 오면 이안은 가장 가까이에 있는 태양부터 공격해버릴 게 분명했다.

"자, 카운트다운 시작한다."

"아……."

"Three, Two, One……."

선택할 수 있는 답이 없는데 선택을 강요한다. 혼란에 빠질수록 이성이 아득해진다.

그저 버티기만 하는 내가 미련한 걸까. 사람으로 살길 원하는 마음은 정말 욕심인 걸까. 괴물이 된 내가 다시 사람으로 돌아올 수나 있을까.

그때 다른 사람의 피를 뒤집어쓴 나를 보며…… 그녀는 어떤 표정을 짓고 있을까.

끼이이익—

폐건물 앞에 택시 한 대가 다급히 멈춰 섰다. 머지않아 뒷좌석의 문이 열렸고, 흙 묻은 구두가 차분히 땅을 밟았다.

"기사님."

"예, 예!"

"여기서 잠시 기다려 주시겠어요? 태울 사람이 있어서."

"아! 예! 그……그러세요!"

상냥한 목소리에 대답하는 택시 기사는 바들바들 떨고 있었다. 아무래도 그는 뒷좌석에 남은 붉은 흔적 때문에 겁을 먹은 모양이었다.

시트를 갈고도 남을 만큼의 택시비를 지불해야겠다고 생각하며, 택시 밖으로 몸을 빼냈다.

왼팔을 채운 수갑에 숨만 겨우 붙어 있는 몸뚱이 하나가 질질 딸려 나왔다. 땅바닥에 내쳐지자마자 마른기침을 토해 내는 C7이었다.

"일어나세요."

"쿨럭……!"

"예정보다 7분이나 더 버티셨으면, 책임을 지셔야죠."

대답도 하지 못하는 그를 나긋한 목소리로 다그치는 사람은.

"흠, 꼼짝도 못 하시네. 그럼 그냥 끌고 가겠습니다."

단언컨대 무자비하고 파괴적인 걸로는 어디 가서 빠지지 않을.

"지금쯤 우리 이안 님이 겁에 질려 울고 계실지도 모르거든요."

강이안의 고삐 풀린 망아지, 한지성이었다.

"Three, Two, One……."

"……."

"역시, 넌 약해 빠졌어."

원은 냉소를 머금은 채 권총을 장전했다.

"안 돼⋯⋯."

이안은 신음 같은 목소리를 내뱉으며 원의 발밑에 쓰러져 있는 태양을 바라보았다.

"발 안 떼냐! 이 새끼⋯⋯!"

태양은 어떻게든 일어서려 발버둥 쳐보았지만 원은 그럴수록 태양의 어깨를 눌러 밟을 뿐이었다. 이미 여러 차례 오른쪽 어깨를 가격 당했던 태양은 이를 악물었다.

고통은 강렬했지만 원의 앞에서 내색하고 싶지는 않았다.

"세상에 남기고 싶은 작별 인사 같은 거 없어? 아니면 널 대신 보낸 그 여자한테라도."

"미친 소리 하지 마⋯⋯."

"혹시 모르잖아. 강이안이 전달해 줄지. 크흐흐."

원은 너스레를 떨며 허리를 숙였다. 서늘한 총구가 태양의 뒤통수에 밀착되었고, 이안은 어떻게든 그를 저지하기 위해 손을 뻗었다.

하지만 약 기운 때문에 뜻대로 움직이지 않는 몸과 앞으로 가려 할수록 숨통을 조이는 목줄.

이안의 얼굴에 절망의 빛이 어렸다. 결국 사람이길 포기하고 괴물이 되어 버리는 쪽으로 그의 결심을 굳히려던 순간.

똑똑—

누군가 이미 열려 있는 문을 가볍게 두드렸다. 긴박한 상황과 맞지 않는 기척에 원의 시선이 신경질적으로 어긋났다.

"아, 내가 사람 죽일 땐 거슬리게 하지 말랬⋯⋯."

"그렇게 거슬리셨나요? 최대한 매너 있게 노크부터 한 건데."

특유의 나긋한 목소리, 언제나 여유로운 말투.

모두의 시선을 한 몸에 받으며 태평하게 걸어 들어오는 그는.

"아, 이안 님. 절 알아보시는 걸 보니 다행히 정신은 붙잡고 계셨네요."

"……한지성."

칠흑 같은 상황을 정리해 줄 한 줄기 빛과 다름없었다. 기척의 주인이 지성이라는 사실이 확실해지자 이안은 그제야 불안에 떨던 마음을 내려놓았다.

애초부터 쓰러졌을 몸이었지만 정신력 하나로 버텨왔던 시간. 그 인내를 보상해 주기라도 하듯 지성은 이안에게 가장 절실했던 위로부터 건네주었다.

"그동안 잘 참아내셨습니다."

"……."

"이젠 걱정하지 마세요. 제가 금방 구해드릴게요."

구해 주겠다는 그 말이 어찌나 반갑게 들리던지.

아직 위험이 끝난 게 아닌데도 한순간 안심해 버렸다. 모든 긴장이 풀어지자 한계를 넘어선 이안의 몸이 정신을 잃고 바닥에 쓰러졌다.

"강이안!"

태양은 무너진 이안의 이름을 크게 소리쳐 불렀다.

지성은 그제야 원의 발밑에서 혹사당하던 사람이 태양이라는 사실을 깨달았고 서늘한 눈빛을 원에게로 고정시켰다.

"아, 어째서 바깥 상황이 다 정리되어 있나 했는데…… 이젠 민간인도 끌어들이시네요?"

비꼬는 기색이 가득한 말. 원은 입꼬리를 들어 올리며 태양의 몸에서 발길을 떼어 냈다. 그는 지성의 왼손과 수갑으로 연결된 C7을 내려다보며 태연히 대꾸했다.

"그러는 너도 너무하네. 어린애를 저렇게 끌고 다니고."

"열쇠를 넘겨주셔야 지금이라도 편히 풀어드리죠."

"아, 내가 가지고 있었나?"

원은 주머니 안에서 작은 열쇠 하나를 꺼내, 지성에게 던져 주었다. 열쇠를 넘겨받은 지성이 수갑을 풀어내자, 그제야 지성에게 매달려 질질 끌려다니기만 했던 C7의 몸이 자유를 찾았다.

"아아……."

원은 가늘게 움직이는 C7의 등을 보며 그에게 숨이 붙어 있다는 것을 확인했다. 하지만 더는 움직일 수조차 없는 심각한 상태였다.

"크흐흐. 역시 넌 인간미가 없어."

신경을 긁는 원의 말에 지성은 쓰러진 이안을 바라보며 대답했다.

"당신이 할 말은 아닌 것 같은데요."

두 사람의 신경전을 지켜보던 태양은 원의 관심이 자신에게서 완전히 사라졌다는 걸 깨닫자마자 삐걱대는 몸을 일으켰다.

"윽……."

팔에 힘을 주는 즉시 뜨거운 통증과 함께 신음이 터져 나왔다. 총구가 닿았던 뒤통수도 뻐근하게 아파왔다.

결코 무시 못 할 고통이었지만, 태양은 이를 깨물며 이안에게로 다가갔다. 보다 더 큰 고통 속에서 헤매다가 정신까지 놓아 버린 이안을 더는 방치해 둘 수 없었기 때문이었다.

"강이안……."

태양은 조심스럽게 그의 이름을 불렀다.

"정신 차려…… 정신 좀 차려보라고. 강이안."

하지만 아무리 이름을 부르고, 몸을 흔들어보아도, 이안은 속눈썹을 내리감은 채 어떤 반응도 보이지 않았다.

숨은 쉬고 있는 걸까. 너무 늦어 버린 건 아닐까.

덜컥 겁이 난 태양은 이안의 숨결을 확인했다. 곧 끊어진다고 해도 이상하지 않을 만큼 느리고 약한 숨이 겨우 손끝에 느껴졌다.

"대체 뭘 하고 다니길래 이런 꼴을 당하냐…… 등신같이."

태양은 걱정을 숨기기 위한 괜한 핀잔을 내뱉으며 이안의 목줄을 힘주어 잡아당겼다. 쇠고리가 떨어지는 소리와 함께 목줄에 속박되어 있던 이안의 몸뚱이가 태양에게로 무너져 내렸다.

그의 하얀 목 언저리에 무수한 바늘 자국이 눈에 띄었다. 늘 밉기만 하던 그의 존재에 어렴풋한 동정심이 스며들었다.

"태양 님."

때마침 지성이 나긋한 목소리로 태양을 불렀다. 고개를 돌려 그를 마주하니 지성은 걱정 어린 시선으로 태양을 살펴보며 물었다.

"몸 상태는 괜찮으세요?"

"아, 어……."

"그럼 이안 님을 등에 업으실 수 있겠어요?"

"가능할 것 같아."

희망적인 대답에 지성은 옅은 미소를 띠며 말했다.

"밖에 택시 대기시켜놨습니다. 상황은 제가 정리할 테니, 이안 님과 함께 댁으로 돌아가 계세요."

"혼자 이 많은 사람들을 무슨 수로 정리하냐."

"최대한 대화로 해결을 해야죠."

"뭐?"

"말로 했을 때 알아듣는 쪽이 이분들 신상에도 좋거든요."

지성은 마지막 말을 흘리며 에이전트 무리 쪽으로 시선을 두었다. 마침 태양을 저지하기 위해 움직이던 에이전트 한 명이 난처한 얼굴로 발걸음을 멈추었다.

소리 없이 흐르는 지독한 살기. 원은 가늘게 웃으며 말했다.

"좋아, 오늘은 여기까지 할게. 어차피 그 여자가 없는 상태에선 폭주해 봤자, 구경시켜 줄 사람도 없어."

아쉬움 섞인 그 말은 오늘만큼은 강이안을 순순히 놓아주겠다는 뜻이었다. 태양은 원이 다른 수작을 부리지 못하도록 서둘러 이안을 둘러업었다.

순간 오른쪽 어깨에는 강한 통증이 일었지만 그럴수록 그는 힘을 더하며 이안의 무게를 버텨냈다.

"이쪽은 걱정하지 마세요. 금방 뒤따라가겠습니다."

지옥 같았던 공간을 나오기 직전 지성은 떠나는 태양에게 태연한 위안을 건넸다. 덕분에 찝찝하게 남아 있던 죄책감은 사라지고 무거웠던 발걸음이 한결 가벼워졌다.

이제 태양에게 남은 일은 그녀의 눈앞으로 강이안의 지친 몸을 데려다주는 것.

등 뒤에서 느껴지는 온기는 따듯하기보단 뜨거웠다. 긴 시간 동안 받은 고통이 고스란히 느껴지는 온도였다.

죽을힘을 다해 다리를 움직이며 태양은 머릿속으로 백화의 얼굴을 떠올린다. 비록 멀쩡하게 구해내진 못했지만 그래도 울음만큼은 그칠 것 같아서 정말 다행이라는 생각이 든다.

끼익ㅡ 쾅!

지성의 손에 의해 무거운 철제문이 닫혔다.

밀폐된 공간에 갇히게 된 에이전트는 긴장 어린 눈동자로 지성을 지켜보았다. 지성은 수갑에 묶여 있던 손목을 휘휘 돌리며 여유로운 목소리로 말했다.

"자, 이제부터 저는 딱 한 대씩만 내리칠게요."

"……."

"그 뒤에도 움직일 수 있는 분들은 반격하셔도 좋습니다. 저항하거나 공격하지 않을게요."

말이 끝나기가 무섭게 한 에이전트의 관자놀이로 지성의 주먹이 매다 꽂혔다. 두개골이 부서지는 듯한 소리와 함께 공격당한 에이전트는 그 즉시 널브러져 버렸다. 하얗게 뒤집힌 눈동자를 보아하니 반격은커녕 죽지만 않았어도 다행이었다.

"다음."

지성은 서늘한 눈초리를 다른 이에게로 옮겼다. 낮은 숨소리에는 이성이 없었고 일말의 자비도 없었다. 그저 상대를 향한 분노어린 살의만 가득할 뿐.

원은 날뛰는 그의 모습을 지켜보며 희열에 찬 웃음을 터트렸다.

"크흐흐, 바로 그거야. 내가 기억하는 너의 모습."

"……."

"순해 빠진 척하는 것보다 훨씬 잘 어울리잖아! 안 그래?!"

원은 모두를 훑어보며 동의를 구했지만 대답해 줄 수 있는 사람은 없었다. 비명과 공포로 가득 찬 그 장소에선 오직 지성만이 살아 움직이고 있었다.

콰앙―!

한 차례 혼란이 지나가고 손에 잡히는 것보단 발에 밟히는 것들이 더 많아졌다.

지성은 마지막으로 남은 에이전트의 목을 비틀며 크게 숨을 뱉어 냈다. 괴물과도 같은 그의 모습을 바라보던 원은 동경만이 어린 눈빛으로 진심 어린 박수를 건넸다.

"와아, 이래도 널 탐내는 내가 잘못된 거야? 최고의 에이전트 수십 명을 박살 내는 현장을 내 눈으로 똑똑히 봤는데도?"

지성은 차분히 고갤 돌려 원을 직시했다. 어느새 모든 미소가 사라져 있는 그의 얼굴은 한없이 차기만 했다.

원은 그의 다갈색 눈동자를 바라보며 키득키득 웃었다.

"크흐흐, 그 눈 말이야. 너한테 안 어울려."

"닥치세요."

"크흐흐, 볼 때마다 웃겨 죽겠어."

"닥치라고 말씀 드렸잖습니까."

"크……웃!"

지성의 손아귀가 원의 목을 짓눌렀다. 금방이라도 숨통을 끊어 버릴 듯 독기 어린 손끝이었다.

"큭, 강이안이…… 지 부모를 찾고 있더라……."

하지만 원은 힘겹게 숨을 뱉어 내는 와중에도 계속해서 입술을 움직였다.

"그래서 내가…… 죽었다고 말해 줬어."

"……뭐?"

단순히 이안을 비웃는 듯한 그 말은.

"크흐……."

"어디까지 지껄였어."

"왜? 전부 말해 버렸을까 봐…… 두려워?"

"대답해. 어디까지 지껄였냐고!"

모래처럼 메마른 지성의 눈동자를 흔들리게 만드는 숨겨진 비밀 병기가 된다. 진실을 거머쥔 자의 눈빛은 견고해지고 진실에 휘둘리는 자의 낯빛은 금방이라도 허물어질 것처럼 위태로워진다.

"나는…… 별말 안 했지……."

"……."

"그런데 나 말고…… 다른 애들 입단속은…… 아직 못 시켰는데."

"하아……."

"크흐, 이걸…… 어떡하나?"

"지독한 새끼."

결국 지성은 원의 목숨을 위협하던 손을 내치듯 떨어트렸다. 원은 벽을 붙잡고 격한 기침을 내뱉으면서도 키득거리는 비웃음을 멈추지 않았다.

하지만 그 비열한 뒷모습을 바라보는 지성의 눈동자는 그저 슬펐다. 아픈 감정이 솟구쳐 오르는지 원에게서 한 발 뒤로 물러나 마른세수를 하던 그는 흐린 목소리로 같은 질문에 대한 답만 재촉했다.

"그러니까…… 어디까지 말했냐고 내가 묻잖아요."

안정적인 호흡을 되찾은 원은 옷매무새를 정돈했다. 그러고는 고갤 들어 지성을 똑바로 마주하며 대답했다.

"내가 알려 준 건, 찾고 있는 그 사람들이 벌써 죽었다는 얘기밖에 없어."

"다른 말은."

"다른 말은 무슨 다른 말? 나머진 지 알아서 생각하길래, 그냥 가만 놔뒀지. 알고 있는 그대로."

"……."

"걱정하지 마. 믿고 싶은 대로 믿고 있을 테니까."

믿고 싶은 대로. 진실이야 어찌 되었든, 그 사람은 그저 자신이 믿고 싶은 대로.

깔끔하지 않은 대답임에도 불구하고 지성은 남몰래 안도의 한숨을 내쉬었다. 그럴수록 진실을 숨겨야 하는 자의 부담감은 늘어 갔지만 지성은 힘이 닿는 데까지 어떻게든 버텨볼 생각이었다. 어느누가 어떻게 훼방을 놓더라도.

"거짓말의 수명이 강이안의 수명인 건 알고 있지?"

"……."

"그 불효막심한 거짓말, 최대한 관리 잘하길 바랄게."

그의 머릿속을 훤히 꿰뚫어 보고 있는 원의 충고였다.

지성은 헛웃음을 치며, 그를 내려다보았다. 웃는 입매와는 달리 지성의 눈매에는 싸늘한 기운이 어려 있었다.

"……재밌네요."

지성은 여유롭게 대꾸하고는 원에게로 손을 뻗었다.

그러고는 원이 미처 정리하지 못한 구겨진 옷자락을 가볍게 펴주며 경고성 짙은 목소리를 속삭여 넣었다.

"당신 수명이나 잘 관리해두세요. 다음번엔 그 아가리가 무슨 협박을 내뱉기도 전에 짓이겨버릴 테니까."

꾹꾹 욱여넣은 상태임에도 불구하고 등골을 서늘하게 할퀴어 오는 그의 분노. 그것이 터지는 순간을 상상하자 원의 입가에서 웃음이 새어 버렸다.

"크흐흐, 모르긴 몰라도…… 부모를 잃는다는 건 꽤나 기분 더러울 거야. 그렇지?"

"……."

"나 같으면 절대 용서 못 할 텐데 말이야."

거짓으로 뒤덮인 현실은 희극에 불과하다. 진실은 숨겨버린 채 맡은 역할, 맡은 대사에만 충실한 저 꼬락서니가 그는 마냥 우습게만 느껴진다.

'언제까지 숨길 수 있을 것 같아?'

그에게 묻고 싶었지만 굳이 지금부터 캐내지는 않기로 했다. 어차피 조만간 굉장한 명장면이 탄생할 것 같으니.

떵동—

집 안에 그토록 기다리던 초인종 소리가 울렸다. 텅 빈 집 안을 초조하게 지키고 있던 백화는 번쩍 고개를 들어 인터폰 영상을 확인했다.

어두운 화면이지만 대문 앞에서 문이 열리길 기다리고 있는 사람은 분명.

"태양……태양아!"

백화는 자리를 박차고 일어나 맨발로 현관문을 벗어났다. 파란 대문이 열리는 소리와 함께 못 보던 생채기를 얼굴에 단 태양이 마당으로 들어섰다.

"빨리 문 열어. 빨리."

"어?"

"아, 무거우니까 빨리! 좀!"

다그치는 태양의 등에는 커다란 장정 한 명이 업혀 있었다. 머리카락으로 가려져 얼굴은 보이지 않지만 누군지는 직감으로 알 수 있었다.

"이, 이안…… 이거 이안 씨야?!"

그래서 금방이라도 울음을 터트릴 듯한 목소리로 태양에게 물으니 어느새 현관문 앞으로 다가선 태양은 신경질적으로 대답했다.

"그래! 이거 강이안이니까 현관문 좀 열라고!"

"어떡해! 이안 씨!"

"빨리. 빨리. 허리 끊어지겠다."

백화는 서둘러 현관 문고리를 잡아당기며 이안의 상태를 살폈다.

요란스러운 상황에도 반응이 없는 그는 숨만 겨우 붙어 있다고 해도 과언이 아니었다.

게다가 얼마나 맞은 건지 흘러내린 옷 밖으로 드러난 살결엔 푸른 멍이 가득하다. 조금만 서둘렀어도 생기지 않았을 상처라고 생각하자 또 한 번 주체하지 못할 만큼 눈시울이 뜨거워졌다.

"많이 아팠겠다……."

"어. 지금도 많이 아프니까 대충 소파 위에 올려 둔다."

"아니야! 내 방 침대에 눕혀 놔!"

"이 기지배가 미쳤나! 누굴 어디 눕혀?!"

문득 욱해버린 태양은 거실 소파 위로 이안을 떨어트리듯 내려놓았다. 하지만 이안의 얼굴을 확인하고 눈물을 글썽이는 백화 때문에 괜한 질투조차 내색할 수 없게 되어 버렸다.

"으어엉…… 진짜 큰일 나는 줄 알았어."

"큰일 안 났잖아. 그런데 왜 울어."

"다행이라서…… 으어어엉……."

저렇게나 좋을까. 역시 못 구해 왔으면 더 큰일 날 뻔했네.

"울음 그쳐 놓기로 했잖아. 자꾸 울면 다시 거기 데려다 놓는다?"

"으어…… 어떻게 그런 말을 해?"

"그러니까 그만 좀 울어. 머리 아파."

한참을 오열할 기세였던 백화는 태양의 핀잔에 억지로 눈물을 멈추었다. 그녀는 소매로 연신 눈가를 문질렀고 그녀 곁에 서 있는 태양에게로 시선을 돌렸다.

아직 피가 멎지 않은 태양의 상처가 백화의 눈에 유독 짙게 띄었다.

"넌 얼굴이 왜 그래?"

"뭐가."

"거기 무서운 사람들 많이 있었어?"

그리 묻는 백화의 눈가가 금세 다시 그렁그렁해졌다. 감히 '죽을 뻔했다'는 사실을 털어놓지도 못할 만큼 여린 눈동자였다.

태양은 쓰라린 상처를 일부러 쓱 문지르며 아무렇지 않은 척을 했다.

"오다 긁혔나."

"거짓말, 긁힌 정도가 아닌데."

"거짓말이면 니가 어쩔 건데. 가서 복수라도 해 주게?"

그가 그녀의 머리를 짓궂게 쓰다듬자 이번엔 태양 때문에 눈물 뺄 기세였던 백화는 울음기를 싹 지워내고 대답했다.

"걱정을 해 줘도 뭐라 그래."

백화의 눈동자가 태양을 벗어나 다시 이안에게로 향했다.

원래는 피딱지 때문에 험한 몰골이었지만 택시를 타고 오는 동안 물티슈로 깨끗하게 닦아낸 덕분에 적어도 아파 보이진 않았다.

"멍든 것 좀 봐. 진짜 아팠겠다⋯⋯."

멍이야 어떻게 숨길 방법이 없었지만.

"뭘 멍든 것 가지고 그래. 나중에 깨어나면 파스나 붙여줘."

태양은 행여나 백화가 다시 울어 버릴까 봐 무심하게 말하며 등을 돌렸다.

"너는? 어디 다친 데 없어? 파스 안 필요해?"

백화는 멀어지는 태양의 기척에 고갤 돌려 물었지만 태양은 손을 휘저으며 사양할 뿐이었다.

"안 맞았다니까 그러네."

"그래도 혹시……."

"진짜 한 대도 안 맞았다고요."

끝까지 백화의 도움을 뿌리친 태양은 뒤도 보지 않고 제 방으로 들어왔다.

반쯤 보다 나온 만화책, 깨끗이 개어둔 검도복, 먹다 남긴 크래커.

일상의 흔적뿐인 그의 공간은 그저 평온했고 지나치게 단조로웠다. 깜빡 잊고 챙겨오지 못한 죽도의 빈자리가 아니었더라면 오늘의 끔찍한 사건들은 모두 꿈이었다고 치부해버렸을 거다.

"으으……."

태양은 신음 소리를 내며 입고 있던 티셔츠를 벗었다. 잔근육이 보기 좋게 솟아 있는 그의 넓은 등은 원래의 피부색을 알아볼 수 없을 정도로 멍투성이였다.

거울을 통해 자신의 상태를 확인한 태양은 문득 서러워졌다.

살면서 목숨이 위태로울 만큼 위협받았던 경험도, 그렇게 죽어라 얻어맞았던 경험도 이번이 처음인지라, 뒤늦게 아이처럼 겁이 나기 시작했다. 하나하나 돌이켜보니 죽도 하나 달랑 들고 간 자신이 미련했고 무사히 살아서 나온 게 용할 지경이었다.

"아…… 이거 봤으면 또 울고불고 난리 났겠네."

태양은 뜨거워지려는 눈가를 억지스러운 혼잣말로 식혔다. 그리고 보기만 해도 아픈 멍 자국들을 깨끗한 후드티로 도로 가렸다.

흔적도 없이 모든 고통을 지워낸 태양은 닫았던 문고리를 다시 붙잡았다. 울음기가 사라질 때까지 숨을 고르고 눈동자가 차가워질 때까지 내리감았다가.

"배 안 고프냐."

멀쩡해진 모습으로 문을 연다. 이안의 손을 꼭 붙잡고 있던 백화는 갑작스러운 그의 재등장에 서둘러 눈가를 닦는다.

"아, 으, 응."

"또 우냐?"

"안 울어. 그냥 눈에 뭐가 들어간…… 으으…….."

"어이구, 잘났다. 누가 보면 초상난 줄 알겠네."

"그런 소리 하지 마!"

역시 나라도 괜찮아 보이길 잘했다고 생각하며 태양은 소파에 누워 있는 이안에게로 다가갔다. 다행히도 그는 아까보다 훨씬 좋아진 안색으로, 고른 호흡을 하고 있었다.

"라면 끓여 줘. 그럼 강이안 내 방 침대로 옮겨 줄게."

"뭐? 그럼 넌 어디서 자게?"

"소파에서 자지, 뭐."

"그러지 말고 그냥 내 방에 눕혀놔도…….."

"어허, 누가 그 속 모를 줄 아냐?"

태양은 백화를 부엌 쪽으로 떠밀고는 이안의 몸을 부축했다. 그의 무게가 실리자마자 사라졌던 통증이 몸 구석구석을 찔러왔다.

"아…….."

"왜? 어디 아파?"

"아니, 라면 물이나 빨리 올려."

하지만 태양은 백화가 알아채지 못하도록 아픔을 지워내고 이안을 다시 등에 업는다.

아무것도 모르는 이 인간이 깨어나면 고생했던 만큼 불편하게 만들어 줄 생각이다. 어린애처럼 유치하게 보일지라도, 엄청 거슬리고 불편하게.

물론 아프고 고생한 거야 강이안이 훨씬 더 했겠지만 백화의 걱정을 한 몸에 받는 것도 강이안이니 심술 정도는 부려도 된다고 생각한다.

"내일 강이안 깨어나면 방세부터 거둬야지."

"방세?"

"현금으로 십만 원."

"야! 너는 무슨 치사하게!"

그렇게라도 생각하니 서러운 마음이 조금은 녹아들었다.

이래서 나는 아직 어린애 취급밖에 못 받나 보다.

꿈을 꾸었다.

온통 새까만 공간 속 나는 손에 총 한 자루를 들고 있었다. 고개를 들어 보니 맞은편에 서 있는 건 다름 아닌 너였다.

'거짓입니다. 전부. 더 정확히 말씀드릴까요?'

'이안 님께는…… 부모라는 존재가 없습니다.'

'그러니…… 더는 희망을 품지 마세요.'

나에게 서운한 말만 하는 너.

너는 내게 희망을 품지 말라고 말했다. 처음엔 몰랐지만 지금은 알고 있다. 너의 말은 옳았고 그걸 부정하려 들었던 나는 틀렸다. 그래서 나는 어떤 반박도 하지 못한다. 그저 고개만 끄덕일 뿐.

그 순간, 나의 곁에선 그 애의 웃음소리가 들린다.

'크흐흐……'

비웃음과 경멸 그 중간쯤 되는 그 웃음소리.

'그나저나 비극인 건지, 희극인 건지 알 수가 없네.'

그 애는 총을 든 채 늘어져 있던 내 손을 감싸 쥐었다. 그러고는 천천히 위로 들어 올리기 시작했다.

'너랑 한지성의 관계 말이야.'

총구 끝은 어느새 너의 왼쪽 가슴을 향해 조준되어 있다. 나는 어떻게든 그 총을 거두려 애쓰지만 그 애는 그럴수록 강한 힘으로 찍어 누르며 뿌리칠 수 없게 만든다.

방아쇠로 옮겨지는 나의 손가락을 너는 그저 바라만 보고 있다. 무슨 표정을 짓고 있는지는 잘 보이지 않는다.

'역겹지도 않나?'

거친 숨을 내쉬며 그 애의 목소리에 저항하듯 고개를 젓던 나는.

'……부모 죽인 새끼랑 같이 붙어 다니는 거.'

결국 그 애의 손아귀를 벗어나지 못하고.

타앙—!

내가 너를 죽이려 하는 악몽은 기어이 너를 죽이고 나서야 끝이 났다.

총성이 터지던 순간 스치듯 맺혔던 너의 미소. 꿈이라는 사실을 자각하는 와중에도 그것만큼은 슬펐다. 슬프다는 말로도 부족할 만큼 나는 마음을 다해 슬퍼했다.

"……안 씨. 정신…… 봐요."

이안의 귓가에 희미한 목소리가 들렸다. 이안은 저도 모르게 두 팔에 힘을 가득 불어넣었고, 거친 호흡을 몰아쉬었다.

"……가 여기 있……."

"으으……."

입안에서 터지는 신음 소리와 함께 전달되는 건 누군가의 따듯한 온기. 그리고 눈물 날만큼 반가운 심장박동.

쿵. 쿵. 쿵. 쿵.

규칙적인 그 소리는 악몽에서 빠져나오는 길을 알려 주기라도 하듯 선명하고 다정하다. 놓치지 않기 위해 조금 더 끌어안으니 조금 더 또렷해진 목소리가 이안을 반긴다.

"정신이 들어요?"

"내…… 여자?"

"응. 나 백화. 나 여기 있어."

백화는 이안의 넓은 등을 차분히 쓸어내려 주었다.

얼마나 나쁜 꿈을 꾸었는지. 발작하듯 소리를 지르며 깨어난 이 남자는 곁을 지키던 백화를 껴안은 채 한참 동안 앓았다. 여러 차례 이름을 불렀지만 대답도 하지 못할 만큼 그는 겁에 질린 상태였다.

그렇게 몇 분이나 흘렀을까.

"내 여자……."

이안은 겨우 백화를 알아보기 시작했다. 시종일관 불안해했던 백화는 그가 마음 쓰지 않도록 일부러 태연한 목소리를 흘린다.

"내가 그렇게 보고 싶었으면 빨리 일어나지 그랬어. 몸은 괜찮아
요?"

"응……."

"멍든 곳은 좀 어때?"

"응……."

이안은 그녀의 목덜미에 고개를 파묻은 채 똑같은 대답만 했다.
생기라고는 전혀 찾아볼 수 없는 목소리였다.

"자, 그럼 이안 씨 괜찮아졌다니까 나는 슬슬 떠나볼까?"

혹시 아직 정신이 온전히 돌아오진 않은 걸까 싶어 장난스러운
질문을 던지니.

"가긴 어딜 가. 넌 왜 맨날 가. 나 멍든 데도 아직 아픈데……."

필사적으로 그녀를 붙잡으려는 대답이 또박또박 이어졌다. 없던
생기도 되찾은 듯 야무진 목소리였다.

백화의 입술 사이에서 픽, 웃음이 터져 나왔다.

"어이구, 대답 잘하네. 멀쩡하구나?"

"안 멀쩡해."

"그럼 입만 멀쩡한 거야?"

"그냥 다 안 멀쩡해."

아이처럼 안겨 있는 이안의 몸에서는 아직 미열이 남아 있었다.
백화는 이안의 몸을 살짝 떼어 내고 헝클어진 그의 머리카락을 쓸어
넘겨주며 말했다.

"배고프죠? 우리 밥 먹고 약 먹자."

"밥?"

"응. 금방 아침에 태양이가 먹고 간 죽 있는데 그거 데워 줄게."

이안은 그제야 백화에게만 집중되어 있던 눈길을 떼어 내고 주변을 살폈다. 푸른 벽에 걸린 진검이 인상적인 아주 낯선 공간.

"여긴 어디야?"

이안이 물으니 백화는 자리에서 일어나며 대답했다.

"아, 태양이 방."

"……태양?"

순간 이안은 아득한 기억 속에서 태양을 기억해냈다. 지난밤, 위기에 놓인 자신을 구하러 와주었던 고마운 사람이었다.

하지만 지켜주기는커녕 목숨만 더욱 위태롭게 만들어놓고 정신을 잃었는데…….

"그 애는 무사해?"

걱정 어린 목소리로 그의 안부를 묻자 백화는 아무렇지 않게 대답했다.

"응. 본인 말로는 엄청 멀쩡하대."

"다친 곳은."

"하나도 안 다쳤다던데?"

태양이 백화를 위해 내뱉었던 '괜찮다'는 거짓말은 이안의 무겁던 마음조차 조금은 나아지게 만들었다. 만에 하나 그 아이가 잘못되었더라면 무거운 죄책감을 평생토록 안고 살 뻔했다.

"책상 위에 태양이 옷 있어. 죽 끓여놓을 테니까 갈아입고 나와요."

백화는 태양의 방을 빠져나가며 이안에게 말했다. 이안은 그의 옷

가지를 물끄러미 바라보다가 조심스레 몸을 일으켜 땀에 젖은 티셔츠부터 벗어냈다.

그의 하얀 피부 군데군데 남아 있는 짙은 멍 자국들. 툭툭 건드려 봤지만 별로 아프지는 않았다. 줄에 묶여 있던 목이 쓰라린 것 빼고는 별다른 고통도 없었다.

이 정도에서 끝나길 정말 다행이라고 생각하며 이안은 태양이 놓고 간 후드 티를 집어 들었다. 후드 티 모자 안에서 곱게 접힌 종이 하나가 툭 떨어졌다.

"뭐야."

종이를 주워든 이안은 망설임 없이 내용을 펼쳐보았다.

어지르기만 해 봐라. 내 방에서 수상한 짓 하기만 해 봐라.

매직으로 휘갈겨 쓴 글씨는 매우 낯설었지만, 누가 적어놓고 갔는지는 확실히 알 수 있었다. 망설이던 이안은 책상 위에 연필을 찾아들었다. 그러고는 종이 뒷장에 서툰 글씨를 힘주어 적어 넣었다.

그렇게 해볼게. 신경 써 줘서 고마워.

—이안—

그 아이가 본다면 분명 복장을 터트릴 만한 내용.

하지만 어디까지나 순수하고 착한 의도뿐이었던 이안은 답장을 적은 종이를 책상 위에 고이 올려두었다.

위기도 함께 겪고, 방도 함께 쓰고, 이젠 편지까지 함께 나누는 사이가 되었으니 어쩐지 태양과 절친해진 기분이었다.

"다 입었어."

"오, 딱 맞네. 키가 비슷해서 그런가?"

태양의 옷으로 갈아입은 이안이 거실로 나왔을 때, 부엌을 분주히 돌아다니던 백화는 얼핏 보고도 만족스러운 반응을 보였다.

이안은 부엌 쪽으로 발걸음을 천천히 옮겼고 조심스럽게 두 손을 뻗었다. 백화는 이안이 다가오는 걸 눈치채지 못하고 있다가 그의 손이 그녀의 허리를 두르고 나서야 깜짝 놀라 뒤를 돌았다.

"깜짝이야! 뭐해요?!"

"안고 싶어서."

"아, 나 밥하잖아!"

"너는 밥해. 나는 안을게."

안아주는 입장에서 말은 쉬웠다. 하지만 집요한 품 안에 안기는 입장에선 얼토당토않은 소리였다.

"이따가 안아줄게. 이따가. 응?"

"지금 아니면 싫어."

"이안 씨 몸도 안 좋잖아. 소파에 가만 앉아 있어."

"안고 있으면 괜찮아."

한바탕 시련이 지나가고 나자 조금 더 고집스러워진 이안의 집착. 백화는 정신 사납게 구는 그를 밀어내려 했으나 그녀를 품에 넣는 이안의 힘이 더 강했다. 결국 두 팔까지 붙잡힌 채 가만히 안겨 있으니 이안은 숨소리 같은 목소리를 흘려보냈다.

"보고 싶었어⋯⋯."

얼마나 간절했던 그녀의 온기였는지. 얼마나 그리웠던 그녀의 심장 소리였는지.

불안했던 마음도, 고통스러웠던 시간도, 따뜻한 그녀의 체온으로 사르르 녹아들었다. 그녀가 사랑해 주는 지금의 강이안으로 악착같이 버텨내길 정말 잘했다.

"사랑해."

"⋯⋯응?"

"이 말 못 하는 줄 알았는데."

이안은 그녀를 안은 팔에 더욱 힘을 불어넣으며, 간절한 고백을 속삭였다. 오늘따라 유독 낮은 목소리가 귓가를 간질이는 느낌이었다.

백화는 얼굴을 붉힌 채로 고개를 끄덕였다. 마음 같아서는 화답을 해 주고 싶었지만 심장이 터질 듯이 두근거리는 바람에 말이 제대로 나올 것 같지가 않았다.

그래서 머리카락 사이를 파고드는 그의 숨소리를 느끼며 애써 마음을 진정시키고 있던 그때.

"나도 사랑하오. 조카사위."

짓궂기로는 둘째가라면 서러울 중년 남자가 안방에서부터 등장했다. 이안이 뒤를 돌아보자 예전에 한 번 얘기를 나눈 적 있던 백화의 삼촌이 흐뭇한 표정으로 그에게 말을 건넸다.

"젊어서 그런가. 일어나자마자 혈기왕성하네."

"안녕."

"안녕? 지금 설마 나한테 '안녕'하고 인사한 건가?"

"응. 반가워서."

"그래. 나도 반갑다. 무례한 모습까지 변치 않았구나, 너. 하하하."

삼촌은 핀잔을 주었지만 이안은 속뜻까지 알아차리지 못했다.

그들이 훈훈한 인사를 나누고 있는 사이 백화는 재빨리 이안의 품에서 빠져나와 삼촌의 놀림이 이어질세라 물었다.

"삼촌도 죽 괜찮아?"

"죽? 조카사위도 왔는데 겨우 죽 가지고 돼? 오늘은 내가 야심 차게 족발에 소주 쏜다."

삼촌은 주머니에서 요란스럽게 휴대폰을 꺼내 들며 말했다. 백화는 흘깃 눈을 돌려 시계를 확인했고 족발집 전화번호를 찾아 누르려는 삼촌을 저지했다.

"아, 됐어. 무슨 족발이야. 어차피 퇴근 시간 다 돼서 조금 있으면 지성 씨가 데리러 올 텐데."

하지만 삼촌은 고개를 도리도리 저으며 백화가 알지 못하는 새로운 사실을 털어놓았다.

"지성 씨라면, 우리 조카사위랑 같이 사는 그 친구 말하는 거지? 아까 백화 너 학교에 있을 때 그 친구가 찾아왔었어."

"지성 씨가?"

"응. 조카사위를 한 일주일 정도 우리 집에 맡기겠다던데?"

"뭐?! 이안 씨를 우리 집에?!"

생각지도 못한 소식에 백화의 얼굴에 당혹감이 어렸다.

지성이 회사까지 쉬고 이 집을 찾아왔었다는 것도 의아했지만, 그동안 늘 이안의 곁을 지켜 주던 그가 일주일이나 떨어져 있으려는 이유도 의아했다.

"그럴 리가 없는데……."

"조카사위 짐도 다 챙겨왔는데, 뭐. 옷이랑 약이랑 뭐가 들었는지 도 모를 무거운 가방이랑."

삼촌이 가리킨 곳에는 이안의 눈에 낯익은 물건들이 쌓여 있었다.

그중 수갑을 넣어 두는 가방을 알아본 이안은 혼란스러운 눈으로 백화를 바라보았다. 그 역시 갑작스러운 지성의 부재에 적잖이 놀란 모양이었다.

백화는 휴대폰을 꺼내 망설임 없이 지성의 번호를 찾아 눌렀다.

—전화를 받을 수 없어 소리샘으로…….

하지만 망가진 건지, 꺼져 있는 건지, 전혀 연결되지 않는 그의 휴대폰.

"받아?"

"아니요. 신호도 안 가는데?"

이안의 얼굴이 한층 더 어두워졌다.

"괜찮아. 바빠서 잠시 꺼뒀나 보지. 이따 다시 전화해 볼게요."

백화가 아차 싶은 마음에 서둘러 위안을 덧붙여보았지만 이미 우울해져 버린 그의 심기는 쉽게 나아지질 않았다.

그녀는 짧은 한숨과 함께 다시 삼촌에게로 고개를 돌려 물었다.

"그건 그렇다 치고, 일주일 동안 이안 씨를 어디서 재워?"

"태양에 방에서 재우면 되지."

"에이, 둘이 절대 같이 못 있어."

"왜 둘이 있어?"

"그럼 태양이를 일주일 동안 소파로 내몰게?"

가설일 뿐이었지만 백화의 얼굴엔 벌써부터 난처한 기색이 가득했다. 사실 태양의 마음을 알고 있는 그녀에게는 두 남자가 한 집에서 자주 마주치는 것 자체가 염려스러운 상황이었다.

그러나 삼촌은 이번에도 혼자서만 태평하게 또 다른 소식을 전했다.

"그래서 준비된 두 번째 뉴스. 마침 태양이는 일주일 동안 합숙 훈련 갔지요."

"뭐? 걔 그런 말 없었잖아."

"아까 짐도 싹 다 챙겨갔어. 기적의 타이밍이지."

시기가 너무 딱 들어맞아서 부자연스러울 지경이었지만 그 말을 들은 백화는 남몰래 한숨을 돌렸다. 지난밤의 사건으로 인해 태양을 보기만 해도 미안해졌던 그녀에게는 그의 부재가 여러모로 다행인 일이었다.

"자, 그럼 상황정리 끝났지? 족발 주문한다?"

삼촌은 다시 신이 난 목소리로 휴대폰을 눌렀다. 휴대폰 너머로 울리는 족발집 CM송을 들으며 백화는 곁에서 말도 없이 서 있는 이안을 살폈다.

아직 상황을 납득하지 못한 그의 눈동자는 초점을 잃은 채 허공을 떠도는 중이었다.

"표정이 많이 안 좋네. 우리 집 불편해요?"

그녀의 조심스러운 물음에 이안은 좌우로 고개를 저었다.

"……한지성 보고 싶어."

그러면서 한지성을 찾아 헤매는 이안은 딱 엄마 잃은 새끼오리 같은 표정이었다.

　하긴, 예전에 잠깐 싸워서 둘이 말 안 했을 때도 엄청 속상해했었지. 이렇게 말도 없이 사라진 건 처음이라서 많이 당황했을 거야.

　"너무 걱정하지 마요. 지성 씨가 이안 씨 두고 어디 멀리 갔겠어요? 나랑 같이 있다 보면 일주일 금방 지나갈걸?"

　백화는 서러움에 찬 그를 다정한 목소리로 달랬다. 낯선 환경을 싫어하는 이안에게는 별 도움이 되지 않는 위로겠지만, 그녀는 지성처럼 살뜰하게 그를 챙겨 주고 싶었다.

　"……너랑?"

　"응? 뭐가?"

　"나, 일주일 동안 너랑 있어?"

　진심이 통했던 걸까.

　그녀가 건넨 위로에 이안은 흥미로운 반응을 보였다. 고개를 들어 다시 마주한 그의 눈빛은 무엇 때문인지 순식간에 빛을 되찾은 상태였다.

　"아마도…… 그렇지 않을까? 여기가 우리 집이니까."

　"그럼 너 얹혀사는 부분에 나도 같이 얹혀 있는 건가."

　"그렇죠. 얹혀산다고 콕 집어 표현하니까 마음은 아프다만."

　백화의 정확한 설명에 먹구름 가득했던 이안의 마음이 맑게 개었다.

　일주일 동안 나는 내 여자랑 같은 공간에서 지내는구나. 깨어나서부터 잠들 때까지 함께 있을 수 있겠구나.

불안하던 이안의 심장이 다른 의미로 떨려 왔다. 그의 얼굴에서 지성에 대한 걱정은 눈 녹듯이 사라지고 짧은 동거에 대한 기대감만이 풍선처럼 부풀어 오르기 시작했다.

"지성 씨랑 연락 닿으면 최대한 빨리 오라고 말해볼게요."

"왜."

"이안 씨가 지성 씨 보고 싶어 하니까."

백화는 조금 전까지만 해도 풀이 죽어 있던 이안을 위해 말했다.

"그러지 마."

그러나 이안은 단호한 목소리로 재빨리 대답했다.

그의 빠른 감정변화를 미처 따라가지 못한 백화가 의아하다는 듯 올려다보니 이안은 자신의 의사를 한 번 더 강조했다.

"그런 말 하지 말라고. 이제 한지성 안 보고 싶어졌으니까."

"일 분 만에?"

"원래 일 분 사이엔 많은 것들이 변해."

뭔데. 그 쓸데없이 철학적인 변명.

백화에게 빤한 속을 내비친 이안은 잠시 고민에 잠겼다. 새로운 상황을 받아들이고 나자, 아까는 그냥 넘어갔던 문제가 새삼 마음에 걸리기 시작했다.

분명 아까 태양이 방 어쩌고 한 것 같은데. 나는 거기서 혼자 자고 싶지 않은데.

이안은 백화에게 중얼거리듯 말했다.

"……싫어."

그러나 수줍음 때문에 무턱대고 작아진 목소리는 그녀의 귀에 들어가지 않았다. 이안은 한 번 더 같은 말을 반복했다.

"……자고 싶다고."

"응? 지금 자고 싶다고?"

안타깝게도 두 번째 말 역시 뒷부분만 겨우 들어간 모양. 그는 숨을 짧게 들이쉬었다. 그러고는 더는 미룰 수 없는 그 말을 조금 더 힘주어 말했다.

"니 침대에서 너랑 같이 자고 싶다고."

드디어 더할 나위 없이 또렷한 목소리가 튀어나오자, 집 안엔 순식간에 무거운 정적이 감돌았다.

이안에겐 침대를 같이 쓰겠다는 것 외에 아무 의도도 없었지만, 마음속에 음란마귀를 키우고 있는 사람이라면 충분히 이상하게 들릴 수 있었다.

"……뭐?"

고요 속에서 건조한 목소리가 터졌다.

"침대에서…… 뭐?"

거듭될수록 그녀의 낯을 뜨겁게 만드는 건 때마침 주문전화를 마친 삼촌의 반응이었다.

"야, 너 진짜 집에 안 들어갈 거야?"

방 안으로 만화책을 한 아름 안고 들어오며 친구가 물었다.

태양은 그의 침대에 길게 누운 채로 휴대폰을 만지작거리며 무성의하게 대답했다.

"어. 안 가."

"왜 니 집 놔두고 남의 집에 와서 자?"

"그냥."

"하숙비 아깝지 않아?"

"아, 니가 내냐?"

질문이 불편한지 태양은 평소보다 까칠한 반응을 보였다. 그의 친구는 들고 온 만화책들을 태양의 배 위로 우수수 떨어트리며 보채듯 중얼거렸다.

"너의 팬들이 궁금해 해서 그런다."

"내 팬들이 누군데."

"우리 엄마랑 누나. 자꾸 물어보잖아. 혹시 너 집세 못 내서 쫓겨난 거 아니냐고."

태양은 친구가 내뱉은 농담에 굳었던 표정을 풀고 픽, 웃음을 흘렸다. 곰곰이 생각해 보니 일주일이나 먹여 주고 재워 주는 이 집 식구들에게는 외박의 이유라도 설명해 줘야 할 터였다.

태양은 잠시 고민하다가 무심한 목소리로 대답했다.

"백화 가족들 와 계셔. 일주일 동안."

"아, 하숙집 누나 가족들?"

"어. 할아버지, 할머니, 어머니, 아버지, 사촌에 팔촌까지 전부 다."

"왜? 집주인 아저씨 결혼이라도 해?"

"비슷해."

새빨간 거짓말이지만 진실보다는 모양새가 좋았다. 친구는 두 눈 가득 어렸던 호기심을 풀고, 만화책을 한 권을 집어 들며 심드렁하게 대꾸했다.

"으흠, 그런 거라면 니가 껴있을 자리가 아니겠네."

그 말은 아무 뜻 없이 내뱉은 것치곤 꽤나 날카롭게 태양의 가슴을 찔러왔다.

태양은 잠시 긴 한숨을 흘리다가, 겨우 입술을 움직여 대답했다.

"어. 내가 껴있을 자리가 아니지……."

그 말을 하고 보니, 역시 피해 있길 잘한 것 같다는 생각이 든다.

문득 등이 배기는 것 같아, 태양은 벽 쪽으로 돌아누웠다.

보이지 않는 전쟁이란 이런 것일까. 족발을 사이에 두고 벌이는 두 남자의 기 싸움은 굉장히 팽팽했다.

한쪽은 본능을 내세우고 한쪽은 상도덕을 내세우며 끝도 없이 이어지는 지겨운 말싸움. 가장 난처해지는 건 화근이 된 백화였다.

"아니, 대체 내 침대가 뭐길래 이렇게 둘이 싸워?"

"니 침대? 너랑 누워서 자야 할 내 자리."

"이안 씨, 삼촌 앞에서 자꾸 나랑 눕는다, 잔다 이런 얘기하지 마요."

"조카사위. 그 침대는 저 기지배가 엉망진창으로 어질러놓고 학교 갈 때마다, 내가 새빠지게 치워줘야 하는 노동의 공간이야."

"삼촌은 이안 씨 앞에서 내 치부 드러내지 말고."

사실 툭 털어놓고 보면 이안을 백화 침대에서 재우는 게 별일은 아니었다. 겉보기에는 음흉한 의도처럼 보일지 몰라도 순수한 이안에게는 수갑 대신 백화를 꼭 껴안고 자겠다는 그 말뜻이 전부였다.

삼촌 역시 이안을 딱히 경계하는 건 아니었다. 하지만 그렇다고 해서 멍석을 깔아 주기에는 삼촌 된 입장에서 양심에 찔려왔다.

"이러지 말고 허락 좀 해 주지?"

"조카사위, 내 누나가 얼마나 무서운지 알고 있는가?"

"무서운 건 알고 싶지 않아."

"알아줬으면 좋겠어. 결혼도 안 한 사이인데 합방시켰다간, 내 목이 댕강 달아나거든."

"달아나면 잡아다 붙여. 그러면 되잖아."

"장난칠 일이 아니야! 백화 저 지랄 맞은 성격이 누구로부터 대물림됐는데!"

결국 또 반복되는 쳇바퀴 같은 실랑이.

백화는 누가 이기든 상관이 없었다. 오직 그녀에게 중요한 단 한 가지는 눈앞의 먹음직스러운 족발이 차게 식어가고 있다는 사실뿐이었다.

"좋아. 두 분이서 상의 잘해 보시고, 마음대로 하세요. 마음대로."

백화는 윤기 흐르는 살코기를 집어 들며 심드렁하게 얘기했다.

"좋아. 그럼 우리 결혼해. 지금."

이안은 곁에 놓여 있던 백화의 휴대폰을 들며 단호하게 대답했다.

"식장 예약한다."

"네에?"

"지금 출발하면 여덟 시쯤 도착하겠네."

"뭐, 뭐요?"

"가장 가까운 곳이 드림 웨딩홀······."

흘끗 본 이안은 휴대폰으로 열심히 웨딩홀을 검색하는 중이었다.

막 모바일 홈페이지에 입성한 걸 보니 그는 정말 당장이라도 홀 하나를 예약할 기세였다.

"아! 진짜 왜 저런데!"

백화는 서둘러 휴대폰을 낚아챘다. 이안은 미간을 구기며 섭섭한 내색을 보였다.

"왜 말려."

"이안 씨는 내 한 번뿐인 결혼식을 족발 먹다가 올리게 하고 싶어요?"

"두 번, 아니 백 번도 더 올려 줄게. 그러니까 오늘은 일단……."

"조용히! 조용히! 조용히하고 밥이나 먹어!"

백화는 이성을 잃은 이안의 입안에, 젓가락으로 집었던 살코기를 쑤셔 넣었다. 고분고분한 성격의 이안은 반항하지 못하고 입을 오물거렸지만 그의 심기는 몹시도 불편했다.

무겁고 딱딱한데다 아프기까지 한 수갑보다 백화의 부드럽고 따듯한 몸을 안고 잠드는 게 더 좋은데. 왜 다들 내 마음을 몰라주지. 섭섭해지려고 해.

'아, 혹시…….'

한참을 고민하던 이안의 뇌리에 작은 깨달음 하나가 스쳤다.

예전에 지성은 상대방의 마음이 이해가 가지 않을 때, 입장을 바꿔서 생각해 보라고 했지.

자, 그럼 입장을 바꿔서. 만약 한지성이 그때 식당에서 봤던 그 여자를 집에 데리고 와서, 같은 방 같은 침대를 쓴다면…….

'한지성. 우유가 상했는데 다른 우유…… 아, 깜짝이야.'

'하, 이안 님. 제가 어젯밤에 해실 씨랑 같은 침대를 썼잖아요.'

'어, 어.'

'그럼 들어오실 때 조심 좀 하시지 그러셨어요.'

'미안. 그런데 왜 너 벗고……'

'나가주세요.'

'아, 응. 근데 우유……'

'나가주시라고요.'

그래. 이튿날 아침에 불편하고 민망하고 이상하고, 뭔가 서운한 상황에 부딪힐 수 있어. 충분히 그럴 수 있어.

그거라면 삼촌이 군이 같은 방을 쓰지 못하게 말리는 이유로 어느 정도 납득이 갔다. 이안은 그 염려를 풀어 줘야겠다고 생각하며 삼촌에게 신뢰감 있는 목소리로 말했다.

"혹시 그런 걱정이라면 하지 마."

방금 막 고기 세 점을 입에 넣었던 삼촌은 열심히 턱을 움직이며 이안을 마주했다.

'그런 걱정? 무슨 걱정?'이라고 묻는 눈동자였다.

잠깐의 정적. 짧은 심호흡. 이안은 아무 걱정하지 말라는 듯 태연하게 말을 이었다.

"2세는 안 만들게."

"쿨럭! 쿨럭! 쿨럭!"

"사, 삼촌! 강이안, 넌 왜 그런 말을 해!"

짜악, 소리와 함께 이안의 너른 등판에 매서운 불이 일었다.

　　　　　＊　　　＊　　　＊

"후우……."

해실은 먹먹한 눈빛으로 긴 한숨을 흘려보냈다.

오늘 하루 마음이 조여들 때마다, 습관처럼 내뱉던 시름이었다.

해실의 작은 손에는 차갑게 식은 휴대폰이 쥐어져 있었다. 그녀의 것은 아니었지만, 주인이 나타나지 않은 탓에 아직까지 돌려주질 못했다.

"이해실."

"……."

"이해실."

"네?"

얼음처럼 서늘한 음성이 해실의 이름을 불렀다. 요즘 들어 단 한 번에 알아듣지 못하는 목소리였다.

해실은 들고 있던 그의 휴대폰을 카디건 주머니 안에 넣어놓고 고갤 돌렸다. 희운은 잠시 그녀를 마주하다 손목에 찬 시계를 톡톡 두드리며 말했다.

"퇴근 시간 됐어. 일찍 들어가."

"아, 네……."

해실은 그제야 멍했던 정신을 붙잡고 넣어 두었던 서류들을 정리하기 시작했다. 그녀의 손길은 분주했지만 얼굴에 어린 공허함만은 가시질 않고 있었다.

희운은 그 뒷모습을 가만히 지켜보다가 그녀가 가방을 챙겨 들고 일어서자 뒤따라 일어섰다. 그리고 아무 뜻 없이 마주 닿은 그녀의 시선에 괜한 대답을 늘어놓았다.

"나도 지금 퇴근하려던 중이라서…… 같이 나가."

이 말, 얼마 만에 해 보는 말이었더라.

같이 나간다고 해 봐야 이 자리에서 엘리베이터까지 되는 짧은 거리였지만 그동안은 그것만큼 어려운 일이 없었다.

사실 그녀와 해오던 대부분의 크고 작은 일들이 그러했다. 커피를 마시는 일, 궂은 날씨에 대해 이야기하는 일, 출근길에 있었던 사건을 나누는 일…….

그냥 그녀와 함께하는 모든 일들이 희운에게는 어겨선 안 될 금기였다.

"같이……요?"

"어. 난 어차피 지하 주차장으로 내려가야 되지만……."

지금이라고 해서 딱히 상황이 나아진 건 아니었다. 겨우 엘리베이터에 같이 오르는 데에도 반드시 구차한 변명을 덧붙여야 했으니까.

희운은 해실이 내비친 난처함을 눈치채지 못한 척 먼저 걸음을 옮겼다. 그러고는 사무실 자동문을 지나 아무도 없는 복도를 따라, 엘리베이터 앞에 해실과 둘만 남게 되자 드디어 묻고 싶었던 질문을 꺼내놓았다.

"혹시 한지성이랑 연락 닿나?"

"지성 씨요?"

"이틀째 말도 없이 결근하는데 아무도 찾질 않잖아."

"아……."

"물론 대표님 때문에 섣불리 못 건드리는 거겠지만."

희운의 목소리에 녹아 있는 건 걱정스러운 마음이었다.

함께 지성을 걱정하고 있는 처지인 해실은 망설임 끝에 카디건 속 휴대폰을 꺼내 보였다. 희운의 눈동자가 그녀의 손 위로 내려앉았다.

"저번에 지성 씨가 절 데려다주면서 집 앞에 떨어트리고 갔어요."

"……."

"휴대폰만 두고 갔으면 그러려니 하겠는데, 차도 이틀째 저희 집 앞에 주차되어 있어서……."

"차?"

"네. 마지막 인사 나누고 나서 다시 안 탄 것 같아요."

머릿속을 맴돌던 부정적인 정황들은 입 밖으로 나오자 더욱 어두운색을 드러냈다. 불안을 감추지 못한 해실의 눈동자가 가늘게 떨려 왔다.

그걸 바라보던 희운은 때마침 도착한 엘리베이터에 오르며 차분한 목소리로 말했다.

"별일 없을 거야. 내가 알아볼게."

"……대리님께서요?"

"어. 그 전에 물어볼 게 하나 있는데."

"물어볼 말씀이라면……."

엘리베이터 문이 닫혔다. 해실은 고개를 돌려 희운을 올려다보았고 희운은 그녀를 의식하면서도 시선을 맞추지 않았다.

그래서 알 수 없는 그의 눈빛이었다.

"그 사람이 그렇게 신경 쓰여?"

그리고, 그렇기에 더더욱 알 수 없는 질문의 의도였다.

"네?"

"한지성을 많이 신경 쓰고 있냐고 물었어."

"그게……."

"뭉뚱그리지 말고 똑바로 대답해. 한번쯤은 제대로 듣고 싶었으니까."

그의 목소리가 이어질수록 해실은 아무 말도 할 수가 없어졌다. 가슴 한편이 턱 막히고 머릿속이 아득해지는 느낌이었다.

곁에 선 희운을 의식해서가 아니었다. 해실은 예전에 진심으로 사랑했던 그를 보면서도 이곳에 없는 지성만을 떠올리는 중이었다.

'웃는 게 예쁘잖아요.'

낮고 부드러운 목소리.

'다시 눈 감아볼래요?'

얼굴에 닿던 따듯한 감촉.

'해실 씨, 천천히 내려요.'

코끝을 간질이던 향기.

'딱 스무 걸음만 뒤돌아보지 말고 걸어요.'

곁에서 느껴지던 숨소리까지도.

"저는……."

"……."

"그러니까 저는……."

뿌옇게 흐려지는 건 눈인데 이상하게 목소리까지 대책 없이 흐려진다. 해실은 얼른 고개를 숙였지만 적막한 공간에 떨어지는 눈물 방울 소리는 유독 커다랗게 들렸다.

울음을 삼키는 그녀의 뒤통수에 따듯한 손끝이 다가왔다. 움츠러들 필요도 없이 곧바로 이어지는 건 희운이 전해 주는 따듯한 위로였다.

"아니다. 그냥 말하지 마."

"아⋯⋯."

"남의 고백 먼저 듣는 건 예의가 아닌 것 같아."

짧게 닿았던 손길은 욕심이 깃들 새라 서둘러 떨어졌다. 해실은 카디건 소매 끝으로 눈물을 정리하고 그에게 고맙다는 인사라도 건네려 했다.

"그럼 내일 봐. 한지성 일은 너무 걱정하지 말고."

그러나 때마침 엘리베이터가 1층에 도착해버린 탓에, 두 사람의 대화는 서둘러 마무리되고 말았다.

해실은 문이 열리자마자 작은 고갯짓으로만 안녕을 고하고 걸어 나왔다. 받았던 마음은 흔적도 없이 지워낸 모습이었다.

하지만 안정을 찾은 눈동자에 남아 있는 건 분명 희운에게서 전해 받은 온기였다.

역시, 당신은 정말 친절한 사람이다. 그리고 아직까지도 당신은 변함없이 친절하다.

12 장
그의 눈동자는 빛을 숨긴다

"그럼…… 조카사위, 잘 자. 저쪽 태양이 방에서 말이야."

삼촌은 아까보다 더 단호해진 목소리로 이안에게 말했다.

이안은 썩 마음에 들지 않는 굿나잇 인사에 반응하지 않았고 미간을 좁힌 채 백화의 방만 응시했다.

"어딜 봐? 안 된다니까. 어서 태양이 방으로 들어가."

삼촌은 혹시나 그가 또 어깃장을 낼까 싶어 한 번 더 힘주어 이안이 묵어야 할 방을 강조했다.

"하지만……."

"하지만 안 돼."

"그럼 그래도……."

"그래도 안 돼."

절대 설득될 것 같지 않은 삼촌의 완강한 태도.

이안은 하는 수 없이 백화의 방에서 눈길을 돌리며 자신이 어디서부터 실수했는가를 곰곰이 생각했다. 그러나 아무리 생각해도 걱정을 덜어주기 위한 해명이 왜 더 커다란 걱정을 낳았는지, 그는 도통 알 수가 없었다.

"뭐야, 왜 다들 여기 서 있어?"

때마침 샤워를 마친 백화가 머리를 털며 화장실에서 나왔다.

이안은 그녀에게 무슨 말을 하려다가 아직도 그에게 머물러있는 삼촌의 시선을 의식하고 입술을 닫았다. 백화는 그 모습을 보았으면서도 싹 무시하고 제 방으로 향했다.

"아, 머리 말리기 귀찮다."

"크흠."

이안이 수상쩍은 헛기침과 함께 그 뒤를 따르려 하니.

"어이, 강이안."

삼촌은 엄포를 놓듯 낮게 그를 호명했다. 감시병도 저런 감시병이 따로 없었다.

"그냥 머리 말리는 거 구경하러 가는 거야."

"가봤자 옷에 쟤 머리카락만 개털처럼 붙어."

"그러니까 그 개털 붙이러 가는 거라고."

"뭐?"

이안은 얼토당토않은 변명만 던져 놓은 뒤, 백화의 방으로 무턱대고 들어섰다. 용변이 급했던 삼촌은 따라가려다 말고 화장실 앞에서 이안이 들을 수 있도록 크게 말했다.

"나 배 비우고 올 동안만 빠르게 작별 인사해라! 알겠냐!"

그 말에 곧바로 반응하는 이안의 눈썹.

거울 앞에 앉아 드라이기를 켜며 백화는 웃음을 터트렸다. 덕분에 불편했던 이안의 마음이 더욱더 불편해졌다.

"웃지 말고 설득해 봐."

"내가 삼촌한테 뭘 설득해?"

"나 여기서 자게 해 달라고."

"흐음, 이안 씨는 그렇게 나랑 자고 싶어요?"

"당연하잖아. 넌 아니야?"

'나도 그래요'라는 대답을 기대하고 물은 질문이었다.

하지만 백화는 위잉위잉 요란한 드라이기만 움직일 뿐 별다른 대꾸를 하지 않았다. 그녀에게로 좀 더 가까이 다가간 이안은 흔들리는 눈빛으로 되물었다.

"넌 아니냐고."

"푸우우……."

"얼룩말 소리 내지 말고 대답해. 넌 아니야?"

"오, 이안 씨 얼룩말 소리도 알아요?"

"응. 예전에 동물의 왕국에서…… 가 아니라, 똑바로 대답해. 넌 나랑 안 자고 싶냐고 세 번 물었어."

같은 질문이 반복될수록 이안의 마음에는 서운함이 겹겹이 쌓여 갔다. 백화는 거울을 통해 토라지기 일보 직전인 그의 얼굴을 물끄러미 바라보았고, 배시시 웃으며 대답했다.

"나야, 뭐……."

"너 뭐."

"이안 씨랑 자도 되고 안 자도 되고."

"뭐?"

이안은 제 귀를 의심했다. 사랑하는 그녀가 내뱉은 야속한 말을 도저히 소화시킬 수 없어, 듣기 좋은 형태로 고쳐 해석했다.

"자도 되고 안아도 되고?"

"아니. 자도 되고 안 자도 되고."

"안아……."

"안 자도 되고."

하지만 대체 무슨 심보인지, 백화는 두 번이나 똑 부러지게 쐐기를 박아 넣었다.

현실도피에 실패한 이안은 붉은 입술을 앙다물었다. 끓어오르는 서운함 때문에 숨은 거칠어졌고 눈가는 뜨거워졌다.

딱 그 타이밍에 다시 열리는 화장실 문.

"자, 마지막 면회시간이 끝났습니다! 조카사위 취침 들어가세요!"

사이렌 같은 목소리를 들으며 이안은 그녀에게서 등을 돌렸다. 백화의 방을 떠나 태양의 방으로 돌아가는 그의 발걸음은 쿵쾅쿵쾅 공룡이 따로 없었다.

쾅―!

곧이어 세차게 문 닫히는 소리가 온 집안을 울렸다. 그건 백화에 대한 분노 표현이었고, 그녀도 그걸 똑똑히 알고 있었다.

하지만 백화는 피식 웃어넘겨 버리고는 다시 머리 말리는 일에만 집중했다.

"워, 단단히 삐졌나 봐."

"괜찮아. 금방 풀릴 거야."

삼촌은 뒤늦게 이안을 걱정했지만 가볍게 대꾸하는 그녀는 한없이 여유로울 뿐이었다.

한편, 너덜너덜해진 마음으로 태양의 방에 틀어박힌 이안은 제일 먼저 밝은 형광등부터 꺼 버렸다.

아무리 아는 사람 방이라고 해도 머무는 건 처음인데. 백화는 낯선 환경을 극도로 싫어하는 이안을 알면서도 매몰차게 그를 내팽개쳐두었다. 어지간한 건 장난으로 넘어가 줄 수 있었지만, 이 문제는 정말 생각하면 생각할수록 너무했다.

"나도 같이 안 자고 싶어……."

이안은 오기 섞인 말을 속삭이듯 중얼거리며 조심히 침대 위에 몸을 눕혔다. 태양의 베개를 베고 태양의 이불을 덮고 태양처럼 어둠 속을 응시하고 있자니, 어쩐지 더욱 커져 가는 낯선 감정.

냄새부터 소리까지 익숙한 게 하나도 없잖아. 이런 곳에서 나 혼자 어떻게 자.

"어이고, 피곤하다. 잘 자라. 조카."

"응, 삼촌도."

문밖에선 이안에게 섭섭함을 선물한 두 사람이 다정한 취침인사를 주고받았다. 듣고 있는 것만으로도 부아가 치밀어서 이안은 저도 모르게 이불 끄트머리를 두 손으로 꼭 쥐었다.

머지않아 요란하던 헤어드라이기 소리도 멎고 집 안은 쥐 죽은 듯 고요해졌다. 벽 너머 백화의 방에선 작은 기척도 들려오질 않는 걸 보니, 이제 그녀도 슬슬 잠에 들려는 모양이었다.

평소 같으면 백화가 좋은 꿈을 꾸길 바라줬을 테지만 지금은 심사가 뒤틀려서 아무 생각도 하고 싶지 않았다.

"잘 자든가, 말든가."

그는 일부러 백화에게 들었던 야속한 말과 비슷한 혼잣말을 내뱉으며 이불을 머리끝까지 끌어올렸다. 숨이 막히고 갑갑하긴 했으나 낯선 공기에 파묻혀 있는 것보다는 나았다.

그렇게 얼마나 한참의 시간이 지났을까. 잠들기는커녕, 다시금 지성에 대한 그리움만 스멀스멀 피어올리고 있던 그때.

끼이이익—

나무 우는 소리가 가늘게 귓가를 파고들었다.

그건 문이 열리는 소리와 비슷했지만 이안은 대수롭지 않게 넘겨버렸다.

하지만 곧이어 발아래 쪽에서부터 이불자락이 끄잡아 당겨지기 시작했다. 무시하기에는 고의성이 짙은 움직임이었다.

이 정도 세기와 방향이라면 누군가 이안의 발밑에서 이불을 잡아당기고 있는 게 분명했다.

'토마스! 큰일 났어요! 이곳은 귀신 들린 집이에요!'

왜 하필 지금 이 순간, 백화와의 첫 데이트에서 보았던 공포영화 대사가 생각나는가.

이안은 이불을 붙잡으려 했다. 그러나 손에서 식은땀이 나는 바람에 힘없이 놓쳐버리고야 말았다.

그 덕에 한도 끝도 없이 아래로 내려간 이불은 이안의 정수리를 드러내고, 꼭 감은 두 눈을 드러내고, 머지않아 얼굴 전체를 훤히 공개해 버린 처지.

"아."

이안은 미간을 좁히며 짧은 신음을 흘렸다.

"푸우우……."

그에 대한 화답처럼, 동물의 왕국에서 들었던 얼룩말 소리가 이어졌다. 사람의 것이 확실한 그 기척에 이안은 감았던 눈꺼풀을 천천히 들어 올렸다.

까만 어둠이 적응되자 서서히 드러나는 누군가의 실루엣.

"귀신……."

확신이 든 정체를 입 밖으로 내뱉자.

"쉿쉿. 삼촌한테 들키겠다."

실루엣의 주인공은 겁에 질린 그를 어르고 달래며 가까워졌다. 거리가 좁혀질수록 코끝을 간질이는 건 지극히도 반가운 살결의 향기였다.

"너…… 나랑 안 자고 싶어 했잖아……."

뒤늦게 백화의 방문을 깨달은 이안이 숨소리처럼 작게 속삭였다. 당장 울음을 터트려도 이상하지 않을 만큼 서러움 가득한 목소리였다.

그 말에 백화는 언제 야속하게 굴었냐는 듯 부드럽게 대답했다.

"삼촌 깨어 있을 때 내색하면 이렇게 몰래 못 오지, 바보야."

난 분명 바보가 아닌데. 이상하게 머리가 멈춘다.

"나빠……."

결국 의미를 잃어버린 원망을 중얼거리며 이안은 그녀의 품으로 와락, 안겨들었다.

"아, 망했네."

태양의 입술 새에서 한탄스러운 말이 샜다. 그는 한참 동안 뒤적이던 가방을 책상 위로 던져 버렸고 짜증스럽게 머리를 헝클었다.

"왜? 무슨 일 있어?"

한동안 태양을 재워주는 대가로 음료수 한 캔을 얻어 마시게 된 친구가 물었다. 태양은 두 눈에 신경질을 가득 담은 채 대답했다.

"죽도를 두고 왔어."

"죽도? 우리 집에?"

"아니, 하숙집."

"검도 대표가 목검은 어따 잃어버리고 죽도는 빠트리고 오고. 잘하는 짓이다."

"미치겠네. 목검이야 뭐 잘 안 쓰니까 주말에 산다고 쳐도, 죽도 두고 온 건 뭐라고 해명이 안 되는데……."

태양은 심각했지만 그의 친구는 가벼운 비웃음을 흘렸다.

"그냥 집에 가서 가져와. 등신아."

"그게 쉬운 일이 아니니까 그러는 거 아니냐. 등신아."

"왜 쉬운 일이 아니야? 아, 하숙집 누나 가족들 계셔서? 잠깐 다녀오는 건데 뭐 그리 불편하다고."

아무것도 모르는 사람은 쉽게 해답을 내놓았다. 하지만 사정이 있는 태양은 집에 있을 강이안을 생각하니 발길이 잘 떨어지지 않았다.

얼굴 보기 껄끄러울 것 같아서 겨우 도망쳐 나왔더니만 결국엔 마주치게 생겼네. 일주일 동안 합숙훈련 간 줄 알 텐데 왜 돌아왔냐고 물어보면 뭐라고 대답해야 하나.

"정 그러면 잠입이라도 해. 봉지 같은 거 뒤집어쓰고."

때마침 친구의 입에서 튀어나온 농담 같은 한 마디.

평소 같았으면 상대도 하지 않았을 쓸데없는 얘기였다. 그러나 이 위기를 남몰래 헤쳐 나가고 싶었던 태양에게는 썩은 동아줄조차도 소중했다.

"잠입······."

그는 교복 재킷에 휴대폰만 집어넣고 서둘러 일어섰다.

"뭐야, 어디 가?"

"집 털러."

친구의 어리둥절한 질문에 알 수 없는 대답만 뱉어 내는 태양은 그 어느 때보다 긴박한 눈빛이었다.

"으응······."

늦도록 이불 속에 폭 파묻혀 있던 이안이 가는 신음을 냈다.

그는 창문으로 비춰 들어오는 밝은 햇살에 잠시 미간을 찡그렸다가 아직 잠에서 덜 깬 몸을 천천히 일으켰다.

정신을 차리기 위해 습관처럼 눈을 비비려 하니 유독 묵직하게 느껴지는 손목.

이안은 멍한 시선을 아래쪽으로 떨어트렸다. 분명 어젠 채우지 않았었던 수갑이 참 야무지게도 포박되어 있었다.

"뭐야."

그가 어리둥절해 할 줄 예상했었는지 백화는 그의 수갑에 짧은 메모가 적힌 포스트잇을 남겨두었다.

우리 사랑스러운 잠만보♡ 난 학교 간다! 삼촌한테 수갑 열쇠 맡겼으니까 일어나면 풀어 달라고 해요!

"잠만보가 누구야. 난 받아보지도 못한 편지를…… 아, 나구나."

첫 줄만 읽었을 땐 질투로 날이 섰던 눈동자가, 나머지 문장들을 읽으면서 차츰 가라앉았다.

이안은 가지런한 글씨에서 그녀의 낭랑한 목소리가 들리는 것 같아 피식 웃음을 흘렸다.

이불을 거둬낸 이안은 가벼운 걸음으로 침대에서 벗어났다.

일단 무거운 수갑부터 풀어내고, 내 여자 퇴근 시간에 맞춰서 마중을 나가야지. 그사이 텅 빈 시간에는 함께 갈 만한 괜찮은 식당이 있는지 둘러봐야겠어. 내 여자는 먹는 걸 좋아하니까.

하루 계획을 정리한 이안의 발걸음이 한결 가벼워졌다. 거실로 나온 그는 집 안 어딘가에 있을 백화의 삼촌을 찾아 헤맸다.

"경비."

딱히 그를 뭐라고 불러야 할지 몰라 되는 대로 부른 호칭.

그것은 백화의 방을 사수하던 삼촌의 모습이 옛날 옛적 이안의 거처를 지키던 경비 에이전트의 모습과 비슷해 붙여 둔 것이었다. 삼촌이 들었다면 결코 달가워하지 않았을 단어였지만 집 안 어디에서도 그의 목소리는 들려오지 않았다.

"경비."

이안은 아까보다 힘주어 그를 불렀고 돌아오는 침묵에 고개를 갸웃하며 안방 문을 열었다. 하지만 깨끗이 정돈된 방은 그저 텅 비어 있을 뿐이었다.

부엌도, 화장실도, 심지어 마당조차도 삼촌은 흔적조차 보이지 않는 상황. 수갑에 매인 채 이리저리 돌아다니던 이안은 마지막으로 백화의 방 앞에 멈춰 섰다.

그는 이미 삼촌의 외출을 확신하고 있었지만 그래도 마지막까지 확인은 해 봐야 할 것 같았다.

"경비? 뭐, 여기도 없겠지만."

별 기대감 없이 문을 열었던 백화의 방에선 이따금 그녀의 입술에서 느껴지던 달콤한 딸기향이 진하게 풍겨왔다.

후각에 정신을 팔린 이안은 방 안으로 호기심 어린 발길을 들였고, 화장품들이 어지러이 널려 있는 그녀의 화장대를 시선에 담았다.

그 뒤로 보이는 건 닫히다가 만 그녀의 옷장, 그 옆에 놓여 있는 건 하얀 나무테두리의 전신거울, 그리고 그 전신거울에 안으로 비쳐 들어오는 방안의 풍경은.

"……이게 뭐야."

순식간에 굳어 버린 이안의 눈동자가 재빨리 방의 중앙부로 향했다. 이제야 제대로 확인한 백화의 방은 이리저리 널린 옷부터 책, 그리고 이부자리까지 똑바로 있는 것이 하나도 없었다.

이불 끝자락에 묻은 유독 붉은 자국이 이안의 눈에 띄었다. 그 수상한 자국을 향해 다가가던 그의 걸음이 발끝에서 느껴지는 기분 나쁜 축축함에 돌연 멈추었다. 고개를 내리자 보이는 건 이불 끝에 묻은 것과 동일한 붉은 액체였다.

"피……."

문득 잔혹한 상상들이 이안의 머릿속을 파고들었다. 추측해 보건대 이것은 살인 사건의 현장이 분명했다.

핏자국도 핏자국이지만 이 방 꼬라지를 봐. 정신 나간 놈이 아닌 이상, 이 정도로 난장판을 만들어놓지 못할 거야.

이안은 불안한 기색이 가득한 얼굴로 재빨리 백화의 방을 빠져나갔다. 느닷없이 닥쳐온 위기는 이안을 혼란스럽게 만들었지만 그 와중에도 그는 이성적으로 대처하려 노력했다.

"신고해야겠어."

그는 떨리는 손으로 거실 탁자 위에 놓인 무선 전화기를 들었다. 단단히 채워진 수갑 때문에 버튼 누르는 것조차 힘겨웠지만 그래봤자 세 자리뿐이라서 다행이었다.

통화연결음이 두 번쯤 울렸을까. 전화기 너머에서 경찰관의 목소리가 딱딱하게 들려왔다.

―네, 월계동 파출소입니다. 무슨 일이신가요?

당황한 이안은 잠시 말을 머뭇거렸다.

"아, 어…… 내 여자 집에 핏자국이랑 침입 흔적이……."

해야 할 이야기는 많았지만 어떤 이야기부터 꺼내야 할지 잘 정리가 되지 않았다.

─네? 정확히 말씀해 주시겠어요?

"아……."

─여보세요?

이안은 짧게 숨을 들이마셨고 길게 내쉬었다. 그러고는 한층 정
돈된 목소리를 뱉어 냈다.

"도와줘."

터무니없이 짧은 내용. 하지만 누구도 외면할 수 없을 만큼 간절
하게.

"도와 달라고."

한빛 여고 교무실.

"어머머!"

떨어진 펜을 줍던 이미자 선생이 백화의 발을 보고 기겁을 했다.

갑작스러운 비명에 교무실 안 사람들의 시선이 그녀에게로 향했
고 그건 화근이 된 백화 역시 마찬가지였다.

"왜……왜 그래요?!"

"화 쌤! 발에 피 나! 세상에, 양말 밑이 새빨개!"

"아아……."

이미자 선생의 걱정스러운 목소리에 백화는 흐린 탄식을 터트렸
다. 하지만 그건 전혀 고통에 찬 소리가 아니었다. 굳이 따지자면
한심스러운 자신을 자책하는 한탄쯤 되려나.

"아, 그거 지각할 것 같아서 못 갈아 신고 오긴 했는데……."

"어디 다쳤어? 이 정도면 큰 상처 같은데?"

"아니요. 상처가 아니라 틴트 병이 깨져서요."

"틴트? 그게 어떻게 깨져?"

"천 원짜리 싸구려를 샀더니 플라스틱이 약했나 봐요. 밟으니까 그대로 부서졌어요. 그래서 이불에도 묻고 바닥도 난리 나고……."

"천 원짜리라서 케이스를 대충 만들었나 보다."

"그러게 말이에요. 그래도 쏟아진 걸 보니까 양은 맘에 들었어요. 향도 좋고."

백화는 아침에 있었던 일을 장난스럽게 얘기하며 너스레를 떨었다. 그제야 안도의 한숨을 내쉬던 이미자 선생은 그녀의 이야기를 웃으며 맞받아쳤다.

"하하. 아침에 그거 치우느라 지각한 거구나."

"으, 그냥 늦잠 때문이었어요. 어질러 놓은 건 하나도 못 치우고 나왔는데요, 뭐."

순간 그 말을 내뱉는 백화의 머리에 방 꼬락서니를 확인한 삼촌의 신경질 난 얼굴이 떠올랐다. 백화는 집에 돌아가기 전, 그가 좋아하는 떡집 식혜 한 병을 사서 돌아가야겠다고 생각하며 다시 노트북으로 시선을 고정시켰다.

그래도 삼촌은 '전쟁 난 줄 알았다'며 핀잔을 늘어놓겠지만, 백화는 이렇게 대답해 줄 생각이다.

'전쟁 안 났으면 됐지, 뭐!'

태양의 방 창문이 소리 없이 열렸다. 곧이어 창틀을 짚고 재빠르게 넘어 들어오는 사람은 이 방의 주인치고는 잔뜩 긴장해 있는 태양이었다.

태양은 사뿐하게 침대 위로 내려앉았다. 여기까지 진행하는데 다행히 별 소음은 나지 않았고 집 안의 기척도 없었다.

"혹시 빈집에서 나 혼자 쌩쇼하고 있는 거 아니야?"

태양은 작게 중얼거리며 고양이 걸음으로 방 안을 살폈다.

어제 학교 가기 전에 챙겨만 두었던 죽도가 책상 위에 떡하니 놓인 채 그를 반겼다.

태양은 짧은 한숨을 내쉬며 죽도를 집어 들었다. 걱정했던 것에 비해 모든 일은 그야말로 일사천리였다.

이제는 그대로 조심스럽게 집을 빠져나가는 일만 남았는데 등을 돌리기 직전 그의 눈에 종이 한 장이 보였다.

어지르기만 해 봐라. 내 방에서 수상한 짓 하기만 해 봐라.

태양이 집을 나서면서 남겨두었던 짧은 경고문이었다.

그리고 그 뒤에 적힌 예상치 못한 글씨는.

그렇게 해볼게. 신경 써 줘서 고마워.

—이안—

"이거 지금…… 답장 써 준거야?"

그래, 답장. 태양 보라고 남겨 둔 이안의 답장.

태양의 눈빛에 당황스러움이 번졌다. 겉보기에는 마치 비꼬기 말처럼 보였지만 '신경 써 줘서 고마워' 부분은 왠지 모르게 진심 같았다.

게다가 '—이안—'이라니. 뭔가 진지해 보여서 웃기잖아.

싫은 사람을 떠올리는 것치고는 부드러운 미소가 태양의 입가에 얹혔다. 백화의 마음을 전부 가져간 것만으로도 강이안은 충분히 싫은 사람이었지만, 그 중에서도 가장 싫은 부분은 그가 도저히 미워할 수는 없는 사람이라는 사실이었다.

"아, 이러다 정들겠네. 아주."

태양은 올라간 입꼬리를 의식적으로 내리고 발길을 재촉했다. 잠시 정신을 파느라 느슨히 쥐고 있었던 죽도가 요란한 소리를 내며 바닥에 떨어졌다.

태양은 움츠러든 시선으로 바깥을 살폈다. 정말 아무도 없는 건지, 아니면 태양의 기척을 아직 눈치채진 못한 건지. 거실은 그저 고요하기만 했다.

태양은 안도의 숨을 내뱉으며 죽도를 주웠다. 그러고는 서둘러 창문 쪽으로 돌아가려는데.

쿠당탕탕—!

너무 급하게 움직인 탓에 긴 죽도 끝이 책상 위 물건들을 바닥으로 떨어트리고 말았다. 이번에도 아무 반응이 없기를 바랐지만 거실에서는 화들짝 놀란 누군가의 인기척이 들려왔다.

"아……."

눈앞에 깜깜해져 버린 태양은 흐린 신음을 뱉어 냈다.

이제 어떡하지. 이렇게 훈련 간다는 거짓말을 무참히 들켜버리는 걸까, 고민하던 그때.

'정 그러면 잠입이라도 해. 봉지 같은 거 뒤집어쓰고.'

다시 한 번 친구가 던진 농담이 떠올랐다. 그리고 마침 선반 위에 놓인 낡은 검도 호구도 시선에 들어왔다.

말도 안 된다고 생각은 하면서도 그의 손은 급히 호구를 잡는다.

결국엔 찾아오고야 만 위기. 머리에 호구를 푹 눌러쓴 태양은 긴장된 눈빛으로 마른침을 삼켰다.

그 시각 이안.

"세상에! 그 수갑은 뭡니까! 범인이 아직 이 안에 있나요?"

"아…… 그게…….."

"아아, 걱정 말고 계세요! 저와 김 순경이 들어가서 내부를 확인해볼게요!"

"응. 그런데…….."

그는 신고한 지 얼마 되지 않아 도착한 경찰 두 명 사이에서 어쩔 줄 몰라 하고 있었다. 그들이 도착하기 몇 분 전, 이안은 바닥에 떨어진 빨간 액체의 정체를 깨달았다.

처음엔 미처 보지 못했던 조그만 플라스틱 병. 깨져 있는 그 작은 병엔 분명 '입술 촉촉 틴트—새빨간 장미색'이라고 적혀 있었다.

애초부터 전혀 나지 않았던 피비린내. 어쩌면 이건 백화의 화장품일 수도 있겠구나.

그는 경찰서에 다시 전화를 걸어 상황을 수습하려 했다.

땅동—

그러나 초인종 소리는 들려오고야 말았고 이안은 결국 미안한 기색을 담아 문을 열어 주었다.

'내가 착각했어. 집엔 아무도 없어.'

'세상에! 그거 혹시 수갑입니까?!'

'어? 아, 어. 그런데 이건 오늘 아침에……'

'오늘 아침?! 오늘 아침에 범인이 들이닥쳤나요?!'

'범인은 없어. 내가 잘못 본 거야.'

'오호, 아직 안에 있나보군요. 협박당하고 있다면 손을 들어 보세요.'

'안 들 거야. 협박 안 당하고 있으니까.'

'알았습니다. 김 순경, 아무래도 범인은 집 안에서 용의자를 주시하고 있는 모양이야. 서둘러.'

이안은 신고했던 내용에 대해 해명하려 했지만, 대답하는 족족 다른 이야기로 만들어 버리는 경찰의 나쁜 버릇 때문에 끝내 제대로 해명하지 못했다.

그리하여 이안은 불필요하게 심각해진 경찰의 뒤를 전전긍긍하며 따라가는 중.

"안에는 정말 아무도 없다니까."

이안은 현관문을 열자마자 총기부터 꺼내 드는 경찰에게 넌지시 말했다. 그러나 한 명은 그의 말을 못 들은 척 집 안으로 입성했고 나머지 한 명은 이안의 어깨를 쓰다듬어 주며 위로를 건넸다.

"괜찮습니다! 저희를 믿으세요!"

너희나 내 말을 좀 믿어.

"쉿쉿, 김 순경. 조용히 들어와."

"예, 알겠습니다!"

"하아……."

이안은 지나치게 과열된 두 사람을 보며 긴 한숨을 내쉬었다.

일을 이렇게 키울 생각은 없었는데 어쨌든 결과는 밑도 끝도 없이 커져 버렸으니 수습은 당연히 이안이 해야 할 몫이었다.

조용한 거실, 경찰들은 지나치게 발소리를 죽였지만 이안은 터벅터벅 그들의 뒤를 따랐다.

"쉿! 조용히!"

그런 그가 부주의하다고 생각한 경찰은 눈빛을 날카롭게 빛냈다.

이안은 다시 한 번 입을 열어 이럴 필요 없다는 걸 설명하려 했으나 그러기도 전에 그들은 다시 등을 돌려 안방으로 돌격했다.

없는 범인을 찾기 위해 옷장을 헤집고 이불을 들춰내는 모습을 보고 있자니 점점 더 심란해지는 이안의 마음.

"진짜 그만하고……!"

이안은 잘 높이지 않았던 언성까지 높여가며 경찰들을 말리려 했다. 그러나 그 목소리와 동시에.

쿠당탕탕—!

물건이 떨어지는 소리가 태양의 방 쪽에서 들려왔다. 이안도 놀랄 만큼 갑작스러운 타인의 소음이었다.

"바……방금 소리 들었지?"

"네! 아무래도 저 방인가 봅니다!"

목표가 생긴 두 경찰은 날카롭게 눈을 치켜뜨고 조심스레 안방을 벗어났다.

때마침 들려오는 유리 흔들리는 소리. 이것은 창문을 통해 달아나려는 범인의 기척이 분명했다.

"꼼짝 마! 움직이는 동시에 발포한다!"

경찰은 재빠르게 태양의 방문을 벌컥 열었다.

"아, 놀래라!"

방 한 가운데 서있던 남성의 굵은 비명이 거칠게 터져 나왔다.

이안은 당황감이 어린 눈동자로 방 안에 있는 범인의 모습을 확인했다.

머리에 쓴 이상한 투구, 손에 든 나무 칼. 그리고…….

"경……경찰이 왜…….."

"……."

"야, 야! 니가 불렀냐?! 이게 뭐하는 짓이야! 방 빌려줬으면 가만히 있지 왜 사고를 치냐!"

이안의 얼굴을 확인하고는 매섭게 화를 내는 태도까지.

범인의 모든 것은 그를 겁먹게 만들기에 충분했다. 이안은 곁에 서있던 경찰을 떠밀며 짧은 명령을 내렸다.

"침입자다. 잡아."

"화, 확실히 모르는 사람이죠? 그렇죠?"

"몰라. 무서워."

"김 순경! 달려들어 붙잡아!"

"악! 이거 안 놔?! 나 이 방 주인이야!"

순식간에 경찰에게 붙잡혀버린 범인은 대찬 고함과 함께 필사적으로 몸부림 쳤다. 그러나 두 장정의 힘을 이길 수는 없어서 결국 그는 두 팔을 포박당한 채 밖으로 질질 끌려 나가야 했다.

"나인 거 알고 있었지! 나 들어온 줄 알고 일부러 신고한 거지! 어?!"

"일부러 신고한 거 맞긴 맞는데……."

"그럴 줄 알았어! 은혜를 원수로 갚아?! 강이안! 너 이 새끼!"

이안은 범인이 자신의 이름을 알고 있다는 사실이 심히 무서워졌다. 혹시 에이전트일까도 고려해봤지만 에이전트 중에서는 저렇게 이안에게 적대감을 드러내는 사람이 없었다.

그렇다면 21세기 사람일 텐데. 혹시 스토커인가. 21세기에서 날 죽자고 따라다닐 사람이 한 명 있긴 한데…….

"……너 정준하야?"

체격도, 성별도, 목소리도 죄다 말이 안 되지만 혹시나 싶어 물어본 질문이었다.

"뭐?! 정준하?! 지금 이 상황에서 장난을 치고 싶냐! 내가 진짜 널 한 번이라도 쥐어 패야 곱게 죽지!"

그 말에 범인은 더욱 발광했고 덕분에 투구는 허망하게 벗겨져 마당 바닥으로 굴러 떨어졌다.

"……최태양?"

그리고 드러난 얼굴은 분명 이안도 잘 알고 있는 얼굴이었다.

"최태양. 아, 미안. 최태양이네. 진짜 미안."

뒤늦게 태양을 알아본 이안은 아무 신발이나 구겨 신고 안절부절 못하는 걸음으로 따라 나갔다. 하지만 폭발해 버린 태양은 끌려가는 와중에도 발길질을 하며 격한 분노를 표현했다.

"니가 나한테 엿을 먹여?! 니가?!"

"아, 그게……."

"닥쳐! 너 진짜 가만 안 둘 줄 알아! 내가 살린 목숨! 내가 깨부순다! 알았냐!"

"진정하고……."

"알았냐고! 이 새끼야!"

발광하던 태양은 결국 두 경찰의 손에 의해 막무가내로 경찰차에 태워졌다.

문은 쾅! 닫혀버렸지만, 쿵쿵쿵ー 쿵쿵쿵ー 쉴 새 없이 차창을 두드리는 태양은 좀처럼 가라앉을 기미가 보이지 않았다.

예상했던 것보다 훨씬 커다란 일이 벌어졌다. 내 목숨을 구해 주고, 내게 자상한 편지를 남겨주고, 게다가 내게 방까지 통째로 빌려 준 그 아이를. 감히 나의 친구라고도 부를 수 있는 그 아이를 내 손으로 직접 엿 먹이고 말았다.

심란해하는 이안의 곁으로 경찰이 다가왔다.

"저희는 요 앞 사거리 파출소로 돌아가 있겠습니다. 걸어오실 수 있겠어요?"

"어?"

"범인이 날뛰는 상태라 같이 탈 순 없을 것 같아서요."

"아……."

괜찮아. 강이안. 지금이라도 늦지 않았어. 벌어진 일쯤이야 수습하면 되잖아.

"풀어 줘."

자꾸 확대해석하는 경찰을 위해 최대한 용건만 간단히 내뱉은 말이었다. 경찰은 잠시 이안을 내려다보았고 곧 경찰차 쪽으로 다가가 조수석 문을 열고 무언가를 물었다.

그러고는 대화가 끝났는지 다시 이안을 바라보며.

"죄송하지만 쇠 절단기가 트렁크에 없다네요? 아무래도 그 수갑은 서에서 풀어드려야 할 것 같습니다."

"그 수갑?"

"네. 그때까지 팔목 아프더라도 조금만 참으세요!"

"아, 이 수갑 말고 저 애……."

"그럼 저희 먼저 가 있겠습니다!"

쾅―!

요란한 소리를 내며 경찰차 문이 닫혔다.

태양은 시동이 걸리는 경찰차에 당황한 나머지 더욱더 힘주어 고함을 내질렀지만 이안에게는 전혀 닿지 않았다.

결국 아무것도 수습하지 못하고 태양을 보내버린 이안은 서둘러 경찰서를 향해 발걸음을 옮겼다. 비록 이안이 경찰서로 찾아가 그를 풀어준다고 해도 쉽게 풀릴 정도의 분노가 아니었지만 어떻게든 최선을 다 해 볼 생각이었다.

'내가 진짜 널 한 번이라도 쥐어 패야 곱게 죽지!'

문득 그 애가 내지른 말 한마디가 떠오른다.

더도 말고 덜도 말고, 딱 한 대 정도라면 기어이 맞아주겠다고 생각하며 이안은 발길을 재촉한다.

"너 진짜……."

월계동의 파출소 앞. 이안 때문에 검거되었지만, 이안 덕분에 겨우 풀려난 태양이 이를 꽉 물고 성난 목소리를 흘렸다.

이안은 조심스러운 눈길로 태양을 살피다가 그가 또다시 원망이 담긴 목소리를 꺼내기 전에 황급히 사과했다.

"미안. 몰랐다."

"모르긴 뭘 몰라. 112로 전화하면 누가 오는지 몰랐냐? 아니면 사람을 신고하면 어떻게 되는지 모른 거야?"

"침입자가 너인 줄 몰랐다."

"그래, 어련하시겠냐."

그러나 쉽사리 태양의 마음까지 닿지 않는 사과. 심란한 마음에 땅바닥으로 가라앉았던 이안의 시선은 태양이 집 반대 방향 쪽으로 휘적휘적 걸음을 옮기기 시작하자, 다시 그에게로 애절히 따라붙었다.

"최태양. 어디 가?"

"학교 간다. 왜."

"부탁할 게 있어."

"부탁? 니가 나한테 부탁을 해? 니가?!"

순전히 화를 내기 위해 걸음을 멈춘 태양이었다. 그러나 이안은 그의 시선이 되돌아온 틈을 놓치지 않고, 손목을 짤랑짤랑 흔들었다.

"수갑을 풀어 줘."

"하……."

"경비가 없어서 그래."

저 인간은 눈치가 없는 걸까. 아니면 넉살이 좋은 걸까.

태양은 당최 무슨 생각을 하는지 알 수 없는 이안의 눈동자를 한동안 마주했다. 그러고는 삐딱한 목소리로 못된 질문 하나를 던져 놓았다.

"내가 너 싫어하는 건 아냐?"

"……."

"알고 있었으면 앞으로 이딴 시비 걸지 말고, 모르고 있었으면 이제부터라도 조심해라. 피차 얽혀서 좋을 거 없는 사이잖아."

태양의 단호한 얘기가 끝을 맺는 동안 이안은 가만히 듣고만 있었다. 하고 싶은 말이 없는 건 아니었지만 무슨 말부터 꺼내야 할지 머릿속에서 쉽게 정리가 되지 않았다.

"그래도 수갑은 풀어 주고 가."

결국 이안은 앞뒤 없는 고집을 부리며 태양을 붙잡고 늘어졌다.

"아, 진짜 가지가지 하네!"

아니나 다를까. 이안을 향한 태양의 심기는 더욱 까칠해졌다.

"대체 니가 찬 수갑을 왜 내가 풀어 줘야 되냐."

"계속 묶여 있으면 손목 아파……."

"아파 뒤지든가 말든가!"

연달아 이어지는 대답은 절대 도와주지 않겠다는 뉘앙스였지만 그의 발걸음은 말과 달리 집을 향해 돌아섰다.

모질게 굴려고 해도 성격이 모질지 못한 탓에 곧잘 휘둘리는 사
람.

"야, 일단 손 내밀어 봐."

"왜."

"수갑 가려야 할 거 아니야. 그러고 돌아다닐래?"

그래서 참 착한 사람.

태양은 재킷을 벗어 이안의 손목을 포박한 수갑을 완벽하게 가려
주었다. 그 꼴이라고 해서 괜찮은 건 아니었지만, 적어도 수갑을 찰
캉거리며 돌아다닐 때보다는 나았다.

역시 날 싫어하지 않았으면 좋겠다, 라고 진심으로 생각하며 이
안은 태양의 뒤를 따랐다.

"같이 가."

험상궂은 분위기를 만회하려 바짝 붙으니 태양은 곧바로 사납게
으르렁거렸다.

"떨어져. 숨소리도 듣기 싫다."

"……."

"그렇다고 숨 멈추진 말고."

"하아……."

*　　*　　*

"하, 이런."

제이기획 대표실 집무책상 앞에 앉은 C7은 신경질적으로 원의 컴

퓨터를 들여다보았다. 하지만 아무리 쳐다봐도 바뀌지 않는 모니터 내용은 그를 지치게 만들기에 충분했다.

"기어이 Z999이 일을 크게 만들어 버렸네……."

C7은 알 수 없는 혼잣말을 중얼거리며 휴대폰을 꺼내 들었다. 수신인과 어울리지 않는 단조로운 통화연결음 끝에.

—나 지금 자다가 받았거든? 별일 아니면 니 목 없어질 줄 알아.

잠은 덜 깼지만 서늘함만큼은 살아 있는 목소리가 흘러나왔다.

C7은 마른침을 삼키며 톤을 정리했고 곧이어 사무적인 상황보고를 시작했다.

"방금 델타 돔 데이터베이스를 확인했습니다. 이상한 낌새가 발견되어 보고 드립니다."

—델타 돔? 왜, 데이터가 삭제되기라도 했나? 근 28년의 데이터 말이야.

"알고…… 계셨습니까?"

C7이 가늘게 목소리를 떨며 묻자 휴대폰 너머의 원은 나른한 비웃음과 함께 대답했다.

—한지성의 위치가 며칠째 불분명하다며. 갈 곳이야 뻔하잖아. 거기서 할 짓도 뻔하고.

"할 짓이라면……."

—강이안과 한지성에 관한 모든 자료를 지우려는 거야. 과거의 진실은 전부 나의 흉기가 될 테니까.

원의 말에 C7의 눈빛에 예리한 날이 섰다. 원은 추상적인 단어로만 설명했지만 모든 것을 이해한 C7은 의아한 듯 되물었다.

"그런데…… 원 님. 대체 왜 저지명령을 내리지 않으셨습니까."

—명령을 내리면 막을 수나 있어?

"물론 힘으로는 안 되더라도 보안을 강화해서 어떻게든 데이터를 지켜냈을 텐데요."

—크흐흐…… 내가 왜 그래야 해?

원은 특유의 웃음소리를 흘렸다. 진심으로 흥미진진할 일을 맞닥뜨렸을 때에만 흘려내는 웃음소리였다.

—영수야. 고기는 육즙이 듬뿍 우러나왔을 때가 가장 맛있잖아.

"아, 예……."

—사람은 언제가 가장 잘근잘근 씹어 먹기 좋을까?

원은 물었지만, C7은 그가 대답을 원하는 것 같지 않아 입술을 떼지 않았다. 역시 뒤따라 이어지는 건 누군가를 확실히 겨냥하고 있는 악의 짙은 이야기였다.

—그 사람이 무언가를 위해 흘린 땀방울이, 가장 듬뿍 우러나왔을 때.

"……."

—끝까지 애쓰고 발악하다가, 지 딴에는 겨우 다 마무리됐다면서 숨 돌릴 때.

"……."

—바로 그때가 가장 씹어 삼키기 좋을 때야. 절망이 가장 진하게 배어들어 있거든.

C7은 이번에도 역시 아무 대꾸를 하지 않았다. 아니, 하지 못했다. 그의 주인은 절망과 가장 가까운 사람이라서 어떤 말을 해도 그

가 원하는 처절함의 깊이를 따라갈 수 없었다.

그러니 일개 시종일 뿐인 그는 주인이 주문하는 절망의 깊이에 다다를 때까지 기다릴 밖에.

"그때가 되면 명령을 내려 주십시오. 원 님."

─으흠……

"제가 어떤 수를 써서든 원 님이 원하는 바를 이뤄드리겠습니다."

C7의 음성에는 악착같은 오기까지 담겨 있었다. 원은 그에 대해 어떤 반응도 보이지 않다가 가는 비웃음과 함께 일방적으로 통화를 끊었다.

그의 목소리가 귓가를 떠나자마자 C7을 덮쳐 오는 침묵. 그 무게감은 지옥과도 같아서 C7은 원의 의자에서 일어섰다. 그러고는 모든 데이터베이스가 삭제된 델타 돔 서버화면을 물끄러미 바라보며 혼잣말을 중얼거렸다.

"그거 아십니까, Z999님? 저는 당신이 A1님을 배신하지 않았으면 좋겠습니다."

분명 내용은 원의 뜻과 반대되었다. 하지만 C7에게선 어떠한 호의도 보이지 않았다.

그는 잠시 한숨을 내쉬다가 결국 모니터를 꺼 버렸다.

"그래야…… 제가 버려지지 않아도 되니까요."

머지않아 이어지는 말은 단 한 번도 인정받지 못한 자가 지닌 농도 짙은 절망이었다.

*　　*　　*

"손 내밀어."

이안에게서 수갑 열쇠를 받아 든 태양이 무뚝뚝하게 명령했다. 이안은 팔을 살그머니 내밀었고 태양의 얼굴을 가만히 바라보았다.

아까보다 분노에 차있지는 않지만 그래도 아직까진 심기가 불편해 보이는 상태. 이안은 잠시 고민하다가 태양의 손에 의해 수갑이 벗겨지고 나서야 입을 열었다.

"고마워."

"그럼 당연히 고마워야지. 너 때문에 점심도 못 처먹게 생겼는데."

"이거 말고. 그날 나 구해 주러 온 거."

"……."

태양은 그날이 어떤 날을 뜻하는지 알고 있으면서도 딱히 대꾸를 하지 않았다. 하지만 무시하는 건 아니었다. 흔들리는 그의 눈동자는 마땅한 변명거리를 찾고 있었으니까.

머지않아 태양은 호흡을 짧게 들이마셨다. 그러고는 떨리는 목소리와 함께 조심스레 내뱉었다.

"나…… 너 구해 주러 간 거 아니야. 백화 때문에 간 거야. 걔를 보낼 수는 없어서 억지로 갔어."

"응."

"그러니까 괜히 고마워하지 마. 나 그냥 그 여자한테 수작부린 거야."

처음엔 그랬다. 마당을 나서던 태양에게는 이안에 대한 걱정이라고는 조금도 없었다.

어떻게 보면 위험한 강이안의 상황을 이용해먹으려 했던 건지도 모르겠다. 그저 백화가 울음을 그쳤으면 좋겠고, 백화가 자신을 믿을 만한 남자로 봐줬으면 좋겠다는 생각뿐이었으니까.

하지만 폐건물에 도착해서 직시하게 된 이안의 모습은 그런 마음을 먹었던 것이 미안할 정도로 처절하고 안타까웠다.

그러니 이안에게 고맙다는 인사는 도저히 불편해서 못 받겠지만, 그렇다고 해서 동정해줄 생각은 없다. 지금까지 가져왔던 질투어린 악감정들이 죄책감으로 변해버리는 건 싫다.

나는 조금만 더 널 미워하고 싶어. 니가 착한 사람이라는 건 알지만, 이대로 조금만 더.

"간다. 나 여기 왔던 거 아무한테도 말하지 마."

태양은 일부러 무심하게 뒤를 돌았다. 이안은 아픈 손목을 매만지며 서 있다가 곧 결심한 듯 입을 열어 말했다.

"휴대폰 번호 알려줘."

그의 질문을 듣고도 이해하지 못한 태양이 홱 고개를 돌려 물었다.

"뭐? 뭘 알려줘?"

"니 휴대폰 번호. 나도 내 번호랑 집 주소 알려줄게."

"하, 니 번호랑 집 주소를 왜…… 너 내가 한 말 이해 못 했냐?"

난 너 싫어한다고. 뒷말을 이으려 했다. 하지만 그러기도 전에 이안은 자신의 뒷말을 이어버렸다.

"이해했어."

"뭘 이해해."

"날 싫어하는 사람은 너 말고도 수없이 많아."

"……."

"그런데 내가 싫어도 구하러 와주는 사람은 너밖에 없었어."

어쩐지 쓸쓸함이 느껴지는 이안의 목소리. 언제 마주해도 착한 눈빛에는 진심이 가득했다. 그건 겨우 마음을 굳힌 태양을 더욱 혼란스럽게 만들었다.

"나는 니가 좋은 사람이라고 확신해."

"……."

"그래서…… 친하게 지내고 싶어."

친하게 지내자는 말을 대체 언제 마지막으로 들어봤더라.

태양에게는 아마 초등학교 때가 마지막이었을 거다. 좋은 사람에게 먼저 친하게 지내 달라 부탁한 적은.

태양은 가만히 그의 보랏빛 눈동자를 응시했다. 그는 잠시 무슨 대답을 해야 할지 망설이다가 핀잔을 가장한 동요의 말을 중얼거렸다.

"대체 무슨 짓을 하고 돌아다녔길래 온 동네방네 미움을 사고 다니냐."

"아, 그건……."

"됐어. 안 궁금해. 휴대폰이나 가져와."

"어?"

방금 뭐라고…….

"내 번호 알려 줄 테니까 친하게 생각하든 말든 니 마음대로 하라고."

"다녀왔습니다."

노을이 진 초저녁. 현관문이 열리고 이안이 그토록 기다리던 백화가 돌아왔다.

거실에 있던 이안은 고개를 들었고 제법 밝은 얼굴로 그녀를 맞이했다.

"이제 왔네."

"응. 아우, 힘들다."

백화는 구두를 던지듯 벗어버리곤 곧바로 이안에게 다가갔다.

이안은 다가온 그녀의 허리를 두 팔로 감싸 안았고 뺨을 가져다대며 속삭였다.

"보고 싶었어……."

"혼자서 많이 심심했지?"

"아니, 바빴는데."

"뭐하느라 그렇게 바빴는데?"

"아까 낮에 최태……."

이안은 저도 모르게 태양의 이름을 내뱉을 뻔했다. 하지만 이안은 막 친해지기 시작한 그와의 약속을 저버릴 수 없어서 금세 다른 화제로 말을 돌렸다.

"……낮에 경비가 집에 없었어."

"경비? 그게 누군데요?"

"집 지키는 사람 있잖아."

"아아, 우리 삼촌. 볼일이 있어서 나갔다가 낮에 수갑 때문에 잠깐 들렀었다 그랬는데…….”

“낮에?”

“응. 낮에. 그런데 이안 씨가 집에 없었다면서요. 오늘 어디 나갔
었어요?”

나갔었다. 1시간가량. 이안은 그의 비밀스러운 새 친구 태양과
함께 무려 파출소로 출두했었다.

하지만 이안은 그렇게 말할 수 없어서 고심 끝에 작은 거짓말을
뱉어 냈다.

“잠깐 산책하러 나갔어.”

“산책? 이안 씨 혼자서?”

“응. 갇혀 있기 답답해서.”

잠시 의아한 빛을 띠던 백화의 얼굴에 이내 기쁜 미소가 얹혔다.

“이안 씨 불안한 것도 많이 괜찮아졌나보다. 이젠 혼자서 산책도
하고.”

백화의 말은 거짓말에 대한 대답이었지만 가라앉은 불안감만큼
은 딱히 틀린 말이 아니었다. 이안이 고개를 천천히 끄덕거리니 백
화는 그의 머리카락을 차분히 쓰다듬어 주었다.

그러다가 문득.

“아, 그런데 삼촌 없어서 수갑 못 풀었을 거 아니야.”

“……어?”

“수갑을 차고 산책을 했어요?”

“아, 그게…….”

“이제 보니까 수갑도 풀었네? 혼자 못 풀잖아. 그거.”

"그러니까……."

벗어날 만하면 다시 원상태로 돌아가는 낮에 대한 이야기는 마치 헤어날 수 없는 깊은 늪과도 같았다. 이안은 적당한 변명거리를 찾으러 애를 쓰다가 결국 포기한 듯 긴 숨을 내쉬었다.

"이안 씨? 왜 그래요?"

백화는 평소와 다른 기색의 이안에게 걱정스레 물었다.

이안은 곧 고개를 들었고 백화의 눈동자를 올려다보며 속삭였다.

"키스해 줘."

갑작스럽게 터진 달콤한 목소리. 이안의 의도대로 궁금증 가득했던 백화의 머릿속은 깨끗하게 비워진다. 커다란 눈동자가 물결처럼 일렁일 만큼 그녀는 그에게 동요하기 시작한다.

"으, 으응? 갑자기?"

"해 줘. 얼른."

"아앗! 나 가방도 안 내렸다!"

"키스해 달라고."

"으악!"

이안은 기회를 놓치지 않고 소파에서 몸을 일으켜 본격적으로 백화에게 달려들었다.

"아! 진짜 잠깐만! 왜 이래!"

백화는 이안의 느닷없는 보챔이 당황스러워 뒷걸음질 쳤지만 이안의 손길을 벗어나기엔 역부족이었다.

그렇게 실랑이를 벌이다 보니, 두 사람의 몸은 어느덧 현관문 앞. 발로 현관을 밟았다는 사실을 깨달은 백화는 이안의 가슴팍을 찰싹

때리며 신경질을 냈다.

"아, 스타킹 올 나간단 말이야!"

하지만 짜증 가득한 백화의 얼굴이 이안을 마주하자마자 이안은 기다렸다는 듯 입술을 가져갔다.

"그럼 내가 한다."

짧은 통보 끝에 부드러운 그의 입술이 촉촉한 그녀의 입술을 집어삼켰고, 고집스러운 그의 손이 하얀 그녀의 뒷목을 감싸 쥐었다.

밀려들어오는 물컹하고도 달콤한 혀끝. 움직일 때마다 들려오는 자극적인 소리는 백화의 이성을 온통 뒤흔들었다.

그녀의 숨소리가 샐 때마다 더욱 깊숙이 파고드는 이안은 마치 사랑해 달라 보채는 아이 같았다. 그렇게 한동안 서로의 숨결에만 집중하고 있던 그때.

"사랑하는 조카! 조카사위! 치킨과 함께 내가 돌아왔다!"

오늘따라 유독 명랑한 삼촌의 목소리가 들려왔다. 곧이어 마당에서부터 현관 앞까지 이어지는 건 삼촌 특유의 슬리퍼 소리였다.

갑작스러운 그의 기척에 백화는 서둘러 입술을 떼어 냈다.

"아, 그만그만! 삼촌 문 열어줘야지!"

그녀는 다급한 목소리로 이안을 재촉했지만 이안은 다시 얼굴을 가까이 하며 나른하게 속삭인다.

"열지 마."

"네……네?"

"아직 못 끝내겠어."

분명 작은 거짓말을 덮어 두기 위해 시작한 키스였다. 하지만 지금의 이안에게는 오직 키스를 위한 본능밖에 남아 있질 않았다.

이건 모두 애초부터 그녀가 이안의 전부였기 때문이라고 생각한다. 진심으로.

"백화야! 문 좀 열어줘! 치킨 언다! 얼어!"

삼촌이 현관문을 두드리며 백화를 불렀다.

"이안 씨, 아쉽지만 오늘은 이만……."

백화는 애써 숨을 고르며 문을 열기위해 손을 뻗었으나 이안은 그녀의 손끝이 현관 문고리에 가까워지기도 전에 꽉 붙잡아버렸다.

"말했잖아. 못 끝내겠다고."

이안은 옆쪽으로 틀어지려는 백화의 턱을 조심스레 붙잡았다.

그러고는 다시 한 번 그녀의 입술을 지그시 머금었다. 숨까지 삼키는 듯했던 아까의 키스와는 달리 한없이 가볍고 부드러운 움직임.

이안의 입술이 닿았다가 떨어지고 닿았다가 떨어지고를 몇 차례 반복하는 동안 백화는 숨도 쉴 수 없었다. 피부에 닿는 그의 더운 호흡과 코끝에 닿는 달콤한 아기 냄새가 그녀를 미치게 만드는 듯했다.

결국 온전히 이안에게로 녹아든 백화는 떨리는 손으로 그의 옷깃을 붙잡았다. 애타는 그녀의 마음이 느껴지자 이안은 그제야 웃음을 흘리며 입술을 떼어 냈다.

"왜, 너도 못 끝내겠어?"

짓궂은 질문을 하는 그에게 볼멘 목소리로 그러지 말라고 대답하려던 순간.

"아! 진짜 문 좀 열라고! 이것들아! 현관에서 속닥속닥 뭐하는 거야!"

부르다 못해 환장하기 직전인 삼촌이 먼저 고함을 내질렀다. 이안은 그제야 백화를 놓아주었고 현관 문고리를 붙잡으며 말했다.

"내일 밤에 마저 하자."

"왜, 왜 내일 밤이에요? 오늘은?"

"애태우고 싶어."

정말 애타는 말을 끝으로 이안은 현관문 잠금장치를 풀어냈다.

철컥—

"문 안 열고 무슨 대화를 그렇게 나눠?!"

"미안. 내가 문 여는 법을 잘 몰랐다."

"밑에 것은 건드리지 말고, 위에 것만 돌리면 되잖아."

"아아, 기억해둘게."

매섭게 들이닥친 삼촌에게 대꾸하는 이안은 마치 언제 키스를 나눴었냐는 듯 무덤덤한 표정이었다.

그러나 백화의 눈에 어른거리는 건 붉어진 그의 입술. 그 요망한 입술을 의식하기 시작하자, 간절했던 숨소리, 나른했던 시선, 농밀했던 혀끝까지 생생하게 떠오른다.

이 남자는 이제 더 이상 여우가 아니야. 그거보다 더 요물이야. 뭐더라, 그…….

"조카, 넌 얼굴이 왜 그렇게 빨개? 술 마셨어?"

달아오른 백화의 두 뺨을 확인한 삼촌이 의아한 눈빛으로 물었다.

"내 여자, 넌 입술이 왜 그렇게 빨개? 대체 뭘 했길래."

삼촌이 하는 말을 조금 바꿔서 따라하는 이안의 입가엔 능글맞은 미소가 가득했다.

떠올랐다. 여우보다 더 사람을 잘 홀리는 요물.

강이안, 넌 구미호야. 그것도 천 년 묵은 수컷 구미호.

삼촌이 잠에 푹 빠진 야심한 시간. 백화는 어김없이 태양의 방문을 열고, 이안에게로 살며시 건너왔다. 초저녁부터 꾸벅꾸벅 졸던 그를 알고 있었기에 먼저 자고 있으려나 싶었지만.

"왔네."

침대에 걸터앉아 있던 이안은 그녀가 들어오기가 무섭게 기다렸다는 듯 인사를 건넸다. 어둠 속에서 흘러나오는 그의 목소리는 유독 낮고 부드러웠다.

"아직 안 잤어요?"

"응. 너 오니까."

"아까부터 피곤해 보이던데 먼저 자지 그랬어."

"그럼 아쉬워서 안 돼."

"누가? 내가?"

"아니, 내가."

백화는 능청스러운 그의 말에 배시시 웃었다. 이안은 손을 뻗어 그녀의 손목을 감싸 쥐고는 침대 쪽으로 부드럽게 끌어당겼다.

불 꺼진 깜깜한 방에서는 이안이 어떤 표정을 짓고 있는지 보이지 않았다.

대신 그만큼 선명해지는 건 귓가에 들려오는 이안의 흐린 숨소리.

백화는 단번에 알아챌 수 있었다. 이안은 잠들지 않은 것이 아니라, 잠들지 못한 것이라는 사실을.

"무슨 고민 있어요? 뭔가 시무룩해 보이네."

백화는 한숨 같은 호흡을 내쉬는 이안에게 조심스레 물었다. 이안은 가라앉은 마음을 쉽게 알아채 버리는 그녀가 신기했지만 내색하지는 않기로 했다.

"없어. 고민."

그래서 거짓말을 하니,

"지성 씨 때문이구나?"

백화는 소름 끼칠 만큼 정확하게 이안의 마음을 읽어냈다.

내 여자한테는 무슨 초능력이라도 있는 것일까.

"혹시 내가 생각하는 거 밖으로 들려?"

"아니."

"그럼 대체 어떻게 알아맞히는 거야."

"뻔하지, 뭐. 이안 씨랑 지성 씨는 가족이잖아."

백화가 내뱉은 가족이라는 단어에는 딱히 별다른 의미가 없었다. 하지만 그 말을 들은 이안은 남몰래 속눈썹을 떨었다.

　'무슨 뜻이긴. 지금은 뒈졌다는 뜻이지.'

　'널 위해서 반갑게 눈 감았을 거야. 물론 물어보진 않았지만. 크흐흐.'

떠올릴 때마다 마음이 혼란스러워져서, 애써 억눌러놓았던 원의 말. 밤이 되니 상처는 벌어졌고, 혼자 있는 짧은 시간 동안 감정은 무턱대고 새어 버렸다.

이안은 부모라는 존재가 허망하게 사라져 버렸다는 사실을 뒤늦게 아파하는 중이었다. 얼굴도 본 적 없던 사람들이지만 그래도 존재하길 간절히 바랐었으니까.

"날 낳아준 사람들 말이야……."

"이안 씨 부모님?"

"어. 부모님."

아픈 비보를 고하기 전에, 이안은 잠시 고민했다. 백화에게는 언제나 좋은 소식만 들려주고 싶은데 그들에 대한 이야기는 쓰라린 고통이라 꺼내놓기 망설여졌다.

그러나 이안의 머뭇거림을 읽은 백화는 그의 손을 따듯하게 붙잡아주며 물었다.

"왜요? 부모님께 무슨 일이라도 생겼어?"

무슨 얘기를 꺼내도 전부 받아 줄 것만 같은 편안함. 그런 그녀이기에 이안은 고민을 그만두고 솔직하게 털어놓았다.

"이미 죽었다는 소식을 들었어."

"네……?"

"나를 위해서 죽었다고……."

이안은 사실 자신을 위해 죽었다는 말이 무슨 뜻인지 제대로 이해하지 못했다.

혹시 11년 전 폭주의 날 휩쓸려 죽은 건 아닐까, 아니면 내가 받았어야 할 형벌을 대신 받았던 건 아닐까.

여러 가지 추측은 해봤지만 확신할 수 있는 건 없었다. 그러나 명확한 원인을 알지는 못해도 진심 어린 슬픔은 그의 가슴 깊숙이 스머들었다.

"나 때문에 죽은 걸까."

"이안 씨……."

"그 사람들이 죽을 때, 난 대체 뭘 하고 있었을까."

후회는 하고 싶은데. 어디서부터 후회해야 하는지, 무엇을 후회해야 하는지 모른다. 그래서 그는 마음 놓고 미안해하는 것조차 할 수가 없다.

백화는 생각지도 못했던 이야기에 잠시 얼어붙었다. 그러다가 이내 조심스러운 질문을 이안의 앞에 꺼내놓았다.

"이안 씨는 그동안 부모님에 대해서 전혀 모르고 있었어요?"

"몰랐어. 그런 사람들이 있다는 것도."

"그럼…… 돌아가셨다는 소식이 첫 소식인 거예요?"

"어. 꼭 만나고 싶었는데."

이안의 목소리는 담담했기에 더욱 안타까웠다. 백화는 붙잡은 이안의 손등을 천천히 쓸어주었고 걱정스러운 공감의 말을 건넸다.

"안타깝고 슬픈 일이네요, 이안 씨……."

그러다 잠시 호흡을 가다듬고는 이전보다 단호해진 목소리를 이었다.

"그래도 '위해서'와 '때문'은 엄연히 달라요. 이안 씨를 위해서 돌아가셨다는 말이, 이안 씨 잘못이라는 뜻은 아니야."

"……."

"나는 이안 씨가 마음껏 슬퍼하되, 자책하지는 않았으면 좋겠어요."

이미 자책할 준비가 되어 있던 이안은 그녀의 이야기에 늘어트린 속눈썹을 치켜들었다.

누군가에게는 꼭 듣고 싶었던 위로. 이안은 그 위로를 건네주는 사람이 자신이 사랑하고 있는 여자라서 정말 다행이라고 생각했다.

모두가 나를 원망할 때, 너만큼은 나를 믿어 줄 것 같아.

"그래서 한지성도 숨겼던 걸까."

"응? 지성 씨?"

"항상 나한테는 부모가 없다고 말했거든. 애초부터 그런 존재는 없었다고."

"……."

"그러니까 잊어버리라고."

이안의 말을 들은 백화는 얼마 전 지성이 이안에게 했다던 모진 말을 떠올렸다.

'싸운 거 아니야. 한지성이 나쁜 말을 했어.'

'나한테 자꾸 부모 없다고 하잖아.'

그때는 그저 폭언이라고 생각했지만, 지금은 그의 의도를 어렴풋이 알 것 같았다. 이미 이승을 떠난 사람들을 찾아 헤매는 이안에게 어느 쪽이 덜 상처를 줄지 그는 이미 알고 있었던 거다.

그래서 미움을 받더라도 매몰차게 굴 수밖에 없었겠지. 그 사람은 생각보다 훨씬 더 생각이 많은 사람이니까.

백화는 불안해하는 이안의 등을 차분히 쓸어내려 주며 대답했다.

"지성 씨가 이안 씨 마음 다칠까봐 많이 걱정했었나보다. 악역까지 자처하면서 지켜주려고 한 거잖아."

"나를 지켜?"

"응. 그 사람은 이안 씨를 정말 소중하게 생각하니까."

그녀의 말은 분명 듣고 싶어 하던 대답이었는데, 이상하게도 그의 머릿속에선 자꾸 불편한 기억들이 떠오른다.

'그나저나 비극인 건지, 희극인 건지 알 수가 없네.'

'너랑 한지성의 관계 말이야.'

'역겹지도 않나?'

'……부모 죽인 새끼랑 같이 붙어 다니는 거.'

하지만 더는 들여다보고 싶지 않아서 이안은 차라리 눈을 감았다. 나쁜 생각을 시작하면 한도 끝도 없이 불안해질 것만 같으니까.

"고마워. 그렇게 말해줘서."

나직한 속삭임을 흘려보내자 따듯한 그녀의 손이 머리카락에 와 닿았다. 이안은 부드러운 그 감촉이 좋아서 편안한 미소를 띠며 그녀의 목덜미에 얼굴을 파묻었다.

*　　*　　*

31C. 델타 돔 서버관리실.

붉은 경고등이 요란하게 점멸하고, 비상을 알리는 사이렌 소리가 귀청을 찢을 듯 터져 나오는 그곳에.

[Completed delete all data]

드디어 마지막 진실의 조각이 사라졌다는 안내 메시지가 떠올랐다.

"하아……."

그제야 겨우 한탄처럼 흐르는 숨소리. 기계에서 텅 빈 데이터 메모리를 꺼내 확인사살처럼 부숴 버리는 그는, 안개에 가려진 듯 행방이 묘연했던 지성이었다.

"이제…… 다 끝났어."

지성은 안도 섞인 말과 함께 뻑뻑한 눈가를 매만졌다. 뒤늦게 몰려온 피로감 때문에 몸은 쓰러지기 일보 직전이었지만 모든 일은 완벽하게 끝을 맺었기에 숨통이 트이는 듯했다.

모든 과거는 사라졌다. 그 사람에게 들켜선 안 될 진실은 이제 흔적조차 찾을 수 없게 되었다. 이제 더 이상 두려워하지 않아도 되고 숨기지 않아도 된다.

"그래, 숨기지 않아도 된다……."

지성은 서늘한 빛을 내는 홀로그램 화면과 모든 서버 컴퓨터의 전원을 차단했다. 순식간에 어두워진 공간은 음산하기 그지없었지만 지성에게는 차라리 그편이 더 나았다.

그래야 지금 서 있는 지옥같이 끔찍한 이 공간을 눈에 담지 않아도 될 테니까.

지성은 따로 간추려놓은 자료들을 챙겨 들었다. 그건 과거를 약점 삼아 주도권을 쥐려 하는 원의 추한 진실들이었다.

지성은 이곳에서 적군의 창을 없애고 자신의 방패를 만들었다. 시간은 넉넉히 일주일을 잡았지만 생각보다 빨리 끝난 덕에 일찍 돌아갈 수 있게 되었다.

"오늘로 여긴 마지막이네."

지성은 혼잣말로 델타 돔과의 작별을 고했다. 앞으로는 이곳으로 돌아올 일이 없을 테지만 미련은 없었기에 서버관리실을 빠져나가는 발걸음은 가볍기만 했다.

이미 한바탕 청소를 끝낸 델타 돔 통로에는 만신창이가 된 에이전트들이 즐비하게 늘어져 있었다. 지성은 동요 없는 눈빛으로 그들을 밟고 넘어가며 싸늘한 걸음을 재촉했다.

하지만 얼마 가지 못해 우뚝 멈추어버렸다.

"이 창고……."

누구의 시선도 닿지 않는 낡은 창고 하나 때문에.

잡다한 물건조차 넣어 두지 않는 창고의 기능까지 잃어버린 공간이었다. 불길하게 여겨지던 존재가 머물렀던 그곳은 다른 이들에게 쓰레기장과 마찬가지인 장소였다.

그러나 사실 이곳은 델타 돔에 단 하나뿐이었던 누군가의 집. 사람이 살았고 누군가 찾아와주었고 나름의 추억을 쌓았던, 한기보단 온기가 더욱 가득했던 집.

그는 빼앗겼던 시선을 억지로 돌렸다. 그러고는 이를 악문 채로 한 발을 내디뎠다.

하지만 앞으로 나아가지는 못했다. 족쇄처럼 지성의 발을 붙잡고 있는 창고 한 칸 때문에 그는 바보처럼 멈춰 있기만 했다.

"마지막이니까…… 마지막으로."

지성은 정면을 응시한 채, 창고 문고리로 손을 뻗었다. 차가운 손잡이의 감촉이 느껴지자 이젠 상처가 된 기억들이 밀물처럼 몰려왔다.

그는 숨까지 멈추고 눈을 지그시 감았다. 그러고는 결심한 듯 손끝에 힘을 주어 창고의 미닫이문을 열었다.

퀴퀴한 냄새가 지성의 코를 자극했다. 분명 그건 악취에 가까웠지만 지성은 묘한 익숙함에 홀려 눈길을 옮겼다.

창고의 조명이라곤 별 도움이 되지 않는 미등이 전부였지만 그래도 그 빛은 먼지 쌓인 내부를 여실히 드러냈다.

낡은 담요, 헌 옷가지, 마른풀 잎사귀, 하얀 조약돌. 그리고 각기 다른 혈통코드가 적힌 두 장의 혈통등록증까지도.

지성은 천천히 걸음을 옮겨 창고 내부로 들어섰다. 녹슨 찬장으로 떨리는 손끝을 뻗으니 때 묻은 혈통등록증 두 장이 차갑게 닿았다.

그 한기를 매만지면 매만질수록 지성의 눈가는 뜨거워진다. 이제 모든 마음은 덜어냈다고 생각했는데, 혈통등록증에 찍힌 두 남녀의 얼굴을 마주한 그는 다시 어린 아이가 되어 버린다.

"죄송합니다……."

아무도 들어 주지 않는 사과. 그래도 지성은 고집스럽게 뒷말을 이었다.

"죽음을…… 헛되이 만들어서…… 정말 죄송합니다."

애꿎은 사과를 거듭하자 결코 열어보고 싶지 않았던 기억 속 앨범이 스르륵 펼쳐졌다.

모든 비극의 시작이었던 그날. 그들은 자신의 아들을 지켜 달라

애원했고 지성은 그 모습을 똑바로 지켜보고 있었다.

　'그 아이는 저희가 부모라는 사실도 몰라요! 그 애는 아무
　죄가 없어요!'

　'질서를 어긴 죄라면…… 저희가 목숨으로 갚겠습니다.'

　'제발 아이는 건드리지 말아 주세요…….'

　참으로 애절했다. 빌고 비는 두 사람의 모습은.

　그걸 보는 지성의 심장이 욱신거렸던 건, 아마도 그들이 천하디천
한 지성을 유일하게 사람처럼 대해 주던 이들이었기 때문일 것이다.

　'아가, 창고는 많이 춥지? 이 담요를 덮거라.'

　'선물을 가져왔단다. 조약돌과 마른풀이야. 한 번도 이 안
　에서 자연의 것을 본 적 없지?'

　'세상은 너의 생각보다 훨씬 넓은 곳이야. 아가, 나는 언젠
　가 네가 좁은 창고를 벗어났으면 좋겠어.'

　'아가'라고 불러 주던 목소리. 이것저것 챙겨 주던 손길. 유일하게
지어 주던 미소.

　감정표현을 할 줄 몰라 단 한 번도 고맙다는 말을 전하진 못했지
만 지성은 내심 기뻐했었다. 개집과 다름없었던 좁은 창고에 그들
의 선물을 소중하게 보관해 둘 만큼, 그는 그들을 참 좋아했었다.

　'자, 그럼 이제부터 형을 집행한다.'

　그런 그들의 머리에 총구가 겨누어지던 날.

　'두 사람은 비합법적인 자연수정을 저지른 죄, 고귀한 혈통
　체계를 어지럽힌 죄…….'

　내가 조금만 더 눈치가 빨랐더라면. 내가 조금만 더 일찍 마음을

헤아렸더라면.

　　'더 나아가! A1 님의 안위까지 위협할 만큼 끔찍한 돌연변
　　이를 탄생시킨 죄로!'

아니, 고통도 곧바로 느끼지 못할 만큼 가학적이었던 그 말이 조
금만 더 일찍 터져 나왔더라면.

　　'……지금 즉시 총살형에 처한다.'

　　타앙—!

총성이 이어지기 전에 그들을 구해낼 수 있었을까. 그들이 만들
어 준 이 저주와 같은 힘으로 내 부모의 목숨을 기꺼이 지켜낼 수 있
었을까.

"아니……."

아니라고 생각한다.

"아니야. 절대."

아니라고 생각해야만 한다. 그렇게 하지 않으면 난 그날의 일을
끊임없이 후회할 테고, 후회가 깊어지면 원망을 할 테고.

그 원망의 화살은 모두 이 비참한 잔혹사의 원흉, 선천적으로 특
별하게 태어나지 못한 '그 사람'의 고통이 되어 버릴 테니까.

　　'한지성. 오늘 알게 됐는데…… 나는 사람과 사람 사이에서
　　태어난 것 같아.'

　　'그런 걸 부모라고 하던데…… 내 부모가 누군지, 넌 알아?'

지성은 마음이 허물어 내렸던 순간을 기억해냈다. 이미 잃어버린
부모보다 소중해진 그 사람이 아이 같은 눈동자로 그리 말했을 때,
그는 숨도 제대로 쉬지 못할 만큼 가슴 아파했었다.

순간 지성은 자신이 할 수 있는 많은 대답들을 떠올렸다.

'그 보고서는 이안 님에 대한 것이 아닙니다.'

'두 사람이 낳은 돌연변이는 이안 님이 아닙니다.'

'그들이 지키고자 했던 사람은 이안 님이 아닙니다.'

하지만 그중 어느 것 하나도 그 사람이 감당할 수 있는 건 없어서, 지성은 모진 대답만 반복했던 것 같다.

'거짓입니다. 전부.'

'이안 님께는…… 부모라는 존재가 없습니다.'

'그러니…… 더는 희망을 품지 마세요.'

전혀 설득력이 없다는 걸 알면서도.

이대로 끝나는 줄 알았는데. 그 사람의 헛된 희망도 바스러진 줄 알았는데. 외로움이 깊었던 그 사람은 희망을 가장한 덫을 놓지 못했나 보다. 그들의 선물까지 준비할 만큼 커다란 의미를 부여한 걸 보니.

이제 진실은 더 이상 중요치 않게 되었다. 지성은 그 사람이 믿고 있는 거짓을 어떻게든 진실로 만들어야 했다.

며칠 전, 원은 말했었다. 거짓말이 바로 강이안의 수명이라고.

지성은 그의 의견에 전적으로 동의한다. 이안은 자신이 평범하게 태어나버린 죄로 인해 치러졌던 수많은 희생들을 결코 감당하지 못할 것이다.

"죄송합니다. 앞으로도 계속 그래야 할 것 같아요……."

결국 지성이 할 수 있는 말은 또다시 반복되는 허망한 사과뿐.

지성의 눈가가 애절하게 젖어들었다.

아직 다갈색의 가짜 동공을 씌우지 못한 눈동자. 모두가 감추고 싶어 했던 본래의 눈동자는 인위적인 그 사람의 것과는 견줄 수도 없을 만큼 신비로운 태고의 보랏빛을 띠고 있었다.

*　　*　　*

잠이 깊어지면 나는 어김없이 꿈을 꾼다. 델타 돔 의료센터의 비밀스러운 수술실. 그 구석에 서서 긴박하게 진행되는 수술을 가만히 지켜보는 꿈을.

'출혈이 나지 않게 주의하십시오.'

'심장박동은 이상 없습니까?'

기괴한 마스크를 얼굴에 쓴 의사들은 혈흔이 선명한 손을 빠르게 움직인다.

하지만 수월히 진행되지는 않는지, 그들의 눈빛은 불쾌하기 짝이 없다.

나는 천천히 걸음을 옮겨 그들에게로 다가갔다.

딱히 저지하지 않는 걸 보니, 그들은 나를 보지 못하는 것 같다.

'가상 능력치를 확인해. 얼마나 향상됐죠?'

'우뇌, 좌뇌 모두 그뿐입니까.'

'말도 안 됩니다! 돌연변이와 99.9% 일치하게 변형시켰는데 대체 왜!'

'홍채는 이미 돌연변이와 같은 보라색으로 변형됐습니다. 이건 분명 가능성이 있다는 것이니, 한 번 더 시도…….'

'안 됩니다! 뇌파가 불안정하다고요! 이러다가는 뇌사상태
에 빠져 버릴 겁니다!'

시간이 지체될수록 높아지는 언성.

그들이 다투는 동안 수술대 위에 어린아이는 미동조차 없다.

핏기 하나 돌지 않는 몸은, 마치 장난치기 위해 가져다 놓은 꼭두
각시처럼 늘어져 있기만 하다.

'천박한 하층혈통에서도 비정상적일 만큼 우월한 아이가
태어났는데…… 장차 델타 돔을 이끌 아이가 이 꼴이라니.'

'하, 역시 이런 평범한 몸뚱이로는 선천적인 특별함을 따라
갈 수 없는 것인가.'

'말조심하십시오. 그 아이가 아무리 우월하다 한들, 한낱 돌
연변이에 불과할 뿐입니다.'

그들은 비난의 화살을 아이에게로 떠넘겨버리고는 한숨을 내쉬
었다.

한동안 이어지는 적막.

나는 그들 사이로 조금 더 고개를 내밀었다.

기계와 지저분하게 연결된 아이의 여린 몸이 보이고, 겨우 움직
이는 가느다란 쇄골이 보이고.

마침내 그들에게 가려져 있던 얼굴이 보인다.

너무도 익숙한 그 얼굴은, 다름 아닌.

"나……잖아."

소름이 돋아났다. 멀쩡하던 머리는 갑자기 터질 듯이 아파오고,
호흡은 제대로 내쉴 수조차 없었다.

혼란스러워하는 나를 두고, 그들 중 한 명은 체념한 표정으로 선언했다.

'A1의 돌연변이화 수술은 실패입니다⋯⋯.'

그 말을 들은 나의 이성은 폭주하기 직전처럼 아찔해져 왔다.

'실패'라는 고통스러운 단어가 나를 한 치 앞도 보이지 않는 심연 속으로 끌어당기는 듯했다.

"그렇게⋯⋯ 말하지 마."

나는 그들에게 겨우 목소리를 내었다.

그러나 들어줄 리 없는 그들은 어린 내 몸뚱이를 두고 잔혹한 결단을 내렸다.

'오늘 일은 절대 바깥으로 누출시키지 마.'

'A1 강화수술도, 돌연변이화 실험도⋯⋯.'

'전부 없던 것처럼 덮어버리는 거야.'

그제야 나는 이 꿈이 단순한 꿈이 아니라는 사실을 깨달았다.

이 모든 건 미처 자각하지 못했던 나의 과거가 분명하다.

잔혹한 인연의 시발점이자, 모든 비극의 시작점.

'그럼 진짜 돌연변이는 어떻게 합니까.'

'A1 님의 우월함을 유지하려면⋯⋯ 제거해야 하지 않을까요?'

그들이 서슬 퍼런 날을 겨누고 있는 존재는, 혹시 너일까.

'처리해야지. 전부 깔끔하게.'

⋯⋯너만 아니었으면 좋겠는데.

무거운 침묵이 흐르고, 모든 것을 총괄하는 집도의는 마른침을 삼켰다. 인간미 없는 그의 눈빛은 마치 살인자의 광기와도 같았다.

'돌연변이를 낳은 연놈들을 찾아.'

"안 돼……."

'그리고 공개처형을 집행해. 다시는 어느 누구도 불법적인
자연수정을 시도하지 못하게.'

"안 돼…… 안 돼! 하지 마!"

나는 그들을 필사적으로 저지하기 위해 애를 썼다. 그들의 어깨
를 붙잡고 사정없이 뒤흔들며, 제발 그 사람들을 해하지 말아 달라
고 간곡히 부탁했다.

"제발 그러지 마! 그만둬!"

하지만 나의 외침은 전혀 닿질 않는 건지, 집도의는 꿋꿋하게 말
을 이어 나갔다.

'돌연변이의 존재는 오늘부로 기밀사항이다. 그 애는 훗
날 A1 님의 충신이 될 수 있게끔 철저히 복종시킬 것이다. 또
한…….'

"아아……."

'어떤 권한도 가질 수 없도록, 가장 낮은 혈통코드인 'Z999'
을 부여한다.'

"한지성……."

결국 내 귀에 들어오고야 만 너의 옛 이름.

너였구나. 내가 아프게 만든 사람. 나의 빛을 가린다는 이유로,
특별하게 태어난 것조차 죽을죄가 되어 버린 가엾은 사람.

'A1보다 우월하게 태어났으니…… 멀쩡히 놔둘 수야 없지.'

본래 평범한 나는 너의 특별함을 닮으려다 망가졌다. 본래 특별한 너는 나의 평범함을 맞추기 위해 잘려나갔다.

서로가 서로에 의해 고통 받아야 하는 이 악연은, 과연 비극일까 희극일까. 나는 대체 너에게 얼마만큼 미안해해야 하는 걸까.

생각이 거기까지 미칠 때쯤이면 꿈속 광경들은 흐려진다. 잔인하기 그지없었던 수술실은 모든 조명이 꺼진 듯 어두워지고, 생생하던 두통도 차츰 사라져 갔다.

나는 지금 깨달은 진실을 어떻게든 뇌리에 박아 넣으려 애를 썼다. 이대로 잠에서 깨어나면, 나는 너를 고통스러운 굴레에서 벗어나게 만들어 줄 생각이다.

모든 비극의 원흉이 되는 내 존재를 없애버려서라도. 기꺼이 목숨을 끊어서라도 잘못된 일들을 바로잡고 싶다.

'⋯⋯은 실패⋯⋯니다.'

하지만 잠에서 깨어나기 직전, 그들의 말을 되새겨 보면⋯⋯ 거짓말처럼 하나도 기억이 안 나. 그래서 가슴이 타들어 갈 만큼 답답해질 때쯤, 나는 모든 진실을 깨끗이 잊어버린 채, 침대에서 눈을 뜨고 말아.

전부 나 때문인데. 하나도 기억하지 못해서.

"⋯⋯미안해."

*   *   *

볕 좋은 토요일 낮. 줄곧 닫혀 있던 태양의 방문이 느리게 열렸다.

부엌에서 분주히 요리 솜씨를 발휘하고 있던 백화는 고개를 돌렸고, 머지않아 등장하는 얼굴을 향해 반가운 인사를 건넸다.

"이안 씨, 일어났네!"

이안은 아직 잠에서 깨지 않은 눈으로 고개를 끄덕였다. 그러고는 벽시계를 확인하며 작은 혼잣말을 중얼거렸다.

"……또 늦게 일어났어."

"응?"

"갑자기 잠이 많아진 것 같아."

이안은 나른한 목소리와 함께 그녀의 곁으로 발길을 옮겼다. 백화는 다가오는 그를 향해 두 팔을 벌렸고 아이처럼 안겨드는 이안의 몸을 포근하게 안아 주었다.

"며칠 전에 무리해서 그런가? 조금 더 잘래요? 이따 점심 다 되면 깨워줄게."

이안은 가슴으로 전해지는 백화의 온기를 가만히 느꼈다. 막 잠에서 깨어났을 때만 해도 무언가 불안하고 두려웠었는데. 다정하게 흐르는 백화의 목소리를 들으니 모든 부정적인 감정들이 거짓말처럼 사라지는 기분이었다.

"아니, 그냥 조금 더 안아줘."

이안은 고집을 부리는 아이처럼 힘주어 대답했다. 백화는 그의 어리광에 배시시 웃었고 그러다 문득 생각난 듯 물었다.

"아, 이안 씨. 어제 무슨 꿈 꿨어요?"

"꿈?"

"아침에 잠꼬대를 하길래."

내가 꿈을 꿨었나. 뭔가 나왔던 것 같기도 한데…….

"잘 모르겠어. 기억이 안 나."

흐린 이성을 더듬던 이안은 결국 아무것도 떠올리지 못하고 솔직하게 대답했다. 그러자 백화는 껴안고 있던 팔을 풀어냈고 이안을 올려다보며 말했다.

"미안하다고 했어요. 계속."

"미……안?"

"응. 그래서 난 악몽이라도 꾸는 줄 알았지."

"아…….."

"기억 못 하는 걸 보니까 나쁜 꿈은 아니었나 보다!"

백화는 그저 잔잔한 이안의 눈동자를 보며 지난밤 그의 꿈이 별거 아닐 거라고 넘겨짚었다.

이안은 뒤늦게 고민하는가 싶더니 아무리 생각해도 기억나는 게 없는지 확신에 찬 목소리를 냈다.

"어. 나쁜 꿈은 아니었을 거야."

백화는 그런 이안의 볼을 귀엽다는 듯 어루만졌다. 그러고는 그의 품을 떠나, 싱크대 쪽으로 돌아서며 말했다.

"이안 씨, 소파에 앉아서 텔레비전이라도 봐요. 점심 다 되려면 아직 멀었어."

"뭐 만드는데."

"오랜만에 실력 좀 발휘해서 부대찌개나 끓어보려고. 이안 씨 잘 먹잖아."

백화의 말에 이안은 그제야 집 안에 가득 찬 먹음직스러운 냄새를 알아챘다. 절로 기분이 좋아질 만큼 반가운 메뉴였다. 이안은 거실 소파가 아닌 부엌 식탁 앞에 자리를 잡았다.

"다 되려면 멀었는데. 기다리게?"

다시 분주해진 백화가 묻자, 이안은 대답 대신 예상치 못한 달콤한 말을 했다.

"그러고 있으니까 내 부인 같잖아."

"응?"

"설레게."

어유, 점점 말 잘하는 것 봐. 지금 누가 누굴 설레게 만드는데 그래.

백화는 요동치는 마음을 들키는 게 새삼 부끄러워 샐쭉한 얼굴로 등을 돌렸다. 하지만 그 수줍음까지도 전부 알아 버린 이안은, 턱을 괸 채로 느긋하게 그녀의 뒷모습을 지켜보았다.

부엌의 작은 창틈으로 바람이 밀려들어올 때마다 살랑살랑 흔들리는 머리카락. 바라보기만 해도 숨이 멎을 듯 굴곡 있는 라인. 지금이라도 달려가서 한 품에 안아 넣고 싶은 고운 어깨.

앞에서 봐도, 뒤에서 봐도, 세상에서 제일 아름다운 내 여자.

"있잖아. 부인."

"아, 무슨 갑자기 부인 타령이야."

"어제 내가 했던 말 기억나?"

"어제?"

백화는 냄비에 물을 올리며 이안의 질문을 되짚었다. 그러나 전혀 떠오르지 않았고, 재료 손질에 온 정신을 빼앗겨 별로 궁금하게 느

꺼지지도 않았다.

"왜. 뭐라고 그랬었더라?"

그래도 질문을 받은 이상 대답은 들어야 할 것 같아 이안의 대답을 보채니, 잠시 뜸을 들이던 그는 특유의 낮은 저음으로 넌지시 정답을 꺼내놓았다.

"오늘 밤에 마저 하자 그랬어."

"응? 뭘?"

"어제 하다 그만둔 거."

순간 백화의 심장에 쿵, 하는 파동이 울렸다. 어제는 단순히 갑작스럽게 끝난 키스가 아쉬워서 내뱉은 괜한 말인 줄 알았건만. 이제 보니 이안은 진심이었고 오늘까지 벼르고 있는 모양이었다.

"허튼 생각하지 마요. 삼촌도 집에 있는데."

백화는 무슨 일을 벌일지 모르는 그를 말리기 위해 일부러 초 치는 대꾸를 했다. 그러나 이안은 별다른 반응이 없었고 식탁 위에 놓여 있던 백화의 휴대폰만 만지작거릴 뿐이었다.

"이안 씨랑 몰래 자는 것도 들킬까 봐 불안하단 말이에요."

조금 더 목소리를 높여 내뱉은 우려의 말.

이안은 이번 역시 입을 꾹 닫고 있다가 조금 더 시간이 흐르고서야 상관없는 대꾸를 내뱉었다.

"휴대폰 잘 썼어."

"으응? 내 휴대폰으로 뭐했는데?"

"그냥."

무슨 소리인지 알아들을 수는 없었다. 그러나 백화는 굳이 의미를 되물어보지 않았다.

아무리 섹시한 기운을 내뿜고 있어도 백화가 알고 있는 이안은 어린아이처럼 순수한 남자. 그런 사람이 뭘 할 수 있겠어, 라며 대충 넘겨버리는 백화는, 전혀 알아차리지 못했다.

['이승복'님의 이름으로 행복산장 예약이 완료되었습니다. 이용해 주셔서 감사합니다.]

결심한 일에 대해서는 누구보다 빨리 그리고 강직하게 밀고나가는 이안의 어마무시한 실천력을.

"자, 여기 입가심으로 한 잔 해요."

끝내주게 맛있었던 식사를 마친 뒤 찾아온 한가로운 오후.

시원한 주스 두 잔을 손에 든 백화가 소파에 걸터앉은 이안에게로 다가왔다. 이안은 얌전히 한 잔을 받아 들었고, 피식 입꼬리를 들어 올리며 대꾸했다.

"입가심으로 다른 거 하고 싶은데."

"아, 진짜 이 사람이 자꾸 왜 이럴까. 안 어울리게."

백화는 능글맞은 말만 골라 하는 이안을 흘겨보며 소파 밑에 자리를 잡고 앉았다. 그러자 이안은 조심스레 손을 뻗어 그녀의 머리카락을 쓰다듬어주었다.

"부드러워."

"머리 안 감았어요. 나."

"괜찮아. 그러려니 할게."

뭐야, 왜 그렇게 관대한데. 부드러운 그의 손길에 그렇게 가만히 정수리를 맡기고 있자니, 문득 신경 쓰이는 삼촌의 빈자리.

"삼촌은 점심도 안 먹고 대체 어디를 갔나⋯⋯."

백화가 혼잣말처럼 중얼거리자 이안은 가볍게 대꾸했다.

"산악회에서 북한산 간다고 했어."

"아, 맞다. 오늘 토요일이지. 삼촌이랑 연락해봤어요?"

"아니. 어제 물어봤어."

자주 티격태격하던 삼촌과 이안은 그녀의 생각보다 훨씬 친해진 모양이었다.

백화는 이제 낯선 사람들과도 곧잘 어울리는 이안이 대견해, 저도 모르게 흐뭇한 미소를 지었다. 그러자 이안은 그녀의 머리카락을 만지작거리던 두 손을 거두었고, 끝난 줄 알았던 대답을 이어 붙였다.

"그리고 아마 오늘 못 올걸."

"응?"

뜻밖의 소식을 들은 백화는 고개를 돌려 이안을 바라보았다. 그녀의 의아한 눈동자와 달리 그는 그저 태연한 표정이었다.

"그게 지금 무슨 말⋯⋯."

방금 했던 의미심장한 대답을 한 번 더 물어보려던 그 순간.

띠링—

백화의 휴대폰에서 메시지 알림음이 울렸다. 그녀는 왠지 모를 불안함을 느끼며 휴대폰을 확인했다.

[조카사위♡ 산장 빌려줘서 고마워♡ 모두가 조카사위 잘 됐다고 난리야♡ 내일 돌아갈 때 남은 고기 싸갈게♡]

하트가 남발하는 애정 어린 삼촌의 문자. 으리으리한 산장 앞에서 찍은 산악회 단체 사진 몇 장.

"서, 설마 이안 씨⋯⋯."

백화가 떨리는 눈빛을 다시 이안에게로 돌렸다. 줄곧 반응이 없던 그는 입꼬리를 들어 올렸고, 이내 그녀를 뒤에서부터 껴안으며 나른한 속삭임을 흘려 넣었다.

"이제 집 비었어."

"으⋯⋯으응?"

"⋯⋯나 지금 허튼 생각하는 중이야."

〈다음 권에 계속〉